आत्मदृष्टि

आत्मदृष्टि

'समरलोक' में प्रकाशित संपादकीयों का संग्रह

मेहरुन्निसा परवेज

प्रकाशक

प्रभात पेपरबैक्स

प्रभात प्रकाशन प्रा. लि. का उपक्रम

4/19 आसफ अली रोड, नई दिल्ली-110002

फोन : 23289777 • हेल्पलाइन नं. : 7827007777

इ-मेल : prabhatbooks@gmail.com ❖ वेब ठिकाना : www.prabhatbooks.com

संस्करण

प्रथम, 2021

मूल्य

तीन सौ रुपए

मुद्रक

आर-टेक ऑफसेट प्रिंटर्स, दिल्ली

मुखपृष्ठ

श्री समीर प्रसाद

★

ATMADRISHTI

Editorials by Smt. Mehrunnisa Parvez

Published by **PRABHAT PAPERBACKS**

An imprint of Prabhat Prakashan Pvt. Ltd.

4/19 Asaf Ali Road, New Delhi-110002

ISBN 978-93-90900-67-1

₹ 300.00

बेटे **समीर प्रसाद**

के लिए

जिसने मुझे वापस समेटा!

मेरी बात

कोल्हू में गुड़ बनते शायद आपने भी कभी देखा होगा। गन्ने का रस धीरे–धीरे रिस–रिसकर हाँडी में इकट्ठा होता रहता है। माची में बँधे बैल अपनी सधी चाल से बस, फेरा लेते रहते हैं। उनका हलकारा बैलों को हाँककर सतर्क करता रहता है। बड़े से कड़ाव में रस पकता रहता है। बनते गुड़ की सोंधी महक आसपास बिखरी रहती है। बैलों को तो गुड़ की सोंधी महक से कोई लेना–देना नहीं होता, वह तो बस, घूम–घूमकर अपना काम करते रहते हैं। गुड़ की बड़ी–बड़ी भेलियाँ बनकर तैयार होती रहती हैं।

बस, ऐसे ही शब्द–शब्द इकट्ठा होकर साहित्य बनता रहता है। सुख–दुःख के सारे भाव शब्दों में निथर–निथरकर जमा होते रहते हैं। साहित्य की मीठी गुड़ की भेली कहानी/कविता में उतरती रहती हैं। गुड़ का स्वाद तो गूँगे–बहरे को भी अच्छा लगता है ना!

जीवन में जाने कितना कुछ घटता रहता है! हमारे अकेलेपन को खँगालता रहता है, लेखक उस अकेलेपन को निथार–निथारकर संसार को देता रहता है। ऐसे ही मैंने अपने को बूँद–बूँद में निथारकर शब्दों में उँड़ेला है। इस बात को नर्मदा से अधिक कौन समझ सकता है! नर्मदा नदी भी अपने अकेलेपन से टकराकर उलटी दिशा में अकेली बहती रही। नर्मदा अपनी ताकत से अकेली ही बहती रही। मेरी भी तो प्रेरणा नर्मदा ही है, उसी से ही तो प्रभावित होकर अपने लिए शब्द गढ़ती रही। आज वह मेरी सेना/ताकत बन गए हैं, यह सारे अनुभव, सृजन लेखन में जुड़ गए हैं!

मैंने अपने अनुभव समरलोक के संपादकीय में लिखे थे, उन्हें ही सकलित कर यह संग्रह तैयार किया है।

आप पढ़ें! क्रिसमस तथा नए वर्ष की आप सबको बधाई!

—मेहरुन्निसा परवेज

अनुक्रम

समरलोक—लोक उत्थान के लिए समर्पित सामाजिक सरोकारों की पत्रिका

अक्तूबर-दिसंबर 1999

शताब्दी का अंत बस, निकट ही है। शताब्दी के जाते हुए रथ की घंटियों की स्वर-ध्वनि धीमी होती जा रही है। प्रतिध्वनि के रोमांचकारी स्वर मन में जिज्ञासा जगा रहे हैं। सदी के उदय काल का प्रारंभ भले ही किसी ने नहीं देखा हो, परंतु उसके अंत को मूढ़-अवाक् से सब तक रहे हैं। शताब्दी के साथ ही जाने कितने अध्याय समाप्त हो जाएँगे। सहस्र बार दुःख, त्रासदी, वेदना, अपमान, संघर्ष आँखों ने देखा और झेला है। वह सारे स्पर्श, जो मन में ममत्व, प्रसन्नता, आनंद, उत्तेजना, सुख-वैभव भर देते थे, अब देखते-ही-देखते पिछली शताब्दी के पृष्ठ बन जाएँगे। इतना सब झेलकर भी यह अधम देह जीवन के घाट पर सन्निपात की स्थिति में नौका की भाँति डूबती-उठती अपने जीवित रहने का धर्म निभा रहा है।

आहत, धिक्कृत जीवन दुःख के दलदल से अपने को फिर से निरंतर बाहर लाने की चेष्टा में है। समर समाप्त होने के बाद लहूलुहान, कराहते, घायल अवस्था में भी युद्धस्थल से अपने खंड-खंड अवशेषों को चुनने का यह प्रयास है। समर की व्यूह-रचना तथा संगठन का गणित प्रलंयकारी मार के सामने ध्वस्त हो गया, परंतु बचपन से ही अपने अभिभावकों की दी सीख को याद रखते हुए, निरंतर अंतिम साँस तक युद्ध जारी रखना है, क्योंकि शूरवीर योद्धा युद्ध बंद नहीं करते।

साहित्य मनुष्य को अपने जीवित रहने का बोध कराता है। साहित्य मनुष्य की वाणी है। उसके गूँगे दुःखों, व्यथा, वेदना की अभिव्यक्ति है। मनुष्य के भीतर उसके तल घर की सुरंग का पता हमें साहित्य से ही मिलता है। संसार में यदि साहित्य नहीं होता तो मनुष्य अपने दुःख और सुख की बही की नस्ती को बगल में दबाए एक

दिन चुपचाप इस दुनिया से कूच कर जाता और किसी को उसके जीवित रहने की आहट तक नहीं लग पाती।

सही अर्थों में एक लेखक की आत्मा उसके अपने साहित्य में कैद रहती है, बिल्कुल उसी तरह जिस तरह हमारे बचपन की परीकथाओं में जादूगर की आत्मा तोते में होती थी। इसी तरह एक जागरूक लेखक अपनी आत्मा अपने पास नहीं रखता, अपने साहित्य के गुप्त भंडार में शब्दों के पिंजरे में कैद रखता है।

कई स्थितियाँ, मनःस्थितियाँ, परिस्थितियाँ, विडंबनाएँ अपने खट्टे खमीर से लेखक का निर्माण करती हैं। अपने परिवार के सभी परिजनों को कब्रिस्तान में दफन देख, मन का ताल तो पहले ही सूख चुका था। जब अपने जवान पुत्र का शव देखा तो मन स्तंभित जड़वत् सा साँस लेना भी जैसे भूल गया। सबकुछ दुर्भाग्य के अंधकार ने ग्रस लिया था। जीवन का जहाज गहरे समंदर में डूब चुका था। असहाय, दुर्बल, टूटे, थकित मन से मैंने अपने पुत्र समर की स्मृति में उसी के नाम से लोक उत्थान के लिए समर्पित पत्रिका के प्रकाशन का बीड़ा उठाया है।

भारतीय राष्ट्रीय समाज, अर्थव्यवस्था, राजनीतिक चेतना एवं संपूर्ण संस्कृति एक ऐतिहासिक बदलाव के दौर से गुजर रही है। ऐसे समय में पुरानी मान्यताएँ ध्वस्त हो रही हैं एवं नई परंपराओं का सृजन हो रहा है। हमारे लिए चुनौती है कि इस उथल-पुथल के समय में हम एक निश्चित संकल्प लेकर सही दिशा में आगे बढ़ें। अमानवीय और रूढ़िवादी मान्यताओं के बदले न्याय और समानता के मूल्यों की स्थापना करते हुए हम समाज की पुनर्संरचना करें। इन संकल्पित आदर्शों के सुनिश्चित पुनर्निर्माण हेतु एक सामूहिक समझ की आवश्यकता है।

ज्ञान पर किसी का एकाधिकार नहीं होता। परंपरागत प्रभाव एवं शब्द-कौशल दृढ़-संकल्प एवं न्याय के लिए निष्ठापूर्वक संघर्ष का पर्याय नहीं हो सकता। अतः इस पत्रिका में कतिपय विद्वानों के विचारों का एकतरफा संप्रेषण हमारी नीति नहीं होगी। हम चाहेंगे कि इस पत्रिका में पाठक वर्ग की पूरी हिस्सेदारी हो, विशेषकर उन लोगों के विचार हम जरूर प्रकाशित करना चाहेंगे, जो कुव्यवस्थाओं के भुक्तभोगी हैं और जिन्होंने अन्याय के विरुद्ध समर छेड़ा है, चाहे भले ही वह कामयाब न हुए हों, उनका समर चाहे स्त्री के प्रश्न से संबंधित रहा हो, चाहे झुग्गी जीवन की कठिनाइयों से, वे चाहे आर्थिक विषमता के विरुद्ध जूझ रहे हों या सांस्कृतिक प्रदूषण के विरुद्ध हों—उन सबको हम एक मंच पर लाना चाहते हैं, उस 'समरलोक' में लाना चाहते हैं, जिसमें छोटी-छोटी लड़ाइयाँ आपस में जुड़कर

महासमर का रूप ले सकें, न केवल मसीही अंदाज में हम दूसरों को अपने मंच पर लाना चाहते हैं, बल्कि इसी बहाने उनके मंच और विचार से भी जुड़ना चाहते हैं। हमारी समझ से इस दोहरी प्रक्रिया के भीतर ही सच्ची और समर्थ लड़ाई की संभावनाएँ खोजी जा सकती हैं। आज हमारे पास रास्ता नहीं है, तब भी हमें चलना है। कल को कोई पगडंडी मिलेगी, फिर आगे कोई बड़ा मार्ग भी निकल आएगा।

यह पत्रिका इस समरपथ को रेखांकित करेगी। 'समर' में लोक-आशाओं, आकांक्षाओं पर केंद्रित कहानी, कविताएँ, लेख, विचार, संस्मरण, साक्षात्कार के प्रकाशन पर हम विशेष ध्यान देंगे। पत्रिका को समसामयिक और रोचक बनाने के उद्देश्य से वर्तमान घटनाक्रम, रहन-सहन और बौद्धिक विवादों को भी हम जरूरी जगह देंगे। 'समर' लोक उत्थान के दायित्वों से घनिष्ठ रूप से जुड़ी पत्रिका होगी, किंतु मतांध नहीं। समर के लिए यही एक माँ का 'समर-तर्पण' है।

□

एक शताब्दी का अंत, नई सदी का उदय

जनवरी–मार्च 2000

अपने स्वर्णरथ पर बैठ, पीती/सुनहरी आभावाली किरणों के सौंदर्य की ठसक भरी सुधा बिखेरता सहस्राब्दी का सूरज विजयघोष की ध्वजपताका लिये उदय हो चुका है। स्वर्णघंटियों की मधु स्वरध्वनि के घोष को आत्ममुग्ध होकर सब सुन रहे हैं। आनंदोत्सव तथा हर्ष में सब डूबे अधीर होकर तेजस्वी समय को तक रहे हैं। तुरही–नगाड़ों से सारी धरा काँप सी गई है।

कितना विचित्र है ना, देखो समय कैसे चुपचाप हमारे बीच से सरक गया! समूची की समूची एक सहस्राब्दी हमारे सामने से अदृश्य हो गई? समय हमेशा हमारी पगध्वनि के साथ कदमताल करके चलता रहता है और हमें उसके होने का आभास तक नहीं होता। कभी वह साथ चलता है, कभी साथ दौड़ता है, कभी पीछे रह जाता है और कभी तो हम ही उससे आगे निकल जाते हैं।

हम अकसर कितनी बड़ी–बड़ी बातें सोचते हैं, कितने दम–खम से जीते हैं, बड़े विश्वास से भरे रहते हैं। वह चट्टान जिस पर चढ़े हम दुनिया को देख रहे और सोच रहे थे कि दुनिया कितनी छोटी और बौनी है, अचानक हमसे बड़ी क्यों हो जाती है? ऐसा क्यों होता है? हमारे नीचे की धरती जिस पर हम खड़े रहते हैं, कौन खींच लेता है? सारा जीवन ही तो भ्रम है, परंतु उसी भ्रम के सहारे भी तो जी रहे थे न!

बीती शताब्दी का अंतिम पृष्ठ बंद करते हुए सोचने का मन करता है कि क्या सबकुछ रेत था? रेत की तरह समय हाथ से फिसल गया। हम चाहे कितना आत्म–सजग हों, जीवन–यात्रा पर समय का जो हस्तक्षेप होता है, उसे तोड़ नहीं

सकते। कभी-कभी तो हम अपनी ही गतिविधियों से समय के हस्तक्षेप को बढ़ा देते हैं। व्यक्ति तो एक छोटी चीज है, जिसे परंपरा कहकर हम गौरवान्वित होते हैं, वही समय के हस्तक्षेप को सबसे अधिक स्वीकार करती है। मुझे लगता है कि आप जीवन के जितने नियम बनाते चलिए, सबमें समय का ही हस्तक्षेप चिपका रहता है। इस बात को पूरा इतिहास देखने के बजाय एक ही जीवन के उदाहरण से भी समझा जा सकता है। समय का अर्थ निर्धारित भाग्य है।

समय एक व्यापक सत्ता है। राजनीतिक सत्ता के संदर्भ में इसकी पहचान सबसे ज्यादा उद्वेलित करनेवाली है। सभ्यता के इतिहास को युद्ध, तानाशाही, ज़ुल्म और यातनाएँ न-जाने क्या-क्या देखने पड़े हैं। अकेले बीसवीं शताब्दी को देखें तो इसमें घटी अनहोनियाँ अब तक के इतिहास पर भारी ही पड़ेंगी। इस शताब्दी ने युद्ध, आतंक, घृणा और तानाशाही की एक से बढ़कर एक मिसालें कायम की हैं।

सूर्य की अंतिम किरणों तक यानी बीसवीं शताब्दी के सूर्य के बुझने तक सुदूर गाँव में लौटते मवेशियों के खुरों से उड़ती चली आ रही धूल के बवँडर में जहाज जैसे बड़े-बड़े शहर विशाल जल राशि में धँसते से नजर आ रहे हैं। हाँ, सच, बीसवीं शताब्दी का सूर्य बुझ गया, लेकिन इस पूरे सौ साल में हमें जितने घाव मिले हैं, वह अब तक ताजा हैं। उनकी चिलक क्या जल रहे सूरज से कम है ?

हम नई शताब्दी में प्रवेश कर गए हैं। आहत मन को लेकर प्रवेश कर रहे हैं। सैकड़ों शक और भय को लेकर प्रवेश कर रहे हैं। इस शताब्दी की कई-कई शैतानी और पैशाचिक शक्तियों की स्मृति को लेकर आनेवाली शताब्दी में प्रवेश करने जा रहे हैं। भविष्य सुखद है या डरावना, कह नहीं सकते। हमने जितने बड़े-बड़े पिशाच देखे, उससे भी बड़े पिशाचों का आगे भय है।

हम भारतीयों के यहाँ भविष्य की कल्पना कभी सुखद नहीं रही। भविष्य के भूत की चिंता में अक्सर अतीत के सूरमाओं का इस्तेमाल वर्तमान को भी कड़वा कर देता है। इस कड़वाहट को बीसवीं शताब्दी ने कुछ ज्यादा ही झेला है। कैसी-कैसी विनाश लीलाएँ देखने को मिलीं! दूसरी ओर विश्वस्तरीय राजनीतिक और आर्थिक सत्ता के खींचतान ने भी हमें जबरदस्त विडंबनापूर्ण जीवन-परिस्थितियों में डालने का अपराधी बनाया है। यदि इन बातों को भूल जाएँ, तो हमारे समय की उपलब्धियाँ भी बेमिसाल हैं।

आज जहाँ संपन्नता के अवसर बढ़े हैं, वहीं व्यक्ति और व्यक्ति में, राष्ट्र और राष्ट्र में विषमता भी बढ़ी है। क्या विषमता की खाई को हम अगली शताब्दी

में कम कर पाएँगे? क्या हम सभी मनुष्यों को एक सामान्य गरिमा का वास्तविक हकदार बना सकेंगे? अगर यह संभव है तो इसके लिए असाधारण इच्छाशक्ति की आवश्यकता पड़ेगी और हमें इसके लिए अपना आकलन करना पड़ेगा।

असाधारण इच्छाशक्ति! यह एक ओर निर्विवाद स्वीकार की भावना में निहित है तो दूसरी ओर निर्मम त्याग की चेतना में है। मनुष्य और समुदाय के अर्थ का निरंतर अनुसंधान, स्वतंत्रता के लक्ष्य पर चल पड़ने का एक व्यवहार मूलक प्रयोग है।

समय को मापने का प्रयोग यदि सूर्य है तो पृथ्वी का हमारा जीवन भी पैमाना है। हम कैसा जीवन जी रहे हैं? इसकी समझ भी हमें समय ही देता है। द्वितीय विश्वयुद्ध के समय के मुहावरे थे—'कठिन समय', 'बुरा समय', 'अंधेर समय' आदि। आज के समय को देखते हुए कहें तो यह कहना पड़ेगा—'इच्छा-भ्रम का समय।' आज हम उस केंद्रीय इच्छा को ही खोजने में असफल हैं, जिसमें किसी समय का बड़ा जीवन-सत् छिपा होता है। अपने इर्द-गिर्द हमने मायावी इच्छाओं का ढेर लगा लिया है। हमारी पृष्ठभूमि में खाली खजाने पर दंश मारते सर्प हैं, आगे सुनहरे आलोक के भीतर नुकीले दाँतोंवाला भेड़िया छुपा है। यही तो हमारे समय की सबसे खौफनाक बात है। काश! ऐसा होता कि हम सहस्राब्दी में अपनी इन भ्रामक इच्छाओं को धो-पोंछकर प्रवेश करते!

इस शताब्दी का आखिरी सफा बंद करते हुए हमें इसका आकलन भी करना चाहिए। पड़ताल के समय हमें यह नहीं भूलना चाहिए कि सबकुछ रेत-ही-रेत नहीं था, बल्कि इस रेत में कहीं-कहीं सोने के कण भी थे। इक्कीसवीं सदी में समृद्धि, समता एवं खुशहाली के लिए संघर्ष में केवल समाज एवं देश ही नहीं, बल्कि समूची मानवता हिस्सेदार होगी। माना कि हम बहुत गरीब हैं, परंतु इससे भी बदतर गरीबी पश्चिम में है। पाश्चात्य देशों में भूख और गरीबी नहीं है, परंतु वहाँ लोग भयानक रूप से अकेलेपन, उपेक्षा, असहाय तथा निराशा का नरक भोग रहे हैं। वहाँ लोग मुसकराना तक भूल गए हैं। वह मानव स्पर्श का सुख खो बैठे हैं। हमारे यहाँ आर्थिक गरीबी है, परंतु यहाँ करुणाा और मानवता की अमीरी है, अपनों का साथ तो है!

आप सभी ने जिस तरह 'समरलोक' के प्रवेशांक का स्वागत किया, वह स्वयं मुझे चकित कर गया। आपका स्नेह, आश्वासन, सम्मान, धैर्य-हिम्मत पाकर मैं निहाल हो गई। आपने जो अपने पत्रों में मुट्ठी-मुट्ठी भर सुख मुझे भेजा है,

वह किसी राजवैभव की संपदा-संपन्नता से कम नहीं है। अपनों की इस गरिमानय निकटता और प्रोत्साहन ने मुझे फिर से खड़े होने में मदद दी। इस सान्निध्य सुख को पाकर कोई अकेला कैसे हो सकता है? आपके इस विश्वास ने मुझे अपने दायित्व के प्रति अधिक सजग कर दिया है।

जिन हाथों ने इस अमूर्तता को मूर्त रूप देने में अपनी महत्तम भूमिका निभाई है, उनके प्रति क्या बोलूँ? 'कृतज्ञ' बहुत छोटा शब्द है। आइए, हम अपने दुःखों की गठरी बाँध लें। बेशक, हमारे अंधकार से भी बड़े दूसरों के अंधकार होंगे, उन्हें मुट्ठी भर प्रकाश बाँटें और अपनी भीगी आँखों को पोंछकर सहस्राब्दी की इस नई भोर को देखें।

□

लोक

जुलाई-सितंबर 2000

'नूराकुश्ती' यानी आज की मैच फिक्सिंग। बचपन की स्मृतियों के कोल्डस्टोरेज में आज भी जाने कितनी बातें सुरक्षित हैं। उन्हीं स्मृतियों के कुबेर के जमा कूड़े में एक शब्द आज भी याद है। जब मैच फिक्सिंग का विवाद उठा, तब बरबस बचपन में सुना 'नूराकुश्ती' शब्द याद आ गया और मैं चौंक उठी।

'नूराकुश्ती' शब्द आपने सुना है या नहीं, मुझे पता नहीं। यह शब्द एक गोपनीय तथा महत्त्वपूर्ण दस्तावेज का संकेत-शब्द था, जिसे बोलते ही लोग मुसकराने लगते थे। इसका अर्थ बहुत कम लोग ही जानते थे। बचपन में परिवार के बुजुर्गों द्वारा अकसर यह शब्द इस्तेमाल किया जाता था। इस शब्द को सुनते ही मन में जिज्ञासा का नाग अपना सिर उठाता था, परंतु परंपरावादी, सामंतवादी घरों में लड़कियों का प्रश्न पूछना तथा कौतूहलक्रांत होना अपराध माना जाता था। इस कारण, अपने मन की तमाम दुविधा-उत्तेजना को दबाकर चुप्प-मौन रहना पड़ता था।

मैच फिक्सिंग की परंपरा कोई नई नहीं है, यह पुरानी कौड़ियाँ हैं, जिन्हें चतुर, कुशल, धूर्त, महारथी अपनी व्यवस्था को नियंत्रित रखने के लिए फेंका करते थे। 'नूराकुश्तो' इसी राजतंत्र की प्रखर बुद्धि द्वारा खेला गया एक खेल था। छद्म-द्वंद्व से खेली गई कुश्ती को 'नूराकुश्ती' कहते हैं। मैदान में लोग लड़ते नजर आते हैं। दर्शक भ्रम में मूक, जड़, उत्तेजित-सा खेल देखता रहता है। उसे किसी भी बात का पता नहीं होगा, वह तो बस, नजरबंद की मोहनी के जादू में बँधा ठगा सा बैठा रहता है।

भारतीय राजनीति, धर्म, व्यापार, साहित्य एवं संस्कृति सबमें आज भी

मठाधीशों की नूराकुश्ती अर्थात् 'मैच फिक्सिंग' जारी है। जनता को भुलावे में रखना, सत्ता केंद्रों से उन्हें धकियाते रहना तथा उन्हें अपना मोहताज बनाए रखना इस नाटक का हेतु है। क्रिकेट की मैच फिक्सिंग उजागर होने से पहली बार जनता की चेतना जागी है। मोहल्ले के गुंडे कभी झगड़ते हैं, कभी एक मंच पर आ जाते हैं। विरोधी दल एक-दूसरे को परास्त करने के लिए जी-जान से जुटे होते हैं, परंतु चुनाव परिणाम के बाद पता चलता है कि विरोधी दल के समर्थन से ही कई उम्मीदवार विजयश्री पा सके हैं। इसी प्रकार, अमन, चैन और भाईचारे से रहनेवाले समरस समाज में सांप्रदायिकता का जहर घोलते रहते हैं। इधर लोग एक-दूसरे का सिर फोड़ते हैं, उधर वे मिलकर अपनी जीत का जश्न मनाते हैं। इस खेल की मुख्य विशेषता ही यही होती है कि दर्शकों में, समाज में भ्रम बनाए रखा जाए। इस कारण भी जनता को दिखाने के लिए इन्हें नूराकुश्ती एवं मैच फिक्सिंग का खेल खेलना आवश्यक हो जाता है। अत: इस नाटक को बारीकी से समझने की आवश्यकता है। इसे खत्म किए बिना जनतंत्र, सहज संस्कृति एवं सत्-साहित्य का आभिर्भाव तथा अभिवृद्धि संभव नहीं होगी।

15 अगस्त, 1947 को लाल किले की प्राचीर से देश के प्रथम प्रधानमंत्री ने तिरंगा झंडा फहराया था। सारे देश के लोगों ने आजादी के सुख एवं अहसास को महसूस किया था। इस मानसिक अनुभूति के सहारे हमने तिरेपन वर्ष की यात्रा पूर्ण की है, लेकिन भूख, बीमारी, गरीबी, अशिक्षा एवं बेरोजगारी के बंधनों में हम आज भी जकड़े हुए हैं। इन बंधनों के टूटे बिना एक आम आदमी को आजादी का अर्थ समझ में नहीं आ सकता। आज भी नब्बे प्रतिशत लोग किसी-न-किसी रूप में अन्याय और पिछड़ेपन के शिकार हैं। आज भी वह मूलभूत मानवीय आवश्यकताओं से वंचित हैं। आजादी का अर्थ हमें हर व्यक्ति के चेहरे पर नजर आना चाहिए। जिस प्रकार गाँव का साहूकार मजबूर एवं अनपढ़ कर्जदार से अपनी रोकड़-बही में मनमानी राशि पर अँगूठा लगवाकर अपनी विजयश्री पर ठहाके लगाता है, उसी प्रकार वर्तमान व्यवस्था के निर्हित स्वार्थी, यथास्थिति के पोषक तथा सत्ता के सौदागर जन-जागृति के अभाव में अपना घर भर रहे हैं। देश के विकास में हर व्यक्ति की भागीदारी होनी चाहिए। स्वतंत्रता, समानता एवं भाईचारे के बिना हमारी आजादी अधूरी है।

मानव जीवन कुछ-न-कुछ आस्थाओं से जुड़ा रहता है। धर्म इन्हीं आस्थाओं का एक व्यवस्थित स्वरूप है, जो इसके अंतरतम को प्रभावित करता है। धर्म के

प्रति आस्था के सूत्र के सहारे अपार जनसमूह, मठाधीशों के समक्ष समर्पित होता है। इसी समर्पण का अनुचित लाभ लेकर अंधविश्वासों को बढ़ाया गया, लोग यातनाओं के शिकार हुए एवं धर्मांधता के आधार पर अन्य धर्मों के विरुद्ध लोगों को उकसाया गया तथा आम आदमी के प्रेम और भाईचारे की जगह लोग क्रूर सांप्रदायिकता के शिकार हुए। सत्ता की धुरी के रूप में धर्म ने लोगों को अधर्म के लिए प्रेरित किया। आज के सूचना-युग में भी कट्टरपंथियों द्वारा धर्म के नाम पर तोड़-फोड़ की जा रही है तथा निर्दोष धर्मावलंबियों को जलाया जा रहा है, मानवीय अधिकारों को कुचला जा रहा है। क्या धर्म के ठेकेदारों को समाज के साथ खिलवाड़ करने की छूट देनी चाहिए? आवश्यकता इस बात की है कि निरंकुश कट्टरपंथियों की नाक में नकेल डाली जाए और उन्हें सहज और सच्चे धर्मरथ में जोता जाए, जिससे धर्म विनाश का नहीं, कल्याण का माध्यम हो। सभी धर्मों के प्रति समभाव, आदर, आस्था का भाव होना चाहिए। धर्म मंगल एवं मुक्ति का मार्ग होना चाहिए।

साहित्य मानव मन की सहज अभिव्यक्ति है, इसे कुचल डालने के लिए साहित्य के तथाकथित मठाधीशों द्वारा अपनी विचारधारा को थोपा जा रहा है। वे अपने पिछलग्गुओं की प्रशंसा पाने तथा उनकी पीठ थपथपाने में एवं बाकी सभी को नकार देने की साजिश में संलग्न हैं। मौलिक चिंतन करनेवाले एवं सहज भाव से मानवीय संवेदनाओं को साहित्य में उकेरनेवाले साहित्य सृजकों की उपेक्षा की जाती है। यद्यपि कबीर, तुलसी, मीरा, अमीर खुसरो भी अपने समय में साहित्यिक मठाधीशों के शिकार होते रहे हैं, परंतु उन्होंने परेशान और दुःखी होकर भी अपने साहित्य की ज्योति को मद्धिम नहीं होने दिया। जनता के हृदय पर उन्होंने सदा राज किया। उनका साहित्य कालजयी हुआ।

आडंबर और अन्याय की उम्र अधिक नहीं होती। अन्यायी स्वयं अपनी कब्र खुद खोदता है। तत्कालीन साहित्य के मठाधीशों ने तुलसी की 'रामचरित, मानस' को नष्ट करके एक उत्कृष्ट साहित्य कृति को समाप्त करना चाहा, परंतु तुलसी की यह कालजयी कृति पूरे वेग से उभरी और जनमानस पर छा गई। उसकी साहित्यिक उत्कृष्टता, सहजता और जन-संवेदनाओं को छू लेनेवाली सरस शैली ने इस ग्रंथ को घर-घर में लोकप्रिय बना दिया। इसी प्रकार धर्म के मठाधीशों द्वारा मीरा के सरस सारभौतिक संदेश भरे गीतों का गला दबाने के लिए पारिवारिक लोकलाज के बहाने विष का प्याला पीने के लिए मजबूर किया। मीरा के भजनों में प्रेमपूर्ण, शाश्वत साहित्य की ही शक्ति थी कि उनको दिया गया विष बेअसर रहा। आज वहीं

विषदाता मीरा के पदों को अमृत-पान कर रसपान करके गौरव महसूस करते हैं। अमीर खुसरो जैसा मूर्धन्य साहित्यकार खड़ी बोली का सृजन राजतंत्र द्वारा दुत्कारे जाने पर चित्रकूट के घाट पर सूखे चने चबाकर गुजारा करने पर मजबूर हुए। उनके सारगर्भित दोहे, भाषा-विन्यास, सटीक शैली हिंदी साहित्य की अमूल्य निधि हैं।

अपनी युवा पीढ़ी द्वारा अनेक बार पूछे गए प्रश्नों के उत्तर में आज कहना चाहती हूँ कि हमें उपेक्षित होकर भी निराश नहीं होना चाहिए। यह 'मैच फिक्सिंग' और 'नूराकुश्ती' तो युगों से होती आई है। थोड़े से मुट्ठी भर लोगों की 'नूराकुश्ती' की साजिशों से यह नहीं सोचना चाहिए कि दुनिया यही है। हथेली पर लट्टू नचाने से यह भ्रम नहीं पालना चाहिए कि हम अपनी हथेली पर सारी सृष्टि को नचा रहे हैं। पहला प्रश्न तो यही है कि हम किसके लिए लिख रहे हैं? क्या इन विद्वानों की पंगत के लिए, जिन्हें खिलाने के लिए हम कभी मेवा-मिष्ठान, पकवान नहीं जुटा पाए? इन्हें शुद्ध घी के पुआ नहीं खिला पाए? हमेशा जीवन के कंकरीले और पथरीले पहाड़ी रास्तों पर चलकर हम लहूलुहान होते रहे और थकते रहे। पीठ पर सैनिक की तरह जिरह-बख्तर की तरह जिंदगी को हमेशा लादे रहे, कभी चैन से नहीं बैठ पाए। जीवन के कष्टदायक संघर्षों ने कभी इतनी मोहलत नहीं दी कि अपना मुख भी तसल्ली से शीशे में देख सकें, तब किसके श्रम की परीक्षा होगी? तब क्या हमारी ईमानदारी, सच्चाई, श्रम को यह अपने तीन कदमों में नाप लेंगे?

नहीं, ऐसा कभी नहीं होगा। जहाँ हमारा धैर्य हमें संतुलित करता है, वहीं सामनेवाला भी उसके शाप से कभी मुक्त नहीं होता। और क्या कहकर आपको धैर्य दूँ? बंधु, किस तरह दिलासा दूँ? समय सबका मूल्यांकन करेगा। लोग कहते हैं, कयामत का दिन आएगा, तब खुदा हिसाब-किताब लेगा! लेकिन हम भी तो अपने जीवन की विडंबना का बखान करने के लिए उस दिन उसके सामने मुँह खोलेंगे! अपना मौन व्रत तोड़ेंगे! शून्य-हृदय लिये जीवित रहने के लिए मजबूर रहे, अपने दुःख-व्याकुलता को कुशलता से मुसकानों के नीचे ढाँपते रहे। हमारे हिस्से के सुख उसने हमेशा दूसरे के खाते में लिखे, क्या उसके लिए वह हमसे शर्मिंदा नहीं होगा? और क्या कहूँ? संसार के अदना मनुष्य से क्या कहें? बस···, आज इतनी ही!

□

प्रेम विशेषांक

अक्तूबर-दिसंबर 2000

अँधेरी सूनी काली रात्रि में कभी संसार से अपने को काटकर समंदर के तट पर चुपचाप आँख मूँदकर पड़े रहने की इच्छा होती है। लगता है, मन को यहाँ शांति मिलेगी, लेकिन थोड़ी देर बाद ही अपनी भूल समझ में आ जाती है। मन असमंजस की स्थिति में रह जाता है। यहाँ भी अकेले कहाँ थे? समंदर कहाँ मौन/चुप/शांत रहने देता है। अंधकार में उसका उन्माद, चीत्कार और दहाड़ तेज रूप धारण कर लेती है। कहाँ तो अप्ने मन की शांति के लिए यहाँ आए थे और यहाँ समंदर की भयानक गर्जना ने हतप्रभ करके रख दिया है। दिन के उजाले में वह कितना अभिमानी, विशाल, भव्य दृढ़ गंभीर, शक्तिशाली दिखता है और रात के अँधेरे/एकांत क्षणों में वह कितना लाचार, बेबस, भयभीत सा लगता है। संसार को विशालता का पाठ पढ़ानेवाला, ढेरों नदियों को शरण देनेवाला, इतने बड़े साम्राज्य का अकेला स्वामी खुद अपने में कैसे इतना एकाकी है?

मन की अंतर्मन की गुफा के बंद पुराने, सीले लौह-कपाट खोलकर देखें तो भौचक्के रह जाएँगे। यहाँ तो कोई पड़े-पड़े उम्र कैद की सजा भोग रहा है! कौन है यह कैदी? किसने इसे यहाँ कैद किया है? इसके तो हाथ-पैरों में कोई बेड़ियाँ भी नहीं हैं। स्वतंत्र घूम रहा है। कभी भी यह बंद द्वार खोलकर भाग सकता था, फिर क्यों नहीं भागा? क्यों अँधेरे घर में अशुभ भूत बनकर रह रहा है? रात्रि के अंतिम पहर में शायद इसी की पगध्वनि सुनाई देती है। इसकी बेचैनी चैन से रहने नहीं देती। संसार के सारे सुख, रिश्तों, वैभव को त्यागकर यहाँ क्यों पड़ा है? आपको पता है, इसी उम्रकैदी का नाम तो प्रेम है?

प्रेम ओस की बूँद की तरह है, जो दिखती है, सामने होती है, परंतु उससे प्यास

नहीं बुझती है, बस मृगतृष्णा की तरह वह प्रभावित करती रहती है। सूरज की किरणें धरती पर उतरते ही सबसे पहले इन्हीं ओस की बूँदों को चुग्गे की तरह चुग लेती हैं। आश्चर्य, दूसरे दिन वह फिर पत्तों पर ठहरी दिखती है! क्या यह जादू है? कैसा विचित्र छलावा है न! इसी भ्रम को लोग क्या प्रेम कहते हैं? प्रेम चाहत की चाशनी में डूबा एक ऐसा फल है, जिसे हर कोई पाना-चखना चाहता है, पर पा नहीं सकता और पा लेने पर भी तृप्ति नहीं होती। समंदर के गहरे गर्भ में यह किसी सीप में दुर्लभ मोती की तरह पड़ा रहता है और कभी सहज ही किसी के हाथ लग जाता है।

'प्रेम विशेषांक' निकालने की बात जब मन में अनायास उठी तो इसकी शुद्धता को कसौटी पर परखने-निरखने की इच्छा हुई। हम हमेशा 'प्रेम' शब्द से कतराते हैं, उसे स्वीकारने में संकोच करते हैं। इतिहास में जिन लोगों ने प्रेम को स्वीकार, भले ही समाज ने उन्हें दुःख दिया, परंतु जनमानस के मन में वह अमर हो गए। आज भी हम जब प्रेम की बात करते हैं तो उन्हीं लोगों का नाम लेते हैं। प्रेम केवल मानव ही नहीं करता, बल्कि हमने पशु-पक्षियों को भी इससे बँधे देखा है। नाग-नागिन का जोड़ा तथा हंस और सारस का जोड़ा इनकी जाने कितनी मिसालें, लोककथाएँ हमें हमारे परिवारों में सुनने को मिल जाती हैं। एक की मृत्यु होने पर दूसरा भी जीता नहीं है। नाग और नागिन के बदले की कथा तो हमारी सभी लोककथाओं व धर्मकथाओं में सुनने-पढ़ने को मिल जाती हैं। जीवन में हम हमेशा जाने कितने-कितने रिश्तों के बीच जीते हैं और दुःख पाते रहते हैं, लेकिन प्रेम तो कभी अपना अधिकार तक नहीं जमाता, फिर भी हमेशा राहत और सुख देता है। चंदन की सी ठंडक, तरावट, महक हमेशा मन के तलघर में बसी रहती है। जब भी आप अकेले, परेशान होते हैं, यह गंध आपके आसपास मँडराने लगती है और मन चौंक-चौंक उठता है। प्रेम अपना कोई रिश्ता, बंधन, अधिकार नहीं जताता, इसके बावजूद। आपको अमीर बनाए रखता है। इसका आसन सबसे ऊपर लगा नजर आता है।

साहिर लुधियानवीजी ने तो एक नज्म लिखकर खूब वाह-वाही लूटी—"एक शहंशाह ने बनवाकर हसीं ताजमहल, हम गरीबों की मोहब्बत का उड़ाया है मजाक।" साहिर साहब से कभी भेंट तो हुई नहीं, पर जब भी अपनी कमसिन उम्र में इस नज्म को पढ़ती थी, तब मन में विचार उठता था—क्या शाहजहाँ से पहले या बाद में कोई अमीर शहंशाह नहीं हुआ? क्यों नहीं हुआ? धनवानों की तो आज भी कमी नहीं है। दुनिया में आज भी जाने कितने अकूत संपत्तिधारी मौजूद हैं, वह दूसरा ताजमहल क्यों नहीं बनवाते? कभी रुपयों से ताजमहल नहीं खड़े होते, इसके

लिए मन में समर्पण की भावना होनी चाहिए। धनवान् आदमी कभी ताजमहल नहीं बनवाता। सूरदास ने एक छंद लिखकर संसार के सारे साहित्य को कंगाल बना दिया—

"उधौ मन न भये दस-बीस,
एक हतो सो गए श्याम संग, को आराधे ईस॥"

'प्रेम विशेषांक' निकालते समय कई लोगों से चर्चा हुई। मेरी बात सुनकर हर कोई चौंक उठता था, मानो बिच्छु ने डंक मार दिया हो! भयभीत से कहते, "कौन हमने प्रेम किया है?" तो क्या बिना प्रेम के जीवन जी रहे थे? हमारे समाज में कितनी विचित्र परंपराएँ हैं। ब्याह हम परिवार के लिए करते हैं, बच्चे वंश बढ़ाने के लिए पैदा करते हैं। सारी उम्र हमारी प्रेम से भेंट ही नहीं होती। जिस देश का प्रेम प्रतीक ताजमहल है, वहाँ के लोग कहते हैं—'हमने प्रेम किया ही नहीं', है न चौंकानेवाली बात? मुझे इस दौरान दो तरह के लोग मिले। एक श्रेणी के लोगों ने कहा, 'हमने प्रेम किया नहीं', दूसरी श्रेणी के लोगों ने अपनी अय्याशियों को 'प्रेम' कहा। प्रेम और वासना दो अलग बातें हैं, यह बात वह यह माननेवाला व्यक्ति तैयार नहीं थे। अमेरिका के राष्ट्रपति बिल क्लिंटन साहब ताजमहल देखकर भाव-विभोर हो गए थे। अय्याशी करनेवाला व्यक्ति तो सोच ही नहीं सकता कि किसी की याद में ताजमहल बनाया जा सकता है! समाज में बिल साहब की बिरादरीवाले लोग ही अधिक मिलते हैं।

इंद्रधनुष के सात रंग होते हैं, जब पूरे सात रंग एक साथ जुड़कर आकाश पर खिलते हैं, तब हम उसे 'इंद्रधनुष' कहते हैं; लेकिन जीवन के आकाश पर कभी सात रंग इकट्ठे नहीं खिलते। सात कमरोंवाला घर, जिसके सारे कमरे कभी एक साथ आबाद नहीं होते। हमेशा कोई एक कमरा सूना ही रह जाता है। कभी-कभी तो सारे कमरे सूने लगते हैं। ऐसा क्यों होता है? क्यों नहीं सबकुछ एक साथ मिलता? जिंदगी हमेशा हताश करती है···भगाती है। जैसे आप दौड़कर स्टेशन पर पहुँचे हों और पूरी-की-पूरी ट्रेन के डिब्बे आपकी आँखों के सामने से एक-एक कर सरक गए हों! आप ठगे/खालीपन से भरे खड़े रह जाते हैं।

जीवन में लाल गुलाब और लाल शिफोन की चुन्नी का इतना महत्त्व क्यों है? लाल चुन्नी का सारा लाल रंग गालों पर क्यों लुढ़क आता है? कभी किसी का बस, आधा-अधूरा वाक्य—'तुम्हें लाल चुन्नी खूब फलती है?' सारी उम्र याद क्यों रह जाता है? लाल चुन्नी बनारसी साड़ी से कीमती क्यों हो जाती है? दरगाह

पर चढ़ाए लाल गुलाब की पंखुड़ियाँ जिंदगी से क्यों जुड़ जाती हैं? जाने कितनी इबादतें, कितने सजदे, कितनी चाहत, कितनी मन्नतों की याद दिलाते हैं! जिंदगी में सब जायज है। किसी के नाम की हल्दी चढ़ती है और कोई बर्फ सी पथराई आँखों से मौन तकता रह जाता है। अन्याय रोज होते हैं, पर उनकी सुनवाई, अपील कहीं नहीं होती। दरगाहों पर चढ़ाए फूल सूख जाते हैं और जालियों में बँधे मन्नतों के डोरे बँधे ही रह जाते हैं।

दरगाह और मंदिरों की कचहरियाँ झूठी साबित होती हैं और इनसान गुम हो जाते हैं। पीढ़ी–दर–पीढ़ी यह सिलसिला चलता है। कितने युग बदल गए, पर प्रेम की भाषा नहीं बदली। गुलाब की बिखरी पंखुड़ियों में या कभी दरगाहों में बँधे डोरे और मंदिरों के घंटों से मन थोड़ी देर सहमकर ठिठक जाता है। तब लगता है कि समय कहाँ गुजरा है? सब तो वही है...जरा हाथ बढ़ाओ और छू लो! अभी कोई आकर चुन्नी में भीड़ की आड़ लेकर अपनी मुरादों के गुलाब डालकर गुम हो जाएगा। उसकी उस आहट पर मन कबूतर की तरह फड़फड़ाएगा और दूर का चक्कर लगाकर वापस फिर अपनी हदों में लौट आएगा। सलीका, तहजीब, लाचारियाँ, पाबंदियाँ, यही तो सारी–की–सारी मजबूत दीवारें जीवन के किले की हैं।

इस अंक के सभी लेखकों ने ईमानदारी से अपनी बात कही है। हृदय से मैं अपने सभी लेखकों के प्रति कृतज्ञ हूँ, जिन्होंने इस संकल्प को पूरा करने में अपना योगदान दिया। उनके इस ईमानदार साथ ने, ताकत ने हौसला दिया है। इस अंक में इंद्रधनुष के ढेर सारे रंग हैं। इनमें से आप अपना कोई पसंदीदा रंग जरूर चुन लें। □

सहस्राब्दी विशेषांक

जनवरी–मार्च 2001

इतिहास के राजपथ पर मिलेनियम के मील के पत्थर को छू लेने पर हम रोमांचित हो रहे हैं। इस निशान तक मानव जाति ने अनगिनत उतार–चढ़ाव झेले हैं। इतिहास शुरू होने से पहले जिस तरह विशाल पहाड़ों की कंदराओं में, पोखरों और नदियों के किनारे असंख्य मिलेनियम गुजरे, परंतु दो हजार वर्ष पूर्व उन्हीं दुर्गम जंगलों–पहाड़ों को चीरती हुई छोटी–छोटी पगडंडियों ने हमें इतिहास के इस राजमार्ग पर लाकर खड़ा कर दिया और हमने दिन–महीने और वर्ष गिनने शुरू कर दिए। इतिहास की इस यात्रा के दौरान हमने आकाश में पक्षियों की तरह उड़ना, गहरे समुद्र में मछलियों की तरह तैरना तथा हवा से भी तेज रफ्तार से चलनेवाले वाहनों का; आविष्कार कर प्रकृति पर अपनी विजय पताका फहराने में कामयाबी हासिल की, परंतु इनसान होने का गौरव प्राप्त करने में अभी भी हम पीछे हैं। कभी–कभी अनुभव होता है कि हम अभी भी अंदर से सदियों पुराने वन–कंदराओं में भटकते हुए वनमानुष से बेहतर नहीं बन सके हैं!

बीते मिलेनियम ने मानव समाज में सत्ता के कई रूप देखे हैं। यूरोप में पोप की सत्ता और दुनिया के अन्य क्षेत्रों में कमोबेश धर्मसत्ता का ही वर्चस्व रहा। धर्मसत्ता के पाखंड और शोषण के खिलाफ जहाँ यूरोप में राजनीतिक सत्ता द्वारा जनसमर्थन पाकर विद्रोह छेड़ दिया, वहीं भारत जैसे देश में राजाओं ने अपने कुकर्मों पर परदा डालने तथा अपने को ईश्वर का प्रतिनिधि स्थापित करके धर्मसत्ता के आडंबर को ओढ़े रहना ही बेहतर समझा। धार्मिक प्रभाव से लोग ऊँच–नीच के खाँचों में फँसे रहे। समाज विभाजित रहा। राजसत्ता चुनौतीविहीन रही। परिणामस्वरूप राजसत्ता विलासिता का साधन एवं धर्मसत्ता जन शोषण का सहज माध्यम बनी रही। यूरोप में

धर्मनिरपेक्ष सत्ता के उदय होने से जनता की धर्मभीरुता में कमी आई और धीरे-धीरे जनजागृति से राजसत्ता का विरोध शुरू हुआ। इस प्रक्रिया में लोकतंत्र के विकास के रास्ते खुले। फ्रांस की क्रांति ने लोकतंत्र के विचार को स्थापित कर आम आदमी को सत्ता का हिस्सेदार बनाया। परिणामस्वरूप जनसमर्थन का आधार लेकर यूरोपीय शक्तियाँ एशिया और अफ्रीका के टुकड़ों में बँटे समाज और रजवाड़ों के कुशासन तथा आपसी लड़ाइयों के कारण आसानी से दबोच सकीं। बिना विशेष प्रयास के अफ्रीका और एशिया अंग्रेजों के अधीन होते चले गए।

उन्नीसवीं सदी वेग से आई। भारत में धार्मिक-सामाजिक कुरीतियों के सुधार का आंदोलन चला। समाज के कुछ पढ़े-लिखे युवा लोगों ने यूरोपीय शिक्षा पाने के बाद यह महसूस किया कि पति की मृत्यु के पश्चात् पत्नी के सती होने की परंपरा अनुचित है। उन्होंने इसकी अमानवीयता का अहसास किया। विधवाओं का विवाह क्यों नहीं हो सकता? बालिकाओं का वध कितना क्रूर है? बाल विवाह से समाज में कितनी विसंगतियाँ होती हैं? इन्हीं सब प्रश्नों को लेकर राजा राममोहन राय एवं अन्य समाज-सुधारकों ने आंदोलन किए। इन सब में उन्हें अंग्रेजों का पूरा, परंतु मूक समर्थन मिला। अंग्रेज सामाजिक कुरीतियों में प्रत्यक्ष दखल देकर जनविद्रोह का खतरा मोल नहीं लेना चाहते थे। इसलिए उन्होंने भारतीय प्रगतिशील युवकों को नारी मुक्ति एवं उत्थान के लिए प्रोत्साहित किया। लेकिन अफसोस, इक्कीसवीं सदी की ओर तक, फूलकुँवर के रूप में सती की चिताएँ धधक रही हैं। पहले बालिका-वध जन्म लेने के बाद होता था, अब गर्भ में होने लगा है। बाल विवाह के विरुद्ध कड़े कानूनों के बाद भी यह कुप्रथा जोरों पर है। बनारस के घाटों पर सिरमुड़ी विधवाओं के झुंड इक्कीसवीं सदी में भारतीय संस्कृति की महानता का परचम लहराने वाले धर्म एवं समाज के ठेकेदारों के लिए चुनौती बने हुए हैं।

बीसवीं सदी के शुरू होते-होते एशिया में भी जनजागृति की चमक उठी। अन्याय और शोषण के प्रति विरोध के स्वर भारत के बुद्धिजीवियों और उच्च-मध्य वर्ग की ओर से उठे। सत्ता के किसी भी स्तर पर जनता की हिस्सेदारी न होने से 'कोऊ निरप होय, हमें का हानी' की धारणा पर जनता बेखबर रही। सामंतों एवं समृद्ध वर्गों में विदेशी कुशासन से हताशा थी और व्यापक जन आंदोलन से लोकतंत्र के पनपने का खतरा भी था। महात्मा गांधी ने राष्ट्रीय आंदोलन में कई सांस्कृतिक एवं गैर-राजनीतिक मुद्दों के सहारे आम जनता को राष्ट्रीय आंदोलन में शामिल किया। जन आंदोलन से अंग्रेजों को देश से चले जाने के लिए उन्होंने

मजबूर किया। पहली बार जनता ने खुलकर आंदोलनों में सक्रिय भागीदारी की, जिसमें चमत्कार जैसा असर हुआ। इतनी सफलता के बावजूद भी जो साफ-सुथरी छवि देश की बननी थी, नहीं बन पाई। समाज में यथास्थिति के पोषक अंग्रेजों को भगाकर स्वयं कुरसी को ही हथिया लेने के उपक्रम में जुटे रहे। सत्ता की कुरसियों पर बैठनेवाले लोग बदले, परंतु समाज की संरचना एवं सोच वही रही।

कबीर, जायसी, सूर, रसखान, अमीर खुसरो, मीरा आदि कवियों ने हिंदी साहित्य को समृद्ध एवं उत्कृष्ट बनाया। उन्होंने साहित्य को गरीबों और अमीरों में समान रूप से फैला दिया। मनुष्य को साहित्य से जोड़ दिया। आम और खास व्यक्ति ने उनके हर शब्द और छंद को हृदय से अपनाया। इनका साहित्य, विद्वानों की गोष्ठियों, अमीरों के वाचनालयों तथा बड़े आलोचकों की कृपा का मोहताज नहीं रहा। अनपढ़ समाज ने अपनी जिह्वा के सहारे ही उसे जीवित रखा और वह हिंदी का पोषक एवं संरक्षक बना रहा। वहीं समृद्ध वर्गों ने विलासिता के प्रदूषण तथा विदेशी शिक्षा और संस्कृति के प्रभाव में आकर हिंदी को कागज से भी उतार दिया। हिंदी भाषा जहाँ प्रतिभा एवं प्रगति के प्रस्फुटन का आधार रही है, वहीं उसकी उपेक्षा होने से अंग्रेजी भाषा का आश्रय लेकर हम हर क्षेत्र में मजबूर और पराश्रित होते गए हैं। आज भी देश में भाषा विवाद के नाम पर हिंदी की उपेक्षा कर अंग्रेजी के समर्थकों की कमी नहीं है। जहाँ पच्चीस किलोमीटर दूर फ्रांस में लोग अंग्रेजी बोलना अपमान समझते हैं, वहीं हजारों किलोमीटर दूर हम अंग्रेजी के बिना स्वयं को अस्तित्वहीन पाते हैं; परंतु यह भी कटु सत्य है कि भारत अपनी मातृभाषा को अपनाए बिना तरक्की नहीं कर सकता है।

डेढ़ सौ वर्ष पूर्व अंग्रेज लेखक बैंथम ने लिखा था—"न्याय बिकता है और यह बहुत महँगा बिकता है।" इतने वर्षों पूर्व कहे गए इन शब्दों का अर्थ हर आम आदमी के मन में आज और गहराई से गूँज रहा है। दस्तावेजों की दुनिया में अपना अँगूठा लगाकर अपने हकों को पाना कितना कठिन है, इसका अहसास एक गरीब अनपढ़ ही कर सकता है। प्रेमचंद ने लिखा था—"न्याय और नीति सब लक्ष्मी के ही खिलौने हैं, इन्हें वह जैसा चाहती है, नचाती है।" देश के पूर्व प्रधानमंत्री तथा उनकी तत्कालीन मंत्री साथी को तीन साल की सजा दी गई, उधर तमिलनाडु की पूर्व मुख्यमंत्री को भी सजा दी गई। यह इक्कीसवीं सदी की अच्छी शुरुआत है। बड़े-बड़े ओहदों पर बैठे लोगों को भी दंड दिया जा सकता है, यह बात अब उजागर हुई। अब तक हमारे राजनेता अपने स्वार्थवश न्यायाधीश बनाने और उठाने

के कार्यों से समझते थे कि न्याय उनके घर बँधी गाय है, उसे जब चाहे दुह लो, वह सींग नहीं मारेगी।

'विभाजन' शब्द ही ऐसा है, जो मन में अलगाव की ध्वनि का संकेत देता है। सहस्राब्दि ने जाते-जाते एक बार फिर देश के भूगोल का नक्शा बदल दिया। बँटवारा चाहे देश का हो, राज्य का या परिवार का, इसके बुरे परिणाम और त्रासदी सभी को भोगनी पड़ती हैं। राजनीतिक विद्वान् कहते हैं कि युद्ध से ही मानवता का विकास होता है; परंतु ऐसा विकास किस काम का, जो लोगों के भीतर धर्म की, क्षेत्रीयता की भावना भर दे? पहले राजा अपने स्वार्थ और सुरक्षा के लिए अपने राज्यों की हदबंदी, किलेबंदी करते थे। राजतंत्र भावना, आदर्श, संवेदना से विस्तार नहीं पाते, इसकी जड़ों में कूटनीति, हिंसा, द्वंद्व, घृणा, धर्म, भ्रम की खाद डाली जाती है। आंतरिक संघर्ष की आग को कभी ठंडा नहीं होने दिया जाता है। क्षेत्रीयता के आधार पर नहीं, धर्म के आधार पर देश को बाँटा गया। राजनीति एक विषैले सर्प की तरह कभी स्थिर नहीं बैठ पाती, इसके कंठ में सदैव सांप्रदायिकता का विष भरा होता है। लोकतंत्र के नाम पर चक्रव्यूह की रचना की जाती है और इसका गणित जनता की सोच से बाहर होता है।

कश्मीर में जब चरार-ए-शरीफ का हादसा हुआ था, वहाँ मैं पंद्रह दिन रही थी। रोजाना ही हमारी भेंट किसी-न-किसी आतंकवादी नेता से होती थी। मैंने वहाँ एक बड़े आतंकवादी नेता से जब पूछा, "पाकिस्तान बना, उसका लाभ किन लोगों को मिला और अब कश्मीर के बँटवारे से किन लोगों को फायदा मिलेगा?" मेरे प्रश्न का उत्तर मुझे नहीं मिला, बल्कि नेता के सुरक्षा सैनिकों की संख्या उनके इर्द-गिर्द अधिक हो गई। बंदूकों की नोंक मेरी ओर तन गई। मेरे साथ के लोग भयभीत हो गए, सबने मुझे धीरे से सचेत किया, "तुम्हें यह लोग मार देंगे।" मृत्यु से पहले भी नहीं डरती थी और अब क्या डरना है? वही प्रश्न मैं फिर दोहराना चाहती हूँ। हम भारतीयों के जीवन में राजनेताओं द्वारा बोया गया यह अकाल कब समाप्त होगा? जनता को इन प्रश्नों को पूछने का अधिकार कब मिलेगा?

दो हजार वर्ष के इतिहास में हम अपनी गौरवगाथाओं को पढ़कर फूले नहीं समाते। क्या हमें अंदाज है कि करोड़ों लोग इस इतिहास से अछूते हैं? उनके जीवन के सुख-दुःख, बलिदान एवं सृजन का श्रेय इसमें कहीं भी दर्ज नहीं। महाराणा प्रताप के साथ अपना घर छोड़कर निकले गाढ़ोलिये लुहारों की गाड़ियों के पहिए अभी तक थमे नहीं हैं। आजादी की लड़ाई में हजारों अनाम फाँसी के फंदे पर खुशी

से झूल गए। गगन को चूमनेवाले मंदिरों के निर्माता कारीगर एवं बड़े सिंचाई बाँधों तथा बहुमंजिला भवनों को ईंट–गारे तथा खून–पसीने से सृजन करनेवाले असंख्य श्रमिक भी इतिहास में अपना नाम देखना चाहते हैं। नए मिलेनियम में हम उनके लिए भी इतिहास के कोरे पन्ने खोलें, जिससे आगे का इतिहास सही इतिहास बन सके।

आप सबने जिस तरह से 'समरलोक' के 'प्रेम विशेषांक' को सिर–आँखों पर बिठाया, उसने मुझे अपने दायित्व के प्रति अधिक प्रतिबद्ध कर दिया है। मेरी बात, मेरे शब्दों के अर्थ आप तक अपने वजन और वजूद के साथ पहुँच रहे हैं। आपके इस स्नेह से, भावना से मैं गद्गद हूँ। पहले 'समर' की माँ के रूप में जानी जाती थी, अब 'समर' के संपादक के रूप में जानी जा रही हूँ, इस आदर के प्रति कृतार्थ हूँ। □

विदेश विशेषांक

अप्रैल-जून 2001

☐ सरहदें! मनुष्य राजसत्ता के बल पर की हदबंदी और सीमा-रेखा तथा कभी न समाप्त होनेवाला एक अकाल है। कँटीले तारों से घेरकर सैनिकों की सुरक्षा चौकी बैठा दी जाती है। कोई भी आ-जा नहीं सकता। इन तमाम बंदिशों के बावजूद भी मन किन्हीं हदों को नहीं मानता। हमारी सभ्यता, संस्कृति, साहित्य एक-दूसरे की सरहदों के पार चली जाती हैं। क्या यह किसी जादू के जोर से होता है? मानव के भीतर जो मन, मानवता और समझ है, इस पर वह हर अच्छी बातों को ग्रहण तथा आत्मसात् कर लेता है। युगों से हम आपस में इन्हीं के माध्यम से बात करते रहे हैं, एक-दूसरे की पीड़ा का अहसास करते रहे हैं। शब्द एक सच्चे मोती होते हैं, इनकी आब-चमक दूर-दूर तक प्रभावित करती है। शब्द एक जगह लिखा जाता है, पर उसकी गूँज पूरे संसार में सुनाई देती है। अभी तक मनुष्य ने ऐसी कोई कचहरी नहीं बनाई है, जहाँ मन के कैदी को सजा सुनाई जा सके। सरहदों के पार गए लोगों ने कितनों की जिंदगी के नक्शे बदल दिए हैं। हमेशा जो सामने होता है, वह सत्य नहीं होता है। सफर पर निकले कबीलों के कारवाँ अपने साथ जाने कितनों की तकदीरें, सुख-चैन भी अपनी गठरी में बाँधकर ले गए। कितने ख्वाबों की ताबीरें बदल गईं! जिंदगी सूखे गुलाब और तितली बनकर किताबों में दफन हो गई। लोग समंदर की गहराइयों में भी अपनी हदों की दीवारें खड़ी करने की ताकत रखते थे।

हमारी प्राचीन संस्कृति में आँख से ओझल होने को परदेस जाना कहते थे। कौआ मुँडेर पर बैठकर काँव-काँव करता तो भीतर काम करती विरह से दुःखी नारी हाथ का काम छोड़कर झट बाहर आ खड़ी होती और कौआ के शगुन को सच होने पर कागा की चोंच सोने से मढ़ देने की मनौतियाँ मानने लगती। गोकुल से मथुरा

नगरी की दूरी मात्र कुछ किलोमीटर रही होगी। कृष्ण के गोकुल से मथुरा चले जाने को ही गोपियों ने परदेस जाना कहा तथा वियोग का अनुभव किया। इस प्रेम-पीड़ा पर कई महाकाव्य लिखे गए। इसी तरह गाँव की बेटी को नदी पार ब्याह दिए जाने को भी 'विदेश ब्याहा' कहा गया। गाँव से शहर रोजी-रोटी कमाने जानेवाले को 'परदेसी' ही कहते थे। विदेश की परिकल्पना ही दूरी/अलगाव से जुड़ी रही है। दूरस्थ अंचलों के ग्रामीण आदिवासी कभी शहर से नहीं जुड़े, बरसों शहर में रहने के बावजूद गाँव के घर को ही घर मानते हैं, जबकि बहुराष्ट्रीय व्यापारी सारी दुनिया को अपने कमरे में बैठकर संचालित करते हैं। विदेश दूरियों से नहीं, बल्कि मन के अहसास से और भावना से ही हमेशा जुड़ा रहा है।

इस सदी के विनाशकारी भूकंप ने गुजरात के जनजीवन के सारे दृश्यों को मटियामेट करके रख दिया है। ऊँची गगनचुंबी इमारतें मलबे के ढेर में तब्दील हो गईं। लाखों लोग मलबे में दफन रह गए, जो लाशें निकाली गईं, उनकी एक साथ अंत्येष्टि की गई, कुछ लाशों को चील-कौआ-कुत्ते खा गए। मौत ने बड़ी बेरहमी से लोगों से दो गज जमीन, अपनों द्वारा क्रियाकर्म का हक तक छीना। सारी उम्र की माँगी दुआ-मन्नत-तंत्र-फिकरा-सदका-दान कुछ काम नहीं आया। विरासतें खँडहर में तब्दील हो गईं। भूकंप एक दानव की तरह आया और क्षणों में सब तहस-नहस करके चला गया। चहचहाती बस्तियाँ श्मशान के सन्नाटे में डूब गईं। जीवन के अर्थ बदल गए। ऐसे ही भूकंप जीवन में आकर सबकुछ बदल देता है।

गुजरात में आए प्रलंयकारी भूकंप ने विश्व की संपूर्ण मानवता को झकझोर दिया। समाज और देश की दीवारें को लाँघकर मानवता के सागर ने प्रेम-भाईचारे का नया धरातल निर्मित किया। जापान, रूस, ऑस्ट्रेलिया और अमेरिका के जहाज मानवता के दूत बनकर मलबों में दबी जिंदगी की आहटों को खोजते रहे। सूचना क्रांति का यह नया रूप देश-विदेश की दूरियाँ मिटा रहा है। गुजरात का भूकंप, उड़ीसा का तूफान, टर्की का ज्वालामुखी जैसे विनाश की सूचना हम क्षणों में पा लेते हैं।

अजनबी, विदेशी और अज्ञात होने का भाव ही मानव में कभी कौतूहल और कभी बर्बरता के साथ लूट और अन्याय की कुत्सित भावनाएँ जगाता रहा है। ढाई हजार वर्ष पूर्व विश्व-विजय के अहंकार ने सिकंदर को भड़काया और वह भारत जैसे दूरस्थ देश में अपनी विजय पताका फहराने के लिए तलवार और हिंसा के बल पर बढ़ता चला आया। उसमें मानवीय प्रेम तथा दूरस्थ बसे समाज के प्रति कोई

लगाव नहीं था, उसे तो केवल अपने पैरों से जमीन रौंदकर मानवता को बर्बरता से कुचलना था। महमूद गजनवी भी भारत जैसी सोने की चिड़िया में सोना पाने की हवस से आया। उसे यहाँ की जमीन और जनता से कोई लेना-देना नहीं था। इसी 'प्रकार' यूरोप में नेपोलियन ने अपने उदात्त जोश और असीम आत्मविश्वास के बल पर दुनिया पर फतह पाने के लिए युद्ध के मैदानों में लाखों लोगों को मौत के घाट उतारा था। विदेशी जमीन पाने की हवस में मानवता के खून के दरिया बहाए। इधर बीसवीं सदी में हिटलर, मुसोलिनी, तोजो के गठबंधन ने फासीवाद के आधार पर अपने जाति प्रभुत्व का प्रचार कर लोगों को भड़काया और उन्हें हिंसा में प्रवृत्त कर यहूदियों का खून पीकर अपनी राक्षसी प्यास को बुझाया। दूसरे विश्वयुद्ध में मानव की यह राक्षस लीला, जर्मनी में गैस चैंबर में घुटते यहूदी और अणुबम से जापान में हुए मानव विनाश से मानवता चीत्कार उठी। यह अपना-पराया तथा देश-विदेश की भावना ही थी, जिसने सीधे-सादे मनुष्य को राक्षस बनाया। विदेशी धन और धरती के अपहरण के लिए प्रेरित किया।

मानवता के दमन के आधार पर विजयश्री पाने के उपक्रम में करोड़ों लोगों की जानें गईं। लोग बेघर हुए और इस पर क्रूर योद्धाओं ने ठहाके लगाए। अपनी सीमाओं को सुरक्षित करने तथा विदेशी जमीनें हथियाने के लिए बड़ी-बड़ी सेनाएँ खड़ी कीं, घातक हथियार बनाए। रोटी को मोहताज बिलखते करोड़ों लोगों के दर्द को अनदेखा कर विदेशी सीमाओं पर हथियारों से लैस नौजवानों को अपनी जान न्योछावर करने के लिए राष्ट्रों ने बहुत बड़ा धन फूँक दिया। मानव के परस्पर प्रेम के स्थान पर हमने राष्ट्रवाद के नशे में नौजवानों को एक-दूसरे का गला काटने के लिए तैयार किया। आज भी इराक, बोस्निया, कश्मीर हो या कंपूचीया, आतंक और विनाश के साए में लोग राष्ट्रवाद एवं संप्रदायवाद के जहरीले प्रभाव में मानवता के पारस्परिक प्रेम से वंचित हैं।

इक्कीसवीं सदी में क्या हम इस विनाशलीला का अंत करने में कामयाब होंगे? छोटे-छोटे स्वार्थों के आधार पर मानवता का गला घोंटनेवाले यह प्रसंग एक भूले हुए इतिहास के प्रसंग बन पाएँगे? लगभग एक-तिहाई से लेकर आधे बजट को सेना और हथियारों पर खर्च न कर हम सभी भूखों के पेट को रोटी दे पाएँगे? अमेरिका के कारखानों में गेहूँ को ईंधन की तरह जलाने या समुद्र में डुबोने जैसे मानवता विरोधी कुकर्मों का अंत होगा? संसार में उत्तर और दक्षिण, यूरोप और एशिया का अंतर मिटाकर हम एक-दूसरे के दुःख और सुख में बराबर के भागीदार होंगे?

भारत के लोग आदिकाल से ही रोजी-रोटी की तलाश में विदेश जाते रहे हैं। मजदूर के रूप में, ईंट बनाने या घर बनाने, निर्जन अरब में रेल लाइन बिछाने तथा बीसवीं सदी के अंत में अमेरिका जैसे देश में कंप्यूटर तंत्र को सँभालनेवाले इंजीनियर के रूप में जाते रहे हैं। भारतीयों का हाथ और दिमाग दुनिया के श्रेष्ठ सृजन में कहीं-न-कहीं लगा हुआ है। रवींद्रनाथ टैगोर से लेकर विज्ञान में खुराना तथा अर्थशास्त्र में अमर्त्य सेन जैसे विद्वानों को नोबल पुरस्कार से नवाजा गया है। मिलेनियम के मिलन पर विश्व सुंदरियों की लाइन में अग्रणीय भारत दुनिया की किसी भी दौड़ में पीछे नहीं है। ढाई हजार वर्ष पहले देश की सीमाओं को लाँघकर अशोक के पुत्र महेंद्र एवं पुत्री संघमित्रा शांति और अहिंसा का संदेश लेकर श्रीलंका, जावा, सुमात्रा द्वीपों पर पहुँचे थे। आज भी भारतीय सभ्यता का पूरब से दीप्तिमान सूरज ज्ञान-विज्ञान एवं सौंदर्य की किरणों से विश्व को आलोकित कर रहा है। पिछड़ेपन, गरीबी एवं अशिक्षा के पहाड़ों से निकलनेवाला यह सूरज अपने उद्गम स्थल पर भौतिक समृद्धि, सार्वजनिक शिक्षा तथा मानव-मूल्यों की स्थापना के लिए दुनिया का सहयोग चाहता है।

आज भारत केवल भारत में ही सीमित नहीं है, इसकी जड़ें पूरे विश्व में फैली हैं। प्रवासी भारतीय व्यवसाय में सबसे आगे हैं। कई देशों में वह विदेशी जनता का पार्लियामेंट में प्रतिनिधित्व भी कर रहे हैं और कई देशों में तो वह प्रधानमंत्री भी बने। इतने बड़े पद तथा यश पाने के बाद भी वह भारत के अपने गाँव के नदी-नाले-चौपाल और गलियों को तथा लोकगीतों को नहीं भूल पाए हैं। माँ के हाथों की बनी मक्के की रोटी और सरसों का साग तथा अपनी भाषा को नहीं भूले हैं। सितंबर 1999 में लंदन में आयोजित 'विश्व हिंदी सम्मेलन' के दौरान हिंदी भाषा और साहित्य के प्रति प्रेम/ललक मैं देख चुकी हूँ। विदेशी धरती पर उन्होंने जिस तरह हम लोगों की मेहमाननवाजी की, वह शायद हम अपनी धरती पर भी नहीं कर पाते। दूसरे देशों से आए विदेशी विद्वानों का हिंदी प्रेम अद्भुत था। अपनी भाषा की मिठास का मजा उनके मुख से सुनकर दोगुना हो गया था। आज जहाँ हम अपने बच्चों को पब्लिक स्कूलों में महँगी फीस देकर अंग्रेजी पढ़ाने के लिए बेसब्र हैं, वहीं प्रवासी भारतीय अपनी संस्कृति और भाषा के तट से कटना नहीं चाहते हैं।

भारत के हृदय की धड़कन केवल भारत में ही नहीं सुनाई देती, बल्कि इसकी धड़कन पूरे विश्व में स्पष्ट सुनाई देती है। भारतीय विश्व के कोने-कोने में बसे हैं। प्रवासी पक्षी देश-विदेश की सीमा नहीं मानते। सर्दी के मौसम में वह भारत की

शरण में प्रतिवर्ष आते हैं। यह लाखों पक्षी हिंसा करने के लिए नहीं आते, बल्कि प्रेम का संदेश देने और लेने आते हैं। हमारे पक्षी उनकी मेजबानी करते नहीं थकते हैं। पक्षियों से क्या हम थोड़ी सी सीख/सबक नहीं ले सकते?

'समरलोक' का यह अंक इसी कड़ी को मजबूत करने की पहल में आपके सामने है। हम अपने प्रवासी भाइयों के दुःख-दर्द और वेदना को शिद्दत से महसूस करते हैं। पेड़ों पर टँगे प्रवासी पक्षियों के छोड़े घोंसले इस बात का संकेत देते हैं कि वह दोबारा फिर लौटेंगे।

इस अंक को बल/ऊर्जा दी है—मॉरिशस से अभिमन्यु अनत, शिकागो में भारत के काउंसिल जनरल सुरेंद्र कुमार, लंदन से दिव्या माथुर, उषा वर्मा, कमल किशोर गोयनका, लक्ष्मण सहाय तथा अन्य सभी लेखकों ने, जिनके शब्द इस अंक में मणि-माणिक्यों की तरह सुशोभित हैं, जिनकी भाषा से आप सब जरूर प्रभावित होंगे। मैं अपने पाठकों से उम्मीद करती हूँ कि आपकी चिट्ठियों का संदेश लेकर कागा जरूर मेरी मुँडेर पर बैठेगा।

□

नारी विशेषांक (1)

जुलाई-सितंबर 2001

कहते हैं कि अल्लाह को जब दुनिया बनाने का विचार आया तो उन्होंने मिट्टी के गारे से एक इनसानी पुतले को बनाया और उसका नाम 'आदम' रखा। 'आदम' तो इनसान बना दिए गए, पर संसार के निर्माण के लिए एक 'हव्वा' भी चाहिए थी। आदम जब सो रहे थे, तब उनको बाएँ तरफ की छोटी पसली से अल्लाह ने हव्वा को बनाया, इसलिए आदम की बाएँ तरफ सत्रह और दाएँ तरफ अठारह पसलियाँ थीं, ऐसा हदीस की किताबों में लिखा है। आदम मिट्टी के गारे से बने थे, इसलिए शक्तिशाली थे और हव्वा, क्योंकि छोटी पसली से बनाई गई थी, इसलिए नाजुक, सुंदर और भावुक थीं। धरती पर आते ही आदम ने हव्वा पर पहला आरोप यह लगाया कि तुमने शैतान के बहकावे में आकर खुद तो सेब खाया तथा मुझे भी खाने पर मजबूर किया, इसलिए जन्नत से निकालकर धरती पर भेजे गए। इस तरह जन्नत से निकाले जाने का सारा दोष हव्वा के सिर मढ़ दिया गया। आदम ने संसार का गठन किया, समाज की रूपरेखा रची, किसी में भी हव्वा की सलाह नहीं ली। हव्वा अपनी गृहस्थी और बच्चों में ही लगी रही। आदम युग से ही आरोपों की उँगलियाँ हव्वा पर तनी रहीं, जो आज तक तनी हैं। संसार के निर्माण में हव्वा ने अपने स्वयं के व्यक्तित्व, स्त्रीत्व, दिव्य रूप, यौवन, तेज और दर्प की भी बलि चढ़ा दी थी।

पुरुष प्रधान समाज और बाहुबल से संचालित सत्ता की परंपराओं ने नारी को दूसरे दर्जे पर ढकेल दिया। उसके अधिकार, जो एक बार छिने गए, तो दोबारा नहीं लौटाए गए। पुरुष ने अत्यंत निष्ठुरता और अन्यायपूर्ण व्यवस्था तथा कूटनीति से संसार को संचालित किया। नारी एक बार जो कुव्यवस्था और वीभत्स जटिल

ताने-बाने में फँसकर रह गई तो फिर कभी मुक्त नहीं हो पाई। युद्ध से ही साम्राज्य और मानव सभ्यता का विस्तार और विकास हुआ। राजतंत्र और धर्म के निष्ठुर गठबंधन ने नारी को पुरुष की दासी बनाकर रख दिया। राजतंत्र कभी बुद्धिबल पर गति नहीं पाते, बाहुबल से तथा सैन्यबल से ही संचालित किए जाते हैं। कामवासना की पूर्ति के लिए स्त्रियों को दासी बनाकर रखा गया। युद्ध में लड़कर, जीतकर स्त्रियों को एकत्र कर अपने रनिवासों में भर लिया जाता था। वहीं यज्ञ का पाखंड रचकर पाखंडी दान-दक्षिणा में हजारों पशु तथा दासियों को दान में लेते थे। राजा को भगवान् का रूप बताकर और धर्म के कानून का भय दिखाकर नारी को वश में रखने के लिए नए-नए प्रपंच रचे गए। अपनी ऊँची साख और ऊँची नाक रखने के लिए नारी को पाप और पुण्य की परिभाषा का पाठ पढ़ाया गया। नारी को धर्म के ठेकेदार दक्षिणा में तथा राजा अपनी विजय में पाते रहे। बाद में उन्हें हाटों में बेच दिया जाता था। स्त्री के लिए कहा गया कि वह नागरिक और मनुष्य नहीं है, वह केवल पुरुष की संपत्ति और विलास की सामग्री भर है।

नारी ने अपना आत्मबल खो दिया। वह भूल गई कि वह भी एक जीवित प्राणी है, समाज का अंग है। मानव के संपूर्ण अधिकारों पर उसका भी हक बनता है। पुरुष अपनी नित नई चालों से अपने अधिकार को विस्तार देता गया। पहले उसकी एक पत्नी थी, फिर कई पत्नियाँ, फिर उप-पत्नियाँ, फिर दासियाँ रहीं, इतने पर भी मन नहीं भरा तो उसने समाज में वेश्या-गणिकाओं को स्थापित किया। वह भूल गया कि अल्लाह ने उसके लिए सिर्फ एक हव्वा बनाई थी। औरत की बात शुरू करने में जबान तालू से चिपकने लगती है, मुँह में लार सूखने लगती है। औरत की दुनिया, जिसे पुरुष ने स्केल से नापकर छोटी बना दी थी, उसे सीमित दायरे में कैद कर लिया था, उसके चारों तरफ हदें खींच दी थीं, पाप और पुण्य की बागड़ बो दी थी।

औरत की बात कहाँ से शुरू करूँ? उस दिन दिल्ली की एक छात्रा, जो पी-एच.डी. कर रही थी और दिल्ली से मुझसे मिलने आई थी, वह बचपन से ही कॉन्वेंट स्कूल में पढ़ी थी। कोर्स की मोटी पुस्तकों को पढ़ने में व्यस्त रही, कोर्स की पुस्तकों के अलावा जीवन और धर्म की जानकारी उसे दूरदर्शन से प्राप्त हुई थी। मेरे साहित्य पर रिसर्च कर रही थी, इसलिए मुझसे विरासत में बहुत कुछ चाहती थी। कौतूहल-जिज्ञासा भरी ज्वाला से भरे विविध प्रश्नों का ढेर उसके पास था। विवाह की आवश्यकता क्यों है? इस प्रश्न का उत्तर देते-देते मैं थक रही थी। वह मेरी किसी दलील से संतुष्ट नहीं होती थी। मैंने जितनी बातें विवाह के पक्ष में बताईं,

उसका तर्क यह था कि यह सारी जरूरी आवश्यकताएँ हम विवाह के बगैर भी कर सकते हैं, इसके लिए विवाह जैसा फाँसी का फंदा गले में क्यों डालें? नई पीढ़ी का रोष, घृणा, भय, विरक्ति देख मैं मूक-बधिर और जड़ हो रही थी। अवाक् होकर उसे तक रही थी। नारी का कोई उदाहरण उसे संतुष्ट नहीं कर पा रहा था। गाँव की रामकली और अति आधुनिक, प्रगतिशील देश के सामंतवादी परिवार की बहू डायना एक ही कतार में खड़ी दिख रही थीं। दूरदर्शन का 'हिना' सीरियल देख उसने पूछा, "क्या तलाक ऐसा होता है? एक पुरुष को इतने अधिकार क्यों?" रामायण सीरियल देख उसने पूछा, "सीता की अग्निपरीक्षा क्यों? राम की क्यों नहीं ली गई?" महाभारत देख उसने पूछा, "द्रौपदी और वेश्या में अंतर बताएँ? वेश्या को तिरस्कार और द्रौपदी को सम्मान क्यों? डायना को क्यों घर से निकलना पड़ा, प्रिंस चार्ल्स को क्यों नहीं?" वृंदावन की आमरबाड़ी की विधवाओं को देख उसने पूछा, "विधवाओं की यह त्रास्दी क्यों? भीक्षा का दंड क्यों? इनके नाते-रिश्तेद्वार कहाँ हैं?"

स्त्री के संघर्ष, अंतर्द्वंद्व, व्यथा, पीड़ा से समाज और सरकार अनजान और मौन क्यों? औरत की दुनिया का घेरा इंच भर भी क्यों बड़ा नहीं होता? 'शारदा कानून' बनने के बाद भी आज की तारीख तक बाल विवाह हजारों की तादाद में क्यों हो रहे हैं? राजनीतिक, सामाजिक और धार्मिक आस्थाओं का यह त्रिकोण कब तक आपस में मिलकर परंपरा, रूढ़िवादी सामाजिक प्रतिष्ठा की पताका फहराता रहेगा? ब्याह के बाद भी पुरुष के लिए सारे मार्ग खुले रहे, वहीं नारी के लिए एक खिड़की तक नहीं खुली। संसार में लाखों उदाहरण हैं, जहाँ पति ब्याह के बाद इंग्लैंड से, अमेरिका से डिग्री लेकर लौटा और पत्नी वही अँगूठाछाप! जीवन की दौड़ में एक व्यक्ति इतना आगे और दूसरा इतना पीछे! ऐसा क्यों? पुरुष के लिए दुनिया के सारे विश्वविद्यालयों के द्वार खुले हैं और नारी को गाँव की पाठशाला तक नसीब नहीं? दु:खद यह भी रहा कि देश की राजनीति को चलानेवालों की जड़ें खुद उन्हीं गंदे नालों से निकली थीं। धार्मिक गुरु बनकर धर्म के ठेकेदार अपने खड़ाऊँ पहनकर उन्हीं के घरों में वास करते रहे। राजनीति के ठंडे कूलरों में धर्म की फफूँदी कभी छँट नहीं पाई, उसे सूरज की सीधी धूप नहीं मिली। धर्म और राजनीति के गठजोड़ ने हमेशा मनुष्य के जीवन की आहुति ली। दुनिया हमेशा एक बिगड़े ढर्रे पर ही चली। पुरुष अपनी जीत के जश्न में नारी के प्रेम-करुणाा और सद्भाव की गहराइयों को कभी नहीं आँक पाया। नारी को भोग और विलासिता एवं मनोरंजन

का साधन मानकर अपने बौनेपन का ही सबूत देता रहा। नारी के प्रेम एवं सृजन की अपार क्षमता, करुणा एवं क्षमा से लाभान्वित होनेवाला यह पुरुष इन सद्गुणों के स्रोत—नारी का कभी सही मूल्यांकन नहीं कर सका। वह घर में सुख-समृद्धि की सृजक बनी तो उसे लक्ष्मी माना, जब उसने दिशा, ज्ञान, सद्बुद्धि दी तो उसे सरस्वती माना, जब अन्याय के विरुद्ध संहारक की भूमिका निभाई तो उसे दुर्गा कहा। नारी की नियति देवी और दासी के रूप में ही झूलती रही। उसे पुरुष की सहभागी तथा बराबरी का दर्जा कभी मिला नहीं पुरुष समाज नारी का ऋणी है, अपना कर्ज चुकाने का कभी उसने सोचा नहीं। अब समय है, उसे अपना कर्ज चुका देना चाहिए। नारी का विद्रोह और नए तेवर आनेवाले भूकंप का संकेत दे रहा है।

पंखकटा पक्षी पिंजरबद्ध रहने में ही अपनी कुशलता समझता है। बिना किसी सहारे के संसार में रहने का विचार ही मन को कँपा देता है। कौन रक्षा करेगा, कौन मरने पर कांधा देगा ? जैसे प्रश्न लाख निरादर होने के बावजूद नारी को दहलीज लाँघने नहीं देते। नारी को हमेशा अस्वीकार, अस्तित्व की स्वतंत्रता का नकारात्मक वातावरण ही मिला। उसे समाज ने और साहित्य ने हमेशा अछूत ही माना। नारी के साहित्य की प्रशंसा करने में भी विद्वान् आलोचकों की जबान लड़खड़ाती है। 'स्त्री लेखन' कहकर नारी की उपलब्धि के लिए साहित्य के किवाड़ खोलने से भय खाते हैं। यह सत्य है कि नारी लेखन केवल लेखन नहीं है, यह उसका अपना युद्ध है। समाज, परिवार, व्यवस्था, कानून और राजनीति के खिलाफ बजाया बिगुल है, जिसे सुनने मात्र से बड़े-बड़े महामहिम डरते हैं। लेखन अपने आगे आनेवाली पीढ़ी के लिए तैयार जमीन, विरासत होती है। आज जिस लेखन को लोग 'नारी लेखन' कहकर अस्वीकार कर रहे हैं, आनेवाला समय खुद उन्हें खारिज कर देगा। यह बात वह जानते हैं, शायद इसी कारण नारी को सत्ता में बराबर की कुरसी देने में भय खाते हैं।

मधुमक्खी सारे वन से बूँद-बूँद मधु इकट्ठा करती है, परंतु खुद कभी नहीं पी पाती। इस अमृत को दूसरे ही पी जाते हैं। मधुमक्खी यदि इस लाभ-हानि के गणित पर विचार करे, तो फिर वह कभी मधु नहीं जोड़ पाएगी। हम भी जीवन के जंगल से शब्द-शब्द बीनकर जो साहित्य लिखते हैं, वह अमृत ही तो है। संसार को देने में ही हमारी सार्थकता है। 'समरलोक' का 'नारी विशेषांक' इसी युद्ध की कड़ी में आगे बढ़ा एक और कदम है। महाराजा विक्रमादित्य को उनके सिंहासन की पुतलियों ने प्रश्न के उत्तर मिलने तक बैठने नहीं दिया था। यह पुतलियाँ क्या कहती

हैं ? जरा आप पढ़ें, समझें और बताएँ कि क्या वास्तव में ऐसे लोगों को सत्ता के, साहित्य के, समाज के, परिवार के सिंहासन पर बैठाना उचित है ? अपनी नई पीढ़ी को आश्वासन देना चाहती हूँ, हमने तुम्हारे आज को सँवारने के लिए ही अपना कल दिया था। यह पल, यह आज केवल तुम्हारा है, तुम्हारा है !

□

जीवन के इंद्रधनुष विशेषांक

अक्तूबर-दिसंबर 2001

इंद्रधनुष जब आकाश पर अपनी छटा के साथ निकलता है, तब आकाश का वैभव देखते ही बनता है। इस दृश्य को देख मन कितना आत्म-विभोर हो जाता है! शरीर का रोम-रोम पुलकित हो जी उठता है। मन बल्लियों ऊपर उठकर थिरकने/उछलने लगता है। इच्छा होती है कि इस अद्भुत दृश्य को सब अपनों को दिखा दें। सुंदर सात रंगोंवाला यह इंद्रधनुष! लगता है, काश! वह अपने सात रंग हमें दे दे, अपनी आभा, अपने रंगों से हमें सराबोर कर दे। लेकिन तब हमें रंगों के अर्थ-भाव कहाँ पता थे? हर रंग में अर्थ का खजाना छुपा होता है।

जब जीवन में पहली बार धरती पर लड़खड़ाते हुए थे, तब लगा था कि यह सारी समूची धरती अपनी है, हम ही इसके मालिक हैं। ऊपर सिर उठाया तो आकाश को देख खुशी दोगुनी हो उठी। यह सारा-का-सारा आकाश क्या अपना है? पग आगे बढ़ाना सीखे, तब लगा अपनी धरती पर तो दूसरा भी खड़ा है या हम खुद ही दूसरे की जमीन पर खड़े हैं। आकाश भी सिर से ऊपर नहीं है। हमें तो किसी ने हमारे हकों से बेदखल कर दिया है। हमारे वजूद/अधिकार पर दूसरे का कब्जा है। जीवन के सात रंगों का अर्थ समझ में आता है। सच्चाइयाँ उजागर होते ही लगा, धरती में दो हाथ नीचे धँस गए हैं। हमारे खुशरंग कौन ले गया और बदले में खिजा के बदरंग कौन रख गया?

जीवन की ऊबड़-खाबड़ जमीन पर जब चलना शुरू किया तो कंकड़-पत्थर, काँटे, काँच की किरचों ने चुभकर पैरों को लहूलुहान किया, लेकिन अब चलना तो शर्त है ना? चुभी हुई किरचें बहुत कष्ट देती हैं। हर बढ़े कदम के साथ नया अनुभव/हादसा रूबरू होता है। तब लगता है कि आगे क्यों बढ़ें? छल-कपट

से भरे संसार को क्यों देखा? जीवन में जय-पराजय नहीं होती, केवल जीना अनिवार्य होता है। यह बात जब समझ में आती है, तब बहुत देर हो चुकी होती है। मनुष्य अपने शरीर का मालिक है, पर उसे पता चलता है, उसका हर अंग अलग-अलग है। उनकी दिशा अलग है। किसी का किसी से कोई तालमेल नहीं है। वह तो मात्र एक कठपुतली है, जिसकी डोर किसी और के हाथ में है। उसके हर अंग निकल सकते हैं, फिर उन्हें जोड़ा जा सकता है। एक पैर दाएँ जाना चाहता है, पर दूसरा बाएँ चलने पर मजबूर है। एक आँख कुछ और देखना चाहती है, पर दूसरी आँख कुछ और दिखाना चाहती है। अपने ही शरीर पर नियंत्रण नहीं, हमेशा दूसरे के दिखाए, बतलाए मार्ग पर चलना अनिवार्य है। मेडिकल की पुस्तकों में मृत्यु एक बार ही होती है, पर जीवन में तो हर पल, हर क्षण होती है। वह एक जादूगर, उसे जीने और मरने की कला आती है।

जीवन में कुछ भी निश्चित नहीं है। जीवन एक प्रक्रिया है, जिसका लक्ष्य निर्धारित नहीं है। हम सीमा की ओर बढ़ते हैं, सीमा आगे बढ़ जाती है। जैसे क्षितिज पर आकाश धरती को छूता दिखता है, पर जैसे ही हम आगे बढ़ते हैं तो धरती और गगन की मिलन की यह सीमा आगे बढ़ जाती है। सफलता की मंजिल एक गगनचुंबी हिमालय जैसी नजर आती है। वहाँ पहुँचकर फतह की साँस भरते हैं तो और ऊँची पहाड़ी दिखती है। इसी क्रम में जीवन एक मंजिल से दूसरी और तीसरी की ओर लपकता है। बंदर की भाँति एक डाल से दूसरी डाल पर कूदता रहता है। इसके बावजूद हम इस धरती के सुखों को कैसे भूल जाएँ? नदियों के शीतल जल का स्पर्श, फूलों की सुगंध, फलों की मिठास, रिश्तों की चाहत को भी कैसे असत्य मान लें? मानव मन के सागर में भावनाओं का ज्वार-भाटा सदैव हिलोरें मारता रहता है। यह जीवन की विचित्रता ही है कि एक छोटा सा संबंध और एक छोटी सी अपनी कृति, जिसमें वह अपने आप को निहारता है, वही उसके जीवन की धुरी बन जाती है। अत: उसके विलग होने से उसे सारा संसार शून्य सा लगता है। अरबों के आँकड़ों से शून्य हो जाने का वह खालीपन का अहसास उसे निथारकर रख देता है।

जिंदगी भावनाओं और संबंधों का एक ऐसा जाल है, जो कभी सुलझता नहीं है। कभी यह जाल संबंधों का सुखद अहसास देता है, कभी यह गले का फंदा बनकर जीवन के नाश का कारण बनता है। इसका सबसे बड़ा और ताजा उदाहरण नेपाल राजपरिवार का हत्याकांड है। एक ओर राजसी परंपराओं की डोरें हैं, दूसरी ओर परंपराओं के बंधन को चुनौती देती हुई एक प्रणय कथा है। जहाँ राजा लोक-

परंपरा की लीक पर अपने पुत्र को राजगद्दी पर बैठाने के सपने सँजोए हुए है, वहीं राजकुमार अपने नाजुक संबंधों के संरक्षण के लिए माँ-बाप के आशीर्वाद के लिए लालायित हैं। सद्भावी संबंधों के संयोग के जरा से विचलन से जीवन का रूप कितना भयावह हो सकता है, यह नेपाली राजपरिवार की त्रासदी से स्पष्ट है। मधुर संबंध, जो अमृतमय होते हैं, वे उतने ही जहरीले हो सकते हैं। यह सुख-दुःख की समानांतर पटरियाँ जीवन को रेलगाड़ी की तरह गतिशील बनाए रखती हैं। एक ऐसा जीवन, जो हरी-भरी वादियों से गुजरता है, कभी गर्दिश के पहाड़ों की सुरंग में घुस जाता है, कभी अचानक विशाल पावन नदियों के दर्शन कराता है। रेलगाड़ी के स्टेशन होते हैं, मंजिलें होती हैं, परंतु जीवन की यह विडंबना है कि इसका कोई स्टेशन नहीं, केवल चलते रहना ही जीवन है।

सत्ता और धन की ललक व्यक्ति को इतना अमानवीय बना देती है, इसके उदाहरण परिवार, पड़ोस, गली-मोहल्ले तथा इतिहास में बिखरे पड़े हैं। औरंगजेब अपने भाइयों का कत्ल करके और पिता को कैद में डालकर राजगद्दी पर बैठा था। संगीत और कला को दफन करवानेवाले इस बादशाह की कट्टरता के कई किस्से कहे जाते हैं। दुश्मनों के साथ आतातायी व्यवहार करनेवाला शासक, कभी दरगाहों और मंदिरों पर अपमानजनक टीका-टिप्पणी कर, जनता और धार्मिक नेताओं को सकते में डाल देता था। क्या वह वास्तव में सत्ता के मद में चूर था? क्या वह बादशाह के रूप में अपने को अमर करने के अभियान में था? इन प्रश्नों के उत्तर औरंगाबाद में उसकी कच्ची मिट्टी की कब्र दे रही है। एक साधारण आदमी की कच्ची कब्र, जो औरंगजेब की वसीयत से ही बनी है, क्योंकि उसकी वसीयत में यह उल्लेख था—'उसकी कब्र साधारण आदमी की तरह ही मिट्टी की रहे।' इससे जाहिर है कि यहाँ भी वह अपनी कट्टरता से बाज नहीं आया और भारत पर पाँच दशक शासन करने के बाद भी उसने अपना दर्जा आम आदमी से ऊँचा नहीं होने दिया। यह उसकी महानता थी या कट्टरता?

जीवन नश्वर एवं सारहीन होते हुए भी इसमें कितना सार नजर आता है? इसमें लगाव है, संघर्ष है, संग्रह और सृजन भी है। इसी भँवर में भटकते हुए मनुष्य का अंत अवश्यंभावी है, परंतु वह कभी-कभी अपने जीवित होने के सबूत छोड़ जाता है। सगे-संबंधी तथा मित्रों के साथ व्यवहार के खट्टे-मीठे अनुभव याद किए जाते हैं। गगनचुंबी किले, पत्थर पर उकेरी दुर्लभ प्रतिमाएँ, शिलालेख उसके मन में कहीं दुनिया को जीत लेने की तमन्ना और कहीं हृदयस्पर्शी कोमल भावनाओं

को व्यक्त करने की ललक जाहिर करते हैं। खजुराहो की सजीव मूर्तियों को निर्मित करनेवाला कलाकार कौन था? उसकी प्रेरणा कौन थी? यह अनगिनत प्रश्न आज भी रहस्य बने हैं, पर यह सत्य है कि उसका एक जीवन था और भावनाओं से हिलोरें मारता एक हृदय सागर था। उसी का सबूत है, ये अद्‌भुत प्रतिमाएँ! इसी प्रकार, अपनी कलम से कभी वनपत्रों पर, कभी पुस्तकों में अपनी बुद्धि-कौशल तथा भावनाओं का सागर उँड़ेलनेवाले, आज शरीर से हमारे बीच नहीं रहे, परंतु अपने मन के इंद्रधनुष से मानवता को ज्ञान एवं मर्मस्पर्शी भावों का शाश्वत दिग्दर्शन कराते रहते हैं।

'समरलोक' को आपका प्यार और आदर मिल रहा है। मेरी बात आप तक पहुँच रही है। यह अहसास ही हमारे और आपके बीच का सत्य है, इंद्रधनुष है। कभी छोटे-छोटे बिंदु भी जीवन में बड़े-बड़े अर्थ भर देते हैं।

□

लोक-साहित्य विशेषांक

जनवरी-मार्च 2002

घुप्प अँधेरी रात्रि के काले अंधकार में सारी सृष्टि डूबी सी दिखती है। बड़ा भयावह सा लगता है। सहसा आँख उठाकर आकाश को देखो तो काले आकाश पर अनगिनत जगमगाते तारों की सजावट को देख भोला मन झट से बहल जाता है। मन में भरोसा जगता है कि नहीं, अंधकार ने सब नहीं निगला है। तारों से भरा आकाश मन को नन्हे-नन्हे विश्वास, आशा और आस्था से भर देता है। हमारे जीवन को भी ऐसे ही हमेशा लोक-साहित्य ने सहारा दिया है और समाज को महाविनाश से बचाया है।

विद्वान् ही साहित्य के सृजक माने जाते हैं। इसी प्रकार साहित्य को समझनेवाले भी कोई साधारण व्यक्ति नहीं, बल्कि प्रकांड पंडित ही माने जाते रहे हैं। कहा गया है—'कवि करोति काव्यानी रस जानितः पंडितः।' अर्थात् साहित्य का सृजन और उसका अर्थ समझकर उसके रस की व्याख्या शास्त्रों में पारंगत व्यक्ति ही कर सकते हैं। पढ़े-लिखे ही राजदरबारों में मान्यता पाते रहे। वर्तमान में विश्वविद्यालयों से ऊँची डिग्री पानेवाले साहित्य रचियताओं एवं आलोचकों का एक ऐसा गठबंधन बना कि उन्होंने साहित्य को आम जनता से पूर्णतः विलग कर दिया। पंडितों के ज्ञान-विमर्श, शास्त्रार्थ तथा तर्कों के बीच घिरा साहित्य जनता के लिए दूर से ही देखने एवं सुनने की वस्तु रहा। साधारण जन विद्वानों की बहस में 'बिना अर्थ समझे' तालियाँ बजाता रहा और अपनी बुद्धिहीनता पर अपनी तकदीर को कोसता रहा। साहित्य उसके लिए 'आकाशकुसुम' ही बना रहा।

मौसम की ठंडी बयार के साथ उसके मन से कभी कविता के दो बोल फूट पड़ते, कभी देवी दर्शन की लालसा में उपजी आगाध श्रद्धा में वह भजन गुनगुनाता,

कभी वसंत के सुहाने आगमन पर अपनी प्रेमिका को याद कर दो शब्द बोलकर अपने मन को गुदगुदाता। अनपढ़ों के बीच इस तरह के प्रसंग सामूहिक रूप से भी उभरते। जन्म के अवसर, विवाह के अवसर, यहाँ तक कि मृत्यु के अवसर तक में उन्होंने गाकर, बोलकर अपने को बल दिया तथा दूसरों की खुशियाँ दोगुनी कीं और दुःख आधे किए। अपने मन की व्यथा को 'आल्हा' और 'फाग' में गूँथकर जो उन्होंने रचना की, उन भोले जनों को कभी यह अंदाज ही नहीं था कि वह एक उच्चकोटि के साहित्य का सृजन कर रहे हैं। वह अपनी बोली और ढोली से साहित्य का निर्माण कर रहे थे। साहित्य के बड़े आलोचकों ने उनके हृदय के प्रस्फुटन को गँवारू साहित्यी समझा। इस प्रक्रिया में राजदरबारों एवं पुस्तकालयों के छोटे हौज में कैद पानी को ही साहित्य का दर्जा मिला और लोक-साहित्य का अथाह सागर अपनी मान्यता का मोहताज बना रहा।

हर कोई साहित्य लिखे, बोले और समझे, तो वह साहित्य ही कैसा? प्रकांड विद्वान् कहलानेवाले लोगों ने यत्न साधित रचनाओं को ही साहित्य की मान्यता दी। राजदरबारों और समाज में साहित्य पर एकाधिकार बनाए रखने के लिए यह जरूरी था। इतिहास में भी हम देखते हैं कि ज्ञान-विमर्श, तर्कजाल में फँसा एवं राजदरबारियों की खुशामद में लिखा साहित्य अल्पजीवी ही रहा। अपना स्वार्थ और सम्मान ही साहित्य सृजकों का लक्ष्य रहा, लेकिन आज जब आकलन करते हैं तो हम पाते हैं कि हमारा उच्चकोटि का शाश्वत साहित्य लोक-साहित्य ही है। जायसी, कबीर, अमीर खुसरो, सूर, तुलसी का वही साहित्य आज अमर है, जो लोक-साहित्य के रूप में जनभाषा का माध्यम पाकर जनभावनाओं पर केंद्रित था। दोहे, चौपाई, भजन एवं कथा प्रसंग वे ही लोकप्रिय हुए, जो लोगों के जीवन से जुड़े थे। कई आलोचक आज भी कबीर को कवि मानने के लिए तैयार नहीं हैं, जबकि उनकी सहज एवं स्पष्ट अभिव्यक्ति महलों से लेकर झुग्गियों तक लोकप्रिय है। इसी प्रकार बृजभाषा में सूर, बुंदेलखंडी में ईसुरी की 'फाग' बहुत लोकप्रिय हो रहे हैं।

नए साहित्य समीक्षकों का ध्यान लोक-साहित्य के रूप में इन बिखरे हीरों की तरफ गया है, जिन्हें अब तक तथाकथित विद्वान् आलोचकों ने कंकड़-पत्थर से अधिक नहीं समझा था। लोक-साहित्य के प्रति बढ़ता जन-समर्थन हमारे समाज और लोकतंत्र की जीवंतता का प्रतीक है। साहित्य के सामंती किले धीरे-धीरे ध्वस्त हो रहे हैं। वास्तविक जीवन से उगनेवाले साहित्य को मान्यता मिल रही है। खुशामदी एवं विलासता के माध्यम बने साहित्य, जो दरबारों की दीवारों तक ही

सीमित थे, उसका आकलन अब गली-मोहल्लों एवं खेत-खलिहान में भी होने लगा है। नदी के किनारे बसे छोटे गाँव में ढोलक की थाप पर टूटे-फूटे बोलों में भी उत्कृष्ट साहित्य की झलक देखने को मिलती है। गुमनामी के अँधेरों में सदियों से भटकते इन साहित्य सृजकों के बोल अनपढ़ों की जिह्वा पर आज भी जीवित हैं, भले ही इसे चिकना कागज और स्याही नसीब नहीं हुई, परंतु इसमें करोड़ों की जिंदगी में रस घोलने की क्षमता आज भी बरकरार है। यही कारण है कि सजिल्द पोथियों में पांडित्यपूर्ण रसहीन साहित्य दीमक का भोजन बन रहा है और उपेक्षित रसपूर्ण लोक-साहित्य मान्यता के शिखर की ओर अग्रसर है।

जहाँ तथाकथित साहित्य राजमहलों एवं विश्वविद्यालयों के वातानुकूलित गोष्ठी कक्षों में मनोरंजन एवं ज्ञान-विमर्श के भँवर में फँसा हुआ है, वहीं लोक-साहित्य जनजीवन से उगनेवाले मानवीय संवेदनाओं की सहज अभिव्यक्ति का माध्यम है। इसका सृजन सुंदर पैड, सुनहरा पेन एवं एकांत में घोर विचार-मंथन तथा शब्दों की चौपड़ से दूर कभी अपनी लहलहाती फसल, नीम की छाँव, क्वार की पूनम, गोधूलि के बेला में गाँव की ओर लौटती गाएँ, बरसात में फुरसत में बैठे किसानों का समूह—ये सारे ऐसे अवसर हैं, जहाँ लोक-साहित्य आकाश में इंद्रधनुष की तरह कभी भी खिल उठता है, घनघोर अँधेरी रात्रि में बिजली की तरह चमक जाता है। यह अयत्नसाधित सृजन 'स्वान्तः सुखाय' भी होता है और कभी अवसर विशेष पर सामूहिक रूप से मुखरित हो उठता है। यह बाहरी मुलम्मे का मोहताज न होकर बादल की सहज फुहार की तरह बरस पड़ता है और तन-मन को सराबोर कर देता है। सभी को समान रूप से भिगोता है, चाहे वह महल की पक्की दीवार हो, छुई मिट्टी से पुती कच्ची दीवार हो, झाड़ी हो, फूल, काँटे, पत्थर, खेत-खलिहान हों। यह ऐसी शुद्ध घी की जलेबी है, जो शहरी हलवाई की कलापूर्ण नक्काशी से भले ही वंचित हो, परंतु इसका रस चखने पर एक अविस्मरणीय स्वाद का आनंद आता है।

शहरी विशाल भवनों, रात को दिन में बदलनेवाले विद्युत् प्रकाश, बहुरंगी बाजार, सबकी चमक गाँव के नीरव वातावरण में अपने ओसारे के कोने से उगनेवाले दूज के चाँद का आनंद अनिर्वचनीय है। वास्तव में लोक-साहित्य इन्हीं अनिर्वचनीय प्रसंगों को बोल देता है, इसकी जड़ें दिल की गहराइयों में होती हैं, कभी-कभी बरगद वृक्ष की तरह ही अपार जनसमूह को भी समेट लेता है। इसमें रोना-हँसना, दुःख-वेदना किसी स्वार्थ, विलासता से संबंधित नहीं है। लोक-

साहित्य धन-संपत्ति, वैभव के क्षणिक सुखों से परे मानव जीवन को मायावी मजों से मुक्त करता है। मानवीय संवेदनाओं को सहज, सद्भावी, सामूहिक एवं शाश्वत संबंधों से जोड़ता है। यह मन को पवित्र करता है। जिंदगी को त्याग, भक्ति, प्रेम एवं समर्पण के मार्ग पर आगे बढ़ाता है। इसमें आँसू हैं—दुःख के भी और सुख के भी। इसमें आनंद है—पाने का भी और खोने का भी इसमें जीवन की सार्थकता है। लोक-साहित्य कभी जीवन को एकाकी नहीं होने देता। यह कपड़े के धागों की तरह एक-दूसरे में गुँथा हुआ है।

आइए, इस बार हम लोक-साहित्य की सुखानुभूति को महसूस करें।

□

समाज के शाश्वत संदर्भ विशेषांक

अप्रैल–जून 2002

उस दिन हैदराबाद की एक मशहूर साड़ी की दुकान पर मैं थी। दुकान में देशी आसन, सफेद गद्दे और गाव–तकिए हर तरफ लगे थे। जगह–जगह लोग गद्दों पर टोलियाँ बनाकर बैठे साड़ियाँ पसंद कर रहे थे। वहाँ हर व्यक्ति व्यस्त तथा मशगूल साड़ियों के अंबार में गोते खा रहा था। मेरी नजर साड़ियों पर कम और आसपास बिखरे दृश्यों पर अधिक थी। खरीदने से ज्यादा मुझे लोगों को पढ़ने में आनंद आ रहा था। एक टोली में दस–पंद्रह पुरुष और इतनी ही औरतें गहनों में लदी बैठी थीं। उनके साथ एक बहुत काली, मोटी, अनपढ़ सी दिखती लड़की शरमाई, संकोच से एक अधेड़ औरत के पीछे बैठी थी। वह अधेड़ स्त्री निश्चित ही उसकी माँ थी। माँ की ओट से वह साड़ियाँ देख रही थी। लड़की का दादा, बाप, चाचा, मामा तथा दीगर रिश्तेदार यानी समूचा खानदान वहाँ मौजूद था। सबसे पहले दादा के आगे साड़ी रखी जाती। उन्हें पसंद आती तो वह दूसरे के आगे सरका दी जाती, वरना अलग कर दी जाती। सरकते–सरकते अंत में साड़ी लड़की की माँ के आगे आती। साड़ी पसंद आने पर वह अपनी माँ को कोंच देती, तुरंत साड़ी अलग रख दी जाती। पसंद की साड़ियों का ढेर लगते जा रहा था। लड़की के चेहरे पर साड़ी के हर रंग की आभा की सुखानुभूति को देखा जा सकता था। लड़की के चेहरे पर छाए असीम सुख की ठंडक से मैं भी तर–बतर हो रही थी। लड़की को कुरूप कहना ही अधिक ठीक होगा, लेकिन उसे परिवार, समाज का आश्रय तथा संरक्षण प्राप्त था। वह उस सुरक्षा घेरे में पूर्ण सुरक्षित थी। समाज की छत्रच्छाया का अद्भुत सुख मैं सामने देख रही थी। समाज को मैंने संयोग से सामने बैठा देखा था। उसकी आवश्यकता तथा संगठनात्मक परिभाषा मेरी समझ में आ गई थी। यह बेशकीमती सोने के फ्रेम में

जड़ा चित्र अकसर हमें अपने आसपास दिख जाता है।

पिछले दिनों भोपाल शहर काफी गरमाया रहा। पति तथा ससुराल के तानों से एक निस्संतान महिला पीड़ित थी। सामाजिक संबंधों से पीड़ा मुक्ति के लिए उसने एक उपाय खोजा। मायके में एक अस्पताल से बच्चा खरीदकर कुछ महीनों बाद अपने को पुत्रवती घोषित कर ससुराल गई। पति तथा उसका परिवार हर्षित होकर प्रसन्नता से स्वयं को गौरवान्वित महसूस करते हैं। कुछ समय बाद पुलिस द्वारा संबंधित डॉक्टर पकड़ा जाता है। उसके द्वारा बेचे गए प्रत्येक बच्चे की खोज में इस स्त्री का बच्चा पुलिस द्वारा जब्त किए जाने पर उसकी पोल खुल जाती है। उसे पति तथा ससुराल से दुत्कारा जाता है। उसका अपराध न होने पर भी वह मुलजिम ठहराई जाती है। सामाजिक तानों से बचने के लिए तथा छोटे से सुख के लिए उसने सबको साधा था, परंतु संदेहास्पद स्थिति ने उसे कहीं का नहीं छोड़ा। अखबार, मीडिया ने खूब उसके चित्र छापकर उसे उजागर कर धराशायी कर दिया। एक माँ, जिसने बच्चे को जन्म दिया, वह अपने जिगर के टुकड़े को समाज के भय से कचरे के कूड़ेदान में फेंकने के लिए मजबूर है, वहीं दूसरी ओर संतान के सौभाग्य को पाने के लिए बच्चे की ऊँची कीमत देकर और हर जोखिम उठाते हुए खरीदने को मजबूर है, ताकि उसे सामाजिक मान्यता मिले। व्यक्ति और समाज की आँखमिचौली ही उसे कितने कुत्सित कार्य करने को बाध्य करती है!

सामाजिक संबंध में सत्य भी शाश्वत नहीं और असत्य के आडंबर भी काम नहीं आते। सामाजिक संबंध कभी बाढ़ की तरह उमड़ते हैं और कभी एक बूँद पानी को तरसाते हैं। अचानक आए भूकंप की तरह विनाशलीला से सब नष्ट हो जाता है। कभी लगता है कि समाज के रिश्ते कितने सहज एवं सुरक्षित हैं, पर दूसरे ही क्षण एक छोटी सी गलती से सारा खेल चौपट हो जाता है। नियोग से उत्पन्न पांडव राजा पांडु की संतान कहलाए, दूसरी ओर कुंतीपुत्र कर्ण वीर होते हुए भी सदैव लांछित रहे। अपने युवा पुत्र भीष्म को आजीवन निस्संतान बने रहने के लिए अभिशप्त करनेवाले वयोवृद्ध राजा द्वारा एक मछुआरे की कन्या के साथ विवाह किया गया। समाज ने उन्हें पूरी मान्यता दी। वनवास के समय सारी प्रजा राम और सीता के लिए वियोग में बिलखती है, परंतु लंका जीतने के बाद पराक्रमी राजा की पत्नी सीता को एक धोबी के आक्षेप पर त्याग दिया जाता है। राम के द्वारा सामाजिक प्रतिष्ठा की बात व्यर्थ सी लगती है—क्या राम इतने छोटे हो गए थे, जो एक धोबी के कथन को अनसुना नहीं कर पाए? महर्षि वाल्मिकी 'रामायण' में इंगित करते हैं कि लंका

युद्ध राम ने सीता को पाने के लिए नहीं, बल्कि सीता के अपहरण से राम की सामाजिक प्रतिष्ठा को जो ठेस लगी थी, उसी के निवारण के लिए रावण युद्ध किया गया। सीता अब अपनत्व, प्रेम तथा सम्मान की पात्रा नहीं रह गई थी, उसे पाना केवल एक सामाजिक पुनर्प्रतिष्ठा के लिए अनिवार्य था। दूसरी ओर, 'ड्यूफ ऑफ विंडसर' द्वारा सामान्य वर्ग की स्त्री से विवाह के अवसर पर उसे समाज एवं राजसी परंपराओं ने चेतावनी दी थी कि उसे साधारण वर्ग की स्त्री तथा ब्रिटेन के महाराजा पद में से एक को चुनना होगा। उसने समाज की इस चेतावनी को ठुकराकर प्रेमिका के साथ विदेश में रहने का निर्णय लेकर अनुचित सामाजिक परंपराओं को नकारने का साहस किया।

समाज की चाहरदीवारी मनुष्य को आश्रय देकर सुरक्षा का अहसास कराती है, वहीं सामाजिक परंपराओं एवं मान्यताओं से विचलन होते ही वही चहारदीवारी उसके लिए कारावास बन जाती है। परंपरा की धारा में यदि बहते रहो तो सुख की मंजिलें मिलती रहती हैं, पर जैसे ही व्यक्ति आडंबरों का मुखौटा नोचकर परंपराओं को चुनौती देता है, वहीं वह समाज के कोप का भाजन बन जाता है। इसने कभी शीरीं-फरहाद और लैला-मजनूँ को एक नहीं होने दिया, वहीं दूसरी ओर राजाओं के हरम में सैकड़ों रानियों के रहने पर प्रशंसा के पुल बाँधे! बाल-विवाह, बेमेल एवं बहुविवाह, सतीप्रथा की वेदी पर निर्दोष महिलाओं को नारकीय जीवन जीने के लिए मजबूर किया, दूसरी ओर परंपरा से थोड़ा हटने पर ही मीरा को विष का प्याला पीना पड़ा। सामाजिक मान्यताओं को तर्क की कसौटी पर कसने की कोशिश करनेवाले सुकरात को भी जहर पीना पड़ा। उन्होंने परंपराओं के अंधानुकरण के विरुद्ध आवाज उठाई थी। ईसा-मसीह को सलीब पर लटकाकर मारा गया। महात्मा बुद्ध तथा हजरत मोहम्मद ने सामाजिक मान्यता एवं धर्मग्रंथों को सच्चाई की आँच पर परखा और ऊँच-नीच और भेदभाव की दीवारों को तोड़ा। समाज का व्यक्ति से बराबरी तथा न्याय का संबंध बनाया।

धर्म और राजनीति के प्रवचनों में आदर्शों के इंद्रधनुष से लोगों को ललचाया जाता है, परंतु वे समाज की ऊँच-नीच की खाइयों में भटकने के लिए मजबूर हैं, परंपराओं की कठोर चट्टानों से टकराकर वे लहूलुहान होते हैं। समाज का यह बिखराव, आपसी वैमनस्य सत्तानशीनों को निश्चिंत ठहाके लगाने के लिए अवसर देता है। राजनीतिक आजादी और लोकतंत्र का गला सामाजिक असमानता की वेदी पर काटा जाता है। लोकतंत्र की यह विडंबना ही तो है कि आज भी महाराजा-राजा/

राजमाता कहलवाकर वोट माँगने जाते हैं। आम आदमी मृगतृष्णा की तरह लोकतंत्र के शीतल जल के लिए दर-दर भटकता है, पर वह सदैव जातिवाद, भ्रष्टाचार, सांप्रदायिकता एवं आतंकवाद की गरम रेत पर ही निरंतर झुलसता है। सामाजिक न्याय के लिए वह संविधान के अक्षरों को पढ़कर गद्गद होता है, परंतु न्याय व्यवस्था के माध्यम से बहनेवाली गंगा उस तक आते-आते सूख जाती है। लोकतंत्र की सरिता को सामाजिक विषमता की रेत पूरी तरह पी गई है। सूखी नदी में भरे रेत और पत्थर ही उसके हाथ लगते हैं। क्या यह पत्थर ही उसके हथियार बनकर उसके लिए सामाजिक न्याय का दरवाजा खोलेंगे?

□

ग्राम्य कथा विशेषांक

जनवरी–मार्च 2017

कहते हैं कि व्यक्ति के निर्माण में उसकी जन्म कुंडली के शुभ और अशुभ ग्रहों का विशेष प्रभाव होता हैं। हर ग्रह अपने भावों के साथ बैठा होता हैं, जिससे व्यक्ति के संपूर्ण जीवन का आकलन किया जा सकता हैं। ऐसे ही बचपन में पाए संस्कार हमारे साथ जीवन भर रहते हैं। हमारी उँगली पकड़कर हमें दौड़ाते हैं।

उस दिन पुरानी अलमारी की सफाई कर रही थी। उसमें जाने कितने वर्षों पुराना अटाला भरा था। एक गट्ठर वहाँ रखा था। खोला तो पुरानी चिट्ठियों का बँधा ढेर था। हर चिट्ठी के साथ एक स्मृति और उसका इतिहास जुड़ा था। अम्माँ के खत, अब्बा के लंबे कई–कई पन्नों वाले पत्र और भी जाने कितने मित्रों के, पाठकों के पत्र थे। यानी खत–ही–खत मेरे सामने थे। लिखनेवालों में अब अधिकांश इस संसार में जीवित नही थे, पर उन चिट्ठियों में उस व्यक्ति की अपनी छवि, आब/वजूद वैसा ही बरकरार था। पोस्टकार्ड पर, लिफाफों पर उस समय की तारीखें और सन् के साथ डाकघर की मोहर मौजूद थी। पोस्टकार्ड केवल अम्माँ के थे। वह अपने खत पोस्टकार्ड पर ही लिखवाती थीं। आज भी किसी का पोस्टकार्ड पर लिखा खत आता हैं तो एकदम से अम्माँ की याद की फुरेरी कौंध जाती हैं। कितनी ढेर–ढेर स्मृतियों ने एक साथ आकर मुझे घेर लिया। स्मृतियों के हो–हल्ले और शोर ने मुझे बीते दिनों में पहुँचा दिया। हर स्मृति की अपनी अलग–अलग महक थी। जैसे किसी पुराने इत्रदान में रखे फोहा की महक। इत्र खत्म हो गया, पर उसकी खुशबू उसमें अभी भी बसी थी। अब्बा के लंबे पत्रों में दुनिया की, समाज की बातें और अंत में नन्हा सा एक आश्वसन, जो हमेशा मेरे काँपते कमजोर पैरों को ताकत देता था। चिट्ठी में बस ढेर, ढेर यादें–ही–यादें थीं।

अम्माँ के खुद के लिए उर्दू के या फिर किसी के द्वारा लिखाए हिंदी के खत और अंत में बतौर तसदीक में उनके टेढ़े-मेढ़े हिंदी के हस्ताक्षर, जिसे मैंने उन्हें कभी चौथी कक्षा में पढ़ते समय लिखना सिखाया था। टूटे-फूटे शब्द वाले हस्ताक्षर, जो बाद में बैंक से लेकर जायदाद के दस्तावेजों में भी चलने लगे थे। अम्माँ के हस्ताक्षर उनकी उपस्थिति को दर्ज कराता था। यह सारे पत्र अब मेरे लिए जिंदगी के कीमती धरोहर थे। अम्माँ के खतों में घर परिवार और उनकी निजी बातें। लगता कि जैसे अम्माँ बस सामने बैठी हैं और बोल रही हैं। हर शब्द के साथ उनकी ममता होती और दबी-छुपी गुप्त रहस्य की बातें होतीं। हर शब्द के पीछे तहखाना छुपा होता। अम्माँ की इन्हीं बातों ने क्या मुझे हमेशा थामे नहीं रखा था? संसार के किसी कानून को नहीं माननेवाला मन इन्हीं हिदायतों की पाबंदी को कभी लाँघ नहीं पाया था।

छोटी थी, तब अम्माँ के दुःख सुख की इकलौती गवाह थी। अम्माँ की कितने दिनों की चिरौरी पर स्कूल के रास्ते में जो डाकघर पढ़ता था, वहाँ से एक पोस्टकार्ड खरीदकर लाती और लौटकर अम्माँ के हाथ में पोस्टकार्ड रख देती, जिसे वह झट अपने आँचल में छुपा लेती। अपने विद्वान् पति से वह डरती थी। देख लेने पर वह मखौल उड़ाते। इसलिए जब वह लंबे दौरे पर होते और रात जब मैं पढ़ रही होती, तो कई बार झाँककर देखती, फिर चुपचाप आकर बैठ जाती। मैं भी उनकी उत्सुकता, बेचैनी को ताड़ जाती, इसलिए जल्दी ही पढ़ाई खत्म करके उनका खत लिखने बैठ जाती। वह अपने अब्बा को और अपने इकलौते भाई को खत लिखाती। वह बोलती जातीं और याद करके रोती जातीं। कितनी ढेर बातें वह कहतीं, फिर मना करती, "नहीं-नहीं, इसे मत लिखना, वे लोग मेरे दुःखों का पता पा लेंगे।" अम्माँ की कितनी ढेर बातें, जो लिखाई नहीं जातीं। उन्हीं रद्द की गई बातों का ढेर मेरे आगे कचरे की तरह इकट्ठा होता रहता। मुझे भी पता था कि अम्माँ दस बात कहेंगी और एक बात लिखने कहेंगी, इसलिए खुद ही उन बातों को संशोधन कर जो ठीक लगता, उसे लिख देती। क्या आज के संपादक होने का गुण अम्माँ के द्वारा लिखाए गए खतों से आया था? बचपन में अब्बा के दो वर्ष बीमार रहने के कारण उनके द्वारा लिखाए गए कोर्ट के फैसले लिखते-लिखते मैं लेखिका बन गई थी। क्या बाल मजदूर की भूमिका में मुझे भविष्य के लिए मेरे माता-पिता गढ़ रहे थे? गीली माटी को सान-सान कर पच-पच लोंदो को थोप-थोप कर एक मूरत तैयार कर रहे थे। आज अम्माँ नहीं है, जिंदा होती तो कहती, "रहने दे, इसे मत

लिख, ऐसा कहीं कोई संपादकीय लिखता है ?"

स्कूल के रास्ते में डाकघर था। सड़क पर ही लाल पोस्ट बॉक्स लगा था, जिसे हम बच्चे भानुमति का डिब्बा कहते थे। हमारी यह परिकल्पना थी कि इसके अंदर एक जिन्न बंद है, जो हर समस्या को सुलझा सकता है। बहुत छोटी थी, शायद पहली कक्षा में पढ़ती थी। किसी ने बताया था कि इसमें चिट्ठी डालते हैं, जो कहीं भी पहुँच सकती है। नन्हे मन में एक विचार कौंधा और झट से अपनी कक्षा की कॉपी का पन्ना फाड़कर एक पत्र टूटी भाषा में दौरे पर गए अब्बा को लिखा था। ढेर सारे तोहफे लाने की फरमाइशें थीं, मेरे जीवन का वह पहला पत्र था। वह तोहफे तो कभी नहीं आए, पर एक दिन जब उसी पत्र को डाकघर में पीछे कचरे के ढेर पर पड़ा देखा तो डाकघर वालों पर बहुत गुस्सा आया और उन्हें सजा देने का सोचा। रोज पोस्ट बॉक्स में ढेर-ढेर कंकड़-पत्थर, मेंढक डालने लगी। डाकघर वाले परेशान। एक दिन पोस्ट मास्टर ने छुपकर पकड़ लिया। मेरी शिकायत पर उन्होंने समझाया, "बेटा, पत्र लिफाफे में रख, पता लिखकर उसे गोंद से चिपकाकर भेजा जाता है।" वह सबक आज तक रटा हुआ है। उसके बाद कभी मेरा कोई पत्र गुम नहीं हुआ। मुझे लिखे मेरे पाठकों के पत्र भी कभी गुम नहीं हुए। किसी ने सिर्फ मेरा नाम तथा सिर्फ भारत लिखा, तो कभी वह पत्र घूम-घूमकर सालों बाद भी मिला, पर जरूर मिला। कई बार तो डेड बॉक्स में पड़े रहने के बाद पोस्ट मास्टर के लिखे पत्र के साथ मुझे भेजा गया। मैंने जो बचपन में डाकघर वालों को सजा दी थी, क्या यह उसी का परिणाम था ?

खाकी वरदी में पत्रों का थैला लटकाए हाथों में पत्रों का गट्ठर लिये उस अजनबी व्यक्ति का सबको इंतजार रहता है। खुशी की खबर, दुःखों की सूचना लिये दौड़ता वह डाकिया कितना अपना, निकट का व्यक्ति लगता है। वह सरकारी व्यक्ति है, यह बात मानने को मन तैयार नहीं होता। डाकिया की जो परिभाषा हमने जानी और समझी है, उसमें वह केवल संदेशवाहक ही नहीं है, बल्कि दूरस्थ अंचलों में बसे अनपढ़ों के लिए तो वह पत्रवाचक तथा पत्र-लेखक भी है। वह हमारी संवेदना का स्रोत और खुशियों का हिस्सेदार भी है। एक छोटा सा कर्मचारी हमारी जिंदगी में किस तरह घुल-मिल गया है कि उसका आगमन एक सरकारी कर्मचारी की तरह नहीं, भावनाओं के बादलों की तरह वह हमारे आँगन में दुःख-सुख की बरसात करनेवाले व्यक्ति के रूप में हम उसे जानते हैं। उसके थैले में हमारे अरमानों के और खुशियों के हीरे-मोती भरे होते हैं। सूरज के साथ वह निकलता है और

मनुष्य के निस्सार जीवन में कितना रंग, कितनी हलचल और उथल-पुथल भर देता है।

"विरह प्रेम की जाग्रत् गति है और सुषुप्ति मिलन है।" वियोग की असहाय पीड़ा का निदान संदेश से ही संभव है। सीता हरण के पश्चात् राम निर्जन कानन में भटकते हुए पूछते हैं, "हे खग-मृग, हे मधुकर श्रेणी, तुम देखी सीता मृगनैनी?" मारू के बाल-विवाह के पश्चात् जब वह यौवन को प्राप्त होती है, तब वह अपने पति ढोला से मिलने के लिए बेचैन है। मन के अंतरतम दर्द की गोपनीयता बनाए रखने के लिए तोते के माध्यम से संदेश भेजती है। इस प्रकार अपने प्रियतम को संदेश पहुँचाने की बेचैनी में लोगों ने वृक्ष, पर्वत, तोते, कबूतर, भँवरे एवं बादलों का सहारा लिया। कुटनी के सहारे अपने संदेश पहुँचाने की कोशिश की है। कहीं अपनी अँगूठी, वस्त्रचिह्न और रंग के माध्यम से अपने संदेश पहुँचाए हैं। मनुष्य को अपने सामाजिक संबंधों को निभाने तथा मन की भावनाओं को दूसरे तक पहुँचाने के उपक्रम में कितना भटकना पड़ा है। सदियों बाद डाकिया के उदय होने के पश्चात् उसने राहत की साँस ली है। संदेश संप्रेषण के रूप में जनभावना के संरक्षक की तरह उसने मानव इतिहास में एक अद्वितीय भूमिका निभाई है।

पत्रों ने जहाँ प्रेमियों को राहत दी, वहीं कई षड्यंत्र भी रचे और गवाह भी बने, पत्रों ने क्रांति की। बड़े साम्राज्य के उत्थान-पतन के कारण बने। पत्रों से गलतफहमियाँ भी हुईं। इस तरह पत्रों ने उत्पाद भी मचाया। पत्रों के माध्यम से अपराध पकड़े गए। आत्महत्या के समय लोग पत्र लिखकर मर जाते हैं, अंत समय भी मनुष्य अपनी अभिव्यक्ति पत्र से ही कर पाता है। सामाजिक संबंधों के पत्र, शादी-ब्याह के संदेश। आदिवासी इलाकों में लाल मिर्च, कमल का फूल युद्ध का संदेश माने जाते थे। बादशाह अकबर को रानी दुर्गावती ने पत्र लिखा था। रानी दुर्गावती ने सूत काटने का करघा अकबर को भेजा था कि बूढ़े हो गए, घर बैठकर सूत कातो। अकबर ने उत्तर में चूड़ियाँ भेजी थीं कि चूड़ी पहने और घर बैठो। मीराबाई जब सामाजिक तानों और यातना से परेशान थी। साधु संगत से जोड़कर उस पर नाना प्रकार के आरोप लगाए जा रहे थे, तब उसने तुलसी को पद में पत्र लिखा था। तुलसी ने भी उसका उत्तर पद से ही दिया था।

क्या टेलीफोन, इंटरनेट के फैलते जाल में अब डाकिया गुम होकर रह जाएगा? हर घर, हर गली में लगी फोन सुविधा अब चिट्ठियाँ लिखने का रिवाज ही खत्म कर देंगी। सेल्युलर फोन पर सड़क चलते, कार में, ट्रेन एवं एरोप्लेन में भी

लोग खबर लेते रहते हैं कि 'पहुँच रहे हैं', 'क्या खाना पका', 'नींद आई या नहीं', 'तबीयत कैसी है?' आदि। इसी प्रकार इंटरनेट संदेशों के आदान-प्रदान के साथ ही किसी विषय पर विचार, दवा के नुस्खे तथा अजनबियों से विचार-विमर्श। यहाँ तक कि सवेरे आनेवाला अखबार, लेख एवं पुस्तकों की पांडुलिपि तक बिना समय बिताए पढ़ सकते हैं। इतनी ढेर-ढेर सुविधाओं ने क्या मानवीय संवेदनाओं कि लो को सूखा नहीं दिया है? आज समय ही समय है, परंतु अहसास की, भावनाओं की कमी हो गई है, मन के भावों का समूचा ताल ही जैसे सूख गया है। नए संचार माध्यमों की जलकुंभी में सहज संदेशों के मनोहारी कमल क्या गुम हो जाएँगे, यह तो समय ही बताएगा।

नए वर्ष की ढेरों बधाई। नई उड़ान भरे, अपने को गुम न होने दें!! □

यात्रा विशेषांक (1)

जुलाई-सितंबर 2017

कहते हैं कि सूरजमुखी का फूल सूरज से बेहद प्यार करता है। सूरज जिधर होता है, वह भी उधर ही अपना मुख कर लेता है। सूरज को तकते हुए ही वह शाम को मुरझा जाता है। अपने प्रिय के लिए उसकी यह भक्ति देखकर हैरानी होती है। ऐसे ही जब हमारी साँस कहीं किसी से जुड़ जाती है तो पोले बाँस से भी मधुर स्वर फूटने लगते हैं। स्वर और बाँसुरी के मेल से जो स्वर फूटता है, वह जादू की तरह आत्मविभोर कर देता है। काश! इस जादू के रहस्य को सब समझ पाते तो यह संसार कितना सुखी हो जाता और छल-कपट/धोखे को कहीं और दूसरी दुनिया में जाकर शरण लेना पड़ती। बेहिसाब हीरे-जवाहरात और तख्त-ओ-ताज के सदके में अनारकली को न्योछावर नहीं होना पड़ता। आज भी दुनिया को प्रेमचंद पसंद नहीं। लोगों के पास दुनियादारी का ऐनक है, तमाम तिकड़में हैं, जो प्यार करनेवालों को जीने नहीं देती। वैलेंटाइन डे के दिन बजरंग दल का वह बजरंगी रंग देखने नहीं मिलता, जिसने सारे शहर को कर्फ्यू के बुखार की तरह वीरान रखा था।

शादियाँ कभी प्रेम के आधार पर नहीं होतीं। इनका बड़ा विचित्र सा गणित होता है। ढेर सारे समीकरण के तालमेल को बैठाया जाता है, ढेर सारी वंश तथा परिवार के ग्रहों को देखकर ही कुंडली का गणित जोड़ा जाता है। सही नाप लेकर ही जीवन की चौखट लगाई जाती है, ताकि जिंदगी की छत डगमगाना सके। इतनी भारी उठा-पटक, छाट अर्थ राशि के बावजूद रोजाना हजारों शादियाँ टूटती हैं और जो बची रह जाती है, उनकी अपनी अलग तरह की मजबूरियाँ होती हैं। केवल साथ रहने का नाटक करते हैं। महत्त्वाकांक्षी अजगर का पेट कभी नहीं भरता। यह बनिया के खाते की तरह ही विचित्र जोड़-घटाव के आँकड़े से तैयार की जाती है। विवाह-संस्था रोकड़ क्षमता अनुसार निश्चित की जाती है। बनिए के बहीखाते की तरह आपसे

बस रिश्तों का सूद वसूला जाता है, ऐसा न कर पाने पर समंदर की तरह दहाड़ता परिवार समाज आपको तुरंत किनारे फेंककर लौट जाता है। शादी निहायत की एक दुनियादारी चतुराई और समझदारी से किया एक समझौता मात्र है, जो मंत्र, आयात या महज एक कागज के आधार पर जीवन भर के लिए सामनेवाले का अधीन/गुलाम बना देता है।

उस दिन ओरछा के राजमहल में जब मैं घूम रही थी, तब एक मौन, अनकही, अनगढ़ी दास्तान को पढ़, सुन और गुन रही थी। राजा पति जुझार सिंह का वह रौद्र रूप, जिसने पत्नी को अपने ही देवर को जहर खिलाने पर मजबूर कर दिया है। प्रवीण राय का वह सतीत्व रूप, जिसने एक बादशाह को भी शर्मसार किया और कुँवर हरदौल की वह स्वीकारी मृत्यु, जिसने भौजी को पवित्र घोषित करने के लिए अपना बलिदान दे दिया तथा जय पराजय के इस भारी द्वंद्व से परे होकर जनमानस के मन पर अपना इतिहास लिख गए और अमर हो गए। कुँवर हरदौल तथा प्रवीण राय की इबारत ओरछा के हर पत्थर पर लिखी दिखती है। आज भी उनके बलिदान की यह कथा हर आनेवाले से हवा चुगली करके बताती है। ईमानदार और सच्चे लोगों की उम्र कम होती है, पर वह लोककथाओं और मुहावरों में सदैव के लिए अमर हो जाते हैं। आज भी आल्हा ऊदल के बाद सर्वाधिक लोकगाथा कुँवर हरदौल की प्रसिद्ध है।

पहले छोटे थे, तब गाँव में देखते थे कि हर नवब्याहता जोड़े को आगरा का ताजमहल देखने भेजा जाता था। तब बात समझ में नहीं आती थी, आज सोचती हूँ तो हैरान रह जाती हूँ, इसके पीछे केवल यही भावना थी कि शाहजहाँ और मुमताज महल की कब्र पर जाने और ताजमहल को देखने से उनके मन में भी एक सुखी और सफल गृहस्थी की भावना जाग उठे। इबारतें कैसे इबादत में बदल जाती है, यह यदि कहीं देखना और समझना है तो उसे आगरा जाकर ताजमहल को देखना चाहिए। आज भी ताजमहल को देखनेवालों की संख्या सबसे अधिक है। यह एक ऐसा सबक और जादू है, जो सभी से कहता है कि चुप बैठकर ताज को देखने पर महसूस होता है, जैसे आसमान से किसी फरिश्ते ने उतर कर एक करिश्मा, शाहकार जमीन पर रख दिया है। आज भी लगता है, जैसे ताज का दिल धड़कता है, एक ठंडा, कोमल से स्पर्श दिल के भीतर पहुँचकर सबकुछ झकझोर देता है। इनसान हक्का-बक्का सा होकर बस उसे तकता रह जाता है। दुनिया की तमाम बुरी बातें, जैसे—धोखा, फरेब, झूठ, चालबाजी यहाँ आकर बोथरे पड़ जाते हैं। इनके पैतरे यहाँ नहीं चल

पाते। बदमाश शातिर और गुंडा आदमी भी यहाँ सोचने पर मजबूर हो जाता है कि प्रेम, सच्चाई, ईमानदारी और आस्था की कितनी लंबी उम्र होती है।

अच्छे और बुरे कर्म इनसान के बोलते हैं, जो शताब्दियों तक ज्यों-के-त्यों शाश्वत और जीवित रहते हैं। इतिहास की पुस्तकों में राजा की वीरता/शौर्य, उसकी संपत्ति, हीरे-जवाहरात के आँकड़े दर्ज रहते हैं, पर मन की तहरीर इबारत तो आसमान और जमीन की तकलीफ पर लिखी दिखती है। इसकी गंध माटी में बसी लगती है। सबकुछ जनमानस के मन पर अंकित हो जाता है और जो फिर कभी नहीं मिटता। लोककथाओं में, किंवदंती यह बात हमेशा के लिए अमर हो जाती है।

कुदरत ने एक नन्हा सा दिल सबको दिया है, चाहे वह मनुष्य हो अथवा पशु पक्षी हो। सारस की जोड़ी तो अपनी वफादारी के लिए मिसाल बन गई है, लोग उसका उदाहरण देते हैं। सदा साथ रहते हैं, एक जाता है तो दूसरा अकेला ही रहता है और अंत में वह भी मर जाता है। वास्तुशास्त्र वाले कहते हैं कि शयनकक्ष में सारस का जोड़ा रखना चाहिए, लेकिन क्या सारस का जोड़ा शयनकक्ष में रखने भर से वफादारी आ जाती है? नहीं, यह खून की तासीर होती है। कबूतर-कबूतरी, बदक का जोड़ा, चकवा-चकवी जाने कितनी ऐसी जोड़ियाँ हैं, जो अग्नि के फेरे लिये बगैर कामा मौलवी के बोल दो बोल के बिना और रजिस्टर्ड मैरिज की मोहताजी बगैर भी ईमानदारी से सुखी जीवन बिता देते हैं।

किसी ने कितना सच कहा है कि जिंदगी तो छोटी सी होती है, चाहे तो इसे प्रेम या सुकून से गुजार लो या फिर फरेब/धोखे से अपने को ही ठगते रहो। जिंदगी के दोहारे से यहीं दो रास्ते निकलते हैं, जो एक-दूसरे से भिन्न स्वभाव के है और इनकी तासीर और ताबीर भी अलग ही है, जैसे—स्वर्ग और नरक। आप किसे पसंद करते हैं, यह बात तो अपके गुण तथा संस्कार ही निर्णय कर सकते हैं। जो बोया जाता है, वहीं लौटकर मिलता है, यह बात तो बड़े-बड़े संत कह गए हैं। दिल की गलियों में तो बस ऐसी आहटों का डेरा होना चाहिए, जो साँस को राहत और सुकून दे सके। संसार तो बसता है और उजड़ता रहता है, पर दिल की दुनिया तो बस एक बार बसते-बसते बसती है। लोग तो जिंदगी को गुड्डे-गुड़िया का खेल समझते हैं। एक से मन भर गया तो बाजार से दूसरा ले आते हैं।

प्रेम के प्रतीक के रूप में राधा-कृष्ण की जोड़ी को मान्यता मिली है। कृष्ण की मूरत कभी अकेले देखने में नहीं आई, राधा बेल की तरह कृष्ण से लिपटी खड़ी है। कोई बंधन, आदर्श और अधिकार की सीमा यहाँ नजर नहीं आती। रिश्तों में ताजे और

कोमल पत्ते की सी ताजगी और चमक दिखती है। कृष्ण की पहचान बाँसुरी और राधा के साथ नजर आती है। राधा कृष्ण की आत्मा, शृंगार और पहचान बन गई है।

अतर यानी इत्र की तरह रिश्तों में सुगंध बनी रहनी चाहिए। अतर की तरह ही उसका कोमल अहसास हमारे आसपास बना रहना चाहिए प्रेम एक अहसास ही तो है, जिसे सिर्फ समझा और महसूसा जाता है। अनगिनत फूलों से अतर की एक बूँद तैयार होती है, ऐसे ही अनगिनत सुखद क्षणों से प्रेम का नन्हा अहसास जन्म लेता है। इस अहसास को मैं दर बनाए रखने के लिए जिंदगी में भी उसी कठिन प्रक्रिया से गुजरना पड़ता है, जैसे अतर बनाने के लिए कठिन प्रक्रिया से गुजरना पड़ता है, तब अतर की एक बूँद की झलक आपकी थकान को प्रसन्नता में बदल देती है। जीवन में भी संघर्ष और कठिनाइयों से ही जीवन तथा तथा उच्च बनी रहती है। एक बेस्वाद लंबे जीवन से तो छोटे पल अच्छे, जब लगे कि—'उसने कहा था।' प्रेम की एक बूँद में कितनी ढेर-ढेर यादों का जमघट होता है।

प्यार का अहसास एक ऐसी प्राणवायु है, जो हमें जीवित रखती है। जब जिंदगी की घुटन से साँस घुटने लगती है, तब रोशनदान से आया एक हवा का झोंका घुटन को कम करने में सहायक और राहत देनेवाला होता है। उन यादों को याद कर बरबाद होंठ मुसकरा पड़ते हैं, जब कोई अपने अनाड़ी आड़े-तिरछे अक्षरों में एक लाइन लिखकर दुपट्टे के कोने में धीरे से बाँधकर गायब हो गया था—'तुमसे प्यार करता हूँ।' दुपट्टे के कोने में उसका वजन और वजूद का अहसास सारी जिंदगी आपको बिखरने से बचाए रखने में पेपरवेट की तरह सहायक होता है और आप लंबी दौड़ में आँख मूँदकर दौड़ने लगते हैं, क्योंकि इस क्रम में किसी की इच्छा, चाहत और प्रसन्नता शामिल लगती है। कितनी बार उसे ही गूँथा और हर बार लगा, जैसे अभी भी शेष रह गया है।

आज भी वह सीप में बंद बहुमूल्य मोती की तरह है, जो मन की अताह गहराइयों में छुपा रहता है। उसका अहसास ही तो होता है, जो हमें थामे और दुलारे रखता है। कमसिन उम्र में उसकी एक तसवीर, तहरीर रखने की दिलेरी नहीं होती पर सारी उम्र वह मन में जिंदा रूह बनकर रह जाता है। गढ़ते जाइए, हर सृजन में वह मौजूद है। तस्बीह के मनके की तरह हर बार उसकी छुअन स्पर्श आपकी ही फेरी क्यों लगती है? क्या वह अनगढ़ शिव है, जो नर्मदा किनारे पड़ा रहकर नर्मदा को बेशकीमती बना देता है?

□

युव विशेषांक (1)

जनवरी-मार्च 2003

हमेशा हम बड़ी, ऊँची, पहाड़ जैसी सांसारिक समस्या से रूबरू होते रहते हैं और वहीं छोटी-छोटी बातों की अवहेलना करते रहते हैं। आलीशान बँगला और इमारत बनाने की बात करते हैं पर कभी घर बनाने की बात नहीं सोचते। मकान तो सिर्फ ईंट-गारे से बनाया जाता है, परंतु घर तो केवल अपनों के स्नेह और ममत्व से ही बन सकता है। शायद इसलिए किसी ने कितना सच कहा है, "न घर तेरा, न घर मेरा, चिड़िया रैन बसेरा।" चिड़िया की लगातार मेहनत, लगन और आत्मविश्वास को देखकर तो यही लगता है कि घर तो चिड़िया का है, हम तो बस, उसकी मेहरबानी पर रहते हैं। घर की दीवारें, जो हमेशा हमें सुरक्षा देती हैं, हमारी परदादारी करती हैं, उसी के कारण हमारे दोष/अपराध हमेशा ढके-छुपे रहते हैं, पीठ टिकाकर खड़े रहते हैं, इसके बावजूद भूलकर हम उसकी खोज-खबर नहीं रखते। नतीजतन हमारी लापरवाही से छत का रिसता पानी अनजाने में दीवारों को खोखला करता रहता है। जब वह भरभराकर ढह जाती है, तब हम जागते हैं। ऐसे ही हम अपनी युवा पीढ़ी पर आश्रित रहते हैं, पर हम कभी उनकी बुनियाद को खटखटाकर नहीं देखते कि उसकी नींव पुख्ता है या नहीं?

आज अनियंत्रित युवा वर्ग को देखकर धक्का सा लगता है। जिधर देखो, उधर बस, भीड़-ही-भीड़ दिखती है। लोग बेतहाशा भागते ही दिखते हैं। सरकारी दफ्तरों में नौकरी के लिए लंबी कतारें, पुलिस की भरती में मैदान में लगे मेले की तरह इकट्ठा लोग, किसी नेता की अगवानी के लिए स्टेशन में उत्तेजित जुलूस की शक्ल में जिंदाबाद के नारे लगाते, दंगा कराते, तोड़-फोड़, लूटपाट में शामिल युवा वर्ग को देख हैरानी होती है। कश्मीर के चरार-ए-शरीफ के हादसे के वक्त जब मेरा

कश्मीर जाना हुआ था, तब वहाँ पता चला था कि पुलिस की डायरी में पाँच हजार नवयुवक लापता हैं। कुछ मिलिटेंट के साथ हैं, कुछ पुलिस हिरासत में हैं, कुछ जंगलों में हैं, कुछ मारे जा चुके हैं, जिनका अता-पता नहीं है। इधर पुलिस और फौज उन्हें ढूँढ़ती है, दूसरी तरफ मिलिटेंट के लोग पीछा करते हैं। कभी कोई बागी नौजवान बहन की सगाई पर या बाप की मौत पर घर आ जाता है, तो फौज के लोग उस एक की तलाश में सारे मोहल्ले को तहस-नहस करके रख देते हैं। नतीजा मौत या जंगल की पनाह! घरों में या तो बूढ़े रहते हैं या औरतें रहती हैं। इस अनिश्चित भविष्य का कहीं अंत नहीं है। इसी तरह, उस दिन छत्तीसगढ़ के रायपुर रेलवे स्टेशन पर बैठी थी, तब गुजरात जाने के लिए आतुर नवयुवकों की भीड़ ट्रेन में बिना टिकट डिब्बों में ठूँसे बैठी थी। घबराहट में यात्री अपनी यात्रा रद्द करके भाग रहे थे। दहशतजदा होकर भी अकेले यात्रा करने के अलावा मेरे पास कोई रास्ता नहीं था। कम उम्र युवाओं को देख मैं दंग थी। दिशाहीन धूल भरी अंधड़ आँधी की तरह भटकते युवा वर्ग पर मुझे रहम आ रहा था।

गलती इनकी नहीं है, गलती तो हमारी है, जो हम उन्हें संतुलित और नियंत्रित जीवन जीने का सबक नहीं सिखा सके। वे हमारा ही हिस्सा हैं, नए समाज के समीकरण की बागडोर उन्हीं के हाथों है। युवा प्रतीक हैं—नई चेतना, ऊर्जा, संघर्ष एवं नवनिर्माण के। जिस तरह मिट्टी कचरे की परतों को तोड़कर नए सृजन के रूप में अंकुर उगता है, उसी तरह नई उम्मीदों को लेकर युवा वर्ग के कदम बढ़ते हैं। पुरानी परंपराओं, अंधविश्वास, समझौते भरे जीवन एवं आडंबरों के अँधियारे को सूरज की तरह तोड़ने की क्षमता रखता है हमारा युवा। किसी भी युग के इतिहास के पृष्ठ पलटने पर युवा वर्ग के पराक्रम से रचे सुनहरे पृष्ठ दिख जाते हैं। पुराने मजबूत किलों की दीवारें जिस तरह घास के अंकुरों से धीरे-धीरे फट जाती हैं, उसी तरह से युवा वर्ग पुराने को ध्वस्त करके नए के निर्माण की क्षमता रखता है। युवा वर्ग में जिज्ञासा, सत्य को जानने की ललक और उसके प्रति समर्पित होकर असत्य और अन्याय के विरुद्ध जिहाद छेड़ने की क्षमता है। दुनियादारी के ढर्रे और आडंबरों की चमकीली रेत युवा शक्ति की सरिता को सोख लेती है। यदि युवा वर्ग अपनी शक्ति और क्षमता को पहचान ले तो वह स्वयं एक नए संसार को बसाने की क्षमता रखते हैं, जो निश्चित ही वर्तमान से बेहतर होगा।

जी-जान न्योछावर कर अन्याय एवं शोषण के विरुद्ध मानव सभ्यता का इतिहास हमेशा युवा वर्ग के हाथों ही रचा गया है। जहाँ त्याग के उपदेशक संदेश

सुनाते घर-गृहस्थी के मोह में बूढ़े हो गए, वहीं युवा सिद्धार्थ ने घर और राज्य त्यागकर एक ऐसी मिसाल दी कि उसने पूरी दुनिया की दिशा ही बदल दी। युवा सिकंदर ने विश्व-विजय की ठानी और तैंतीस वर्ष के जीवन में उसने धरती का एक बड़ा भूभाग फतह कर लिया था। देश की पहली आजादी की लड़ाई में अंग्रेजों से टक्कर लेनेवाली झाँसी की रानी अपनी अंतिम साँस में केवल बाईस वर्ष ही पार कर पाई थीं। स्वतंत्रता आंदोलन में भगत सिंह ने अंग्रेजों को खूब छकाया और चौबीस वर्ष की उम्र में ही वह फाँसी पर झूलकर देशभक्ति का अमर संदेश दे गया। विश्व का समूचा इतिहास ऐसे ही रणबाँकुरों, सृजकों, त्यागी, तपस्वियों से भरा पड़ा है, जिन्होंने युवा काल में वह कारनामे अकेले ही कर दिखाए, जो सारी दुनिया भी मिलकर नहीं कर सकी।

स्कूलों में छोटे बच्चे जब अपना टिफिन खोलते हैं तो जाति, धर्म, क्षेत्र की दीवारें लाँघते हुए एक-दूसरे का खाना खाते हैं, एक साथ खेलते हैं, गले लगते हैं और विलग होने पर फूट-फूटकर रोते हैं। समाज और राजनीति के प्रदूषण से कॉलेज पहुँचने तक वे धर्मांध, कट्टरपंथी, सांप्रदायिक और जातिवादी बन जाते हैं। कॉलेज से निकलते ही वह हिंदू, मुसलमान, सिख, ईसाई बनकर एक-दूसरे का गला काटने के लिए तैयार हो जाते हैं। प्रेम, मित्रता और दूसरे धर्मों के प्रति आदर कहाँ गुम हो जाता है? जो युवा दस-पाँच रुपए की रिश्वत पर बेईमान का गला पकड़ लेता है, वही कुछ समय में दुनियादारी की जरूरत कहकर लाखों की रिश्वत लेने-देने एवं हेरा-फेरी का आदि हो जाता है। इस प्रकार, निर्दोष, प्रेमपूर्ण, सत्यनिष्ठ युवा इस बेईमान समाज के गैंग का सम्मानीय सदस्य बनकर रह जाता है।

कहीं कुछ गलत है। मानव मन और समाज के जलने की दुर्गंध अब स्पष्ट आने लगी है। हम युवा को उसका पैनापन, ऊर्जा-चमक और मानवीय संवेदना को पहचान कराने से चूक गए हैं। क्यों न उसके खून से सने हाथों को अपने स्नेह से पोंछकर उसके हाथों से खूनी हथियार वापस ले लें और उसके हाथ में कच्चे सूत की डोरी थमा दें और सम्मोहन का वह जादुई डंडा थमा दें? कच्चे सूत में बड़े-बड़े वटवृक्ष को बाँधने की शक्ति होती है। अपने लिए, समाज के लिए, देश के लिए मंगलकामना का वरदान माँग लें।

□

आदिवासी विशेषांक

अप्रैल-जून 2003

अकसर सड़क के किनारे ईंटों को जोड़कर बनाए चूल्हे पर मिट्टी के तवे पर हाथ से बनाई मक्के की रोटी डालती महिला और रोटी को उलटता-पुलटता उसका पति और सेंकी रोटी को ललचाई आँखों से तकते आतुर बैठे बच्चे दिख जाते हैं। इस साँझा सुख को साथ भोगते आखिर यह लोग कौन हैं? मन में जाने कितने प्रश्न फन काढ़े खड़े हो जाते हैं! अपने में गुम आखिर यह कौन लोग हैं? कहीं यही बाबा आदम और माँ हव्वा तो नहीं? बचपन में सुनी परीकथा के क्या यही पात्र हैं? तो क्या अब संसार का पुनर्जन्म होनेवाला है? या फिर अंत? एक-दो बरतन तथा एक-दो कपड़े के अलावा इनके पास कुछ नहीं है। यही सीमित सामान इनकी धरोहर और गृहस्थी है। हम ढेर-ढेर कुबेर का धन इकट्ठा करके भी सुखी नहीं और यह सड़क पर नंगे/उघाड़े पड़े भी हमसे अधिक सुखी दिखते हैं! संसार से यह कोसों दूर हैं, यह उनका दुर्भाग्य भी है और सौभाग्य भी है। दुर्भाग्य इसलिए कि किसी भी प्रगति में इनकी हिस्सेदारी नहीं और सौभाग्य इसलिए कि यह तमाम उठा-पटक, लालच और राजनीति से अनजान आज भी सात्त्विक बने हुए हैं। इन्हें अपने हक हड़प लिये जाने का भी दुःख नहीं, यह अपने उसी स्वाभिमान से जी रहे हैं। हम अपनी संस्कृति खो चुके हैं और यह अपनी संस्कृति के किले में विराजमान आज भी अमीर हैं। हम उधार की संस्कृति को अपनाकर अपना सुख-चैन खो चुके हैं। कौटिल्य ने शायद इसलिए इन्हें प्राचीन संस्कृति का प्रहरी निरूपित किया है। आधुनिक संस्कृति की मिलावट न होने से ये आज भी शुद्ध मानव हैं। इनके सुख के अपने पैमाने हैं, इनके अपने देवता, रीति-रिवाज तथा अपने कानून-कायदे हैं। सांप्रदायिक ताकतों ने जहाँ संसार को युद्ध की आग

में झोंक रखा है, वहाँ आज भी यह सामूहिक रहकर अपने साम्राज्य को सहेजे सारगर्भित ढंग से जी रहे हैं।

सभ्यता ने हमेशा मनुष्य का पतन ही किया है। हमेशा कामना और ख्वाहिशों ने विध्वंस का ही मार्ग दिखाया है। युद्ध, घृणा, बैर, यह हमेशा निर्माण में बाधा रहे हैं, परंतु इन्हीं के आसरे ही चतुर पुरुष अपनी व्यवस्था को स्थापित करने में सफल भी होते रहे हैं। महाभारत के युद्ध ने एक ही कुल का नाश करके इस बात की पुष्टि की है। जब भी मानव ने अपने स्वार्थ के लिए युद्ध किया, तब सदैव मानवता का विनाश ही हुआ। इतिहास के पन्ने भी इस विनाशलीला से रँगे पड़े हैं। युद्ध एक ऐसा राक्षस है, जिसने हमेशा मनुष्य का सुख-चैन छीना और हमेशा-हमेशा के लिए वैमनस्य के बीज बोए, जिसका कभी अंत नहीं हुआ। अपने समाज को एक कुटुंब की तरह समझकर कैसे शांति से, बिना अधिक की चाह किए, जिया जाता है, यह हमें आदिवासियों से सीखना चाहिए। आदिवासी को बाहर की दुनिया से कोई लेना-देना नहीं होता, वह हमेशा अपने सीमित दायरे में ही सिमटकर रहना पसंद करता रहा है। उसने कभी संसार से कोई प्रश्न नहीं किया और अपनी हिस्सेदारी का परचा भी कभी दाखिल नहीं किया। अपनी पैरवी के लिए कभी किसी गवाह को खड़ा नहीं किया और न ही अपने हक में कोई दलील दी। संसार ने कभी उसकी खोज-खबर नहीं ली। सभ्य समाज के लिए वह बस, एक बेताल कथा की तरह दिलचस्प बना रहा। संसार और सभ्यता से उसकी यह दूरियाँ हमेशा बनी रहीं। मजेदार बात तो यह है कि सभ्य संसार उसे अपना पुरखा मानता रहा। वह हमारे पूर्वज रहे, पर उनके पुनरुत्थान के लिए कभी पहल नहीं हुई। हमेशा उनके हिस्से का सुख, वैभव, सत्ता, ऐश्वर्य दूसरे ही हड़पते रहे।

कभी संध्या के समय जब राजमार्ग से घने जंगलों में प्रवेश करती पगडंडी पर चलते हुए कहीं ढोल-नगाड़े और मंदिर की आवाज प्रभावित करती हैं और जैसे-जैसे कदम इनके गाँव के करीब पहुँचते हैं तो सामूहिक नृत्य की थाप पर सुमधुर स्वर को सुनकर मनुष्य चकित रह जाता है। लगता है कि सारा संगीत एवं नृत्य मानव निर्मित न होकर पहाड़ियों एवं जंगल की स्वयं की ही अभिव्यक्ति है, जिसके अभिनंदन के लिए सारी प्रकृति ही सिमट आई है! आदिवासियों का संगीत एक झरने की तरह कहीं भी फूट पड़ता है। चट्टानों पर उछलता है और नीचे गहराइयों में जाकर गुम हो जाता है। आदिवासी जीवन भी वस्तुतः इसी प्रकार होता है। उनके जीवन की धारा को बाँधा जाए या मोड़ा जाए या नहरीकृत किया जाए तो

वह अपने सौंदर्य को खो बैठता है। जिस तरह बीज से अंकुर निकलता है, बाद में पल्लवित, पुष्पित तथा फलित होकर विशाल वृक्ष बन जाता है। यह सारी प्रक्रिया कितनी सहज एवं अयत्नसाधित है! इसमें जल्दबाजी और समय से पहले फल पाने की कामना ने मनुष्य को सदैव ही छला है। आदिवासी जीवन अभी भी छल-कपट से दूर प्रकृति की गोद में अभावा के बीच भी आनंदित है। पेड़ की शाखा टूटने पर भी अन्य शाखाएँ हरी एवं फलदायी बनी रहती हैं। ऐसे ही दूरस्थ अंचलों में बसे आदिवासी ठगे जाने पर भी शोक नहीं मनाते, क्योंकि उनकी अमीरियत की सीमा नहीं है।

फ्रांसीसी लेखक रूसो ने नारा दिया था—'प्रकृति की ओर लौट चलो।' उसने कहा था—सभ्यता के विकास और संपत्ति की अवधारणा से मनुष्य का पतन हुआ है। तथाकथित सभ्य लोग अपनी सभ्यता के जंगलीपन को इन आदिवासियों पर थोपते हैं। उन्हें सभ्य बनाने की प्रक्रिया में उनकी सच्चाई, आपसी प्रेम और प्रकृति के प्रति लगाव उनसे छीना जा रहा है। संत-स्वभावी आदिवासियों पर लागू कर विकास के अपने पैमाने, संपत्ति का वैभव, समाज में छोटा-बड़ा बनाकर धन एवं मुद्रा की व्यवस्था लागू कर उन्हें मोहताज एवं लाचार बनाने का ही उपक्रम सिद्ध हुआ है। हरे-भरे जंगलों को काटकर इमारती लकड़ी तथा फरनीचर के रूप में हमने अपने घर सजाए हैं। जल-जंगल-जमीन से जुड़े आदिवासियों को बड़े बाँध एवं कारखाने लगाकर बेघर किया है। अपने कानून, व्यवसाय, मुद्रा के संव्यवहार से उन्हें शोषित तथा पीड़ित बना दिया है। एक सर्वेक्षण में, सुख की परिभाषा में गरीब बंग्लादेशी अमेरिकियों से ज्यादा सुखी बताए गए हैं। उस दृष्टि से आकलन करें, तो संपत्ति एवं सुख-सुविधा विहीन आदिवासी सर्वाधिक सुखी माने जा सकते हैं।

आज के आदिवासी जीवन में बदलाव लाने के लिए हमारे सामने दो विकल्प हैं—क्या इन्हें हम अपनी सभ्यता के रीति-रिवाजों में ढालकर कहीं इनके सुख के आधार तो नहीं छीन रहे हैं? कहीं ऐसा न हो कि हम इनकी जिंदगी में फूल उगाने के उपक्रम में अपनी सभ्यता की कीटनाशक दवा से पौधों को ही नष्ट कर, जमीन को बंजर कर दें! दूसरा विकल्प है कि हम इन आदिवासियों को इनके हाल पर ही छोड़ दें! हमें धैर्य से मध्य मार्ग अपनाना होगा। मानव-व्यक्तित्व के पूर्ण प्रस्फुटन के लिए आवश्यक है कि स्वास्थ्य-सुरक्षा, शिक्षा तथा कौशल विकास के माध्यम से इन्हें सक्षम तथा अधिकार संपन्न बनाएँ। इनको शिक्षा देने की जगह हमें इनसे

सीखना चाहिए। इनके अपने ग्राम देवता को नकारकर, कहीं हम अपने मंदिर, मसजिद और गिरजाघर बनाकर इनकी शांति को भंग न करें। बहुत पहले बस्तर में 'चपकावाले बाबा' बिहारी दास ने इनके शांत जीवन में जहर घोलकर इन्हें शोषित और शोषण के कगार पर ला दिया था।

आत्मानुशासित आदिवासी बाहरी संसार से मुक्त रहकर अपने स्वयं के द्वारा निर्मित सामाजिक जीवन को अपने ढंग से नियंत्रित करते हैं। जीवन के अनुशासन और कट्टर धार्मिकता का प्रदूषण इनका दम घोंट देता है। सत्ता और बाहरी संसार से यह कभी नहीं जुड़ पाए। इनके नाम से लोग सत्ता और राजनीति के सिंहासन पर बैठते रहे और यह इन सारे तंत्र-मंत्र की प्रचंड भाषा से अनजान रहे। आज भी चिरौंजी के बदले नमक ही बदलकर खा पाते हैं। यह तो मानसरोवर में रहनेवाले हंसों की तरह ही जंगल में विचरने, फुदकने और चहचहानेवाली चंचल जंगली मैना की तरह हैं, जिसे जंगल की प्राणवायु ही माफिक आती है। आधुनिक शहर की हवा तो इन्हें नष्ट कर देती है। इनके अरण्य को तो हमें सुरक्षित कर देना चाहिए। समरलोक का यह विशेष अनुष्ठान है। आपकी आमद, मौजूदगी, हिस्सेदारी निहायत जरूरी है। लिखें—कैसी लगी इनकी दुनिया?

□

लोकतंत्र विशेषांक

अक्तूबर-दिसंबर 2003

मनुष्य एक सामाजिक प्राणी है। वह समाज, परिवार और अपनों के बगैर नहीं रह सकता और आश्चर्य यह है कि इन्हीं से वह परेशान, दुःखी और सुखी भी होता है! समाज में तथा उसके अपने व्यक्तिगत जीवन में उसकी दो तरह की भूमिका रहती हैं। जैसे सिक्के के दो पहलू, जिसे हम अपनी बचपन की भाषा में चित-पट कहते हैं। सिक्का अपनी दोहरी छवि के साथ बाजार में चलता है और इसे हम सब उसी तरह से स्वीकारते भी हैं। व्यापार की दुनिया में तो यह बखूबी चलता है, पर जीवन में ऐसा नहीं चल पाता। कुछ लोग सिक्के की तरह ही अपने जीवन में दोहरे चरित्र के साथ जीते हैं। इसी कारण, शायद वह सारी जिंदगी चित-पट करते रहते हैं। जिन्हें हम महापुरुष, सूफी-संत या आदर्श पुरुष कहते हैं, उनकी छवि सदैव एक-सी ही रहती है। उनका आचरण भीतर और बाहर से एक जैसा रहता था, लेकिन आज के समाज-सुधारक, नेता, लेखक, कवि क्या वैसा आचरण रख पाते हैं?

सद्भावना विशेषांक को निकालते ही लगा, जैसे मधुमक्खी के छत्ते में हाथ डाल दिया। चारों तरफ से भुन-भुन करके मधुमक्खियों ने आक्रमण कर दिया—आप तो संतवाणी बोलने लगीं, 'सौ बरस पहले जन्म लिया होता'। 'मैं दंग'। आखिर क्या अब लोग सद्भाव, एकता की भाषा को हास्य-व्यंग्य की बोली समझने लगे हैं? सद्भाव, जो पहले हमारे जीवन के प्राण होते थे, जिसके बिना सद्गति नहीं थी, पर आज तो लोग 'तीर पर तुक्का' रखना सीख गए हैं। 'नहले पर दहला मारना' सीख गए हैं। आज अनपढ़ों से नहीं, पढ़े-लिखे अनपढ़ों से बहस करना पड़ती है। दलदल को और बढ़ाना ही जैसे इनकी नियति बन गई है। अनुशासनहीनता की राजनीति ही जैसे अब वर्तमान का सत्य बनकर रह गई है। इकबाल क्यों पाकिस्तान चले गए?

लेकिन वहीं आज भी भारत के आजादी के जश्न पर पुलिस बैंड क्यों उनका तराना बजाता है? यह एक लंबी बहस के मुद्दे हो सकते हैं। मनुष्य चला जाता है, परंतु क्या उसके सत्कर्म भुलाए जा सकते हैं? इकबाल यदि अपने किसी पारिवारिक कारण से चले गए, लेकिन वहाँ चैन से नहीं रह पाए। चलिए, इकबाल को उनकी इस गलती के कारण भुला भी दें, पर क्या बिस्मिल्ला खाँ, जिसने 1947 की रात्रि को अपनी शहनाई बजाकर स्वतंत्र भारत की सुखद भोर का अहसास कराया, क्या उन्हें भूल जाएँ? मुसलमान तो दोनों हैं? हम सधी व्यंग्य की भाषा बोलकर अपना ही बौनापन दिखा देते हैं? किसी लेखक-कवि या संगीताचार्य को क्या आपके किए बँटवारे अलग कर देंगे? एक साधु नदी में गिरे बिच्छु को पकड़कर किनारे कर रहे थे तो उनका शिष्य बोला, "महाराज उसे छोड़ दें, डस लेगा।" साधु ने कहा, "वह यदि अपना स्वभाव नहीं छोड़ सकता, तो मैं अपना स्वभाव क्यों छोड़ दूँ? मैं भी क्यों अपनी भाषा भूल जाऊँ?"

भारत में लोकतंत्र नीचे से अर्थात् समाज से नहीं उगा है, यह संविधान निर्मित है। चूँकि हमारे समाज में अलोकतांत्रिक परंपराओं की भरमार है, अतः एक तरह से यह थोपी हुई व्यवस्था है। लोकतंत्र को पूरी दुनिया में मान्यता मिली है, अतः हम भी लोकतंत्र को मान्य करने के लिए बाध्य हैं, परंतु हमारी अलोकतंत्रीय धारणाएँ और व्यवस्थाओं ने लोकतंत्र का एक विद्रूप निर्मित किया है। आधी शताब्दी से अधिक समय में लगातार लोकसभा, विधानसभा, पंचायत एवं अन्य स्तरों पर चुनाव होते रहे हैं। सत्ता परिवर्तन हुए हैं। यह सब लगभग शांतिपूर्ण ही रहा। लोकतंत्र के इस ड्रामे ने सारे संसार को प्रभावित किया और हमारे नेता भी इससे गौरवान्वित महसूस करते हैं।

एक पढ़ा-लिखा नवयुवक जब कॉलेज से निकलकर भारत के लोकतंत्र की हकीकत देखता है तो उसका एक बड़े आडंबर से साक्षात्कार होता है। जनप्रतिनिधियों की उम्मीदवारी का आधार जनता की चाहत नहीं, केवल सहमति जीत लेने की क्षमता होती है। जाति-बल, धन-बल और बाहुबल प्रमुखता से उम्मीदवारों की योग्यता का निर्धारण करते हैं। अपने चमचों अर्थात् छोटे सामंतों को धन, दारू तथा धमकी के माध्यम से वोट हड़पने की क्षमता से मैदान में लगाया जाता है। अभी भी व्यक्तिगत वोट की परवाह नहीं की जाती। गाँव के गाँव, मोहल्ले और पूरी जाति के वोट के ठेकेदारों को ही पटाया जाना आवश्यक होता है। इन्हीं मैदानी चमचों और दलालों का प्रतिनिधि ही हमारा नेता होता है। वह अभी तक जनता का नेता नहीं बन पाया।

सामंतवाद की मानसिकता इस कदर हावी है कि लोग चुनाव के लिए नामांकन-पत्र भरने जाते हैं तो उससे पहले राज्याभिषेक समारोह करते हैं। वे राजा के रूप में जनता के सामने जाते हैं तो उन्हें जनता ज्यादा वोट देगी। ये अलोकतांत्रिक अवधारणाएँ नेता और जनता दोनों में बरकरार हैं, जो हमारे लोकतंत्र को खोखला बनाए हुए हैं। जनता की सहमति वोट हड़प लेने के तरीके शायद ही दुनिया के किसी अन्य देश में मिलें।

लोकतंत्र का नायक वस्तुतः नेता नहीं, नागरिक होता है। लगभग एक हजार वर्ष की गुलामी से भारत की प्राचीन परंपराएँ, सामाजिक सद्भाव, अन्याय के विरुद्ध संघर्ष की वह क्षमता खो बैठा है। विदेशी हुकूमत के एजेंट छोटे सामंतों ने अपना पद सुरक्षित रखने एवं अपनी ताकत बढ़ाने के लिए बादशाहों और अंग्रेजों द्वारा मुँहमाँगी कर की राशि को बेरहमी से जनता से वसूला। इस तरह की असुरक्षा, अनिश्चितता के भँवर में बहते-बहते वह लोकतंत्र का अगुवा बनने की क्षमता भी खो बैठा है। यही कारण है कि मंत्रियों, तहसीलों, न्यायालयों तथा पुलिस एवं प्रशासन के आसपास दलालों के झुंड घूमते हैं। इस जाल को तोड़कर कोई सही काम कराना चाहे तो शायद ही उसे सफलता मिले। स्वार्थ, भ्रष्टाचार, भाई-भतीजावाद का खेल इसलिए चल रहा है कि हम अपने लोकतांत्रिक नागरिक के निर्माण में कामयाब नहीं हो पाए या जानबूझकर इसी असफलता को हमारे नेता अपनी कामयाबी का आधार बनाते रहे और लोकतंत्र के रक्षक ही इसके भक्षक बने रहे।

लोकतंत्र की धुरी—नागरिक/मतदाता की शिक्षा, स्वास्थ्य तथा सम्मान के लिए अनुकूल वातावरण बनाना अनिवार्य है। उसके व्यक्तित्व का पूरा विकास हो। समानतावादी समाज में उसे बराबरी का दर्जा मिले, तभी वह स्व-शासन के काबिल होगा। निर्भीक एवं निष्पक्ष चुनाव उसकी स्वयं की क्षमता पर ही आश्रित है। जनप्रतिनिधियों की लापरवाही और भ्रष्टाचार पर अंकुश रखने के लिए सबसे पहले हमें नागरिक को मजबूती देनी होगी। बिना खेल का मैदान समतल बनाए हमने लोकतंत्र का खेल शुरू किया है। ऊबड़-खाबड़ जमीन और सामंतवादी भरकों में पुराने सत्ताधारी लोग ही लोकतंत्र की गेंद गुपक रहे हैं। जनता इस खेल की तमाशबीन है। कभी वह इस खेल में अपने को बराबरी का हिस्सेदार मानती है और कभी पूरी तरह ठगे जाने पर लोकतंत्र की नई व्यवस्था में भी पुराने आततायी राक्षसों को जीवंत देखकर घुटने टेक देती है। भारतीय लोकतंत्र की यही विडंबना है।

लोकतांत्रिक व्यवस्था सत्ता के पुराने बाँधों में रिसन जरूर पैदा करती है।

अभेद्य दुर्गों में यह दरारें बनाती हैं। चुनाव की बरसाती बाढ़ों में मिट्टी को बहाकर कभी गड्ढों को भरती है और कभी टीलों को भी छोटा बना देती है। यह एक धीमी प्रक्रिया है। लोकतंत्र के नायकों से भारत के भावी इतिहास का एक ज्वलंत प्रश्न है—इन अंतर्विरोधों को हल करने के लिए और कितना खींचोगे? आज जरूरत है कि जनता उठ खड़े हो और सत्ता के बाँधों को फोड़ दे, किलों को तोड़ दे और लोकतंत्र की ऐसी बाढ़ पैदा करे कि सबकुछ समतल हो जाए। उस दिन जब सूरज उदय हो तो उसकी रोशनी में धन-बल और जाति की दीवारें रुकावट न बन सकें। लोकतंत्र का ध्वज सँभाले प्रगति के शिखर की ओर भारतीय नागरिक निर्विवाध्न अपने कदम बढ़ा सके।

'लोकतंत्र विशेषांक' आपके हाथ में है। क्या हम अपने लोकतंत्र का आकलन कर पाए? लोकतंत्र के इस गंदे समंदर से टटोलकर मोती ढूँढ़कर ला पाए? 'समरलोक' चलते-चलते काफी दूर आ ही गया है, इसके पीछे आपकी हिम्मत/हौसला है। मैं अकेली कहाँ हूँ? गुरु रवींद्रनाथ टैगोर ने जो गुरुमंत्र दिया था, 'एकला चलो', उसका अर्थ अब समझ पाई हूँ।

□

लघुकथा विशेषांक (1)

जनवरी–मार्च 2004

श्लोक, मंत्र, तबीज या जादू–टोना की सांकेतिक भाषा को इस तरह चौखटों में बैठा दिया जाता था, जिससे चारों ओर से वह कसा रहे, उसके भीतर हवा जाने तक की गुंजाइश न रहे। उसका फरमा जितना कसा हुआ होता, उतना श्लोक तथा मंत्र असरदार/वजनदार बन जाता था। उसके लिए जो नपे–तुले शब्द इस्तेमाल किए जाते थे, उनमें ठूँस–ठूँसकर शब्दों का अर्क डालकर इस तरह गूँथ दिया जाता था कि एक–एक शब्द हजार–हजार शब्दों के अर्थ के साथ जी उठता था। इसे गुप्त तत्त्व, रहस्य, सिद्धांत का भेद छिपाकर तैयार किया जाता था, ताकि उसकी भाषा सर्वविदित न हो पाए। इसमें एकदम फौज सा अनुशासन आ जाता था। इसका एक सांकेतिक शब्द बोलते ही गुप्त खजाने के द्वार जैसे खुल जाते थे। यह साधना, तपस्या और कार्य–सिद्धि से ही प्राप्त होती थी। कम शब्दों में इतना असरकारक विष छुपा होता था कि यदि किसी को डस ले तो वह तड़पड़ा उठता था। किसी को जीवित करने और मृत्यु तक पहुँचाने तक में उसे इस्तेमाल किया जाता था। जरा से कागज के टुकड़े में ताबीज लिखकर पेड़ पर बाँध दिया जाता और लापता व्यक्ति खिंचा चला आता था। इतनी शक्ति/ताकत से उस शब्द की प्राण–प्रतिष्टा कर दी जाती थी।

आकाश पर नन्हे–नन्हे टिमटिमाते तारे क्या अपने नन्हे से वजूद में इतना वजन रखते हैं कि बेचारे चाँद को भी इनके रहस्य में पीछे रह जाना पड़ता है ? बड़े–से–बड़े वैज्ञानिक, ज्योतिषी तारों से ही नक्षत्र की तथा समय की गणना करते हैं। कई बार तो नक्षत्र–विद्या के रहस्य को जानने–समझने के लिए लोग सारी उम्र ही लगा देते थे, तब कहीं जाकर नक्षत्रों के ज्ञाता बन पाते थे। यह सारी बातें काल्पनिक

होंगी, ऐसा आज के आधुनिक युग में सोचा जा सकता है; पर जब हम इतिहास में झाँककर देखते हैं तो कुछ भी गलत नहीं लगता, हम इस पर विश्वास करने पर मजबूर हो जाते हैं।

हमारे देश के साहित्य और संगीत में यह शक्ति विद्यमान थी। मीरा अपनी भक्ति से जहर के प्याले को अमृत मानकर पी गई और अमर हो गई। इसी तरह संगीत सम्राट् तानसेन ने अपनी संगीत साधना से बुझे दीपक जला दिए थे, मेघ बरसा दिए थे। कहते हैं कि संगीत सम्राट् तानसेन को जहाँ दफनाया गया था, उस जमीन पर खट्टी इमली के पेड़ लगे थे, जिसकी पत्तियाँ तक मीठी हो गई थीं। जाने कितने सम्राट् आए और चले गए, परंतु मीरा बाई का, सम्राट तानसेन का शासन अब तक चल रहा है, उसे कोई भी आक्रमणकारी चढ़ाई करके आज तक हथिया नहीं सका है। ऐसे अनुकरणीय लेखकों और कवियों से इतिहास भरा पड़ा है।

शरीर और मन के स्वास्थ्य के लिए भोजन चाहिए, इसके बिना लंबे समय तक जीवन संभव नहीं है। कभी-कभी हम अपने जीवन की आपा-धापी में इस मूल आवश्यकता को भूल जाते हैं, फिर भी आवश्यकता की उपेक्षा असंभव है। कार्य में व्यस्त युवक-युवतियाँ दौड़ते-भागते फास्टफूड को रैपर में पकड़े, चबाते हुए देखे जाते हैं। इसी प्रकार थाली भरे भोजन को टालने के लिए लोग विटामिनों के रंग-बिरंगे कैप्सूल गटककर शरीर को सक्षम बनाए रखने की कोशिश करते हैं। ऐसे ही हिंदी भाषा में साहित्य के अंबार से माथा-पच्ची के लिए अब किसी को फुरसत नहीं है। महाकाव्य, उपन्यास, यहाँ तक कि कहानियों को पढ़ने से भी हिंदी के पाठक बिदक जाते हैं; परंतु हम अपनी मातृभाषा-राजभाषा हिंदी और साहित्य के सार को लघुकथाओं के कैप्सूल खिलाकर युवा पीढ़ी को पाश्चात्य साहित्य की चमकीली रेत और गिलगिली संस्कृति के दलदल से बचाने में कामयाब हो सकते हैं। अंग्रेजियत के गुमान में भूले हमारे बुद्धिजीवी और रोजमर्रा के जीवन के ढर्रे में फँसे मध्यवर्गीय नागरिकों को उनकी जड़ें याद दिलाने के लिए हिंदी साहित्य में सहजता, सरलता और संदेश के सागर की झलक हम लघुकथाओं के माध्यम से पहुँचा सकते हैं। अपनी जमीन से कटकर जड़विहीन हरियाली एवं डोरीविहीन पतंग की तरह भटकने वाले विशाल जनसमूह को लघुकथा के कच्चे धागे से बाँध सकते हैं। अतः बड़े ग्रंथों की बाँहों में उन्हें न लेकर लघुकथाओं की उँगली से ही पकड़कर उनके कांधे पर हाथ धर सकते हैं। हो सकता है कि हम उन्हें वापस लाने में कामयाब हो जाएँ! अपने देश में ही मातृभाषा से बिछड़े एवं आंग्ल भाषा

के जंगल में फँसे लोगों को लघुकथाओं की पगडंडियों के माध्यम से राजभाषा के राजपथ पर आसानी से लाया जा सकता है।

लघुकथाएँ मूलतः भाषा के साथ संदेश पर ही केंद्रित रहती हैं। 'पंचतंत्र' की रोचक कहानियों में मानव-जीवन की उलझनों को पशु-पक्षियों एवं जानवरों के माध्यम से चित्रित किया गया है। ऋषि-मुनियों एवं धर्माचार्यों द्वारा सूक्तियों के माध्यम से जीवन के रहस्य की व्याख्या की तथा लघुकथाओं के माध्यम से मानव को सद्मार्ग दिखाया। खरगोश-कछुआ की दौड़, बंदर और मगर की कथा, चूहा-शेर, शेर-लोमड़ी के प्रसंग इतने रोचक एवं सरल हैं तथा उसमें जो सार है, वह मानव जीवन के अनुभव का निष्कर्ष है। भारतीय संस्कृति में जितने भी महापुरुष हुए हैं, उन्होंने लघुकथाओं के माध्यम से ही अपनी बात कही, जो सीधे मानव-मन में उतरी। साहित्य की उत्कृष्टता सागर को गागर में ही समेटने में है। यही कसौटी है कि आप कितने कम शब्दों में अपनी बात को पहुँचा सकते हैं!

लघुकथाओं की महत्ता इनके छोटे आकार में ही नहीं है, बल्कि इनकी शैली, कथावस्तु, प्रभावोत्पादकता एवं संदेश उच्चकोटि का होता है। भारतीय साहित्य में मंत्र, उपदेश, परामर्श, आशीर्वाद, अभिशाप एवं व्यंग्य भी सब संक्षेप में ही कहे गए हैं। इसमें समय और शब्दों की मितव्ययता है। सार एवं संदेश भरपूर हैं। पाठक को आकर्षित करने के लिए भाषा एवं शैली का सौंदर्य भी भरपूर है, इसलिए लघुकथाओं को लोग भूलते नहीं हैं और इन्हें बार-बार कहा जाता है, दोहराया जाता है। वस्तुतः लघुकथाएँ साहित्य की संवाद-शैली ही हैं या यूँ कह लें कि ये सामाजिक साहित्य का ही स्वरूप हैं। एकाकी होकर स्वान्तः सुखाय का उपक्रम नहीं है, यह साहित्य के माध्यम से सद्मार्ग खोजने का सार्वजनिक उपक्रम है। परिवार से लेकर पूरा समाज एवं संपूर्ण मानव समुदाय साहित्य की इस विधा का संयुक्त उपभोक्ता है। लोकतंत्र एवं समाजवादी नई संस्कृति के लिए यह सुंदर पृष्ठभूमि तैयार करता है।

कहते हैं कि कस्तूरी-मृग एक ऐसा हिरण होता है, जिसकी नाभि की थैली में सुगंधित कस्तूरी पाई जाती है, जिसकी जानकारी स्वयं उसे नहीं होती और वह कस्तूरी की महक से बौराया भागता फिरता है। उसकी जानकारी दूसरों को होती है और उसकी अपनी मृत्यु का कारण भी वह कस्तूरी बनती है; ऐसे ही हमें अपनी क्षमताओं की जानकारी नहीं होती। हमारे पास लबालब साहित्य कोश सुरक्षित है, परंतु आज बाजारवाद की संस्कृति ने बहुमूल्य, बेशकीमती जवाहरात जैसी पुरानी

मान्यताओं को समाप्त करके रख दिया है, तबाह कर दिया है। आज व्यक्ति मौज-मस्ती तथा विलासिता में डूब गया है। ऐसे लोगों को अँधेरे से वापस उजाले की दिशा पर लाने के लिए लघुकथा मार्ग दर्शक का काम कर सकती है।

मैं आश्वस्त हूँ कि आप मेरी बात सुन रहे हैं। हम मुट्ठी भर लोग ही सही, यदि अपने विवेक और संयम से समाज को सँभाल सकें, सँवार सकें, तो भी साहित्य के कस्तूरी-मृग को बहेलिये की जंगली बर्बरता से बचा सकेंगे।

□

नारी विशेषांक (1)

अप्रैल-जून 2004

अपनी पुरानी आदत के अनुसार भोर को सैर पर निकली थी। भोर की शांत/मौन, ठंडी बयार मन को दुलार रही थी। सांत्वना के स्पर्श ने निहाल कर रखा था। यह एकाकी क्षण, जो केवल अपना एकदम निजी होता है। अकसर ऐसे ही क्षण जीवन के कठिन और उलझे प्रश्नों को सुलझाने में भी सहायक होते हैं और शायद इसी कारण भी प्रकृति हमेशा दोस्त और पुरखा लगती है, जो बिना बोले साथ होती है। सड़क पर अपने में गुम थी कि अचानक पीछे से किसी दोस्त ने हाँक लगाई। दोनों साथ चलने लगे। अचानक उसने कहा, "अच्छा सुनो, हम लोग उम्र की उस चढ़ाई पर आ गए हैं, जहाँ से नीचे झाँको तो कई रास्ते नजर आते हैं, जो पीछे छूट गए हैं। यदि कोई तुमसे इनमें से किसी एक को चुनने को कहे तो तुम किस पर दोबारा चलना चाहोगी?"

"मुझे तो अब कहीं नहीं जाना, जहाँ हूँ, बस, वहीं बैठे रहना चाहती हूँ।"

बिना समय खोए मैंने हँसकर कहा।

"क्या कुछ भी जीने का मन नहीं होता?"

"नहीं, तुम अपनी कहो।"

"मैं तो बहुत कुछ फिर से दोबारा जीना चाहती हूँ। वापस उसी रास्ते पर चलना चाहती हूँ, जहाँ से चलना शुरू किया था। सारी उम्र दूसरों की इच्छा पर चलते रहे, अब जब समझदारी, दुनियादारी आ गई तो अपनी मरजी से चलना चाहती हूँ।"

अब स्तब्ध रहने की मेरी बारी थी। लौटी तो मन में ढेर-ढेर प्रश्नों का बोझा साथ था। सोचती रही कि वास्तव में, मित्र ने गलत क्या कहा? हम सारी उम्र ही तो

दूसरों के लिए ही क्यों जीते हैं? आसपास के लोग इस तरह अधिकार क्यों जताते रहे, जैसे—खरीदकर गुलाम लए हों! कहीं जन्म लेने का ऋण चुकाया, कहीं ब्याह का, कहीं गृहस्थी का। हमेशा दूसरों की इच्छा ही लदी रही, अपनी इच्छा या अपना सुख तो कहीं नहीं था। जीवन तो बस संघर्ष और भाग-दौड़ में कब गुजर गया, पता ही नहीं चला। अपने लिए तो सोचने का वक्त ही नहीं मिला। अब, जब थोड़ी जिंदगी शेष है तो अपने लिए जीकर देखना चाहिए।

एक पुरानी कथा, जिसे अपने बचपन की स्कूल वाली पुस्तक में पढ़ते थे—मगर और बंदर दोनों पुराने मित्र थे। बंदर जामुन के पेड़ पर रहता था और मीठे जामुन तोड़-तोड़कर अपने मित्र मगर को रोज खिलाता था। एक दिन मगर के मन में कपट जागा। सोचा, 'क्यों न अपनी पत्नी को प्रसन्न करने के लिए बंदर का मीठा कलेजा खिलाया जाए?' बंदर को छल से अपनी पीठ पर बैठाकर अपने घर ले जाने लगा। लेकिन किसी तरह बंदर चतुराई से मगर के चंगुल से बच पाता है। मित्र-परिवार, जिनको हम हमेशा अपना हितैषी मानते हैं, आखिर वह कितने दूर तक चल पाते हैं।

भोर को रोजाना मैं जिस रास्ते पर सैर को जाती हूँ, वहाँ दो पड़ोसी घर के लड़का और लड़की के प्रेम की मैं जाने-अनजाने में चश्मदीद गवाह हूँ। सारा घर जब सुख की नींद सोता है, तब दोनों अपने घर की छत पर खड़े बातें करते हैं, पुस्तक में चिट्ठियाँ रखकर देते-लेते हैं। किसी को आता देख लड़की झट छत पर बैठ जाती है। दोनों अलग-अलग समय पर घर से निकलकर बाहर मिलते हैं। पेड़ की ओट में छिपकर घंटों बैठे रहते हैं। मेरी आँखें रोज ही उन्हें खोज लेती हैं। वह भी अब मेरी उपस्थिति के आदी हो गए हैं, मुझे देख मुसकरा देते हैं। दोनों की इस चोरी तथा प्रेमालाप को मैं जानती हूँ, महसूस करती हूँ, पर उनके घर के लोग नहीं जानते। लगभग दो वर्ष से यही क्रम चल रहा है। उस सूनी भोर में मैं एकमात्र उनकी गवाह हूँ। शायद लेखक के पास घटनाएँ खुद चलकर आ जाती हैं।

अभी आठ दिन पहले लड़के के घर शादी की धूम-धाम देखी तो मन प्रसन्नता से गदगदाया। लगा, चलो कोई कहानी तो अंजाम पर पहुँची! लड़के के घर में धूम-धाम, सजावट बढ़ती गई, वहीं लड़की के घर का सूनापन गहराता गया। बहुत ही धूम-धड़ाके के कोलाहल में लड़का दूल्हा बना। लड़की दुःखी-परेशान अँधेरे में खड़ी या घूमते मिल जाती। लड़का कभी नहीं आने के लिए हनीमून पर चला गया था। मौन, सूनापन, पीड़ा, व्यथा, टीस अब भोर की ताजा हवा में रोज घुली रहती।

सुगंध कोसों दूर चली गई थी। लड़की मुझे देख सिर झुका लेती। कहानी भोर के अँधेरे में शुरू हुई थी और रात के अँधेरे में आकर खत्म हो गई।

सोचती हूँ, बाहर की कहलानेवाली मुझ अजनबी को सब पता था और घर में रहनेवाले, अपने कहलानेवाले लोग इस बात से अनजान और बेखबर थे! उस लड़के के इस पलायन और बुजदिली से मैं दुःखी थी। जीवन में इतना झूठ/फरेब क्यों है? रिश्तों में खून क्यों नहीं, दर्द क्यों नहीं होता? मीठे जामुन की तासीर कड़वी क्यों हो जाती है? आसमान फाड़ते पटाखों के शोर में किसी के आँसू क्यों सूख जाते हैं? जीवन के गणित का हल सदियों से गलत क्यों होता आया है? थोड़ी सी चाहत, मौन और पीड़ा में क्यों बदल जाती है? जीवन के रंगमंच पर पात्र इतने जल्दी क्यों बदल जाते हैं? दो कदम के फासले सात समंदर की दूरी में क्यों बदल जाते हैं? जीवन की घटनाएँ इतने क्लाइमैक्स पर पहुँचकर अपने अर्थ क्यों बदल देती है? हम जिनके साथ रहते हैं या जिस पर जीवन का दाँव लगाया हो, वह लोग कितना कम साथ देते हैं! दो-चार कदम के बाद ही दोराहा क्यों आ जाता है? दुआ-बद्दुआ में कैसे बदल जाती है? तिल-तिल गलती उस लड़की की सुनवाई कौन करता है। जीवन भर दूसरों की बैसाखी बनी नारी खुद अपने पैरों पर क्यों घिसटती रहती है? क्यों नहीं वह दोहरी जिंदगी जीनेवाले लोगों के मुख से नकाब खींच लेती? क्यों छोटी सी सुरक्षा और सिर की छत के लिए जीवन भर गृहस्थी के पट्टे पर हस्ताक्षर करती है? नदी क्यों सूख जाती है? सारा पानी कौन पी जाता है? जाने कितने अनगिनत प्रश्न हैं, जो रोज मुँडेरों पर बैठे पक्षी की तरह उत्तर चाहते हैं।

आज नारी का अस्तित्व भी दुर्लभ पक्षी मैना की तरह क्यों समाप्त होता जा रहा है? संसार जब से बना, तब से ही उसके पीछे जाल क्यों फेंका जाता रहा? पवित्रता सिद्ध करने के लिए आज भी उसे अग्नि पर चढ़े गरम कड़ाहे में चढ़े तेल में हाथ डालना पड़ता है। उसे जंजीरों में कैद रखा जाता है। बेकरी में भूना जाता है या फिर मंत्री और अफसरों की हवस के कारण मौत की सुरंग में फेंका जाता है। हमेशा उसके अपने गुणों के कारण ही उसे दुःख दिया गया। जन्म लेने के पूर्व ही उसे जीवन से खारिज कर दिया जाता है। अंध-श्रद्धा में अंधी की भूमिका निभानेवाली गांधारी को कब मुक्ति मिलेगी? कोख से अस्वीकारी गई कन्या सारी उम्र अपने लिए उसी पुराने पाठ को रटने के लिए मजबूर रहती है। नारी को अपना आत्मशोधन करना होगा। बंदर ने जिस चतुराई से मगर से अपनी जान बचाई थी, ऐसे ही नारी को भी अपनी भूमिका, अधिकार सुनिश्चित करना होगा। निरर्थक भ्रम की जिंदगी

जीने से क्या लाभ? अब उसे भी मीठे जामुन खिलाना बंद कर देना चाहिए। सपने देखने और उन्हें सँजोने का हक हर मनुष्य का है। नारी और पुरुष दोनों ही दुनिया में आँख खोलते ही सपने देखते हैं। बेटा तो बाप के कांधे पर बैठकर बड़ा आदमी बनने का सपना देखता है और घर के लोग बढ़ा-चढ़ाकर बोलते भी हैं, "हमारा बेटा बड़ा आदमी बनेगा, मंत्री बनेगा, अफसर बनेगा।" यह बातें सुन-सुनकर बेटा तो गुब्बारे-सा फूल जाता है। घमंड उसके स्वभाव में उतर जाता है। वहीं बेटी भाई के सपनों की तासीर समझकर सहमी माँ के आँचल का छोर पकड़े ठुनकती घूमती है। माँ की पुरानी साड़ी, बेरंग पुराने क्लिप-काँटे, टूटी माला को पहनकर बस, माँ की तरह एक सुघड़ गृहिणी बनने का सपना देखने लगती है। इससे ऊँचा तो सोच भी नहीं पाती! सपनों की पतंग को उड़ानेवाला कोई नहीं, शह देकर उकसानेवाला कोई नहीं। खुदा ने जब बिना भेदभाव के यह संसार बनाया, तो इस सुंदर संसार को बदरंग करनेवाले हम कौन होते हैं?

नारी को जब भी अवसर मिला, उसने अपनी योग्यता और क्षमता से कुछ कर दिखाया। आज नारी राजनीति, साहित्य, समाजसेवा, प्रशासन, फिल्म, खेल-कूद यानी हर क्षेत्र में सामने आ रही है। आज वह आर्थिक तथा आत्मनिर्भर हो रही है। आज नई पीढ़ी में जोश है। वह आकाश में उड़ना चाहती है। हमें उसके पर कतरने की जगह उसका हौसला बढ़ाना चाहिए। नारी पुरुष के बराबर ही अपने गुण तथा रचनात्मकता का बोध और क्षमता रखती है। नारी का शोषण तथा उपेक्षा करना बंद करके उसे आगे आने में सहायता देनी चाहिए, 1 मार्ग में अवरुद्ध बनकर खड़े होने की बजाय एक ओर सरककर उसे मार्ग देना चाहिए।

इस बार 'नारी विशेषांक' के लिए जब मेरे पास रचनाएँ आईं तो मैं यह देखकर हैरान थी कि कई कहानियों को आलपिन की जगह सुई-डोरे से सिला गया था, किसी-किसी ने तो ब्लाऊज में लगानेवाली सेफ्टीपिन तक को कहानी में लगाकर भेजा था। मैं औरत के इस हौसले और शिद्दत से बाहर आने की उत्सुकता को देख दंग हूँ। मैना उड़ना चाहती है, मैना जीना चाहती है, मैना बोलना चाहती है।

□

कथा विशेषांक

जुलाई–सितंबर 2004

अकसर अम्माँ बच्चों को एक कथा सुनाती थीं—"एक राजा था, एक रानी थी, दोनों मर गए, खत्म कहानी।" शायद यह दुनिया की सबसे छोटी कथा होगी और हर नानी, दादी ने यह कथा अपने नाती-पोतों को सुनाई होगी। अम्माँ भी जब विधवा हुईं तो यह कथा कहती थीं। एक लाइन में समाप्त होनेवाली यह नन्ही सी कथा थी, परंतु इसमें कितने ढेर अर्थ छुपे थे! जीवन के प्रति आसक्ति, अलगाव, अविश्वास, रहस्य, व्यंग्य, व्यथा सब प्रकट होते थे। अम्माँ जब भी बच्चों के बीच बैठकर यह कथा कहतीं, तब उनके चेहरे पर दुःख के बादल अधिक गहरे घिर आते। सबके चेहरे सन्न, अवाक् रह जाते। लगता, कमरे में उमस और गरमी बढ़ गई है, जैसे बारिश होने को है। बूँदें बरसतीं, पर बाहर नहीं, भीतर अम्माँ की आँखों से। तब सारे लोग पत्थर हो जाते। अम्माँ इस कथा के माध्यम से क्या अपने जीवन को याद नहीं करती थीं? कथा के दो पात्र स्त्री और पुरुष, जिनके इर्द-गिर्द ही जीवन का ताना-बाना बुना जाता है। जीवन में कितने रंग शामिल रहते हैं! सुख, दुःख, धोखा/फरेब, संघर्ष, प्रेम इनके खमीरे से ही तो जीवन को गूँथा जाता है। यही उसकी शक्ति भी होते हैं और यही दुःखों के कारण भी बनते हैं। जैसे यह कथा जीवन का सार है, कुंजी है, जिससे गहरे रहस्यों के सूत्र का आभास मिलता था। प्राचीन काल में लोग जमीन में खजाना गाड़ते थे तो उसका सुराग किसी को नहीं देते थे, बस, उसका नक्शा बनाकर सांकेतिक भाषा में सूत्र लिख देते थे, जो उस सूत्र की भाषा समझ पाता, वही उस खजाने का मालिक बनता था। कई बार तो कई-कई पीढ़ियाँ गुजर जातीं और किसी को कुछ नहीं प्राप्त होता था। ऐसे ही जाने कितने ढेर अनगिनत तहखानों का, रहस्यों का पता हमें अकसर कथाओं में मिलता है। मनुष्य

का मन भी तो एक तहखाना है, जिसमें कितने चक्करदार रास्ते हैं। तहखाने में गड़े हैं—ढेर बहुमूल्य रत्न, नायाब हीरे-जवाहरात यानी यादें और स्मृतियाँ!

संसार एक जादू का खिलौना ही तो है। जादू-मंतर और जंतर-मंतरवाले इस संसार में मनुष्य कितने स्वार्थ से भरा तथा गोपनीय ढंग से रहता है! अपना भेद, अपने साथ रहनेवाले व्यक्ति तक को नहीं देता। सब लोग एक-दूसरे को ठगते रहते हैं। रिश्तों के बंधनों में लगाव, खून, दर्द नहीं, वह बेजान काठ की तरह केवल दिखाने भर के लिए ही जैसे होते हैं। सच तो यही है, हर व्यक्ति अपने दुःखों की गठरी खुद ही ढोए रहता है। ढेर सारे दुःख-दर्द, जो निहायत उसके निजी होते हैं, उन्हें वह एकांत क्षणों में धुनता रहता है। धुनिया जब अपनी धुनकी की सहायता से रूई धुनता है तो सख्त-से-सख्त जठर पड़ी रूई भी रेशे-रेशे होकर खुल जाती है। धुनिया पुरानी से पुरानी रूई को भी धुनकर उसमें गरमाहट भर देता है, उसे एकदम नई कर देता है। पुरानी रजाई फिर से नई गरमाहट से भर जाती है। ठिठुरे शरीर में क्षमता और सहने की शक्ति आ जाती है। लेखक भी इसी तरह इतिहास, अतीत और वर्तमान को धुनकर जीने के काबिल बना लेता है और जड़बुद्धि हुए समाज को भी दिशा देता है।

पुराने समय में घरों में गुदड़ियाँ होती थीं। तह-दर-तह रखकर सिली वह गुदड़ी अपनी भीतर कितने पुराने समय, इतिहास को समेटे होती थीं। बीते कल का पता देती थीं। उस पर पुरानी बनारसी साड़ी का खोल चढ़ाकर उसे नया बना दिया जाता था। शायद ऐसा ही कुछ कथा के साथ भी है। जिंदगी में हमारे आसपास कितने ढेर विषय होते हैं—घर-परिवार, खानदान, समाज, इतिहास, राजनीति, धर्म, धार्मिक कट्टरता, दिलों का अलगाव, संबंधों की हेरा-फेरी। इन सारे विषयों की अपनी अलग रंगत और पृष्ठभूमि होती है। अपने देखे या भोगे समय के सच को शब्दों में लिख देना एक कठिन कार्य होता है। अपने समय के सच को वही शब्दों में उतार सकता है, जिसने उसे शिद्दत से भोगा और महसूसा हो। बिना उस दर्द से गुजरे कोई भी लिख नहीं सकता। डॉक्टर किसी मृत व्यक्ति की आँख जीवित में लगा सकता है, टूटी टाँग जोड़ सकता है, ऑपरेशन से हृदय की मरम्मत कर सकता है, परंतु यदि उससे कहें कि रोगी की पीड़ा पर दो शब्द बोलो तो वह नहीं बोल सकता, क्योंकि उसने उस पीड़ा को कभी महसूसा ही नहीं। बिना भोगे और यातना सहे आप उस दर्द को व्यक्त नहीं कर सकते। लेखक भी बिना कष्ट और पीड़ा को झेले लिख नहीं सकता। उसे घड़ी के काँटे की तरह क्षण-क्षण सतर्क रहना पड़ता

है। हर क्षण कीमती होता है, उसमें एक अलग शक्ति और दृश्य सिमटा होता है, जिसे खोया या गँवाया नहीं जा सकता। हर क्षण अपने आप में पूर्ण जीवित तथा गति से भरा होता है। हर क्षण अमृत की बूँद है। लेखन विद्या का यह मूलमंत्र है। मनगढ़ंत आप लिख नहीं सकते। हर शब्द शक्तिशाली, ऊर्जा से भरा होना चाहिए, उसे बोलना आना चाहिए; क्योंकि यही तो उसकी वह सेना है, जो उसे फतह दिला सकती है।

अंग्रेजी के कवि वर्ड्सवर्थ ने कहा था—"हर चीज कहानी कहती है, यदि व्यक्ति कान लगाकर सुने!" अर्थात् मानवीय संवेदनाओं का क्षेत्र बहुत व्यापक है, जिस तरह से कोई भी व्यक्ति किसी दृश्य को देखकर अथवा पारस्परिक मानवीय संबंधों के अनुभवों में जो रंग होते हैं, उसका सही चित्रण होने पर रचना अमर हो जाती है। जीवन के बारे में कहा जाता है कि इसमें भारी उठा-पटक है, सृजन है, रंग है, भावनाओं, स्मृतियों की लहरें हैं। यह सब जीवन नामक उस खेल में है, जिसका सार अंततः राख में परिवर्तित हो जाता है। जीवन भर व्यक्ति जो सामने है, उसे देख नहीं पाता और जो पास नहीं है, उसके पीछे भागता रहता है। ऐसे ही उथल-पुथल तथा संबंधों के भ्रमजाल चित्रित करनेवाला साहित्य हमेशा से ही आकर्षण का विषय रहा है। इसी मानवीय आकर्षण ने साहित्य की विभिन्न विधाओं को पल्लवित एवं पुष्पित किया है।

हर पाठक अपनी जिंदगी के भँवर में सुख-दुःख के अनुभवों से गुजरता है और उसकी यह तलाश होती है कि जो कुछ उसकी जिंदगी में घट रहा है, ऐसा ही अहसास कोई अन्य व्यक्ति तो नहीं कर रहा है? कहानी में पाठक के आकर्षण का मुख्य स्रोत यही है। वह अपनी जिंदगी के मेल खाते संदर्भ पाकर अपने सुख को दोगुना और दुःख को आधा करने की तलाश में रहता है, क्योंकि मानवीय संवेदनाएँ कमोबेश एक-दूसरे से मिलती हैं। आखिरकार, लेखक की सार्थकता पाठक की संवेदनाओं को झंकृत कर उसकी जिंदगी से मेल खाती कथावस्तु से साक्षात्कार कराने में ही है। पाठक की जिंदगी के अनुभव सँजोने वाली कहानी ही सफल कहानी है।

सदियों तक राजा-रानी ही कथावस्तु बने रहे। आम व्यक्ति की जिंदगी की खुशी और गम कभी भी महत्त्व नहीं रखते थे। मुंशी प्रेमचंद ने कहानी को राजमहलों से बाहर निकालकर आम आदमी की जिंदगी के अनुभवों को कहानी का विषय बनाया तथा शोषित लोगों की पीड़ा को शब्दों से साहित्य में उकेरा। बाद के

कहानीकारों ने अपनी पैनी कलम से मानवीय संवेदनाओं के अदृश्य अनुभवों को भी चित्रित करने में सफलता अर्जित की और प्रत्येक व्यक्ति को कहानी के नायक होने का सम्मान दिलाया। आज कहानी के विभिन्न रूप हमारे सामने आए हैं। सत्यनारायण की कथा से लेकर धर्म-उपदेश, समाज-सुधार, दर्शन जैसे—वामपंथ, दक्षिणपंथ, भूमंडलीकरण पर आधारित विचारधाराओं पर कहानियाँ लिखी जा रही हैं। दूसरी ओर महिला साहित्य, फिल्मी कहानियाँ, जासूसी उपन्यास, कॉमिक लिखे जा रहे हैं, जो हर उम्र, हर वर्ग का प्रतिनिधित्व करते हैं; परंतु इस तरह की विभिन्न विचारधाराओं का आधार बनाकर लिखा जानेवाला कथा साहित्य अपनी आत्मा खो बैठता है। साहित्य की श्रेष्ठता इसी में है कि वह धर्म, जाति और वर्ग की दीवारों को लाँघकर सूरज की तरह अपने प्रकाश से चतुर्दिशाओं को आलोकित करे। मानवीय संवेदनाओं का सरल और मर्मस्पर्शी चित्रण ही इसकी आत्मा है। किसी भी दर्शन, धर्म में संकीर्ण दृष्टि के लिए स्थान नहीं है। निष्पक्ष और पारदर्शी चित्रण में जो पाठक को संदेश मिलता है, वह अधिक प्रभावी है, स्थायी है, दिशाबोधक है और मंगलकारी है। मौखिक कहानी से शुरू होनेवाली यह गंगा लिखित शब्द एवं चित्रित एवं फिल्मित होकर निरंतर बह रही है।

ऐसे ही हर इनसान के पास कहने के लिए कुछ-न-कुछ है, आपके पास भी होगा, बस, झट से कलम उठा लें और लिख डालें! देखें, आश्चर्य चकित होकर सारा संसार आपको सुनना चाहता है। अपने मन की देहाती भाषा ही बेहतर शिल्प होता है। इसके लिए किसी पांडित्य या विद्वत्ता की आवश्यकता नहीं होती।

□

ऐतिहासिक विशेषांक

अक्तूबर-दिसंबर 2004

आज जिंदगी सिकुड़ती-सिकुड़ती इतनी छोटी और तंग हो गई है कि हमारा सारा इतिहास उजाड़ महलों में या फिर तंग गलियों में सिमटकर ही रह गया है। पहले तो उस शहर के स्टेशन से ही उस शहर की संस्कृति और इतिहास से परिचय हो जाता था, पर अब तो हर शहर लगभग एक जैसा ही दिखता है। पहले ट्रेनें इतिहास से परिचय कराती थीं, हर रेलवे स्टेशन की अपनी एक अलग पहचान होती थी। भोपाल स्टेशन पर ही जरी के बटुए/पर्स बिकते दिखते थे। उसी से लगने लगता था कि भोपाल शहर आ गया। उस शहर की विरासत की भनक मिल जाती थी। आगरा स्टेशन का बहुत पहले से इंतजार रहता था। पहले ही सतर्क होकर उठकर बैठ जाते थे, क्योंकि आगरा स्टेशन पर बहुत कुछ खरीदना होता था। छोटे-छोटे संगमरमर के बने ताजमहल, पेठा, दालमोठ धरोहर के रूप में खरीदकर ले जाते और अपने प्रिय मित्रों को भेंट करते। स्टेशन पर यात्री ठेलेवाले से हुज्जत करते दिखते थे, "नहीं··· नहीं, पचास में नहीं, इसे तीस में दो और इसे तीस में नहीं, दस में दो।" दस रुपए में ताजमहल? है न हैरानी वाली बात! पर यह दृश्य इधर-उधर दिख जाते थे। ट्रेन सरकने लगती तो ठेलेवाला भी दौड़ता, "अच्छा-अच्छा बाबूजी, ले लो दस रुपए में ताजमहल।"

अब ऐसे दृश्य दिखना ही बंद हो गए हैं। यह दृश्य कहीं अतीत में लुप्त हो गए हैं। पहले तो इतिहास की सुगंध स्टेशन से ही मिलने लगती थी। पहले अब्बा कहीं बाहर जाते और यह सारी भेंट साथ नहीं लाते, तो मीनाकुमारी के मरने के बाद धर्मेंद्र की पिक्चर न देखने की कसम खानेवाली बाजी चादर तानकर वापस नाराज होकर लेट जातीं, "तो गए क्यों थे दिल्ली?" अब्बा की सारी दलीलें बेकार साबित

हो जातीं, "भई, आधी रात को आगरा आया था, आँख लग गई।" उन्हें जागना था, जागना जरूरी था, भला आगरा स्टेशन आ रहा हो, तो कोई कैसे सो सकता है? यह बाजी की दलील होती।

समय बड़ा बलवान होता है, वह किसी के लिए नहीं ठहरता, किसी की परवाह नहीं करता, सबको रौंदकर आगे बढ़ जाता है। हमारा वर्तमान अतीत बन जाता है। बड़े-बड़े सूरमा, जिन्हें अपने खुदा होने का घमंड था, वह आए और चले गए। देखते-ही-देखते हम अतीत का हिस्सा बन जाते हैं। नाती-पोतों को अपने सूरमा होने के किस्से, जो वह नहीं सुनना चाहते, उन्हें सुनाते रहते हैं। सभ्यताएँ और संस्कृतियों को पीछे धकियाकर समय आगे बढ़ जाता है। कभी जिन राजप्रासादों और महलों की गुंबद पर से भी कबूतर नहीं उड़ जाता था तो उसे गोली से उड़ा दिया जाता था। बिना पगड़ी, साफा या टोपी पहने कोई व्यक्ति महलों से दूर-दूर तक की सड़कों पर भी चलने की हिम्मत नहीं करता था, आज वहाँ चमगादड़ लटके दिखते हैं।

बचपन की अपनी किताबों में जाने कितनी कथाएँ पढ़ी थीं और सोचते थे वहाँ जाएँगे तो इन्हें खोजेंगे! विक्रमादित्य की कथा, सिंहासन बत्तीसी, हातिमताई की कथा, नूरजहाँ और सलीम की प्रेम-कथा, मुमताज महल और शाहजहाँ की प्रेम-कथा, रानी रूपमती और बाजबहादुर की प्रेम-कथा, बाजीराव मस्तानी की प्रेम-कथा! यह अनगिनत कहानियाँ पढ़ी थीं, पर आज वह कहीं नहीं दिखतीं, लेकिन उनकी बातें आज भी खँडहरों के हर पत्थर पर लिखी लगती हैं। लगता है कि किसी भी पत्थर को हाथ लगाओ तो वह कथा और उसके पात्र झरकर भुरभुरी मिट्टी की तरह झरने लगेंगे! यह सत्य है कि अच्छा कभी नहीं मिटता, वह अमर हो जाता है। यह प्रेम-कथाएँ भी अमर हो गई हैं। तानसेन के मकबरे के किनारे लगे इमली के पेड़ से अब आप गठरी भर भी इमली की पत्तियाँ तोड़कर खा लो, तब भी आप तानसेन नहीं बन सकते। पहले ऐसी किंवदंतियाँ फैली थीं कि एक पत्ती भी तोड़कर खा लो तो सुर राग में बदल जाता है। यह आस्था, विश्वास धीरे-धीरे समाप्त होता जा रहा है। यह बातें, हिदायतें, जिन्हें हम घर में आसपास से सुन-सुनकर बड़े होते थे, इनकी उँगली पकड़कर आगे बढ़ते थे, यह पुरातात्त्विक अवशेषों के रूप में परत-दर-परत मिट्टी के नीचे दबकर रह गई हैं। किंवदंतियाँ और इतिहास रोचक तथा प्रेरणादायक होता है। वह अपने भग्नावशेष के रूप में कहीं-न-कहीं हमारे बीच हमेशा मौजूद होता है।

हमारा इतिहास जितना भव्य, शालीन था, उतना ही आदर्श और विनत्र भी था। अनूठे बलिदान, प्रेम-प्रसंग की गूँज आज भी वहाँ की माटी में सुनाई देती है, कितना कुछ है, जो चौंकाता है, सहमाता है, अपनी ओर बुलाता है! आज दस रुपए में बिकते ताज को देखकर क्या यह नहीं लगता कि शाहजहाँ ने कोई कमाल नहीं किया था? लेकिन ऐसा सोचना कितना गलत है! उस एक ताजमहल की बराबरी आज लाखों बिकते ताजमहल नहीं कर सकते। शाहजहाँ के ताज के पीछे जो कथा है, दर्द है, व्यथा है, प्रेम है, अतीत है, इतिहास है, यह बात अब कोई नहीं पैदा कर सकता। ताजमहल में शाहजहाँ ने मुमताज की आत्मा की प्राणप्रतिष्ठा जो कर दी है। शाहजहाँ ने अपनी मुमताज को अमर कर दिया है। अपनी प्रेयसी को ताज का तोहफा देकर उसने जो उदाहरण प्रस्तुत किया है, वह आज सारी दुनिया को चौंकाता है। इतिहास की यह प्रेमगाथा मानव-मन के हृदय को प्रभावित करती है। टोल-के-टोल विदेशी पर्यटक ठगे-से, पत्थर बने, जड़ हुए जब गाइड से उनकी प्रेम-कथा को सुनते हैं तो हर औरत की आँखें डबडबा जाती हैं। आँख के कटोरे में एक चाहत तैरती दिखती है—"काश, वह मुमताज महल होती!"

प्रेम की अभिव्यक्ति, संगीत, त्याग, बलिदान सारे-के-सारे प्रसंग इतिहास में भरे पड़े हैं। इतिहास सदैव जीवित रहता है और अपनी मौजूदगी का अहसास कराता रहता है। आज भी हमें किसी भी उदाहरण के लिए इतिहास का ही सहारा लेना पड़ता है। किसी भी देश में चले जाएँ, वहाँ के इतिहास से ही वहाँ की सभ्यता, शालीनता, उदारता, सौंदर्य-बोध, कला-शिल्प या क्रूरता का परिचय मिलता है। हर बात का साक्षी इतिहास होता है। वह हमेशा अपने गर्भ में अच्छी बातों को सँजोकर, सहेजकर सुरक्षित रखता है।

मनुष्य का इतिहास और सभ्यता को खोजते लोग खुदाई में मिले टूटे पात्र, तश्तरियाँ, बरतनों के टुकड़े और नुकीले धारदार हथियारों से बीते कल को तलाश करते हैं। यह वैसा ही है, जैसा शंख से समंदर की खोज करना। आज फासिल में तब्दील हो चुके कभी जानदार पेड़ अपने हजारों वर्ष पुराने इतिहास का पता देते हैं। खोजनेवाला चाहिए, इतिहास तो भरा पड़ा है। चहारदीवारी में बने ताकों और मेहराबों की कतार तथा लखौड़ी ईंटों से उसके पुराने होने का आकलन किया जाता है। कल्पना में बेशकीमती फानूसों की जगमगाहट, किनख्वाब के परदे और इत्र के छिड़काव में बसे कालीन, जार्जेटी कुसुमली दुपट्टों में सजे हसीन चेहरे, धीमे, मीठे कहकहे, पायजेबों की गूँज, चूड़ियों की खनक सब सजीव होकर जी उठते हैं।

धर्म के नशे में अंधे हुए लोगों को इतिहास हमेशा एक गुरु की तरह ताकीद करता है। प्राचीन इतिहास में धर्म को लेकर कभी युद्ध नहीं हुए। वहाँ लोग अपने शौर्य, राज्य, प्रेम, आन–बान, अपनी प्रतिज्ञा और प्रतिष्ठा के लिए लड़ते थे। हमें इतिहास की पुस्तकों से इतिहास को नहीं मिटाना चाहिए। नए इतिहास बनानेवालों को रूस से सबक लेना चाहिए। कार्ल मार्क्स ने संपूर्ण इतिहास को नकारा था, लेकिन समय ने खुद कार्ल मार्क्स को नकार दिया। इतिहास यही है। यह हमारा गुरु है, पुरखा है।

□

प्रेमचंद जन्मशताब्दी विशेषांक

जनवरी-मार्च 2005

मुझे लगता है कि प्रेमचंद जन्म-शताब्दी अंक निकालने के समय यदि हम लेखन पर नहीं, बल्कि लेखक की स्थिति पर चर्चा करें तो ज्यादा बेहतर होगा। जी हाँ, वही लेखक जो सारी उम्र शब्दों की रचना करता है, उन्हें गढ़ता है, पर खुद हमेशा अँधेरे में रहता है। दूसरों के दु:ख-सुख और व्यथा को शब्दों में मीड़कर एक आकार, संवाद तैयार करता है। उसकी लिखी रचना को पाठक पढ़ते हैं, सराहते हैं, प्रेरणा लेते हैं, उसे अपना आदर्श मानते हैं, पर उस व्यक्ति को नहीं जानते, जो कोसे के कीड़े की तरह अपने ही खोल में अंत में दम तोड़ देता है।

लेखक, जो भटक-भटककर बूँद-बूँद शहद इकट्ठा करता है और संसार को अमृत देता है और खुद हमेशा अभाव और कष्ट में रहता है। पेन है तो स्याही नहीं, स्याही है तो कागज नहीं! जैसे-तैसे लिख भी लें तो टाइप और डाक के खर्च के लिए भी वह सदा दूसरों का मोहताज बना रहता है। छपने के बाद की कथा भी गजब की होती है। परिवार, खानदान, समाज सब उसे अपना दुश्मन मानने लगते हैं। यह लिखा? क्यों लिखा? पात्र यदि पहचान लिये गए, तो मित्रों और परिवार की अलग कचहरी बैठती है। उसे अपराधी घोषित किया जाता है। वह कटघरे में खड़ा रहता है। लोग उसके लिखे शब्दों को ही उसके मुँह पर पत्थर की तरह मारने लगते हैं।

मानव जन्म से ही एक घर, एक परिवार की कल्पना करता रहा है। ईश्वर ने संसार में जितने प्राणी भेजे, उसमें मनुष्य ही एक ऐसा प्राणी है, जिसे घर की, अपनों की, ममत्व-स्नेह की जरूरत पड़ती है। जिस घर में वह पहली बार आँख खोलता है, उसकी दीवारों को और उसमें रहनेवाले चेहरों को वह कभी नहीं भूल पाता।

मकान तो ईंट-गारे से बनता है, पर घर तो केवल अपनों के प्यार/रिश्तों की पकड़ से ही खड़ा हो पाता है। घर के मेहराब, ताक, दर-दरवाजे, आँगन, जिस पर जिंदगी की हर पहली इबारत या तहरीर लिखी होती है। जिंदगी का फलसफा लिखा होता है, यहीं से रोशनी, धूप और हवा की पहचान और जरूरत से वह रूबरू होता है। इन सबको छूकर/टटोलकर ही उसके नन्हे-नन्हे पैर चलकर जीवन का मंत्र समझ पाते हैं। कदम उसे कहाँ और कितनी दूर ले जाएँगे, यह बात तो बाद में तय होती है। जिंदगी की पहली शर्त सिर्फ चलना होती है और इसी शर्त के लिए उसके कदम बढ़ते हैं और ज्यों-ज्यों वह आगे बढ़ता है, उसके साथ ढेर सारे दुःख, हादसे, जख्म, खुशी, तेज धूप, बारिश, ओले सब साथ हो लेते हैं। सच की पहचान होती है, लेकिन सच लिखना या कहना कितना दुःखदायी हो जाता है कि अपनों से ही दूर होना पड़ता है। लेखक को तो बस, सारी उम्र भोगना और भुगतना ही होता है। शिव की तरह गले में पड़े विषधर को सहना पड़ता है, कंठ में विष को सहेजे मौन रहना पड़ता है। लहूलुहान होना पड़ता है, परंतु अपने कष्ट वह किसी से कह नहीं पाता।

एक बार मैं किसी महिला डॉ. मित्र के घर दावत पर सपरिवार बुलाई गई थी। वह डॉक्टर अपना प्राइवेट अस्पताल चलाती थीं। उन्होंने अपने मायके के तमाम लोगों को वहाँ काम पर लगा रखा था। उनकी ढेर सारी काली, मोटी, टेढ़ी आँखवाली बहनें, जो अनब्याही रह गई थीं, वहाँ नर्स का काम करती थीं और अपने जीवन की तमाम कड़वाहट को प्रसूति के दर्द से छटपटाती औरतों को डाँटकर, धमकाकर, मारकर निकालती थीं। उनका तीन मंजिला भव्य अस्पताल था। ऊपर के हिस्से में वह खुद रहती थीं। खाना शुरू हो गया था, अचानक मुझे लगा कि बगल के कमरे के दरवाजे को कोई पीट रहा है, चीख रहा है। बार-बार कोई मेरा नाम लेकर मुझे बुला रहा था। लोग उन्हें धमका रहे थे। अब लजीज बिरयानी का लुक्मा हलक से नहीं उतर रहा था। मेरे गले में फँस रहा था। उठकर वहाँ गई तो वह लपककर आतुरता और बदहवासी में मेरी ओर बढ़े। उन्हें गठिया रोग था। वह जेल के कैदी की तरह बेबस लगे। वह उस डॉक्टर के लेखक पति थे। अपनी छाती से अप्रकाशित पांडुलिपि को चिपकाए और छीना-छपटी में गिरे पन्नों को वह समेट रहे थे। उनकी आँखों में एक उम्रकैद कैदी की आँखों में घिर आए सन्नाटे की तरह वीरानी और सूनापन बस गया था। लड़खड़ाती आवाज में वह उत्तेजित होकर जैसे मुझे सबकुछ सुना देना चाहते थे उस नन्हे लम्हों में वह अपनी सारी जिंदगी का वृत्तांत ब्योरा दे देना चाहते थे। अपनी धरोहर/अमानत मुझे सौंपकर वह शांत हो

चुके थे, पर अब उनकी सारी छटपटाहट, आतुरता, आकुलता मेरे चेहरे पर उतर आई थी। वह चुप थे और मैं सनसनाहट में भरी पत्थर/मौन हो गई थी। अपनी हदों को पहचानती थी। पल भर में अपने संघर्ष, कँटीले रास्ते याद आ गए थे, जिन पर लेखक हमेशा अकेले चलकर ही आता है। लेखक जीवन में सदैव अकेला ही होता है, चाहे उपलब्धियों का समय हो, चाहे नाकामयाबियों का वह पीड़ादायक समय हो। सबमें वह तन्हा ही खड़ा होता है। आज भी उनके मरने के इतने वर्षों बाद मैं उस उपेक्षित लेखक को भूल नहीं पाती हूँ, जो अपनों के बीच खोटे सिक्के की तरह अलग-थलग पड़ा था। यह लिखकर आज अपने मन का बोझ हलका कर रही हूँ। ऐसे ही एक यात्रा में एक बहुत पुरानी लेखिका मित्र मिल गईं, जो एक प्रसिद्ध लेखक की पत्नी भी थीं। उनके पति पहले एक बहुत बड़ी पत्रिका के संपादक थे। पति के लिखे नाटक का मंचन था। उन्हें भी बुलाया गया था। यात्रा में हम लंबे समय साथ रहे। उन्होंने बताया कि अब पति की पुस्तकों की रॉयल्टी भी प्रकाशक नहीं देते। माँगो तो लगता है, जैसे भीख माँग रहे हैं। बच्चों को पिता की पुस्तकों से कोई लेना-देना नहीं है। सब अपनी जिंदगी में व्यस्त हैं। कहते हैं, 'कबाड़ी को बेच दो', बच्चे सब विदेश में बाहर हैं। कबाड़ी को उनकी जीवन भर की सहेजी पुस्तकों को देते दिल दुखता है। चतुर लोग मुफ्त में माँगते हैं। अपने जीवनकाल तक तो उन पुस्तकों को सहेजना चाहती हूँ। "तुम भी अपने जीते-जी कोई शोध-संस्थान खोल लो, पता नहीं तुम्हारे बाद तुम्हारी कोई किताब किसी को मिले अथवा न मिले?"

उनकी बात सुनकर मैं भीतर से दहल गई, रोंगटे खड़े हो गए! जिस व्यक्ति का कभी इतना मान-सम्मान था, आज उन्हीं की पुस्तकों का यह हाल है! पुस्तकें लावारिस लाश बनकर रह गई हैं। क्या लेखक का यही भविष्य है? सरकार इतने महँगे पुरस्कार देती है, जो बंदरबाँट में बँट जाता है, क्या सरकार को लेखक की वृद्धावस्था पर नहीं सोचना चाहिए? क्या लेखन कार्य किसी श्रेणी में नही आता? लेखक, कलाकार, अभिनेता, जो सारी उम्र अपने कार्य में लगा रहता है, क्या उसका अंत भी सुखद नहीं होना चाहिए? प्रसिद्ध अभिनेत्री सुरैया, जो हमारे देश की धरोहर मानी जाती है, उनकी जायदाद को भी चील-कौवे मरने पर लूटने आ गए थे।

आज प्रेमचंद पर अंक निकालते हुए सोच रही हूँ। प्रेमचंदजी ने अपने जीवन में कितना संघर्ष किया, फिर भी निरंतर लिखते रहे हैं। आज भी लोग उन्हें कटघरे में खड़े करते हैं। जीते-जी तो सुख मिलता नहीं, मरने के बाद भी लोग विवादों में घसीटते फिरते हैं। शोषित एवं पीड़ितों के दुःख-दर्द को गहराई से महसूस करनेवाले

प्रेमचंद को कार्य का उचित सम्मान नहीं मिल पाया है। प्रेमचंद के पात्र होरी, जोखू, घीसू, आज भी हमारे समाज में उपस्थित दिखते हैं, जिन्हें खुद को यह पता नहीं कि उनके दुःख-दर्द को समान भाव से महसूस करके लिखनेवाला दूसरा प्रेमचंद नहीं जनमा है। सौ वर्ष पहले प्रेमचंद ने सेठों-साहूकारों और धर्म के ठेकेदारों के शोषण एवं आडंबर को जिस तरह बेनकाब किया था, उसकी दूसरी मिसाल नहीं मिलती। 'गोदान' में शोषण के जितने रूप हो सकते हैं, सारे-के-सारे वहाँ मौजूद हैं। 'रंगभूमि' उपन्यास में उन्होंने एक अंधे भिखमंगे सूरदास को नायक बना दिया है। साहित्य कभी कल्पना या खयाली पुलाव से नहीं पकाया जाता, बल्कि यह यथार्थ की आँच में तैयार होता है। यह बात उनके साहित्य से स्पष्ट लगती है। संसार को औषधि के रूप में साहित्य की जड़ी-बूटी भी मिलनी चाहिए, शायद यही कारण है कि प्रेमचंदजी आज भी प्रासंगिक हैं। मनुष्य के अंतरमन को बड़ी गहराई से अध्ययन करके मनोवैज्ञानिक ढंग से उन्होंने लिखा था।

आज का लेखक समाज से विमुख हो रहा है और अपने ही कुचक्रों की फेरी लगाते दिखता है। समाज पर लिखनेवाले राजनीति की ओर बढ़ गए हैं। लेखक सियासत के दलदल में फँसकर रह गया है, जबकि प्रेमचंद ने अपने मुद्दों पर धर्म और राजनीति की आँच कभी आने नहीं दी, वह शुद्ध लेखक ही रहे। यही उनके साहित्य की विशेषता है। आज भी उनकी कहानी का पात्र तोता आत्माराम कहता सुनाई देता है—

"सत्त गुरुदत्त शिवदत्त दाता, राम के चरण में चित्त लागा।"

बहुत वर्ष पहले मैं इंग्लैंड गई थी, तब वहाँ मुझे सभी ने शेक्सपीयर के जन्मस्थान नगर देखने का आग्रह किया था, तब मैं उनकी आतुरता देख प्रसन्नता से गद्‌गद थी। शेक्सपीयर की कलम-दवात से लेकर वहाँ उनका झुनझुना तक रखा था। मैं ठगी भौचक्का सी देखती रह गई थी। मैं अपनी नई पीढ़ी से पूछना चाहती हूँ, जिन्हें अपने दादा का नाम तक याद नहीं है—क्या हमारे देश में भी लेखक के नाम पर नगर बसाए जा सकते हैं? कोई गाइड विदेशी पर्यटक से कहता दिखे, "सर, अब हम प्रेमचंद नगर की ओर प्रस्थान कर रहे हैं।"

□

संस्मरण विशेषांक

अप्रैल-जून 2005

मेहरुन्निसा को पद्मश्री से नवाजा गया है। जिंदगी के ढेर सारे नाकामयाब दिनों के बाद का एक कामयाब दिन, जिसने पहली बार आँखों में गम के आँसू नहीं, खुशी के आँसू भरे। इस एक दिन ने जिंदगी के उन ढेर सारे दिनों की, झुलसते दिनों की आँच-लौ को मंदा कर दिया है, जिसकी तपन से उसका शरीर जलता था, फफोले और छाले पड़ जाते थे। वह ढेर सारे दिन, जिसने सारी उम्र भर उसे थकाया, दौड़ाया, बुझाया और रुलाया था। हादसों की चकाचौंध से दुःखी, घबराया, परेशान मन बस, एकांत में चुप बैठकर साँस की डोर में अर्जी बाँधकर खुदा से इल्तेजा करता था, होंठ सहमे से बुदबुदाते थे, "खुदा अपनों का साथ दे या फिर इतना ऊँचा उठा दे कि हर दुःख छोटा लगे।" आज शायद, उसी दुआ-मन्नत का सदका उतारने का दिन आ गया है।

सत्य हमेशा ढेर सारी परतदार तहों में छुपा होता है, नजर नहीं आता, जैसे— फूल का पराग। कितनी ढेर पंखुड़ियों की घेराबंदी उसे घेरे रहती है। इतने सुरक्षित परकोटे की चहारदीवारी में वह छुपा रहता है, मुश्किल से ही उसे कोई देख पाता है। मेहरुन्निसा के भीतर जो नन्हे पराग की तरह उसकी आत्मा है, उसका नाम नदिया है। नदिया मेहरुन्निसा का बचपन का नाम है। यही नदिया नाम की नन्ही बच्ची आज भी मेहरुन्निसा के भीतर जिंदा है। नदिया ही पराग की तरह मेहरुन्निसा की भीतरी तहों में छुपी है। मेहरुन्निसा एक कठोर सीप बनकर जिंदगी की बेरहमियों को सहती रहती है और अपने भीतर बसी नदिया को मोती की तरह सहेजे-सँभाले रही। नदिया ही बचपन में कहानियाँ लिखती थीं और मेहरुन्निसा को सजा दी जाती थी।

दुनिया में हर इनसान का कुछ-न-कुछ हमेशा खो जाता है, फिर चाहे कितना

ढूँढ़ो, नहीं मिलता। कभी अपने खो जाते हैं, कभी रास्ते खो जाते हैं, कभी वक्त अपना नहीं रहता। नदिया के साथ भी ऐसा ही होता रहा है। हमेशा उसका कुछ-न-कुछ गुम हो जाता था। नदिया, जो जन्म के समय निहायत कमजोर, समय के पूर्व जनमी लड़की थी, लोगों ने जन्म से ही उसकी मृत्यु की बाट तकी, उसके लिए साल भर तक तो सिर्फ इसलिए कपड़े नहीं खरीदे गए, यही सोचकर कि उसे तो बचना नहीं है। उसे रूई में लपेटकर रखा जाता था। बैलगाड़ी में नदी पार करते यात्रा के समय वह जनमी थी, इसलिए सभी उसे नदिया ही बुलाते थे। मेहरुन्निसा तो स्कूल का नाम था। वह सूखी देहवाली लड़की, जिसे हर कोई पकड़ता था। कभी खत लिखने या पढ़ने, कभी हिसाब लिखने, कभी अखबार पढ़ने, यानी वह घूमती-फिरती छोटी सी मुनीम थी, जो सबके बहीखाते लिखती थी। सारे मोहल्ले घूमती। हमेशा दूसरों के काम करती दिखती, इसी ले-ले, दे-दे में वह अपने काम नहीं कर पाती थी। शायद इसी पैर में बँधे शनिचर ने उसे दूसरों के चेहरे पर लिखी जज्बाती इबारतें पढ़ना भी सिखा दिया था। वह मन के भीतर छुपे रहस्यों को किसी जादूगर की तरह समझने और जानने लगी थी।

वह छटाँक भर गोश्त वाली, हड्डियों का कूड़ा, बड़ी-बड़ी बोलती आँखोंवाली सफेद रंगत की नन्ही सी लड़की बड़ी दिलेर थी। दूसरों के आगे रोना उसे पसंद नहीं था। घंटों अपनी आँखों में लबालब आँसुओं को सहेजे, वह बैठी रह सकती थी। वह पत्थर की बुत बनी चुप खड़ी रहती थी। होंठों के भीतर से बाहर आने के लिए एक समंदर दहाड़ता रहता था, पर वह उसे बाहर नहीं आने देती थी। उसे अदब, सलीका और अनुशासन जो पसंद था।

बचपन की एक घटना है, जब नदिया मात्र सात बरस की थी। आज भी उस दिन की स्मृति उसके मन पर अंकित है। गरमी के दिनों में वह लोग गाँव गए थे। नदिया अपनी प्रिय सहेली के साथ बाहर खेल रही थी, दोस्त रिश्ते में बहन लगती थी। अचानक देखा कि बाहर मर्दाने वाले हिस्से में, जिसे 'कचहरी' कहते थे, वहाँ बड़ा और विशाल लोहे की कड़ियोंवाला दरवाजा था, लोग इकट्ठे हो रहे हैं। पूरे गाँव के बुजुर्ग, बूढ़े, जवान, खूँखर से चेहरेवाले लोग जमा हो रहे थे। दरियों पर, तख्त पर, कुरसियों पर लोग बैठे थे। पहले तो लगा कि कोई जश्न हो रहा होगा, पर वह पंचायत किसी अहम-खान्दानी बात को लेकर जुटी थी। उसकी दोस्त को अचानक तलब किया गया। दोस्त के साथ नदिया भी उत्सुक सी वहाँ पहुँची। ढेर सारी आँखें दोस्त पर टिकी थीं। दोस्त घबराई, भयभीत सी खड़ी थी, नदिया ठीक

उसके पीछे खड़ी थी। परदे की बरादरी वाले हिस्से में ढेर सारी औरतें भी इकट्ठा थीं। परदों के पीछे से ढेर जनाना आँखें दोस्त पर टिकी थीं। सबसे बड़े बुजुर्ग, यानी दादा साहब की आवाज सुनाई दी, "बानो, क्या तुम अपनी बीमार माँ के बदले दूसरी माँ पसंद करोगी?"

दोस्त की नन्ही मासूम आँखों में आँसू धार बाँधकर बहने लगे थे। वह दोनों हाथों से अपने मुँह को ढके सिसकी को रोके खड़ी थी। दोस्त की हालत देख नदिया की आँखों में भी आँसू लबालब भर आए, जिन्हें सँभाले वह अचानक पीछे से चीख पड़ी थी, "नहीं।" तभी भीतर जनानाखाने से एक औरत का हाड़ कँपा देनेवाला रोने का स्वर बाहर तक गूँज और नदिया के सँभाले आँसू गालों पर लुढ़क गए। जिन्दगी के सत्य से उसका यह पहला परिचय था। थोड़ी ही देर में उन दोनों को वहाँ से हटा दिया गया। एक साथ इतने ढेर बुजुर्गों का वह भी खानदानी लोगों का उसने विरोध किया था। अपने विरोध से उसने असहमति जता दी थी। एक औरत की पैरवी करते, नदिया उस नन्ही उम्र में उसके पक्ष में खड़ी हो गई थी। उस दिन नदिया के भीतर एक लेखिका और समाजसेविका ने जन्म ले लिया था। खानदानी कचहरी आने के लिए मुलतवी कर दी गई थी।

भीड़ भरे घर में भी नदिया एक खामोश कोना ढूँढ़ लेती और हादसों की इबारत लिखने लगती थी। हादसों को कहानियों की शक्ल में बदलने लगी थी, उन्हें शब्दों का लिबास पहनाने लगी थी। दुःख हमेशा अपनी शक्ल बदल-बदलकर उसे भयभीत करते आते थे। ढेर मुखौटे लगा-लगाकर आते और पिनपिनी सी, मरियल लड़की अपने आसपास को लिख-लिखकर दुनिया को देने लगी। वह पात्रों और संसार के बीच की मुखबीर जो बन गई थी। दुःखों से पथराए चेहरों के पीछे की तहरीर वह पढ़ने लगी थी।

कभी-कभी हमारी कोई गलती नहीं होती और दूसरों की भी कोई गलती नहीं होती, बस, हालात विपरीत हो जाते हैं। अचानक जिंदगी का मौसम ही खराब हो जाता है, हवा का रुख बदल जाता है। यह प्रकृति का नियम होता है और जिंदगी का भी यही गणित होता है। एक सादी लड़की नदिया का भी कोई इतिहास हो सकता है? इतिहास तो केवल राजा-महाराजाओं का होता है। क्या उस लड़की के संघर्ष को उसकी कहानियों में खोजा जा सकता है? एक मामूली, साधारण, गुमनाम लड़की का अपना भी संग्राम हो सकता है? क्या उसके साथ हमेशा परिवार, समाज, भाग्य और समय की साजिश नहीं रही? कैसे भीतर पलनेवाला लावा,

ज्वालामुखी शब्दों के रूप मे बाहर आया ? क्या इसे समझा या सोचा जा सकता है ?

और फिर जिंदगी के ढेर-ढेर हादसों के बाद उम्र का वह पड़ाव, जब लगा था कि पथरीले रास्ते की चुभन अब कम होने लगी है और पगडंडी राजमार्ग से जुड़नेवाली है। अब सब ठीक ही होगा, इस भावना से मन तर-बतर था। तभी एक और हादसा हुँआ। हाँ तब, बेटे की मौत के बाद का एक दिन, जब वह औरों के साथ किसी दुकान पर थी। बेटे की कब्र के लिए संगमरमर खरीदने गई थी। दूसरे लोग पत्थर देख रहे थे, मोल-भाव कर रहे थे, परख रहे थे। वह सकते की हालत में पत्थर की दुकान में पत्थर बनी खड़ी थी। आँखों में बार-बार आँसू भर आते थे, जो इस बात की तसदीक कर रहे थे कि भीतर की नदिया अभी भी जिंदा है। वह सोच रही थी, बाजार आई भी तो क्यों ? लोग तो बेटे के ब्याह का सामान खरीदते हैं और वह कब्र का पत्थर खरीद रही है ? मेहरुन्निसा तो बहुत पहले पत्थर हो गई थी, पर नदिया जिंदा रही, कभी मरी नहीं।

जिंदगी हमेशा मुआवज माँगती है। जीवन में आप जहाँ हैं, जहाँ रहते हैं, वहाँ रहने का टैक्स देना पड़ता है जिंदगी में रहने का ऋण चुकाना होता है। जीवन में लाल गुलाब संगमरमर पर रखा ही देखा, यह पहला लाल गुलाब है, जो मेहरुन्निसा को मिला है; लेकिन इसकी हकदार तो नदिया है, मेहरुन्निसा अपना यह लाल गुलाब नदिया को देना चाहती है। यह सिर्फ तुम्हारे लिए!

खुदा की अहसानमंद हूँ। उसका करम और मेहरबानी है। इस सुखद घड़ी में मेरे साथ जो लोग खड़े हैं, उनका शुक्रिया! कृतज्ञ हूँ! मैंने जिन पात्रों के दुःख-दर्द को पाठकों तक पहुँचाया। उनकी गूँगी अभिव्यक्ति को अपने शब्द और भाव दिए थे। शायद यह उन्हीं की दुआ ही तो है, जो उसे आज लग गई।

□

उर्दू-हिंदी कहानी विशेषांक

जुलाई-सितंबर 2005

इत्र! पता नहीं आपने कभी इत्र बनते देखा है या नहीं, यदि देखा हो तो मेरी बात आप समझ सकते हैं। इत्र बनाने का काम बेहद मुश्किल और मेहनत का है, इसके लिए बहुत अधिक धैर्य की आवश्यकता होती है। टनों की तादाद में फूल इकट्ठे किए जाते हैं। इतने ढेर फूलों से जो अर्क निकलता है, वह बस, जरा सी तादाद में होता है, छोटी सी नन्ही शीशी में ही वह आ पाता है, इसलिए इत्र की सबसे छोटी शीशी होती है। देखकर कलेजा धक् से रह जाता है—बस, इतना जरा सा अर्क निकला? लेकिन जनाब, उसकी एक जरा सी बूँद क्या कमाल की होती है! उसकी गजब की तासीर होती है! जरा सी बूँद लगा लीजिए और सारा दिन तरो-ताजा बने रहिए। कपड़ों में लगाएँ तो धोबी पटक-पटककर कपड़े धोए, कपड़ा घिसकर फट जाएगा, पर इत्र की महक बसी रहती है। इत्रदान में रखें तो इत्र खत्म हो जाता है, पर उसकी सुगंध उसमें रच-बस जाती है। किसी बेहद अपने की तरह वह हमेशा आपके भीतर बस, जाती है। आज भी जब मैं पुराने बक्से से अम्माँ की बनारसी साड़ी निकालती हूँ तो अम्माँ के लगाए इत्र से अम्माँ की याद ताजा हो जाती है। स्मृति में अम्माँ फिर से जीवित हो उठती हैं। बस, ऐसे ही इत्र की तरह ही साहित्य का निर्माण होता है। एक-एक शब्द में जिंदगी की जाने कितनी यादों का लम्हों का अर्क निचुड़ा रहता है। जीवन के कितने दु:ख-दर्द, सुख, यादें सिमटी होती हैं। उन लम्हों में जीवन का कितना लंबा समय छुपा होता है। जरा सी पिद्दी भर की शीशी में ढेर सारे लोगों की जिंदगियों का अर्क निचुड़ा रहता है। इत्र की शीशी में इत्र सहेजकर, सँभालकर रखा जाता है और भावनाओं को शब्दों में सहेजकर रखा जाता है। हर शब्द अपने भीतर ढेर-ढेर रहस्य, खजाना छुपाए होता है। बचपन में मेरा

सबसे प्रिय विषय साहित्य और इतिहास था। कहानियों और इतिहास की किताबों में खोई रहती थी, गुम होकर रह जाती थी। गणित का विषय सबसे कठिन लगता था। बचपन में जो एक बार गणित में कमजोर रही तो आज तक हिसाब में कमजोर हूँ। अंकगणित में तो एकदम जीरो थी। पाकिस्तान से आए यात्री, चाहे वह परवेज मुशर्रफ हों या फिर दूसरे आए यात्री, जब भारत की गलियों में बरसों-बरसों पहले छूटे अपने घरों के अवशेष-खँडहर ढूँढ़ते हैं, अपनी लखौरी ईंट के घर की दीवारों को छू-छू कर रोते हैं, जिनमें उनकी पुरानी यादों की गंध बसी होती है, तो एक बार फिर मेरा अंकगणित गड़बड़ा जाता है। मैं धमका-धमकाकर अपने मन से सवाल करती हूँ, "अच्छा बताओ, जबकि वह व्यक्ति दूसरी जगह चला गया, पर लौटकर रोता है तो घर किसका हुआ? रहनेवाले का या रोनेवाले का?"

मेरा बौना बुद्धू मन फिर हिसाब के भँवर में गोते खाने लगता है, उसे उत्तर नहीं सूझता और वह बंदर की तरह गुलाटी खाने लगता है। हिंदी-उर्दू भाषा जुड़वाँ बहनें हैं, जिन्होंने एक ही माँ की कोख से जन्म लिया था। उन्नीसवीं सदी का भारतीय साहित्य का भवन विशेष रूप से उत्तर भारत में हिंदी और उर्दू के स्तंभ पर ही खड़ा है। दोनों भाषाओं की समरसता इतनी सहज, बोधगम्य रही कि आम पाठक और जनसामान्य इसमें कोई भेद ही महसूस नहीं कर पाए। वस्तुतः उर्दू के विकास से सरल हिंदी का प्रभाव फैला और आम आदमी स्थानीय बोलियों के भँवर से निकलकर हिंदी के राजमार्ग पर आया। उसी प्रकार हिंदी भाषा के प्रभाव के कारण अरबी के जंजाल से मुक्त होकर उर्दू-हिंदी भाषियों की मुख्य जबान बन गई। नतीजा यह हुआ कि हिंदी के साहित्यकारों ने उर्दू को समृद्ध किया। गजल, शेरो-शायरी से उर्दू के कोष को भरा। दूसरी ओर उर्दू के साहित्यकार हिंदी साहित्य का कोष भरने अनायास ही जुट गए। मुंशी प्रेमचंद इसका सबसे बड़ा उदाहरण हैं।

कालांतर में अंग्रेजों की 'फूट डालो, राज करो' की नीति ने सांप्रदायिकता का जहर फैलाया और लोगों के दिमाग में यह भरा गया कि हिंदी हिंदुओं की भाषा है और उर्दू मुसलमानों की है। इसने दोनों धर्मों के कठमुल्लाओं ने उर्दू को अरबी की तरफ खींचने की कोशिश की और हिंदी को संस्कृत की ओर। आम जनता ने इस षड्यंत्र को नकारा और उर्दू भाषा की सहजता, रोचकता और उच्चारण से अभिभूत होकर हिंदी भाषियों ने उर्दू को अपनाया। उत्तर प्रदेश के, पंजाब के अधिकांश बड़े-बूढ़े उर्दू माध्यम से ही पढ़े और कई लोग तो हिंदी में लिखना ही नहीं जानते।

अंग्रेजों द्वारा फैलाई सांप्रदायिकता की हवा भले ही बेअसर रही, परंतु देश की

आजादी के बाद अंग्रेजों की मंशा पूरी करने के लिए जाने-अनजाने अंधड़ चलता रहा। हिंदी को क्लिष्ट बनाया गया। संस्कृत के शब्द जोड़कर इसे आम आदमी के लिए दुरूह बनाया गया। राज-काज में हिंदी भाषा का प्रयोग अंग्रेजी से भी कठिन लगता है, दूसरी ओर उर्दू को एक संप्रदाय विशेष की भाषा बोलकर नकारने की भरपूर कोशिश की गई। नतीजा यह हुआ है कि हमने उर्दू और हिंदी दोनों का ही नुकसान किया। नतीजा यह हुआ कि आज हमारे पास इकबाल जैसे शायर नहीं हैं और प्रेमचंद जैसे साहित्यकार नहीं हैं। 'सारे जहाँ से अच्छा हिंदोस्ताँ हमारा' आज भी मन को गुदगुदाता है, हमें प्रेरणा से भर देता है, हिंदी और उर्दू के मोहब्बत भरे लम्हों की याद दिलाता है। इसी प्रकार 'ठाकुर का कुआँ', 'ईदगाह' आदि कहानियों में हम हिंदू-मुसलिम को नहीं देखते, हिंदुस्तानियों की सच्ची और सही तसवीर को पाते हैं।

आज फिर वैश्वीकरण से हमारी संस्कृति, साहित्य और भाषा पर हमला बोला जा रहा है। हिंदू-उर्दू के लड़खड़ाते पैरों से हम इसका मुकाबला नहीं कर पा रहे हैं। गली-गली खुले अंग्रेजी स्कूलों के हमलों से अंग्रेजी का बोलबाला दिनोदिन बढ़ता ही जा रहा है सरकारी बैठकों, सम्मेलनों से तथा फाइलों से हिंदी लगभग गायब ही हो गई है। देश के हिंदी संस्थान, राजभाषा मंत्रालय सब बौने हो रहे हैं। खानापूर्ति और रस्म अदायगी के लिए ही हिंदी पखवाड़े मनाए जाते हैं। अंग्रेजियत की इस बाढ़ को रोकना सरकार के बस, की बात नहीं है। शहर की गलियों और दूरस्थ गाँव में बसा हुआ हिंदी-उर्दू अर्थात् हिंदुस्तानी भाषा का पाठक ही अंग्रेजी के इस दैत्य से लड़ सकता है। यह संघर्ष केवल भाषा का ही नहीं है, बल्कि अपनी अस्मिता बनाए रखने के लिए हमें हिंदी-उर्दू को एक करके ही आगे चलना होगा। देश के प्रथम प्रधानमंत्री स्वर्गीय श्री जवाहरलाल नेहरू ने भी हिंदुस्तानी भाषा का समर्थन किया था, जो हिंदी-उर्दू के सरल शब्दों पर आधारित रही है। यह जनभाषा हमारे देश की गंगा-जमुनी संस्कृति की परिचायक है। भले ही किताबों और सरकारी फाइलों में संस्कृतनिष्ठ हिंदी हो, आम आदमी की बोली में हिंदी को उर्दू से और उर्दू को हिंदी से अलग नहीं किया जा सकता। पिछले दिनों मैं अपनी बीमारी के कारण कई दिनों बाद जब घर लौटी तो भोर को हमेशा की तरह छत पर गई। मेरी उपस्थिति का आभास पाकर ढेर सारी चिड़िया एक-एक कर एक-दूसरे को टेरती पेड़ों से उतरकर छत की चहारदीवारी और मुँडेरों पर इकट्ठी होने लगीं। वह अपनी भाषा में प्रसन्नता से चहचहाकर मेरा स्वागत कर रही थीं। खुशी से खिलखिला पड़

रही थीं। उनकी चहचहाहट से पूरी छत गुंजायमान थी। जैसे सब मुझसे पूछ रही हों, "तुम कहाँ गई थीं? कहाँ थीं?" एक साथ इतनी चिड़ियों को बोलते देख मैं स्तब्ध, भौंचक थी। मेरा इनसे क्या नाता था? बस, केवल मुट्ठी भर अनाज देने का ही तो रिश्ता है। रोजाना भोर को मैं इन्हें अपनी छत से मुट्ठी भर अनाज छिड़क देती हूँ। यह मेरी बचपन की आदत है। मुझे देखते ही यह पहचानकर उतरने लगती हैं, मेरी आवाज को पहचानती हैं। बरसों से मेरा इनसे यही नाता है। भोर को टहलकर लौटती हूँ तो पहले इन्हें अनाज डालकर फिर अपने टेबल पर बैठती हूँ, पर कभी-कभी जल्दबाजी में मैं बिना अनाज डाले अपने टेबल पर बैठ जाती हूँ, यही सोचकर की थोड़ी देर से दे दूँगी, पहले यह लिख लूँ। लिखने में डूब जाती हूँ, मेरे टेबल के बगल में ही खिड़की है। पहले तो चिड़िया मुँडेर से टेरती हैं, पुकारती हैं, जब मैं सुन नहीं पाती, तो फुदकती मेरी खिड़की के पास आ जाती हैं और मुझे दाना न डालने के लिए डाँटने लगती हैं। मैं हड़बड़ाकर चौंकती हूँ और दौड़कर उन्हें दाना देने छत पर भागती हूँ, बस, इतना सा हो तो रिश्ता था! आज उन्हें इतनी तादाद में अपने इर्द-गिर्द चहचहाते देख मैं हक्की-बक्की थी। लगा कि बरसों पुराना अपने गाँव में देखा दृश्य हो! गाँव का कोई आदमी जब हफ्तों बाद लौटता था, अभी वह रिक्शे से उतर भी नहीं पाता था कि मोहल्ले के लोग उसे घेर लेते थे और पूछते, "कहाँ थे? बड़ा समय लगा दिया?" वही गाँव का पुराना दृश्य वापस आँखों में जीवित हो उठा। लगा कि यह मेरे अपने दोस्त, हमदर्द, नातेदार हैं, जो मेरा हाल जानने इकट्ठे हो गए हैं। मेरी आँखें उनके इस प्यार से डबडबा आईं। अब यह दृश्य तो देखने में नहीं आते, यह सलीका, तहजीब इनसानों से उतरकर पक्षियों में आ गई है।

आप भी चिड़ियों को दाना डालकर देखें, इनसे नाता जोड़कर देखें! इनसान बेईमान हो जाएगा, पर यह नहीं होंगे। इनकी दुआएँ आपको वापस लौटा लाएँगी। मुट्ठी भर दाना डालकर इनसे रिश्ता, निस्बत जोड़ लें। दाना डालकर देखें, दूर-दूर की चिड़ियों से आपका आँगन गूँज उठेगा। आप कैसे हैं? आपके पत्र पा-पाकर निहाल हूँ।

□

नाटक विशेषांक (1)

अक्तूबर-दिसंबर 2005

बचपन के वह मीठे/सुखद दिन कितने भले लगते हैं, जब पालने में ही बच्चा झूले में ऊपर लटकती नकली चिड़िया को असली चिड़िया समझकर हुँकारी भरता है। गुड्डे-गुड़िया का खेल उसे प्रभावित करता है, उन्हें सजाने-सँवारने में ही वह गुम रहता है। नकली चमकीले पत्थरों को ढूँढ़कर इकट्ठा करने में ही सारी दोपहरिया लगा देता है। उसे इकट्ठा करने में उसे लगता है, जैसे कुबेर का धन जमा हो गया है। कनेर और इमली के बीज कीमती हीरे-मोती से अधिक कीमती लगते हैं, कोई यदि छीन लेता तो नन्हा मन कितना आहत हो जाता है। छीननेवाला व्यक्ति सबसे बड़ा दुश्मन लगता है। नकली गुड्डे-गुड़िया की दुनिया ही असली लगती है। खेल अथवा नाटक ही उसके मनोरंजन के साथ उसे दुनिया की सीख समझ देता है। आनेवाले जीवन का पाठ वह अपनी दुनिया से ही सीखता है। जीवन में जब असली हीरे-मोती, धन, गृहस्थी, रिश्ते-नाते सब बड़े दुःख के कारण बन जाते हैं। तरह-तरह की पीड़ा, यातना, फरेब, कष्ट से मनुष्य घिर जाता है। घर-घर का खेल खेलते बाल मन को क्या पता कि बड़े होने पर यही दुःखों का कारण बन जाएँगे। तब नकली खेल-सपने कितने सुखद लुभावने लगते हैं, वह नकली जरूर थे, उनकी कोई औकात, कीमत-मूल्य नहीं था, पर उसमें पीड़ा, धोखा और दुःख का जहर भी तो भरा नहीं था।

कभी-कभी बरबस ही मुझे एक पुरानी घटना याद आ जाती है—एक दोस्त एक दिन अचानक मेरे पास आई और उसने जो कहा, उसे सुनकर मैं स्तब्ध रह गई। वह अब तक अपने पति को भगवान् के रूप में मानती थी, लेकिन जब से उसके पति के संबंध दूसरी औरत से हो गए, तब से उनके रिश्तों में खटास आ

गई थी। दोनों अलग रहते थे। ऐसे में वह समझ नहीं पा रही थी कि अब असली भगवान्, जिसे वह भूल चुकी थी, उसके पास अपनी व्यथा सुनाने कैसे जाएँ? अब तक पति परमेश्वर लगते थे, अब राक्षस दिखने लगे थे। बचपन से ही पति को भगवान् या खुदा का दर्जा देने की बात सीख लेकर पली-बढ़ी लड़की जब धोखा खाती है तो सारी आस्थाएँ चरमराकर ढह जाती हैं। जीवन में दुःख और सुख हमेशा तराजू के दो पल्ले की तरह ही मिलते हैं, जो कभी बराबर नहीं हो पाते बिल्कुल वैसे ही जैसे बचपन में सुनी कहानी की तरह कि दो बिल्लियाँ एक रोटी को लेकर आपस में लड़ रही थीं, तभी एक चतुर बंदर आ गया और उसने न्याय करने की बात कही। झट तराजू निकाला और आधी-आधी रोटी दोनों पल्ले पर चढ़ाई, जो पल्ला जरा भी झुक जाता, झट उसे तोड़कर खा लेता। देखते-ही-देखते उसने इसी चतुराई से पूरी रोटी हड़प ली और दोनों बिल्लियाँ ताकती रह गईं। ऐसे ही जिंदगी भी इसी बंदर-बाँट की कहानी है। वह अपनी चतुराई से हमें ठगती रहती है और हम मूर्ख बन जाते हैं।

इमराना पारिवारिक यौन-हिंसा का शिकार हुईं, उसे सामान्य मानवीय सिद्धांत एवं कानून के आधार पर न्याय मिलना चाहिए, परंतु बलात्कारी ससुर को दंड देने के बजाय उसे अपने पति से ही अलग करने की सजा दी गई। सारा पुरुष समाज एकजुट होकर उसके ससुर का साथ दे रहा है। दंड की कठोरता की पराकाष्ठा यह है कि वह या तो अन्य व्यक्ति से निकाह करे या अपने पति की माँ बनकर रहे। हराम और हलाल के इस झगड़े में उसे बलि का बकरा बना दिया गया। सारी दुनिया में अपमान हुआ, सो अलग। हम अपने धर्म और सभ्यता पर क्या गर्व करें, जिसने एक अबला नारी को सर्वमान्य अपराध और यौन हिंसा के भँवर में डुबो दिया! सामाजिक मान्यताएँ और धर्म की गलत व्याख्या ने नारी को खुलेआम सूली पर लटका दिया।

मानवीय संवेदनाएँ और इक्कीसवीं सदी तक विकास की मंजिलें, जो हमने तय की हैं, वह सभी निरर्थक साबित हो गई हैं। सभ्यता का विकास जरूर हुआ, परंतु इनसान की सोच ज्यों-की-त्यों ही रही। पहले नारी पुरुष की सीने की पसली थी, अब केवल संपत्ति है। पुरुष अपने अपमान का बदला भी नारी को ही अपमानित करके वसूल करता है। कुछ वर्ष पहले पंजाब के एक गाँव में एक व्यक्ति द्वारा दूसरे की पत्नी से बलात्कार करने पर ग्राम पंचायत ने यह फैसला सुनाया था कि बलात्कारी को दंड देने के लिए उसकी पत्नी के साथ सामूहिक

बलात्कार किया जाए। युगों-युगों से रामायण तथा महाभारत काल से ही पुरुष के घमंड की चौसर पर नारी को ही कौड़ियों की तरह फेंका गया। नारी को एक कठपुतली मात्र ही समझा गया।

कुरान में यह लिखा है कि जिससे तुम्हारे बाप के संबंध हो, उसे अपनी माँ समझो, उससे संबंध हराम है। यह बात सौतेली माँ, रखैल या वेश्या आदि के लिए कही गई है, परंतु बाप या ससुर को बेटी या बहू से बलात्कार करने पर क्षमा कर दिया जाए, यह तो कहीं नहीं लिखा है। बलात्कारी पुरुष को तो कोड़े से तब तक मारने की सजा है, जब तक वह मर न जाए।

मानव मन एक भ्रम के भँवर में फँसा रहता है, यह भ्रम इतना व्यापक होता है कि यथार्थ की जिंदगी से भी अधिक प्रभावी होता है। वह उड़ते बादलों में आकृतियाँ, चहकते पक्षियों में संगीत तथा नाचते मोर में नृत्य देखता है। वस्तव में, देखा जाए तो जीवन जब बदरंग हो जाता है, तब अपने यथार्थ से कहने के लिए या जीवन की नीरसता से मुक्ति पाने के लिए कल्पना का सहारा लेकर अमूर्त को मूर्त बनाकर नए-नए स्वांग भरता है। अपने निजी सुख और दुःख को वह अपनी कला में उँडेल देता है। दूसरे पात्रों के माध्यम से वह अपने को ही जीता है।

छोटे गाँव में ढोलक और मंजीरा के साथ चाँदनी रात में जो बिना साज-सजावट के झाँझी-टेसू का खेल रस सृजन में किसी भी अंतरराष्ट्रीय कार्यक्रम से कम नहीं होता। दिन भर मजदूरी करने के बाद रात में नगाड़े की आवाज सुनते ही मीलों नौटंकी देखने के लिए लोग दौड़ पड़ते हैं। राजा हरिश्चंद्र, मोरध्वज, अमर सिंह राठौर आदि कथानक हमें किताबों में भले ही न मिलें, परंतु ग्रामीण नाटकों में यह प्रसंग लोगों के मानसपटल पर पूरी तरह जीवंत है। उत्तर प्रदेश की रासलीला, दक्षिण में भरतनाट्यम, ओडिसी, कत्थक, बस्तर में घोटुल के युवा-नृत्य आदि के माध्यम से कहीं महाभारत, कहीं रामलीला, कहीं मीरा जीवित हो उठते हैं। इनके सुख-दुःख देख दर्शक रोते-हँसते हैं। अपनी व्यथा-कथा, अपने प्रश्नों के उत्तर उन्हें इन्हीं कथानक में मिल जाते हैं। नाट्य परंपराएँ आज भी हमारे जीवन का अभिन्न अंग हैं।

मथुरा की रासलीला नौटंकी की परंपरा का मुख्य आधार रही। धीरे-धीरे इसमें और प्रसंग जुड़ते रहे। उत्तर प्रदेश में महिलाओं का बाहर निकलना या पुरुषों के बीच कार्यक्रम में शामिल होना बुरा माना जाता था, इस कारण स्त्री पात्रों का अभिनय भी पुरुष ही करते थे। पुरुष ही महिला पात्र का स्वांग भरता था। धीरे-धीरे

व्यवसाय ने इसे अपना ग्रास बन लिया। पहले यह कलाकार कला के लिए जीवित थे, परंतु सरकारी पुरस्कारों ने, सुविधाओं ने इन्हें व्यवसाय के रास्ते पर चला दिया। पहले जहाँ लोग थोड़ी सी वाह-वाही से ही गद्‌गद हो जाते थे, आज लाखों रुपए पाकर भी प्रसन्न नहीं हैं।

यह परंपरा बेहद प्रभावशाली तथा समृद्ध थी। इस साधना के प्रति वह समर्पण का भाव अब नहीं रहा, गहन भावना नहीं रही। हर विद्या अनुशासन, धैर्य, तपस्या माँगती है, जो अब नहीं रहा। आज पैसा, पुरस्कार तथा प्रचार-प्रसार के कारण कलाकार बड़े शहरों में रहने लगे हैं। गाँव, जो इनका उद्‌गम स्थल हैं, वहाँ से यह पलायन कर चुके हैं। पहले मनुष्य का बोलना, सोचना तथा खुद के दुःख-सुख की अभिव्यक्ति का माध्यम कला ही थी।

जाने कितने मुखौटे चढ़ाकर मनुष्य को जीना पड़ता है! जीवन के हर दुःख-दर्द, सुख को वह अभिनय के माध्यम से व्यक्त करता है। जो जितना खूँद-खूँदकर अपनी माटी तैयार करता है, वह उतने ही सुंदर आकृति के खिलौने बना सकता है। यह जीवन का कटु सत्य तथा सार है। हीरे को भी अपनी चमक के लिए तराशने की आवश्यकता पड़ती है।

□

त्योहार विशेषांक

जनवरी–मार्च 2006

जीवन एक सादा सा कैनवास ही तो है, एकदम साफ, धुले आकाश की तरह, जैसे किसी ने अपनी आसमानी, नीली ओढ़नी धोकर फटकारकर ऊपर टाँग दी हो! लेकिन इसी आकाश पर जब शाम के वक्त तरह–तरह के रंग उतरने लगते हैं, सुनहरा, लाल, नीला, सफेद तो कितना भला सा लगता है। मन करता है, बस, उसे निहारते रहें! ऐसे ही जब त्योहार आते हैं तो उमंग, उत्साह, जिंदादिली की रंगत से नीरस और उदास जीवन में भी रंग उतरने लगते हैं। भोथरे हो चुके रिश्तों की धार भी नई सी चमकने लगती है। जब बूढ़ी नानी अपने बक्से में सैतकर रखी बनारसी साड़ी को निकालकर पहनती हैं तो चढ़ती जवानी की लुनाई उनके झुर्रीदार चेहरे पर आ ठहरती है। चेहरा नए उत्साह–उल्लास की कलाई के रंग से ताजा होकर दमक उठता है, तब उस बूढ़े चेहरे की खिली छटा निहारते ही बनती है। जैसे बादलों के पीछे चाँद निकल आया हो! भला चाँद कभी बूढ़ा होता है? चाँद तो चाँद ही है न! दरअसल, यह त्योहार ही तो हैं, जिसकी रस्सी पकड़े–पकड़े हम जीवन की कठिन दुर्गम पहाड़ी की चढ़ाई भी पार कर लेते हैं। आज की इस भागम–भाग जिंदगी में जहाँ हर व्यक्ति बस एक खत्म नहीं होनेवाली दौड़ में शामिल है, वहाँ एक त्योहार ही तो है, जो हमारी भागती जिंदगी की रफ्तार को ट्रैफिक–सिग्नल की तरह रोककर ठहरा देते हैं। हमें अपने साथ जश्न में शामिल होने की दावत देते हैं। त्योहारों के होते जश्न की छटा देखकर तो बेनूर आँखें भी चमक उठती हैं। मुट्ठी भर खुशी को झट अपने आँचल में बाँध लेने को जी चाहता है। हर कोई चाहता है, चाहे वह कितना बूढ़ा क्यों न हो गया हो! राम और लक्ष्मण का रूप धरे रामलीला के यह नकली कलाकार क्या असली नहीं लगते? बस, यह भ्रम ही तो जीवन की गति को आगे बढ़ाने में सहायक होते हैं।

अपनेपन के, सुकून के, भाईचारे के क्षण हमें त्योहार पर ही तो, मिलते हैं। इत्र के फोहे की खुशबू से गमकते यह पल और मीठी सेवइयों की मिठास बस, हमें ईद पर ही तो नसीब होती है। इत्र की खुशबू, जो आपसी संबंधों को उल्लास और खुशी से तर-बतर कर देते हैं। उनकी खुशबू से पुराने से पुराने सड़े-गले बैर की दुर्गंध तब दब जाती है। पान की गिलौरी की रंगत अपने साथ-साथ दूसरे के होंठों पर भी उतरती दिखती है। यह त्योहार ही हैं, जो हमारी संस्कृति, आत्मीयता के अहसास को जिंदा रखे हैं, वरना इनसान को राक्षस बनने में कितना वक्त लगता है? यह नन्ही-नन्ही सौगातें ही तो हमारे रिश्तों को मजबूती से बाँधे रहती हैं। कच्ची डोर मजबूत जंजीर बन जाती है। खुशबू से गमकते यह पल सारे जीवन पर भारी पड़ जाते हैं। हमारे त्योहार-परंपरा शीशी में रखे पुराने इत्र की तरह कीमती हैं।

पहले जब बचपन के दिन थे, तब गरमी की छुट्टियों में गाँव जाते थे, तब दादा की हवेली बच्चों की उधम से गुलजार हो उठती थी। रमजान का महीना गरमी में ही आता था। रमजान के दिनों में पानी के जहाज से अरब से खजूरों की पेटियाँ मँगवाई जाती थीं। इन खजूरों से ही रोजा खोला जाता था। बच्चों की पूरी जमात को बेसब्री से शाम होने का इंतजार रहता, जब खजूरें बाँटी जाती थीं। कई बच्चे तो अरब के खजूर खाने के लिए रोजा रख लेते थे और कई तो सिर्फ खजूर खाने के लिए झूठ कहते थे कि 'रोजे से हैं।' अरब के खजूर का ऐसा जादू बच्चों पर चढ़ा रहता, जो झूठ कहलवा देता था। झूठ बोलनेवाले बच्चों की पोल कभी दूसरे बच्चे नहीं खोलते थे। ऐसी एकता तो आज किसी राजनीतिक पार्टी में भी नजर नहीं आती है। सेहरी भी सारे बच्चे पाबंदी से करते थे, क्योंकि पता था घर में खाना बननेवाला नहीं है। सारा दिन बावड़ीवाले बाग में छुप-छुपकर ठंडा पानी पीते रहते थे, बाग के फल तोड़-तोड़कर खाते रहते। रोजे रखनेवाले बच्चे की सब बच्चे बहुत सेवा करते। ईमानदारी से, लेकिन एक रोजा सभी बच्चे रखते, क्योंकि एक से करोड़ों की गिनती गिनी जाती है।

आज भी यह बातें याद आती हैं तो वह ईद और रोजे सारी उम्र के ईद और रोजे से कीमती लगते हैं। दादा साहब के कमरे से बाजी अपने दुपट्टे में छुपाकर अरब के इत्र की शीशी लातीं। वह चोरी से लाई गई अरब के इत्र की शीशी की खुशबू आज भी स्मृतियों में बसी है। यह छोटे-छोटे गुनाह, जुर्म तो अल्लाह के घर भी माफ कर दिए जाते हैं। बाजी का मानना था कि बिना हेरा-फेरी के जिंदगी जेलखाना है।

रोज सूरज निकलता है, दिन निकलता है, रात होती है—ईद, दीवली, क्रिसमस, होली और न्यू ईयर भी तो रोज नहीं आते। त्योहारों के आते ही एक अनोखा, जुनून, खुमारी सी लगने लगती है कि हर चीज सामान्य होते हुए भी अनोखी और अनूठी लगती है। वह उमंग किसी भी धन और साधन से हासिल नहीं होती। त्योहारों की एक और खास बात है कि खुशी की फुहार गरीब तथा अमीर सबको एक साथ सराबोर करती है। कोई भेद नहीं होता, सबको एक सा सुख, प्रसन्नता मिलती है।

त्योहार हमारे जीवन के मानदंडों को एक ऊँचाई देते हैं। हम अपने व्यक्तिगत सुख-दुःख को भुलाकर दूसरों से जुड़ जाते हैं, जिसके पास जो भी कुछ अच्छा होता है, सब उँडेलना चाहता है। हम सुख के एकदम निकट होते हैं। उसकी सुखद ठंडी बयार हमें निहाल किए रहती है।

कभी रेलवे स्टेशन पर जाकर चुपचाप खड़े हो जाइए। सामने से ट्रेन धीरे-धीरे सरकती चली जाती है। एक-एक डिब्बा अपनी मौजूदगी का अहसास कराता गुजर जाता है। ठीक ऐसे ही पल भर में हम सारी जिंदगी जी लेते हैं। आँख के आगे धड़धड़ाती ट्रेन गुजरती चली जाती है। उसका अहसास, धड़धड़ाना सारे शरीर को उत्तेजित कर देता है। ऐसे ही त्योहार आकर अपने होने का सुख का, स्मृतियों का अहसास करा देते हैं। क्षण भर में हम सब जी लेते हैं। आपको दीवाली, ईद तथा क्रिसमस और न्यू ईयर की ढेरों बधाई।

□

ऐतिहासिक अंक

जुलाई–सितंबर 2006

बचपन में अम्माँ की सुनाई ढेरों कहानियों में हातिमताई की कहानी सबसे ज्यादा प्रभावित करती थी। अम्माँ जब कहानी सुनातीं तो हम सब साँस रोककर, सुध-बुध खोकर, सकते की हालत में सहमे बैठे रहते थे। हम ढेर सारे तिलिस्म और जादू की नगरी में गोते लगाते रहते थे। जादूगर अपनी रूह को सात समंदर पार एक महल में एक तोते के जिस्म के भीतर सुरक्षित रखता था। तोते को मारने पर ही जादूगर मर सकता था। हातिमताई जब तोते की टाँग तोड़ती है तो जादूगर की टाँग भी टूट जाती थी। हक्के-बक्के से हम रहस्यों से भरी भूल-भुलैया वाली दिलचस्प दुनिया में घूमते रहते थे।

पुराने गए-गुजरे जमाने की बातें, जिनकी आज कोई प्रासंगिकता नहीं है, फिर भी वह प्रभावित करती हैं। तिलिस्म से भरी कहानियाँ हमें अद्‌भुत संसार की सैर कराती हैं। इतिहास को जानना अपने अतीत में झाँकना है। पुराने जीवन-मूल्य और पुरानी संस्कृति को निहारना अपनी विरासत की संपूर्णता की विशालता का परिचय पाना है। इतिहास उदाहरण बनकर पग-पग हमें सीखने, समझने पर मजबूर करता है। यह एक साँकल की कड़ियों की तरह है, जो हमें पुरानी बातों, पुराने मूल्यों और सभ्यता से जोड़ती है। अतीत के तहखाने में गड़े खजाने की जैसे चाबी हाथ लग गई हो, ऐसे हम प्रसन्न हो उठते हैं।

इतिहास हमारा एक निहायत खूबसूरत अतीत है, जिसे हम हमेशा महफूज रखना चाहते हैं। अपनी आज को आँखों से देखना और निहारना पसंद करते हैं। घंटों हम ऐतिहासिक स्थलों पर घूमते हैं। एक-एक पत्थर अपनी चश्मदीद गवाही के साथ खड़ा दिखता है, जिसने वह समय, वह इतिहास देखा था। उन जीवित

पत्थरों को स्पर्श करते ही लगता है, जैसे—कानों में घोड़ों की टाप, तलवारों की खटर-पटर, चीखें, ललकारें, आहें, विलाप, हँसी, फुसफुसाहटें सब सुनाई देने लगती हैं। इतिहास हमेशा हमारे वर्तमान में खड़ा हमें लुभाता है, आकर्षित करता है, अपने निकट बुलाता है या हमारे निकट सरक आता है और हमें किसी पुरखा की तरह सबक देता है। हमारी उँगली पकड़कर हमें अपने अतीत के खँडहरों में ले जाना चाहता है। इतिहास की बातें, वह कथाएँ आज भी जीवित लगती हैं। इतिहास कभी मरता नहीं, सदैव जिंदा रहता है। इतिहास ने अपने निर्माण के लिए अपने को युगों तक जीवित रहने के लिए बड़ी-बड़ी लड़ाइयाँ लड़ीं, खून की नदियाँ बहीं, बेशुमार खून-खराबे और बरबादी के बाद पुनः अपने को स्थापित किया। बड़े-बड़े इतिहासकारों ने अपने देखे हुए समय को तथा उस समय के तानाशाहों के युद्धों को कलमबद्ध किया। जो लोग अपना इतिहास लिखा नहीं सकते थे, उन्होंने अपने समय को स्वयं लिखा। मीराबाई के पद यदि हम कहें कि साहित्य नहीं, बल्कि इतिहास हैं, तो ज्यादा बेहतर होगा। मीराबाई ने अपने सारे संघर्ष, व्यथा, दुःख को अपने शब्दों में गूँथ दिया है। जो-जो उनके साथ घटा, उन पदों में सारा ब्योरा मौजूद दिखता है।

आज भी इतिहास में, कथाओं में, उदाहरणों में महान् सिकंदर जिंदा है, अकबर महान् जिंदा है, कृष्ण हमारे बीच आज भी मौजूद हैं। ताजमहल की प्रेम-कथा आज भी जीवित है। इतिहास की जय-पराजय आज भी जीवित है। किंवदंतियों की सरगोशियाँ आज भी हमारे आसपास मौजूद लगती हैं। खँडहरों को देख कोई सोच भी नहीं सकता कि कभी यहाँ रौनक, जश्न, आबादी, कहकहे, संगीत, गुनगुनाहटें, आहटें, चूड़ियों की खनक, पायजेबों की छन-छन, हसरतें, धड़कनें यहाँ मौजूद रही होंगी। इतिहास की सच्चाइयाँ किसी परीकथा से कम दिलचस्प और किस्सागोई से कम रंगीन नहीं हैं।

हमारा दिल दिन भर में जाने कितनी बार धड़कता है। नब्ज पर हाथ रखकर वैद्य/डॉक्टर सारे शरीर का हाल जान लेते हैं, ऐसे ही हम इतिहास की नब्ज पर हाथ रखकर अतीत का हाल जान लेते हैं। समाज में आज असीम दुर्व्यसन जन्म ले चुके हैं, व्यभिचार और दुर्गुण लोगों को घेरे हैं। दंभ और दर्प के कारण कोई गुण ग्रहण नहीं कर सकता। हमेशा इतिहास को जब हम निहारते हैं तो उसके बुरे पहलू, धार्मिक कट्टरता पर ही विचार करते हैं। कोई भी टूटी मूर्ति दिख जाती है तो हम औरंगजेब के सिर मढ़ देते हैं। इस तरह की निंदनीय भाषा में बात करते हैं। तोड़ा-फोड़ी तो आज भी दंगे-फसादवाले करते हैं। हमें हमेशा गंदे जल को निथारकर ही

ग्रहण करना चाहिए। औरंगजेब ने उज्जैन के महाकाल के मंदिर को जमीन दी थी तथा ऐसे ही अनेक अच्छे काम किए, इसे हम कभी याद नहीं करते। यही कारण है कि इतिहास की अच्छी और मीठी बातें भी कड़वे काढ़े में बदल जाती हैं। क्या हमारी आज की सोच पहले से बेहतर हो पाई है? नहीं, बल्कि हम पहले से ज्यादा दकियानूस और बुद्धिहीन हो गए हैं। इतिहास को जब भी हमें देखना हो तो ऐसे देखना चाहिए, जैसे हम किसी झरोखे से किसी हरे-भरे बाग को निहारते हैं। ठंडी हवा से मन तर-बतर हो जाना चाहिए। उसकी विराटता की बुलंदी नजर आए, तभी उसका सही आकलन हो पाएगा।

समय और इतिहास की फतह इसी में है कि वह कभी नेस्तनाबूद नहीं होता, गति में रहता है। एक बादशाह या एक राजा हमेशा सिंहासन पर नहीं रह सकता। काल के परिवर्तन की यह अहम अनिवार्यता भी है। युद्ध के विकराल रूप के कारण जहाँ तहस-नहस का वातावरण निर्मित हुआ, वहीं भारत हिंदू-मुसलिम संस्कृति एकता का मिला-जुला रूप लेकर उदय हुआ। ढेर सारी खामियों, बरबादी के बावजूद मिली-जुली संस्कृति की गंगा-जमुनी तहजीब ने हमारी कट्टरता को कम भी किया।

प्रसिद्ध इतिहासकार ई.एच. कार मानते हैं कि इतिहास में दर्ज विवरण की निष्पक्षता बनाए रखना संभव नहीं है। इतिहासकार अपनी नजर से घटनाओं को देखता है और कहीं-न-कहीं अपनी मान्यताओं का मसाला जरूर डाल देता है। उसका रंगीन चश्मा घटनाओं को नए रंग से भर देता है, परिणामस्वरूप इतिहास के कई महत्त्वपूर्ण प्रसंग अछूते एवं रंगहीन रह जाते हैं। यहाँ तक कि करोड़ों की आबादी अपनी संस्कृति, अनुभव एवं संघर्ष को इतिहास में दर्ज नहीं कर पाए। हमारा इतिहास भी अभी तक राजा-रानियों एवं उनसे जुड़े प्रसंगों का ही पुलिंदा है। आम आदमी अभी भी अपने दुःख-दर्द, प्रेम और संघर्ष इतिहास में दर्ज कराने के लिए प्रतीक्षारत है।

वर्तमान में हिंदू-मुसलिम वैमनस्य तथा दंगों की आग में झुलसते लोगों को शायद यह अंदाज नहीं है कि भारतीय इतिहास में दोनों समुदाय के लोग गंगा-जमुना नदी की तरह अनायास ही एक-दूसरे में समाहित हो गए हैं। यह मिलना कोई घटना नहीं थी, बल्कि सदियों की प्रक्रिया का सुखद परिणाम है। इसलाम धर्मावलंबी कवियों ने कृष्णभक्ति के गीत गाए तो वे कई स्थानों पर हिंदू कवियों से भी भक्ति-भाव में आगे चले गए।

संकट के समय एक चित्तौड़ की हिंदू रानी मुसलिम बादशाह को राखी भेजती है। चित्तौड़ की रानी के संरक्षण का दायित्व स्वीकार कर हुमायूँ राखी पाकर खुद शेरशाह से लड़ने आ गए थे। ऐसे ही जब शिवाजी के समय तानाजी ने एक किला जीतने पर मुसलिम बेगमों को शिवाजी के दरबार में पेश किया, तब शिवाजी नाराज हो गए और उन्होंने सम्मान और आदर के साथ उनकी पालकियाँ लौटाई थीं।

बादशाह से मिर्जा की पदवी पाकर राजस्थान के राजा मिर्जा 'राजा जयसिंह' कहलाकर गौरवान्वित महसूस करते थे। दूसरी ओर बिहार में 'खान' का खिताब पाकर हिंदू योद्धा अपने को धन्य मानते रहे हैं। वर्तमान पीढ़ी भारतीय इतिहास और संस्कृति के इस बहुरंगी गुलदस्ते को पाकर गौरवशाली महसूस न करके, उसे छिन्न-भिन्न करके अपनी विरासत को क्यों खोना चाहती हैं? आज वर्तमान समय में चंद लोग राजनीतिक एवं अपने निहित स्वार्थों की पूर्ति के लिए सांप्रदायिक संघर्ष का खेल खेलना चाहते हैं। उन्हें याद रखना होगा कि यह खेल साँप-सीढ़ी के खेल की तरह ही खतरनाक है। भारतीय सभ्यता और संस्कृति की यह सुंदर सरिता इस खेल में सूख सकती है और गरम रेत में झुलसने के लिए हमें छोड़ देगी तथा कहीं ऐसा न हो कि हमारी बहुरंगी संस्कृति का यह चिराग सदैव के लिए बुझ जाए!

इतिहास हमें सही रास्ते पर चलने का सबक देता है और गलत रास्ते के खतरों से आगाह करता है। हमारे भविष्य के भवन की नींव इतिहास ही तो है। अत: हम इतिहास को अनसुना न करें, अन्यथा समय की क्रूरता हमें कभी क्षमा नहीं करेगी, उसकी कर्मठता और लक्ष्यों के प्रति जागरूकता से ही हम सफलता का रहस्य समझें!!

□

युवा विशेषांक (2)

अक्तूबर-दिसंबर 2006

बनारस अपनी ढेर-ढेर बातों के लिए आज भी विश्वप्रसिद्ध है। बनारसी साड़ी, बनारस के घाट, बनारस के मंदिर, बनारस की लंबी-लंबी आँतों की तरह गलियाँ, चाँदी के खासदान और उनमें सजी हुई पान की गिलौरियाँ, बनारस के कालजयी महान् लेखक प्रेमचंद, बनारस के शहनाई के जादूगर भारतरत्न उस्ताद बिस्मिल्लाह खान! किसी जमाने में कहा जाता था कि वहाँ की हवा भी अपनी तरंग और रंगत में ही बहती है। वहाँ की चिड़िया तक शाखों पर कायदे से बैठती हैं और आगा-पीछा देखकर ही बीट करती हैं। आज शोहदे लड़कों की तरह नहीं कि गली में कहीं भी कतारों में हाजत के लिए बैठ जाओ! बनारस का जादू तो हर बात में सिर चढ़कर बोलता था। वहाँ के अपने संस्कार, परंपरा, तहजीब और पहचान थी। बनारस की वह हिंदी और उर्दू के शब्दों की मिली-जुली बोली, जिसे सुनकर लगता है कि अभी-अभी गंगा के घाट से धोकर और खँगालकर लाई गई है, जैसे हर शब्द धोकर और पोंछकर लाया गया हो! गंगा ने तो जैसे अपनी सारी ममता, दुलार जन्मघुट्टी के रूप में बनारस को ही सौंप दिया था!

महान् लेखक प्रेमचंद की शोहरत आज भी सूरज की चढ़ी घाम की तरह चारों तरफ फैली दिखती है। उसकी गरमाहट, गुदगुदाहट, मिठास, आदर्श और संस्कार आज भी साहित्य के पुरातत्त्व विभाग की कीमती अलमारी की धरोहर हैं। भारतरत्न उस्ताद बिस्मिल्लाह खान के शहनाई के वह अनमोल और अद्भुत स्वर मन की सूनी हवेली में पहुँचकर अपनी मंगल धुनों से उदासी, दुःख और सीलन को पोंछकर मुसकान की गुनगुनी धूप से दोबारा साँसों को राहत देती है और बुझे, थके, लंगड़े और अपाहिज मन को दोबारा खड़े होने पर मजबूर कर देती है। आज भी

पुरातत्त्व संग्रहालयों में रखी बनारसी पगड़ियाँ और साड़ियाँ अपने भीतर सैकड़ों वर्ष का इतिहास समेटे हैं। पुराने जमाने में हर शुभ-कार्य तथा धार्मिक अनुष्ठान बिना बनारसी साड़ी पहने नहीं होते थे। पीढ़ियों चलनेवाली उन साड़ियों को तार-तार होने के बाद, उसमें से जलाकर चाँदी और सोना निकालते मैंने खुद बचपन में अम्माँ को देखा है। बनारसी साड़ी के पल्लू से सिर को ढककर शुभ कार्य करते अम्माँ का वह प्यारा सा चेहरा आज भी स्मृतियों में अटका है। बनारसी साड़ी पहनकर और उसका पुराना इतिहास, जो सैकड़ों बार सुनाने के बाद भी फिर से दोहराती अम्माँ कितनी मासूम, कितनी अद्भुत लगतीं, "तुम्हारे नाना जब हमारे ब्याह के समय बनारस गए थे, तब खास बुनकरों ने खरीदकर लाए थे।" उन स्मृतियों को ओढ़े अम्माँ का वह भोला रूप क्या भुलाया जा सकता है ?

उस्ताद बिस्मिल्लाह खानजी से मेरी मुलाकात कई बार हुई। सबसे पहले तो मैंने उन्हें बस्तर में सन् 60 में देखा तथा सुना था। उनके प्रति तब से ही मेरे मन में श्रद्धा और आदर रहा। फिल्म 'गूँज उठी शहनाई' अपने स्कूल के दिनों में कई बार चोरी से टॉकीज में जा-जाकर देखी थी। उसके गानों को घंटों अपनी दोस्तों के साथ गाया था। हीरोइन के साथ कितनी बार सिसक-सिसककर रोए थे। सन् 80 में ग्वालियर के 'तानसेन समारोह' में जब वह मेरे घर आए, तब उन्होंने मुझे जो गुरुमंत्र दिया था, उसे मैंने अपने जीवन में शिरनी की तरह ग्रहण करके आत्मसात् कर लिया है।

"जब मैं शहनाई बजाता हूँ तो यह भूल जाता हूँ कि मंदिर के प्रांगण में बैठा हूँ या मसजिद के सहन में बैठा हूँ; किसी भी ज्ञान को ग्रहण करने का यही एकमात्र तरीका है।" उन्होंने कहा था। इससे बड़ी तपस्या, इबादत और क्या होगी? अपनी कला के प्रति इतनी आस्था कि अपने वजूद को ही भूल जाओ, इससे बड़ा तप और किसे कहते हैं? इन श्रेष्ठ गुरुजनों के बारे में सोचती हूँ तो विश्वास नहीं होता कि यह मनुष्य थे। इन ऊँचाइयों को तो काई फरिश्ता ही छू सकता है। इन महान् विभूतियों के आगे सिर अपने आप अदब से झुक जाता है। इन्होंने संयत, संयम, संचय, संगम और संकल्प के मंत्र को समझा था। इस सूत्र को समझा और अपने को नियंत्रित कर अपना आकाश पाया। इनकी इस विद्या/ज्ञान का यदि अंजलि भर भी हम पा सकें तो जीवन की दिशा ही बदल जाएगी।

आज अपनी युवा पीढ़ी से मुखातिब हूँ। सोचती हूँ क्या कहूँ? कहना तो बहुत कुछ चाहती हूँ, पर क्या सुनने, आत्मसात् करने का उनके पास समय है? एक माँ के रूप में, एक लेखक के रूप में या फिर एक संपादक के रूप में बोलूँ?

उन्हें विरासत में कौन से सूत्र, डोर, शब्द पकड़ाऊँ? क्या वह मेरी कही बात को बड़बोला कहकर हँसी तो नहीं उड़ाएँगे? जीवन की डगर तो वास्तव में बहुत कठिन है। जब बच्चा पहली बार चलना शुरू करता है तो माँ कहती है, "पाँव"पाँव छुन्ने के पाँव, नन्हे के पाँव, जाएँगे एक दिन दूर, खुशहाली बनकर आएँगे पाँव।"

बच्चा खुश होकर माँ के साथ डगमग-डगमग बढ़ने लगता है। माँ के बोले यह आशीष वचन क्या वास्तव में उसे सही दिशा की ओर ले जाएँगे? उसे उसकी सफलता का खजाना मिलेगा? ज्यादा नहीं, बस, इतना चाहती हूँ कि अपने लक्ष्य को, दिशा को, अतीत को और अपने वर्तमान को कभी नहीं भूलना चाहिए। ज्ञान केवल स्कूल की किताबों में ही नहीं, बल्कि हर जगह है। भोर से लेकर रात्रि की अंतिम घड़ी, यानी हर घड़ी, हर पहर क्लास ही तो है। दुःख, सुख, पीड़ा, कष्ट, आँसू, गुस्सा सभी तो हमारे गुरु हैं, जो हमें सिखाते हैं, अपनी तासीर समझाते हैं। जीवन के कोने-कोने से परिचित कराते हैं। अपने भाव और भावना समझाते हैं।

मधुमक्खी का छत्ता भी देखने और समझने की चीज है। छत्ते में ढेरों घर बने होते हैं। कितनी ढेर सारी मजदूर मधुमक्खियाँ वहाँ दिन-रात काम करती हैं। कितनी लगन और परिश्रम से हर घर में मधु तैयार होता है। अलग-अलग मधुमक्खी के द्वारा यह तैयार होता है, लेकिन एक-सी तासीर और गुणोंवाला होता है। बोतल में रखो तो जरा भी अंतर नहीं दिखता। इस तरह एकजुट होकर लगन से एक सा कार्य करनेवाले मजदूर क्या और किसी फैक्टरी में हैं? क्या इनसान के भीतर ऐसा श्रम, साधना, भाव और लगन पैदा हो सकती है? क्या हम संसार के लिए अमृत बना सकते हैं? हम अपने भीतर का छल-कपट/बैर-जहर क्यों नहीं निकाल फेंकते? हम अपने भीतर को शहद के छत्ते की तरह मीठा और गुणकारी क्यों नहीं बना लेते? शहद निकलने के बाद भी छत्ते में कितना मोम भरा होता है। मधुमक्खी शहद बनाकर भूल जाती है। उसे अपने महान् कार्यों का, उपकारों का ध्यान नहीं रहता, ऐसा मनुष्य क्यों नहीं कर पाता? वह अपने छोटे से कार्यों को, उपकारों को भूल तक नहीं पाता? बल्कि मधुमक्खी की सारी मेहनत की कमाई को मनुष्य ले उड़ता है और वह इस बेईमानी को भूल जाती है। फिर से नया निर्माण करने में जुट जाती है। ऐसा सद्गुण इनसान के भीतर क्यों पैदा नहीं होता? हम दूसरे के छल-कपट को कभी नहीं भूल पाते। अपने को मोम कर लेने की क्षमता हमारे भीतर नहीं है। दूसरे के मन को दुखाने में इनसान को कितना आनंद आता है, दूसरे से बदला लेकर वह अपने को कितना बड़ा समझने लगता है। यह सारी बातें यदि हम एक नन्ही सी

मधुमक्खी से सीखें तो कितने बड़े-बड़े कार्य कर सकते हैं। इनसान अपनी महानता का बखान करता है। अपनी पूजा करवाता है, अपनी मूर्ति चौराहे पर लगवाकर शताब्दियों तक अपने को जीवित रखने की योजना में लगा रहता है।

जानवर, पक्षी, चींटी, मधुमक्खी को आखिर कौन सा भगवान् जन्म देता है? भगवान् या अल्लाह? इनका स्वर्ग-नरक, जन्नत-दोजख कहाँ है? हम तो धर्म के बिना एक कदम नहीं चल पाते, एक घूँट किसी का छुआ पानी नहीं पीते यह कैसे बिना धर्म के जिंदा रहते हैं? मरने के बाद का स्वर्ग-नरक का भय इन्हें क्यों नहीं तंग करता? यह ढेर-ढेर बातें हैं, जो हमें सोचने पर मजबूर करती हैं।

देश को स्वतंत्र हुए आधी शताब्दी से ज्यादा समय बीत गया। पहले हमारे देश में अंग्रेजों का शासन था। अंग्रेजों को सबसे शक्तिशाली माना जाता था। संसार में उनका बड़ा साम्राज्य था। लोग कहते थे कि अंग्रेजों के राज्य में सूरज डूबता नहीं था इसके बावजूद हमारे देश का एक-एक नागरिक उनके इतने बड़े साम्राज्य को उखाड़कर फेंकना चाहता था। इस आस्था, आत्मविश्वास के कारण लोग एकजुट हुए, उनकी विचारधारा एक हुई, लोग जेल गए, रेल की पटरियों पर लेट गए, फाँसी के फंदे पर झूल गए। नौ जवानों ने देश के लिए अपनी आहुतियाँ दीं। माँ ने खुशी-खुशी अपने बेटों को बलिदान के रास्ते पर जाने दिया। माँ को अपनी सूनी कोख का दुःख नहीं था, नारी को अपनी सूनी माँग का दुःख नहीं था। छोटे-छोटे बच्चे अनाथ और बेघर हुए; लेकिन इतने पर भी कोई पीछे नहीं हटा, किसी का जोश ठंडा नहीं हुआ था।

सन् 1947 के पहले देश के लोगों की यही भावना थी। उनके इस आत्मविश्वास तथा बलिदान का क्या हम पर कोई कर्ज नहीं है? देश की आजादी में हिंदू और मुसलमान दोनों ने बराबर से कुरबानी दी थी। जब देश गुलाम था, तब देश में समाज-सुधारक थे, आज एक भी समाज-सुधारक नजर नहीं आता। सभी राजनेता दिखते हैं, हर व्यक्ति नेता बनने की धुन में दिखता है।

हमारी दृष्टि निहायत छोटी हो गई है। हम एक बड़ी सोच से हटकर छोटी सोच में सिमट गए हैं। व्यक्ति अपने नाते-रिश्तेदारों को लाभ पहुँचाने में लग गया है। इस छोटी सोच ने हमारे वर्तमान को नुकसान पहुँचाया है। अंग्रेजों की हुकूमत को उखाड़ने का काम किसी सरकार ने नहीं किया था, बल्कि देश की युवा पीढ़ी ने नेतृत्व सँभाला था। आज उसी युवा पीढ़ी की शक्ति दिशाहीन हो गई है। इसके सामने कोई संकल्प नहीं है।

आजादी के छह दशक बाद एक मामूली छात्रसंघ के चुनाव में एक प्रो. सभरवाल की हत्या कर अपने हाथ खून से रँगे हुए हैं। भटकाव की हद है उन्हें पता नहीं उन्होंने कितने लंबे इतिहास को तहस-नहस किया है। गुरु परंपरा को माननेवाला देश आज स्तब्ध है, सब गूँगे हो गए हैं। संकल्पशक्ति से बड़े साम्राज्य से टक्कर लेनेवाला युवा आज आजादी के बाद लगता है कि सभी अच्छी परंपराओं को कुचलते हुए समाज और देश के लिए विध्वंसक बन गया है। पंचायत से लेकर लोकसभा तक हमारा युवा एक दिशाहीन हुल्लड़ में फँसा है। आजादी के समय हमारे युवा वर्ग पर केवल संचालन का ही दायित्व नहीं था, वरन् राष्ट्र के पुनर्निर्माण की भी जिम्मेदारी थी। अन्याय और शोषण के टीलों को समतल कर उस पर लोकतंत्र की फसल उगाना थी। आज भी हमारे सामने सन् 1947 वाले सवाल अपना उत्तर पाने ज्यों-के-त्यों खड़े दिखते हैं। आज के युवा को स्वयं ही सँभालना काफी नहीं है, बल्कि उन्हें एक सामूहिक समर के माध्यम से देश का नवनिर्माण भी करना है।

मनुष्य हमेशा दो ही व्यक्तियों से हारना चाहता है—एक अपनी संतान से और दूसरा अपने शिष्य से। आज प्रेमचंद और बिस्मिल्लाह खान अपनी युवा पीढ़ी से हारना चाहते हैं। नया प्रेमचंद और बिस्मिल्लाह खान बनकर उन्हें दिखाना चाहिए। मैं भी अपनी नई पीढ़ी से अपने संघर्ष, अपनी सुबह, अपनी जागी रातों का हिसाब चाहती हूँ। मेरा सूरज, मेरा चाँद, जो उनके पास कैद है, उसे वापस पाना चाहती हूँ। मैं भी थक गई हूँ और बेखबरी से सोना चाहती हूँ। हमें याद रख सके ऐसी युवा जमात चाहती हूँ। थोड़ा कहा, ज्यादा समझना! चिट्ठी को तार समझना!

□

संस्मरण विशेषांक

जनवरी-मार्च 2007

उस दिन एक वृद्धा आश्रम में मैं थी। लोग मुझे बहुत कुछ दिखा रहे थे। चारों तरफ से लोग बोल रहे थे और मैं एकदम से अपने आप में गुम किसी को देख रही थी। मेरी आँखें बार-बार एक वृद्ध व्यक्ति पर ठहर जाती थीं। ढेर सारे कांधों को लाँघकर लगातार एक बूढ़े व्यक्ति पर मेरी सोच टिक जाती थी। मुझे दूसरों की बातें समझ में नहीं आ रही थीं, जैसे मैं वर्तमान से बहरी बन गई थी! वह बूढ़ा व्यक्ति बार-बार अपना बक्सा खोलता, सारा सामान निकालता, कुछ ढूँढ़ता, फिर वापस कपड़ों को तह करके अपने टीन के बक्से में सैंतता, बक्सा बंद करता, उसमें पीतल का ताला लगाता, चाबी को अपनी कमर में धोती में बँधी एक डोरी से बाँधता, फिर इत्मीनान से बक्से पर बैठ जाता, जैसे वह रेलवे प्लेटफॉर्म पर बैठा हो? थोड़ी देर में वह फिर बक्से से उठता और दोबारा उन्हीं बातों को दोहराता, साथ में कुछ बुदबुदाता जाता। जैसे कुछ खोज रहा हो, अपने से बोलता रहता।

उस बड़े हॉल में लगभग पचास-साठ बुजुर्ग थे, पर सब शांत अपने पलंग पर लेटे थे, जैसे उन्होंने अपनी हार को स्वीकार लिया हो, बस, एक वही बूढ़ा बेहद बेचैन था। आश्रम के लोग मुझे अपनी ढेर सारी बातें समझा रहे थे, पर मैं तो जैसे उस बूढ़े बाबा की पीठ पर लद गई थी। उस बूढ़े बाबा को मैंने आश्रम में घुसते ही पकड़ लिया था। मैं अपनी कनखियों से लगातार उसी बूढ़े को ताक रही थी।

"वह बाबा कौन है?" आखिर साहस करके मैंने पूछ ही लिया। मुझे बताया गया कि वह गुजरात से आए हैं। भूकंप की चपेट में उनका सारा परिवार, घर समाप्त हो चुका था। वह अपने मरे हुए जवान पुत्र, पत्नी, बेटी, नाती-पोतों को

पुकारते हैं। वह पागल हो गए हैं, वर्तमान में आना नहीं चाहते, बस, अतीत में जीना चाहते हैं। सारा दिन, सारी रात वह अपना बक्सा खोलते रहते हैं।

अब मेरे पागल होने की बारी थी। अपनों का छूट जाना कितना तकलीफदेह होता है, यह बात मैं जानती थी घाव के मुँह फिर खुल गए थे, उस पीड़ा को अपने चेहरे पर झेले चुप खड़ी थी। खो गए लोगों को तलाशना क्या मामूली बात है? दुनिया से गए लोगों की रिपोर्ट किसी थाने में दर्ज होती है क्या? जमीन पर गिरी/बिखरी रेत क्या वापस सकेली जाती है?

शब्दों की वफादार सेना ने कैसे घेर रखा है। अर्धविराम और विराम की बैसाखियों के सहारे खड़े हैं। क्या इसका अहसास मुझे नहीं है? घूमने जाते समय खेल के मैदान में खेलते युवाओं को तकते खड़े होकर किसी एक को खोजना क्या याद नहीं है? दूसरों के सामने अपने गालों पर बहते आँसुओं का अहसास भूलना क्या याद नहीं है? धीरे-धीरे अपने को वापस जीवन के कोल्हू से जोड़कर कोल्हू का बैल बनना क्या भूल पाए हैं? कैसे दुःख के दलदल से वापस खींचकर अपने को खड़ा किया, सब एक-एक याद है। आखिर धीरे-धीरे भुरभुरी मिट्टी भी पत्थर हो जाती है। आज भी अपने भीतर नरम घास की जड़ें मौजूद लगती हैं।

अतीत के सूने तहखाने में आज भी यादों का जंगली कबूतर रहता है। उसकी सुखद और दुःखद यादें आज भी हमारे आसपास फड़फड़ाती रहती हैं। उसके पंखों की गंध मन को निरंतर दुखाती रहती है। भीड़ में भी अपने में गुम बैठे रहते हैं। मन का यह जीवन पक्षी कभी भी अच्छी-बुरी बातों को भूल नहीं पाता। मन का यह सुआ अपनी रटन से हमारे एकांत को गुंजाता रहता है। हमारी तन्हाई का फायदा उठाकर वह हमारे सामने यादों का मीना बाजार लगा देता है और उस मीना बाजार में हम अपनी कटी जेब लिये हतप्रभ, भौचक्के, ललचाते परेशान घूमते रहते हैं। सामने सब है, पर खरीद नहीं सकते। लगता है, जैसे जादू के जोर से किसी जादू की मायावी नगरी में आ गए हैं! जिंदगी भी किसी जादूगर से कम नहीं होती, जो अपने तिलिस्म से हैरतअंगेज कारनामे तो दिखाती है, पर हाथ में कुछ नहीं देती। इनसान सारी उम्र अपनी गठरी में छोटी-छोटी खट्टी-मीठी यादों को सहेजे रहता है। उसे पता है कि इस गड़े धन का आखिर मालिक कोई नहीं होगा। यह किसी को विरासत में नहीं दिया जा सकता, यह तो गड़ा का गड़ा ही रह जाएगा।

कभी बचपन में बनाए घरौंदे कितने याद आते हैं। रेत पर बच्चा कैसे अपनी सुध-बुध खोए घरौंदे बनाता है, तब वह अपनी भूख-प्यास सब भूल जाता है। बस

तन्मयता, आस्था से घरौंदा बनाता रहता है। उसे अपने पर, जीवन पर, भविष्य पर कितना विश्वास होता है! एक बार मेरी मुलाकात एक बिल्डर से हुई! सारी उम्र उन्होंने मकान बनाए और बेचे थे। मैंने अपनी बेवकूफी का प्रदर्शन करते हुए आसान सा सवाल पूछा, "आप इस बिजनेस में कैसे आए?"

उन्होंने बताया, "छोटा था, तब से मैं रेत पर घरौंदे बनाता था, बहुत सुंदर, अद्भुत सारा दिन खटकर मैं अपना नन्हा सा घर बनाता था, फिर जाने क्या होता, जैसे ही वह पूरा होता, कोई-न-कोई आकर उसे तोड़ देता। शायद वह रोष, संताप आज भी मेरे भीतर बैठा हुआ है। मैं रोज मकान बनाता हूँ, फिर डरकर दूसरा मकान बनाने लगता हूँ। सारा काम एक सनक में करता हूँ, पर किसी को अब उसे तोड़ने नहीं देता। छोटा था, तब घर बनाता था, अब मकान बनाता हूँ। बचपन का घरौंदा मेरे सपनों का घर था जहाँ रहना चाहता था, पर अब मैं किसी मकान में रहना नहीं चाहता।" अपने आसान से सवाल का कठिन उत्तर पाकर मैं स्तब्ध थी।

अतीत हमेशा हमारे वर्तमान का गुरु होता है, निर्माणकर्ता होता है। हम जो भी कर रहे होते हैं, उसके कारण अतीत में मौजूद होते हैं। हमारे अतीत में उसकी जड़ें रहती हैं। हम जाने-अनजाने में उन्हीं रास्तों को तलाशते रहते हैं। उसकी सुगंध से तर-बतर रहते हैं। जैसे प्रसाद की 'कामायनी' से तरंगों की फेंकी कोई मणि हो!

इनसान हमेशा अपनों का, अपनों के प्यार, आदर का मोहताज होता है। चाहे मनुष्य हो या पशु-पक्षी या फूल-पौधे, इन्हें जरा भी अपनी अवहेलना तथा विपरीत वातावरण सहन नहीं होता। जरा सी उपेक्षा से यह मुरझा जाते हैं। अचानक देखते-देखते दृश्य बदल जाता है और जिंदगी फिसलकर अतीत की सीमा में चली जाती है और हम अतीत का सारांश बनकर रह जाते हैं।

यादें हमेशा लुभाती हैं, बुलाती हैं, पुकारती हैं। अपने अतीत को जो याद रखता है, वह कभी अकेले नहीं होता। अतीत तो हमारा हमदर्द, दोस्त पुरखा होता है, जो हमें हमेशा संतुलित करता है। अतीत की बातें वैसी ही हैं, जैसे तारों भरी रात में आप अकेले छत पर लेटे हों। कितने ढेर तारे हैं, पर उन्हें हम हाथ बढ़ाकर छू नहीं सकते, लेकिन वह हमारे वर्तमान में मौजूद होते हैं।

सपनों का आँख खुलने पर क्या काम? प्रेम का, रिश्तों का, उनकी अच्छाइयों और ऊँचाइयों के भाव की कोई भी शेयर बाजार बोली नहीं लगा सकता। शेयर बाजार के उठते और गिरते भाव के सामने उनका मूल्य नहीं आँका जा सकता।

यह बड़ा विचित्र गणित है। जैसे हम तारों की गिनती नहीं कर सकते, बस,

महसूस कर सकते हैं, ऐसे ही हम यादों को बस, महसूस कर सकते हैं। इस बार ठिठुरती ठंडी रातों के सामने जलते अलाव के सामने बैठ हम सब अपनी यादों को एक-दूसरे से शेयर कर रहे हैं, आइए आप भी अपने ठिठुरते हाथों को इसमें सेंक लें!

□

विभिन्न भाषा की कहानियाँ विशेषांक

अप्रैल-जून 2007

बहुत पुरानी बात है। नदिया नाम की एक सात बरस की नन्ही बच्ची थी। उसके पिता की सरकारी नौकरी थी, जिसके कारण शहर-दर-शहर जाना होता था। हर साल छह माह में बिस्तर बाँधना होता था। आज की तरह कहीं सुनवाई नहीं होती थी। तब 'सिफारिश' शब्द का अर्थ कोई जानता नहीं था। नियम-कायदे को माननेवाले ईमानदार लोगों की नस्ल थी। रेलगाड़ी में थर्ड क्लास के डिब्बे में सारे आला अफसर यात्रा करते थे। आज की तरह हवाई यात्रा की सुविधा नहीं थी। कभी भूले-भटके मुख्यमंत्री या प्रधानमंत्री का हवाई जहाज आ जाता तो उसे देखने गाँव के लोग इकट्ठे होकर उस ओर उमड़ पड़ते थे। हवाई जहाज को गाँव की भाषा में 'उड़न खटोला' कहते थे।

नदिया नाम की उस नन्ही सी बच्ची ने स्कूल जाना शुरू ही किया था। जंगली पहाड़ी इलाकों में वैसे भी आँधी-पानी का सिलसिला चलता रहता था। एक दिन नदिया स्कूल से लौटी और दोपहर में सो गई। अम्माँ पड़ोस के घर में बैठने चली गई थीं। घर में बस एक चपरासी था। अचानक आँधी-तूफान आया। बादलों की गड़गड़ाहट से घबराकर नदिया जागी, देखा बाहर तेज हवा के साथ पानी बरस रहा है। देखते-ही-देखते अचानक पानी के साथ आकाश से बर्फ के ढेले गिरने लगे, जिसे चपरासी 'ओले' कह रहा था। नदिया ने इससे पहले ऐसा दृश्य नहीं देखा था। ओलों की बारिश नहीं देखी थी। वह चकित थी। चपरासी ओले बीन रहा था। वह भी उत्सुकता से दौड़ पड़ी और ओले बीनने लगी। ओले काफी बड़े-बड़े थे। वह भीग-भीगकर ओले बीनती रही और बरतनों में भरती रही। उसने घर के सारे बरतन ओलों से भर दिए। चपरासी ने बहुत रोका, पर वह नहीं मानी। वह बेहद प्रसन्न थी।

उसे यकीन था कि ओले अम्माँ ने भी नहीं देखे होंगे। पानी बंद हुआ, तब अम्माँ लौटीं। अम्माँ का हाथ पकड़कर उन्हें घसीटती वह बरतनों के पास ले गई। उन्हें वह करिश्माई ओले, जो आसमान से बरसे थे, दिखाना चाहती थी। पर यह क्या? ढक्कन खोला तो वहाँ तो ओले नहीं थे, वहाँ तो पानी भरा था! आखिर ओले कहाँ गए? भौचक्की-हैरान स्तब्ध वह खड़ी-की-खड़ी रह गई। वह तो अपना जोड़ा खजाना दिखाना चाहती थी। अम्माँ को हैरान कर देना चाहती थी। ओले क्यों पानी बन गए? यह बात उसकी नन्ही सी बुद्धि में समा नहीं रही थी। वह शून्य/सकते की हालत में पानी को तकती रही। रात को उसे बहुत तेज बुखार आ गया। वह रात भर बुखार में बर्राती रही। बर्राहट में वह ओलों को याद करती रही। घर में सब परेशान थे। सब समझ रहे थे कि वह पानी में भीगने से बीमार पड़ी है, लेकिन नहीं, उसे तो सदमे ने बीमार कर दिया था। उसका नन्हा मन इस हादसे के धक्के को सह नहीं पा रहा था। पहली बार जो उसका विश्वास टूटा था!

इस घटना के बहुत बरस गुजरने के बाद जब नदिया अधेड़ अवस्था में आ गई और एक दिन जब उसे उसके जवान बेटे की लाश के सामने खड़ा किया गया तो वह फिर सकते में खड़ी थी। सदमे ने उसे बहरा-गूँगा कर दिया था। ऐसा कैसे हुआ? जीवन भर के जोड़े/सहेजे/सकेरे ओले फिर से पानी कैसे हो गए? उसकी आस्था-विश्वास फिर चूर-चूर हो गए थे। लोग तो अपनों का सुख देखते हैं, जीवन की उतरती धूप में उसका विश्वास क्यों टूटा? दु:ख ने, पीड़ा ने उसे हिला दिया था। उसका जोड़-जोड़ खुल गया था। बचपन में देखी उस गुड़िया की तरह, जिसे जरा छूते ही वह हिलने लगती थी। उसका सिर, कमर, हाथ-पैर कहीं नहीं जुड़े थे। ऐसे ही नदिया हिल उठी थी। सबकुछ नष्ट हो गया था। उसकी आस/उम्मीद सब पानी हो चुके थे। वह हैरान थी। बचपन से लेकर बुढ़ापे तक दु:खों से, सदमे से, पीड़ा से केवल उसी का परिचय क्यों होता रहा है? उसकी सारी शक्ति खत्म हो गई थी।

जीवन के यथार्थ को जीते समय अपने भीतर के अंतर्द्वंद्व से जूझते, लेकिन उसे बाहर अभिव्यक्त न कर पाने के कष्ट से हम कितने अकेले, निस्सहाय हो जाते हैं। अकेलेपन की सुरंग से गुजरना कितना कष्टदायक होता है। जीवन रेस में तो इनसान घोड़े की तरह बस, दौड़ता रहता है। सारी उम्र जिंदगी की हार-जीत की उधेड़-बुन में लगा रहता है। घुलता रहता है, चुकता रहता है और अंत में हारकर खड़ा-का-खड़ा रह जाता है तब लगता है कि क्या जीवन की यही परिभाषा है? इसी के लिए इतने हौस-फूल में हम भरे थे? यह धक्का ठीक वैसा ही होता है,

जैसे किसी ने कुएँ के भीतर पानी भरने के लिए रस्सी में बँधी बाल्टी डाल दी और बाल्टी छपाक से डूब गई। रस्सी हाथ में रह गई। हम इस धक्के से हक्के-बक्के रह जाते हैं।

जिंदगी के साथ दुःख और हादसे मिलते ही रहते हैं, फिर भी इनसान चलता रहता है। मन तूफान के बीच हमेशा बिना पतवार की नाव की तरह डूबता-उतराता है। संवाद की इस दुनिया में जहाँ मनुष्य को वाणी वरदान में मिली हुई है। ऐसी दुनिया में जहाँ इनसान बोलता ही रहता है। दूसरे को सिखाता ही रहता है। क्या ऐसी दुनिया में कोई सोच सकता है कि मौन की भी भाषा होती है। मौन संवाद से ज्यादा मुखर होता है। चुप/मौन रहकर भी हम अपनी बिखरी शक्ति, हौसले और ताकत को बटोरते रहते हैं। दूसरे लोगों के दिए उपदेशों के शब्द केवल उत्तेजना ही बढ़ाते हैं। हिम्मत तो हमारी होती है। वापस खड़े होने की कोशिश तो हमें ही करनी होती है।

तन्हा खड़े रह जाने के बावजूद बीते पलों की स्मृतियाँ ही हमें जीवित रखती हैं। भटकने और बिखरने नहीं देती। जीने के लिए तो उसी वातावरण की आवश्यकता होती है। मछली अपने उसी गंदे पानी में ही जीवित रहती है। मछली को साफ-सुथरी धरती पर निकालकर रख दो तो वह मर जाती है। ऐसे ही मनुष्य अपने कष्टों के बीच जिंदा रहता है। क्या मैं आपको कोई कहानी सुना रही हूँ? हाँ, कहानी की यही तो परिभाषा है। दुःख-कष्ट ही तो उसका कलेऊ है। लेखक अपने इसी कीचड़ में जिंदा रहता है।

इस बार कई भाषा की कहानियाँ आपके सामने हैं। भाषा अलग है, पर आत्मा एक है। दुःख-पीड़ा की कोई भाषा नहीं होती, केवल भाव होते हैं। भाव जब चेहरे पर उभरते हैं तो स्पष्ट समझ में आ जाते हैं, जैसे आकाश को देख गाँव का अनपढ़-से-अनपढ़ आदमी भी मौसम की जानकारी दे देता है। भाव बोले नहीं जाते, पढ़े जाते हैं। जिस दिन लोग भाव पढ़ना भूल जाएँगे, उसी दिन प्रलय आ जाएगी, कयामत आ जाएगी। मैं आपको डरा नहीं रही। कहानी का मर्म समझा रही हूँ। गिरे हुए मकान के मलबे में ईंट-पत्थर नहीं होता, एक कथा होती है, जो कोई इंजीनियर नहीं समझ सकता, उसे तो बस, केवल लेखक समझ सकता है। आप थक गए न, अब बस, करती हूँ।

कमलेश्वरजी का जाना एक दुःखद घटना है। साहित्य की दुनिया के वह नक्शानवीस थे। यूँ तो लाखों लोग निरंतर काम करते हैं, लेकिन केवल काम करना ही पर्याप्त नहीं होता। हमारे कार्य में मकसद छुपा होना चाहिए। जिसके पास

मकसद है, उसी के पास काम्याबी होती है। ईमानदारी और मकसद वह मंत्र है, जिससे हर आफत/भूत-प्रेत सब भागने लगते हैं। कमलेश्वरजी ने एक नस्ल तैयार की थी। उसी नस्ल में मेरा नाम भी आता है। धर्मवीर भारती और कमलेश्वर दोनों ही मेरे संपादक थे। आज दोनों की इस संसार में नहीं हैं, पर उनकी तैयार की बुलंद इमारतें आज भी तथा सदैव रहेंगी। वह लोग पत्थर को तराशकर हीरा बनानेवाले जौहरी थे। उनके सद्गुणों की सुगंध चंदन बनकर हमारे भीतर सदैव जीवित रहेगी।

आपका स्नेह-प्रेम हमेश समरलोक को मिलता रहा है। मेरी यह हमेशा कोशिश रहेगी कि आपके विश्वास को हमेशा बनाए रखूँ। यह आश्वासन ढाँढ़स मन को सुरक्षा देता है कि हम कहीं सुरक्षित हैं। इस बार से 'समरलोक' पत्रिका संपर्क बदल गया है, कृपया नए पते पर संपर्क करें। धन्यवाद।

□

संपादकीय विशेषांक

जुलाई–सितंबर 2007

हमेशा नींव की बुनियाद में ठोस/पत्थर ही लगाए जाते हैं, जिससे इमारत मजबूत और पुख्ता रहती हैं। इमारत की नींव के पत्थर ही इमारत को सँभाले रहते हैं। बस, इसी छोटे से फलसफे में जिंदगी का गहरा रहस्य छुपा है। शब्द में नुक्ते का बड़ा अहम स्थान है। यही छोटी–छोटी बातें हैं, जो हमें जीवन की गहराई समझाती हैं।

इतिहास की सूनी और अँधेरी गलियों में जब हम चुपचाप उतरते हैं और जैसे–जैसे आगे बढ़ते हैं तो रथ की घंटियों की आवाज और घोड़ों की टापों की आवाज सुनाई देने लगती है। तलवारों, ललकारों और कराहों के रोमांचकारी स्वरों से रोम–रोम काँप उठता है। इतिहास हमारा पुरखा और गुरु होता है, जो हमें सिखाता और समझ देता है। हमेशा अच्छी बातें और गलत बातें भी सब इतिहास अपने बहीखाते में दर्ज कर लेता है। वह किसी को भी क्षमा नहीं करता। एक टीचर की तरह शाबाशी और सजा देता है। इतिहास के प्रतिबिंब में ही हम अपना वर्तमान निहारते हैं। उसी पर हमारे आज की आधारशिला टिकी रहती है। दासता और अन्याय के खिलाफ मानव मन हमेशा ही विद्रोह करता रहा है। सन् 1857 में अंग्रेजों के खिलाफ बगावत की जो एक अनूठी मिसाल कायम हुई, वैसी मिसाल और भावना फिर देखने को नहीं मिली। भले ही राजे–रजवाड़े अपनी रियासत को बचाने के लिए आगे आए, परंतु उन्होंने अपने पीछे समूची जनता को पाया और इससे प्रेरित होकर अंग्रेजों के सामने समर्पण की बजाय आजादी की लड़ाई के लिए अपनी जान न्योछावर कर दी। इस लड़ाई में जाति, धर्म के भेद को भुलाकर जो जज्बा पैदा हुआ, उससे हजारों नौजवान हँसते–हँसते फाँसी के फंदे पर झूल गए। आजादी की इस पहली लड़ाई

में भले ही भारतवासियों को कामयाबी नहीं मिली, पर इस बगावत ने भारतीयों की जड़ता को झकझोरकर रख दिया और देश में राष्ट्रीयता की अनजाने में ही जो नींव पड़ी, वह उसी बलिदान का परिणाम थी।

सन् 1857 की महान् क्रांति केवल बंदूक, तलवार या तोपों से ही नहीं लड़ी गई, बल्कि कलम से भी लड़ी गई थी। भारत के प्रथम स्वतंत्रता संग्राम की लड़ाई में ढेरों समाचार-पत्र और पत्रिकाएँ नष्ट की गईं और उनके संपादकों को फाँसी दे दी गई। सन् 1857 की क्रांति का 'पयाम-ए-आजादी' नामक प्रमुख अखबार था। इसके संपादक क्रांतिकारी अजीमुल्ला खाँ और प्रकाशक अंतिम मुगल सम्राट बहादुरशाह के पौत्र बेदार बख्त थे। अंग्रेजों ने बेदार बख्त को फाँसी पर लटका दिया और जिनके घरों से 'पयाम-ए-आजादी' की प्रति प्राप्त हुई, उन्हें भी फाँसी के फंदे पर लटकाया गया। 'देहली उर्दू अखबार' के संपादक सैयद जमीलउद्दीन खाँ को कैद कर लिया गया। 'सन् 1857 की क्रांति' के जोश को जन-जन तक पहुँचाने में उस समय के इन अखबारों और इनके संपादकों का बहुत बड़ योगदान था।

सन् 1857 में हमने अपनी हिम्मत और हौसले के बल पर ही अंग्रेजों का मुकाबला किया था। अंग्रेजों ने कई कूटनीतिक चालें चलीं। बगावत में शामिल मुसलमानों को विशेष रूप से कुचला गया। दस्तकारों को और मजदूरों को बेरोजगार किया गया। कभी हिंदुओं को, कभी मुसलमानों को बढ़ावा देकर सांप्रदायिकता के बीज बोए, जो सन् 1947 की आजादी के बाद आज विशाल पेड़ों के रूप में हमारे सामने अपने डरावने रूप में खड़े दिखते हैं। आज यह विशाल जंगल बनकर हमारे समाज में भेदभाव के अजगरों की शरणस्थली बन गए हैं।

बंधन से मुक्ति ही आजादी नहीं देती। आजादी के लिए और लोकतंत्र के लिए हर व्यक्ति की अहम हिस्सेदारी भी निहायत जरूरी होती है। पिंजरे में बरसों से बंद पंछी अपने आप गगन में अपने पंखों की ताकत से उड़ नहीं पाता। उसकी इसी कमजोरी का फायदा लेने बिल्ली उसे अपना निवाला बनाने की ताक में बैठी रहती है। आज दुःख होता है कि अरबों की राशि खर्च करने के बाद भी हम देश को शक्तिशाली नहीं बना सके। पूरे देश का समूचा तंत्र आज स्वार्थी एवं भ्रष्ट लोगों के हाथों में है।

सन् 1857 में जो हिंदू-मुसलिम एकता थी, उसकी मिसाल सदियों तक आनेवाली पीढ़ियाँ देती रहेंगी। अंग्रेजों ने उन्हें इकट्ठे ही मिट्टी में दफन कर दिया तथा लकड़ियों के ढेर में एक साथ जलाकर राख कर दिया था। उन शहीदों की

मिट्टी और राख आज भी हमसे अपने योगदान का हिसाब माँगती है।

अपने हालात और समय पर पैनी नजर रखकर उसे अपने अनुरूप बदलने का हौसला रखना चाहिए। लेखक और संपादक को सच बात कहने में कभी हिचकना नहीं चाहिए और किसी प्रकार की दासता और दमन को स्वीकार नहीं करना चाहिए। यह कार्य कठिन तप और तपस्या माँगता है। लिखा हुआ कभी बेकार नहीं जाता, वह हमेशा इतिहास में स्थायी बनकर दर्ज हो जाता है। शब्द वह सच्चे मोती होते हैं, जो बरसों-बरसों भी समंदर की गहराई में पड़े रहते हैं, पर जब पानी और कीच से बाहर आते हैं तो उनकी आब-चमक और कीमत ज्यों-की-त्यों रहती है। वह अपने वजन और वजूद के साथ हमारे सामने होते हैं। यह पेशा ईमानदारी और मर्यादा की माँग करता है और इस सिद्धांत को स्वीकारे बिना हम समाज को तथा अपनी नई पीढ़ी को कुछ नहीं दे सकते। इस तरह, एक संपादक और लेखक की जिम्मेदारी और उत्तरदायित्व दूसरों से अधिक होती है।

संपादक और लेखक की भूमिका एक सिक्के के दो पहलू की तरह होती है। समाज की नब्ज पर अपना हाथ रखकर वह ध्यान से हर धड़कन को सुनता है, जैसे वैद्य या डॉक्टर इनसान की भीतरी धड़कन को सुनकर मनुष्य के शरीर का हाल जान लेते हैं। वह किसी का घनिष्ठ नहीं होता, यहाँ तक कि अपनों का भी नहीं इसके बावजूद वह सबका होता है, जैसे हवा सबकी होती है, जैसे चाँद सबका होता है, सूरज बिना भेदभाव किए हर आँगन और द्वार पर अपनी आभा, ऊर्जा बिखेरता है। ऐसे ही संपादक और लेखक को होना चाहिए, तभी साहित्य में वह अपना नाम दर्ज करा सकता है। समय को लाँघकर वह अमर हो सकता है। वह दूसरों के जीवन-पथ की यात्रा को इंगित करता है।

देखिए, मैं टहलने निकली हूँ और सूर्य की अंतिम किरण बस, अब बुझने को है, लौटते मवेशियों के खुरों से उठती धूल के बीच में चल रही हूँ। मुझे पता है कि कल नई ऊर्जा/तेज के साथ नया सूरज फिर उगेगा और यह धूल की धुंध भी थोड़ी देर में साफ हो जाएगी। बुराई कभी अच्छाई को ढक नहीं सकती। मैं हमेशा इसी उम्मीद में जीती हूँ। आप भी इस उम्मीद को अपने भीतर एक सुआ की तरह पालकर रखें।

□

अठारह सौ सत्तावन विशेषांक

अक्तूबर-दिसंबर 2007

दिल्ली की रायसीना की पहाड़ी पर स्थित भवन में 25 जुलाई, 2007 को राष्ट्रपति की शपथ जब माननीय प्रतिभा पाटिल ले रही थीं तो ऐसा लगा कि 1857 के संग्राम में अपना बलिदान देनेवाली झाँसी की रानी लक्ष्मीबाई, बेगम हजरत महल, रामगढ़ की रानी अवंतीबाई, नर्तकी अजीजन बेगम का बलिदान अपनी सार्थकता पा गया है!

सामंतवाद के साए में पूरा भारत टुकड़ों में बँटा हुआ था। आपसी वैमनस्य और संघर्ष उनके जीवन का यथार्थ था। जय-पराजय के खेल में आम आदमी गायब था। 'कोई निर्लिप्त होये, हमें का हानि' की प्रवृत्ति से जन-जीवन अभ्यस्त था। सन् 1857 में राजा-रजवाड़े अंग्रेजों के खिलाफ उठ खड़े हुए, सेना के सिपाहियों ने भी विद्रोह कर दिया। पहली बार आम लोगों को लगा कि वह भी किसी के खिलाफ लड़ सकते हैं। इस आत्मविश्वास ने कमाल कर दिखाया। किसान, कारीगर और मजदूरों ने भी अंग्रेजी हुकूमत के खिलाफ बिगुल बजा दिया। 'महलों ने दी आग, झोंपड़ों ने ज्वाला सुलगाई थी' सुभद्रा कुमारी चौहान की कविता के अनुरूप अंग्रेजों को भगाने में देश का जन-जन बहुत उत्साहित था और वह हर कुरबानी के लिए तैयार थे।

सन् 1857 के प्रथम स्वतंत्रता संग्राम में बताया जाता है कि छह लाख से अधिक लोगों ने अपनी जान दी थी। आम लोगों के तीखे तेवर से अंग्रेज और स्थानीय राजा लोग भी भौचक्के थे। वर्ष 1857 के विद्रोह के उपरांत जब राजाओं से अंग्रेजों का समझौता हुआ, तब आम आदमी ठगा सा रह गया। अंग्रेजों ने स्थानीय शासन एवं कानून व्यवस्था के पूरे अधिकार राजाओं को दे दिए। राजाओं को यह

भी हिदायत दी गई कि वे विद्रोहियों को कोड़े मारने से लेकर फाँसी तक की सजा दे सकते हैं। राजाओं ने भी उनके आदेशों का पालन बढ़-चढ़कर किया। इस तरह, कुछ अपवादों को छोड़कर राजाओं ने दोतरफा सुरक्षा और शांति हासिल की थी। एक ओर वे अंग्रेजों का संरक्षण पाने में कामयाब रहे, दूसरी और विद्रोहियों को कुचलकर निश्चित शासन करने का इंतजाम कर लिया। अपने को सुरक्षित कर लिया लेकिन आजादी की यह चिनगारी लंबे समय तक दबी न रह सकी। सन् 1857 के बीज का यह फल है कि 1947 में हम आजादी पा सके।

विश्व के इतिहास में राजाओं के खिलाफ भी विद्रोह होते रहे, परंतु भारत में भारतीय इतिहास की यह विचित्र घटना थी, जहाँ विद्रोहियों का नेता खुद बादशाह बन गया! अधिकांश राजा-रजवाड़ों ने अंग्रेजों से समझौता कर लिया था, जबकि वृद्ध होते हुए भी तथा अपने दोनों पुत्रों के कत्ल कर दिए जाने के बाद भी बहादुर शाह जफर ने भारत के प्रथम स्वतंत्रता संग्राम की कमान सँभाली। यह संग्राम अनूठा और बेमिसाल साबित हुआ, जिसने जाति, धर्म की सभी दीवारें ध्वस्त कर दीं। सही मायने में देखा जाए तो 1857 ही भारतीय जनतंत्र का जनक है, जिसे इतिहास कभी भूल नहीं पाएगा। बूढ़े बहादुरशाह जफर के सामने जब कलेक्टर हडसन ने थालों में उनके दोनों बेटों के सिर उन्हें तोहफे में लाकर दिए तो उनके मुँह से आह-सिसकी तक नहीं निकली और उन्होंने कहा था, "अलहमदो लिल्लाह, जाँबाज बेटे बाप के सामने ऐसे ही सुर्खरू होकर आते हैं।" उनके इस बेमिसाल धैर्य को देखकर अंग्रेज कलेक्टर भी दंग रह गया था। उस बूढ़े बादशाह की आत्मा कितनी कलपी होगी, जिसने लिखा था—

'कितना है बदनसीब जफर दफन के लिए, दो गज जमीन भी न मिली कू-ए-यार में।'

अफसोस, जो व्यक्ति एक समय में पूरे हिंदुस्तान का बादशाह और नेता रहा, उसे आज तक हम दो गज जमीन भी नहीं दिला सके! लखनऊ और अवध की सत्तावनी (1857) क्रांति संबंधी इतिहास का नया चरित्र आकर जुड़ा और फिर क्रांति के अंत तक उस पर ऐसा छाया रहा कि अवध में क्रांति का इतिहास ही उसका इतिहास हो गया। बेगम हजरत महल का व्यक्तिगत्व भारत के नारी समाज या फिर उस समय के प्राय: आधे जगत् के सामंती मान्यताओं से बँधे नारी समाज का प्रतिनिधित्व करता है। महारानी लक्ष्मीबाई और कानपुर की विद्रोही नर्तकी अजीजन बाई को भी यदि इसके साथ ही ध्यान में रखकर सतर्क दृष्टि से देखा जाए

तो हिंदुस्तान के तत्कालीन नारी जीवन का संपूर्ण चित्र सामने आ जाता है।

5 अक्तूबर, 1857 के 'इंगलिश मैन' (समाचार-पत्र) ने अंग्रेज अधिकारियों के चरित्र पर विस्तार से प्रकाश डाला था। एक रेजीडेंट (अंग्रेज फौजी अधिकारी) ने अपने निवासस्थान को वेश्यालय बना डाला था। एक अंग्रेज मजिस्ट्रेट खुल्लम-खुल्ला डींग हाँकता था कि मुकदमे में एक ओर सुंदर स्त्री हुई तो वह उसकी इज्जत लेकर उसके पक्ष में फैसला करता था। एक किले में ब्रिटिश सेना का नायक औरतें उड़ाने का काम व्यवस्थित ढंग से करता था। गवर्नर उसका संरक्षक था, इसलिए उसका कोई कुछ न बिगाड़ सकता था। 15 अप्रैल, 1858 को एक अंग्रेजी समाचार-पत्र ने एक अंग्रेज अफसर का जिक्र किया था, जिसने अपने यहाँ हिंदुस्तानी स्त्रियों का हरम बना रखा था, उसकी पलटन में सभी गोरे अफसर अविवाहित थे, क्योंकि वे कामेच्छा यहाँ की स्त्रियों से पूरी कर लेते थे। विद्रोह होने पर इस पलटन के तमाम अफसर मार डाले गए थे।

बेगम हजरत महल का चरित्र नारी के सहज स्वाभिमान और तेज का दूसरा पहलू पेश करता है। हजरत महल को बचपन में ही समाज की उस परंपरा से बँधकर अपने जीवन का विकास मिला, जिस परंपरा में स्त्री पुरुष की भोगांगना बनने के लिए तैयार की जाती थीं। हजरत महल के बचपन का इतिहास नहीं मिलता। अवध के जवाब वाजिदअलीशाह ने अपनी प्रेम-पत्नियों का विवरण लिखते हुए उन्हें 'जने खनगी' लिखा है। उस समय की मशहूर कुटनियाँ, अम्मन और अमामन के द्वारा यह बालिका नवाब वाजिद अली के परीखाने के वास्ते बेची गई थीं।

दूसरी बात यह सुनी थी कि यह फैजाबाद (अयोध्या) के किसी निर्धन परिवार की कन्या थीं। बहुत सुंदर होने के कारण धन के लोभवश इनके माता-पिता ने शाही भोग के वास्ते इन्हें अम्मन और अमामन के जरिए महलों में दाखिल करा दिया था। जो हो, ये अम्मन और अमामन के हाथों अपने धन के लोभी माता-पिता के द्वारा बेची गई हों या फिर उनके द्वारा कहीं से लाकर महलों में पहुँचाई गई हों, हर हाल में यह एक ऐसी परिस्थिति है, जिसे स्वाभिमानी बालिका ने अपनी अनिच्छा से स्वीकार किया होगा।

स्त्री के अंतर की तीन महान् नायिकाएँ महारानी लक्ष्मीबाई, बेगम हजरत महल और अजीजन बाई, यद्यपि सर्वदा विभिन्न परिस्थितियों से गुजरकर महलों में (लक्ष्मीबाई और हजरत महल) आईं, हिंदुस्तान के प्रथम स्वतंत्रता संग्राम की नायिका बनीं, फिर भी उनमें एक जबरदस्त साम्य है तीनों ही जन-साधारण के कुलों

की कन्याएँ थीं। इसलिए हम कोरी भावुकता से प्रेरित किसी तर्क का आधार लिये बिना भी यह कह सकते हैं कि तीनों तत्कालीन भारतीय समाज का प्रतिनिधित्व कर रही थीं। पत्नी और उप-पत्नी दोनों ही रूपों में नारी जीवन त्रस्त और कुंठित था। ऐतिहासिक परिस्थितियों का सुयोग्ग पाकर उसकी चेतना, उसका स्वाभिमान विद्रोह कर उठा।

लखनऊ के क्रांति युद्ध का झंडा बेगम हजरत महल के हाथ में था और उसकी सहायता कर रहे थे—फैजाबाद के मौलवी अहमदशाह। सल्तनत हाथ में आते ही बेगम की लखनऊ की 'बेगम कोठी' को फौजी मुख्यालय बनाकर सभी मोरचों को मजबूत करना शुरू कर दिया। अवध का दौरा कर, जिन्हें क्रांति के पक्ष में इकट्ठा करने का पूरा प्रयत्न किया। अवध की अंतिम जंग में सिपाहियों का हौसला बढ़ाती बेगम अपनी महिला सेना के साथ हाथी पर चढ़कर खुद मैदाने जंग में उतरीं। अंग्रेज सेनापति सरकालिन केंपवेल की 80 हजार फौज से बेगम वीरता से लड़ीं। नवंबर 1857 से 15 मार्च, 1858 तक लखनऊ शहर में बेगम ने अलौकिक वीरता के साथ इतिहास में बेमिसाल युद्ध लड़ा, पर अंततः लखनऊ उसके हाथ से निकल गया, लेकिन अंग्रेज अंत तक उन्हें पकड़ नहीं पाए और बेगम हजरत महल ने पेंशन लेकर अंग्रेजों की गुलामी में ऐशोआराम की जिंदगी की जगह वतन से बाहर नेपाल में मामूली हैसियत से रहना गवारा किया।

1857 का सिपाही विद्रोह सत्ता के लिए संघर्ष एवं फिरंगियों को भगाने की मुहिम सीमित नहीं थी। इस जनविद्रोह के आर्थिक कारण थे। ईस्ट इंडिया कंपनी ने योजनाबद्ध तरीके से भारत के परंपरागत उद्योगों को समाप्त किया। इसी प्रकार किसानों को व्यापारिक फसलों को उगाने के लिए मजबूर किया। दस्तकारों को बेरोजगार किया। इस तरह सदियों से सोई जनता में विद्रोह की भावना भड़की। भारतीय समाज जाति और धर्म की बेड़ियों में न जकड़ा होता तो जनविद्रोह इतना सशक्त हो जाता कि अंग्रेजों को अठारह सौ सत्तावन में ही अमेरिका की तरह भारत से भागना पड़ता। हमें हमारी ही सामाजिक कमजोरी के कारण एक शताब्दी गुलाम रहना पड़ा और सन् 1947 में आजादी पाने के बाद भी आम आदमी अपनी आजादी का अहसास नहीं कर पा रहा है। हम असंतुलित विकास के शिकार हैं। हम एक ही समय में कई शताब्दियों में जी रहे हैं। हम आज भी अपने आप से लड़ रहे हैं। हमारा आदिवासी अंचल आज भी विकास की किरण के लिए मोहताज है। महानगरों के बहुमंजिले, चमकीले होटल, यूरोपियन ढंग के विशाल बाजार केंद्र हमें

इक्कीसवीं सदी से भी आगे पहुँचा रहे हैं। वहीं दूसरी ओर लगभग चालीस करोड़ की आबादी निरक्षरता का अभिशाप भोग रही है। सन् 1857 में तोप के मुँह पर खड़े होकर मुसकराकर जान देनेवाले, फाँसी पर झूलनेवाले एवं बंदूक की गोली से उड़ाए जानेवाले लोगों ने क्या इसी भारत की कल्पना की थी? 150 वर्ष का यह लंबा सफर वर्तमान पीढ़ी से इनका जवाब चाहता है। हमारे बीच में अशिक्षा, गरीबी, बेरोजगारी की बेड़ियाँ युवा पीढ़ी को जकड़े हुए हैं फिर से तो हमें आज अठारह सौ सत्तावन का जज्बा पुन: जगाना होगा।

लगभग पच्चीस वर्ष पुरानी बात है, एक बार मुझे लखनऊ रेडियो स्टेशन पर आमंत्रित किया गया था। कार्यक्रम के बाद लखनऊ देखने के इरादे से मैं निकल पड़ी। बड़े इमामबाड़े पर पहुँचते ही मुझे ढेर सारे गाइड लोगों ने घेर लिया। सबको मना करती, मैं तेजी से आगे बढ़ गई। थोड़ी देर में एक नन्ही आवाज सुनकर ठिठक गई। एक सात बरस का बच्चा मेरे पीछे दौड़ता आ रहा था, "बेगम साहिबा! मुझे गाइड ले लें।" "तुम गाइड हो?" मैंने हैरानी से उसे देखा। "जी···एकदम सही बताऊँगा।" वह अपनी बड़ी सी खिसकती पैंट को ऊपर सरकाते हुए बोला।

अपने हाथ में ली हुई 'लखनऊ दर्शन' की पुस्तक को मैंने झट से बंद कर दिया और उसे निहारने लगी।

"बेगम साहिबा, यह नन्हा अल्लादीन आपका गाइड है, जो आपको लखनऊ का इतिहास बताएगा।" वह एकदम रट्टू तोते की तरह इतिहास का पाठ अपनी तोतली जबान से बोलने लगा। उसकी नन्ही तोतली-लटपटी बोली में गंभीर इतिहास को सुनना कम दिलचस्प नहीं था। उसकी नन्ही उँगली पकड़कर मैं घूमती रही। समय कब खर्च हो गया, पता नहीं चला। मैं कंजूस बनिए की तरह उस समय को कसकर अपनी मुट्ठी में बाँधकर रखना चाहती थी।

"कितना कमा लेते हो, किससे सीखा?" "मेरे अब्बा यहाँ गाइड थे, तपेदिक से मर गए। अपना हुनर आखिरी वक्त में मुझे रटा गए। तीन आपा, अम्माँ और मैं हूँ, अकेला सबके लिए कमाता हूँ।" उसके चेहरे पर गर्व की आभा फैल गई थी, "रोजाना पच्चीस-पचास कमाकर अम्माँ के हाथ पर रख देता हूँ।"

"शुक्रिया अल्लादीन, आज तुमने मुझे मेहनत का महत्त्व समझाया। अब जब भी आऊँगी, तुम ही मेरे गाइड रहोगे।" उसकी नन्ही सी हथेली में मैंने सौ का नोट दबा दिया।

आज इस घटना को बीते कितने बरस हो गए! लखनऊ कई बार जाना हुआ,

पर अल्लादीन नहीं मिला। समय के कालखंड में जाने वह कहाँ गुम हो गया था। मेहनत और भीख का अंतर समझानेवाला वह नन्हा गाइड मुझे फिर नहीं मिला मेरी यादों में वह हमेशा रहा। अपने पीछे दौड़ता, गंदा-कुचैला, अपनी बड़ी सी पैंट को पकड़े हमेशा दिखा। उसकी वह गर्वीली मुसकान, जिसमें उगते सूरज की चमक थी, कभी नहीं भूल पाई। अतीत के गहरे सन्नाटे में उसके दौड़ने की आहट मिलती रही। नन्ही उम्र में जिंदगी को पीठ पर बाँधकर चलनेवाला वह नन्हा गाइड मेरे आगे जाने कितने सवाल छोड़ गया था। जिंदगी को पीठ दिखाना सूरमाओं के सबक में नहीं होता। समय कभी किसी के लिए नहीं ठहरता। जाने कितने युग डूब गए। अच्छाइयाँ और बुराइयाँ ठीक दिन और रात की तरह अपने आमद को दर्ज कराती हैं। समय के इसी कौतूहलता/क्रांत के अनुशासन को ध्यान में रखकर क्या हमें भी अपनी आमद की हाजिरी नहीं लगानी चाहिए? संघर्ष और अभावों में भी हमें विचलित नहीं होना चाहिए। दुःख और कष्ट तो मनुष्य के गुरु होते हैं, मार्गदर्शक होते हैं। उनके हाथ की बेंत खाए बिना, क्या हम कभी उत्तीर्ण हो सकते हैं?

संजय दत्त की सजा आज के युवा वर्ग के लिए बहुत बड़ा सबक है। अपने युवा पुत्रों से मैं एक छोटी सी बात कहना चाहती हूँ। अपराधी पुत्र की माँ सदा रोती है और वीरगति को प्राप्त करनेवाले पुत्र की माँ कभी नहीं रोती। इतिहास में दर्ज सूरमाओं के नाम हमेशा सुनहरे अक्षरों में लिखे जाते हैं, अपराधी के नाम काली स्याही से लिखे जाते हैं। यह हमें तय करना होगा कि हमारे नाम सुनहरी स्याही से लिखे जाएँ या काली स्याही से लिखे जाएँ! घोड़े को चाबुक मारना पड़ता है, तभी वह सीधी राह चलता है। अल्लादीन ने अपनी नन्ही उम्र में अपने को साध लिया था। जिंदगी को बेताल की तरह पीठ पर गठरी की तरह लाद लिया था। आप भी विक्रमादित्य की तरह बेताल को पीठ पर लाद लो, वही आपको सही मार्ग दिखाएगा।

□

प्रेम विशेषांक (1)

अप्रैल–जून 2008

घर की दीवार जिस तरह बारिश, धूप और ठंड की मार से धीरे–धीरे झरती रहती है और एक दिन खस्ताहाल होकर गिरने लगती है, इसके बावजूद वह अपनी जगह और नींव पर ठहरी खड़ी रहती है। बस, ऐसे ही जीवन भी अपने कटु अनुभव और अपनी डरावनी शक्ल के बावजूद जर्जर हालात में भी हम से जुड़ा रहता है और हमारे मन की तलछटी में रिसते सोता को कभी सूखने नहीं देता। समय ढेर हादसों के पहाड़ और जिंदगी की आँधी से इकट्ठा हुए मिट्टी के टीलों के बावजूद मन के भीतर का सोता जिंदा रहता है, उसका रिसना बंद नहीं होता। यादें और हादसे वीरान खँडहरों में भी चमगादड़ों की तरह डेरा डाले रहता हैं। वक्त निरंतर दौड़ता रहता है और हादसों की मार से हम दिन–ब–दिन कमजोर और खोखले होते रहते हैं। इसके बावजूद कोई एक ईमानदार किरण ठंडी हवा के स्पर्श की तरह हमें जीने की ताकीद और हिदायत देती है और इसी बूँद भर अमृत के सहारे इनसान क्या खूबी से हर दुःख–सुख को ढोकर जी लेता है!

आपने भी कभी पुलिस बैंड को सुना होगा। क्या खूब बजाते हैं! पुलिस के सारे कार्यक्रम को मोहित करनेवाली जादुई आकर्षक प्रस्तुति होती है, जो सामनेवाले पर अपनी मोहनी से उसकी सुध–बुध छीन लेती है। क्या गजब का समाँ बँध जाता है!

वह हमेशा एक सदाबहार गीत की धुन बजाते हैं—'हवा में उड़ता जाए, मेरा लाल दुपट्टा मलमल का…!' जब भी मैं पुलिस बैंड पर इस गाने को सुनती हूँ, तब सारे संसार को भूल जाती हूँ और लगता है कि बस, यही गाना यह बजाते रहें और मैं मस्त होकर सुनती रहूँ! इस गाने के बोल, धुन मन को भीतर तक

खँगालकर रख देती हैं। ऐसे मीठे बोल, लगता है कि जैसे कहीं कोयल कूक रही हो। कोयल की मीठी कुहक पर हर कोई खिड़की पर आ खड़ा होता है और आम के पेड़ पर बौर निहारने लगता है, क्या बौर आ गए? मेरे साथ तो हमेशा यह होता है। कूक बौर पर ही नजर आती है। जाने आम के बौर और कोयल की कूक में क्या संबंध है, बचपन में सुनी ढेरों कहानी से तो यही जाना था कि वह बहार को पुकारती है।

ऐसे ही पुलिस बैंड पर जब मैं इस गाने को सुनती हूँ, तब मेरा रोम-रोम रोमांच से भर उठता है। कितनी पुरानी बातें एक-एक याद आने लगती हैं। कुछ अब्बा ने सुनाई थीं और कुछ अम्माँ ने कही थीं, जिन्हें मैं आज पूरा कर रही हूँ। एक चेहरा आँखों के सामने आ जाता था। वह चेहरा, नवाबजान यानी 'निम्मी' का था। निम्मी, मशहूर फिल्म अभिनेत्री पहले 'नवाबजान' थीं। आगरा की रहनेवाली थीं। शायद यह सन् 1942 के आसपास की बात होगी। मेरे अब्बा 'नागपुर मॉरिश कॉलेज' के बी.ए. के छात्र थे। गरमी के दिनों में हॉस्टल खाली करा दिए जाने पर अपने गाँव यानी बहेला, जिला बालाघाट आते थे।

नवाबजान को बहेला नवाब ने दो साल के लिए अपनी सख्त शर्तों पर बुला रखा था। नवाबजान के रहने के लिए आमों के बाग में उनके लिए 'गोल घर' बनाया गया था, जिसके खँडहर आज भी मौजूद हैं। अब्बा ऊँची काठी, गोरे और सूर्ख रंगत वाले पेशावरी पठान थे, जो दूर से अलग नजर आते थे।

शाम को महफिल सजती थी, जो सारी रात चलती थी। आसपास के सारे जागीरदार अपनी घोड़ागाड़ी में आते थे, जिसमें मेरे दादा मरहूम भी होते थे। दादाजान अब्बा को पकड़कर ले जाते और कहते, "बरखुरदार हमीद मियाँ, सारा दिन पढ़ाई में लगे रहते हो, जरा दिल भी बहला लिया करो, वरना दिमाग पर गरमी चढ़ जाएगी " दादा अब्बा को साथ बैठाकर जबरदस्ती ले जाते थे। बुजुर्गों के पीछे वह आड़ में छुपकर बैठ जाते थे।

नवाबजान बेगम का नृत्य होता, वह कमसिन उम्र की निहायत हसीन थीं। अपनी शोख अदा से वह हवा की तरह सबको स्पर्श कर निकल जाती थीं। उनकी गजब और दिलकश मुसकान पर सब न्योछावर हो जाते थे और सिक्कों की लाल थैलियों की ढेरी उनके कदमों पर न्योछावर की जाती थीं, जिसे उनकी माँ समेटती रहती थीं। उनका मासूम चेहरा शोखी से भर जाता था। लगता कि जैसे सारे जहाँ

का नूर उनके चेहरे पर सिमट आया है। बड़ों को मुजरा बजाकर वह अब्बा के पास आतीं और धीरे से बुदबुदातीं, "क्या हम इतने बुरे हैं, आप एक नजर भी नहीं फेरते?" अब्बा हकला जाते। उनका लाल चेहरा और लाल हो उठता। अब्बा जल्दी से बाहर आ जाते, ताकि कोई सुन न ले, वरना जान की खैर नहीं!

नवाबजान बेगम अकसर हवाखोरी पर निकलती थीं। खेत, गाँव घूमने के बहाने वह किसी-न-किसी तरह अब्बा से मिलतीं या बुलवा लेतीं। दोनों अकसर कभी-कभी एक-दूसरे से मिलते रहते थे। उर्दू में खत आते-जाते थे। दिल की बात नवाबजान बेगम शेरों के सहारे लिखती थीं। दोनों के बीच ढेरों पहरेदार थे, इतनी पाबंदी, सतर्कता के बावजूद दादाजान के कान में बात पड़ी और उनके कान की लौ गरम हो उठी। जवानी के बहकते कदमों को पाबंद करने के लिए तुरंत शादी का सोचा गया।

अम्माँ लाल बनारसी जोड़े में, ढेरों गहनों में लदी-फंदी जब ड्योढ़ी पर उतरीं तो नवाबजान ने आँसू से भीगी आँखों से उनका स्वागत किया और अपनी बदनसीबी को हलकी मुसकान के परदे में छुपा लिया। शादी के बाद भी वह अम्माँ से मिलने के बहाने आती रहीं। अब्बा की किताबों में उर्दू के खत पाबंदी से रखे जाते रहे। अब्बा की पढ़ाई बंद थी, किताबों पर धूल जमने लगी थी। दादाजान ने नवाब साहब के कान में बात डाली और सारी शर्तों को दरकिनार कर अब्बा को वापस हॉस्टल जाने और नवाबजान बेगम को वापस आगरा जाने का हुक्म हुआ। नवाब साहब ने अपने हुक्म पर एक और बंदिश लगा दी कि नवाबजान बेगम बुरका ओढ़कर यहाँ से जाएँ, पहले वह अपनी खुदमुख्तार थीं, पर अब साल भर से वह नवाब साहब की इज्जत थीं। नवाब साहब की चहेती थीं, पर अब वह आँख की किरकिरी बन गई थीं।

नवाबजान बेगम की माँ उन्हें बंबई ले जाना चाहती थीं। नवाब साहब बहुत मुश्किल से राजी हुए। नवाबजान बेगम के लिए बंबई तक पहुँचाने का और वहाँ ठहरने के लिए एक घर का इंतजाम किया गया। सारे काम पाबंदी से हो गए, पर बुरका नहीं मिल रहा था। गाँव के पुराने बुरके उन्हें पसंद नहीं आ रहे थे। अम्माँ के पास शादी का नया रेशमी बुरका था, जिसे अभी तक पहना नहीं गया था। अब्बा ने अम्माँ से बुरका माँगा, पर अम्माँ अपना कीमती बुरका देने को राजी नहीं हुईं। आधी रात को अब्बा ने अम्माँ के बक्से से बुरका चोरी किया

और रात के सन्नाटे में नवाबजान के गोलघर में पहुँचा दिया और नसीहत दी, "मैं अपने घर की इज्जत तुम्हें सौंप रहा हूँ।"

भोर होने के पहले नवाबजान बेगम को नवाबसाहब की कार में बैठाकर, ढेर सारी दौलत के साथ बालाघाट के स्टेशन पहुँचा दिया गया। पहुँचानेवालों में अब्बा भी थे। नवाबजान को ट्रेन में बैठाकर अब्बा नागपुर चले गए। अम्माँ का बुरका नवाबजान को दे दिया गया था, उसके बाद अम्माँ के लिए दूसरा बुरका नहीं आया। अम्माँ के साथ घर की दूसरी औरतों ने भी फिर कभी बुरका नहीं ओढ़ा।

बंबई जाने के बाद नवाबजान की कोई खबर नहीं आई। गाँव में उनके रहने से जो रौनक और हलचल बढ़ गई थी, अब सब तरफ वीरानी और खामोशी थी। अचानक एक दिन निम्मी के नाम से नवाबजान का चित्र पोस्टर पर छपा। 'बरसात' फिल्म में वह काम कर रही थीं। एक बार फिर सर्द वातावरण में गरमी दौड़ गई। ठंड में जैसे लू-लपट चल गई थी। सारे गाँव और आसपास के गाँव में हंगामा हो गया। लोग दौड़-दौड़कर उनकी फिल्म देखने शहर जा रहे थे। उनके द्वारा फिल्म में गाया गाना—'हवा में उड़ता जाए, मेरा लाल दुपट्टा मलमल…' सुपरहिट हो गया था। घर-घर गाया जा रहा था। नवाबसाहब की खास मेहमान आम हो गई थी, उन्हें हर कोई देख सकता था। अब्बा नागपुर में पढ़ते थे। बी.ए. करके वह सरकारी नौकरी में आ गए। जब भी निम्मी का यह गाना बजता तो अब्बा सिर झुकाकर तन्हा बैठ जाते थे। निम्मी ने उन्हें फिल्मों में काम करने भी बुलवाया, पर वह नहीं गए और अपनी सरकारी नौकरी में रम गए।

बचपन में एक पुराने बक्से में मुझे कुछ खत और एक फोटो मिली, जो बहुत सुंदर थी। अम्माँ से पूछा तो खामोश रहीं, बाद में कुछ अब्बा ने, कुछ अम्माँ ने एक टूटी सी लंगड़ी कहानी सुनाई थी। अब्बा और अम्माँ के बीच वह हमेशा एक गुप्त गोदावरी बनकर ही रहीं।

कुछ रोज पहले मैं बंबई (मुंबई) में थी। मेरे साथ जो ड्राइवर था, वह पुराना तथा बहुत अच्छा था। वह मुझे ढेरों बातें बता रहा था। अचानक मैंने उससे कहा, "पुरानी हीरोइन निम्मी कहाँ रहती हैं, क्या मैं उनसे मिल सकती हूँ? वह हँसा, बोला, "मैडम, बस, कुछ अरसा पहले वह इंतकाल कर गई हैं।" मैं सन्न रह गई। जाने कितने बरसों की चाहत थी निम्मी से मिलने की, वह अधूरी ही रह गई।

लगा कि काश! अभी कहीं यहाँ पुलिस बैंड होता तो मैं निम्मी के ऑनर

में इसी गाने को बजाने को कहती और खुद खड़ी होकर इस गाने को नहीं··· निम्मी को भी नहीं···नवाबजान को सलाम करती! एक छोटा सा इतिहास, जो उनका हमारे यहाँ कहीं छूट गया था, उसे एक बेशकीमती धरोहर के रूप में आज शब्दों में समेट रही हूँ।

□

नारी विशेषांक (3)

जुलाई-सितंबर 2008

बरकतउल्ला विश्वविद्यालय, भोपाल की ई.सी. की बैठक में जब मुझे पता चला कि विश्वविद्यालय में पढ़नेवाले बच्चों में पचास प्रतिशत आँकड़ा लड़कियों का है और उसमें भी अधिकांश लड़कियाँ मुसलमान हैं तो मुझे बड़ी हैरानी हुई, गर्व से सिर ऊँचा हो गया। मन-ही-मन चहक उठी और गौरैया चिड़िया की तरह फुदककर अपने अतीत के आँगन में उतर गई।

बड़ी ही मुश्किलों से हम लड़कियों को तब स्कूल जाने मिलता था। लड़कों को तो वकालत पढ़ने के लिए लंदन तक भेजा जाता था। उनके लिए पढ़ने के लिए शहर में घर खरीदा जाता था, हॉस्टल भेजा जाता था। उन्हें सारी ही सुविधाएँ उपलब्ध कराई जातीं थीं। वह पढ़ने ऐसे जाते थे, जैसे किसी युद्ध का नेतृत्व करने जा रहे हों। हम लड़कियों की बड़ी दयनीय हालत रहती थी। हमारे कस्बेनुमा शहर में एकमात्र लड़कियों का सरकारी स्कूल था, उसका नाम 'रानी लक्ष्मीबई गर्ल्स हाई स्कूल' था। अक्सर इतिहास के पीरियड में बैठे-बैठे मैं सोचा करती थी कि रानी लक्ष्मीबाई ने आजादी की लड़ाई में अपनी जान गँवाई, पर उनका नाम आज भी लड़कियों को पढ़ाने में अपना योगदान दे रहा है। 'खूब लड़ी मर्दानी, वह तो झाँसी वाली रानी थी', पढ़ते समय जोश में रोम-रोम रोमांचित हो उठता था।

एक ताँगे में हम सभी मुसलिम लड़कियाँ बैठकर अपने मोहल्ले से जाती थीं। ताँगा खचाखच लड़कियों से भरा होता। उसमें एक बूढ़ी बड़ी बी अमीरबी भी बैठी होतीं, जिन्हें हम 'नानी' कहते थे। उनका काम हमारे साथ स्कूल जाना और आना था। वह हमारी निगरानी के लिए रखी गई थी, इसी बात की तनख्वाह मिलती थी। कोई रास्ता चलता आदमी अगर मुड़कर देख लेता तो वह ततैया की तरह तीखी

होकर काटने लगतीं, "बीबी, सीधे बैठो, मुँह से जरा आवाज नहीं, सिर का पल्ला खिसक रहा है, इधर-उधर मत देखो, नजर नीची रखो।" सारे रास्ते हिदायतों की जैसे झड़ी लगी रहती। बाजार के बीच से अगर ताँगा गुजर रहा है तो सबको पाबंदी से अपने मुँह घुटनों में, दुपट्टों में या सामनेवाली लड़की की पीठ में छुपाना होता था।

स्कूल में हिंदू लड़कियाँ चाहे वह कितनी छोटी हों, उसे साड़ी बाँधनी पड़ती थी। तब बाजार में सात बरस की लड़की के नाप की भी साड़ी मिलती थी। मुसलमान लड़की सलवार-कुरता और दुपट्टा पहने होती थीं। पोशाक से ही हिंदू-मुसलमान लड़की को पहचाना जाता था। क्लास में कभी भी सभी लड़कियाँ उपस्थित नहीं हो पाती थीं। अक्सर आधी लड़कियाँ छुट्टी पर रहतीं। जैसे—घर में माँ को बच्चा हुआ है, बहन की शादी, भाई का गौना, यानी हर तरह की छुट्टियों का मौसम चलता रहता था। हिंदू लड़कियों की शादी सात-आठ बरस में हो जाती, इसलिए वह किसी भी त्योहार पर या गौना होने पर ससुराल आती-जाती रहतीं। कोर्स की पुस्तकें बहुत कम लड़कियों के पास पूरी रहती थीं। एक-दो के पास रहतीं, जिसे सब बारी-बारी से पढ़ती थीं। अकसर आपस में तय करके भी पुस्तकें खरीदी जाती थीं कि इस विषय की तुम लो, यह मैं ले लूँगी। लड़कियों का घर में कहना या इच्छा व्यक्त करना तब बुरा माना जाता था। बचपन से ही लड़कियों को अभाव और विपत्ति में जीने की आदत सिखाई जाती थी। माँगने का तथा अपनी बात कहने का अधिकार केवल लड़कों को ही मिला हुआ था। हमारे स्कूल में आर्ट्स लेकर पढ़ाई होती थी। साइंस की पढ़ाई लड़कों के स्कूल में थी। कोई झाँसी की रानी बनी लड़की लड़कों के स्कूल में दाखिला ले लेती तो सारी लड़कियाँ उसे ऐसे देखतीं, जैसे किसी अजूबे को देख रही हों!

ढेर सारी नसीहतों, ताकीदों और पाबंदियों के साथ हम पढ़ने जाते थे। कॉलेज की पढ़ाई का सोचना, तब ताजमहल पर निबंध लिखने की तरह था। छोटे शहरों में कहीं कॉलेज नहीं थे। नागपुर, जबलपुर, ग्वालियर तथा इलाहाबाद ऐसे शहर थे, जहाँ कॉलेज थे। लड़कियों के लिए यह दुर्लभ पक्षी की तरह केवल देखने की चीज थे। लगभग सभी लड़कियाँ प्राइवेट परीक्षा देती थीं। मुसलिम लड़की के लिए तो हर कदम समंदर को लाँघकर जानेवाली बात थी। इतनी बड़ी हसरतों को जबान पर लाना भी अपराध था, बस, चुप दहशतजदा से खड़े समंदर की हर लहर को उठते-गिरते तकते रहते थे। स्केल से नापकर जो खड़े रहने के लिए जमीन दी

जाती थी, उसकी हदों को पार करने की हिम्मत नहीं होती थी। जापान में पहले यह मान्यता थी कि लड़की को जूते पहना दो, ताकि उसके पैर बड़े न होने पाएँ। बड़े पैरवाली लड़की को अशुभ माना जाता था। ऐसे ही काठ के घेरे में कैदी की तरह रहना लड़की की मजबूरी थी। जिंदगी चलती नहीं थी, बस, रेंगती थी। बेमेल विवाह तो आम बात थी।

लड़के को पाने की लालसा में दर्जन भर लड़कियों को जन्म देने की विवशता तथा असफल होने पर स्वयं ही कुआँ-बावड़ी में कूद जाने का अभिशाप भोगनेवाली नारी के हालात अब कम-से-कम बड़े शहरों में बदलने लगे हैं। स्कूल और कॉलेजों की परीक्षाओं की मेरिट में टॉप टेन स्थानों में लगभग पूरे पर कब्जा करने पर आज लोगों की आँखें खुली हैं कि लड़कियाँ केवल लड़कों के बराबर पढ़ ही नहीं सकतीं, बल्कि उनसे भी आगे निकल सकती हैं। यही कारण है कि बड़े शहरों में अब छोटे कस्बों की लड़कियाँ भी कंप्यूटर, मैनेजमेंट के विषय में महानगर के विश्वविद्यालयों में लगभग लड़कों की बराबरी में आ रही हैं। घर में दुबके रहने तथा हर व्यक्ति और हालात को खतरा समझकर भयभीत होनेवाली नारी आज अकेले मोटरसाइकिल पर सवार होकर अपने बॉयफ्रेंड को पीछे बैठाकर दुनिया को काबू करने की स्थिति में आ चुकी है। विश्वविद्यालय के छात्रावास में भले ही जगह न मिले, तो भी निजी मकानों में स्वतंत्र रूप से रहकर पढ़ाई से कोई परहेज नहीं है। खुशी की बात तो यह है कि ग्रामीण अंचल के माँ-बाप भी बदलते समाज को समझने लगे हैं और हालात के सामने रूबरू होकर अपनी बेटी की हिम्मत पर भरोसा करने लगे हैं। लड़कियों की इस आजादी पर नाक-भौंह सिकोड़नेवालों की आज भी कमी नहीं है, परंतु लड़कियों की शैक्षणिक सफलता एवं बड़ी कंपनियों तथा सरकार में भी ऊँचे ओहदों को हासिल करने का रिकॉर्ड नारी-आजादी के लिए माहौल को मजबूत कर रहा है।

तथाकथित अनुभवी पुरुष-मानसिकता हमेशा ही नारी की आजादी में रोड़ा बनी रही है। सयाने समाजसेवी और रूढ़िवादी-राजनीतिज्ञ सियासत और समाज-सेवा पर पुरुषों के एकाधिकार की ही वकालत करते रहे हैं। अपने पुरुषार्थ से भरे चश्मे से ही उन्होंने संसार का आकलन किया है।

यही कारण है कि मानवीय संवेदनाओं से भरपूर एक अनुभवहीन प्रधानमंत्री ने एक झटके में ही ग्राम पंचायतों तथा नगर निकायों में महिलाओं के लिए एक-तिहाई आरक्षण घोषित कर दिया। लोग हक्के-बक्के रह गए कि इतनी महिलाएँ कहाँ से

आएँगी ? लगभग चालीस प्रतिशत पदों पर महिलाओं के चुने जाने पर सभी दंग रह गए। सन् 1994 में हुए चुनावों में महिलाओं को मिली सफलता के लिए पुरुषों ने कहीं मन से और कहीं मजबूरी से इसका श्रेय लिया। घूँघटधारी महिलाओं के पीछे सरपंच पतियों की फौज खड़ी थी। किसी ने अपनी माँ को, किसी ने बहन को, किसी ने अपनी पत्नी को चुनाव जिताकर स्वयं जीतने का गौरव हासिल किया। यहाँ तक कि बैठकों तक में महिलाओं के स्थान पर उनके पति, भाई घुस जाते थे। कलेक्टर और मंत्रियों को ज्ञापन देने में महिला प्रतिनिधियों को धकिया दिया जाता था; परंतु पंद्रह साल पहले जो ड्रामा शुरू हुआ था, वह आज असलियत में बदल रहा है। सरपंच पति धीरे-धीरे लुप्त होते जा रहे हैं और गाँव के विकास की कमान महिलाओं ने मजबूती से अपने हाथ में थाम ली है। अपनी सफलता से वह संसद् में भी आरक्षण की हकदार बन गई हैं। मुकम्मल क्रांति का बिगुल संसदीय सफलता पर ही बजेगा। कंपनियों एवं कारखानों में रात्रिकालीन शिफ्टों में महिलाओं की उपस्थिति अब मधुशालाओं में शराब परोसने तक की अनुमति तक बात पहुँच चुकी है। होटलों के काउंटर, एयरपोर्ट एवं एयरहोस्टेज के रूप में महिलाओं की गिनती बढ़ रही है। हर काम में पुरुषों की बराबरी से नारी-मुक्ति का दायरा बढ़ा है। बंधन और संस्कार पुरुष प्रभुत्व मानसिकता-ने नारी की कोमल भावनाओं को कुचलकर निरअपराध होने पर भी अपराधी मानने को मजबूर किया था। पुरुष की कुत्साओं की एकतरफा जिम्मेदारी महिला पर मढ़ दी जाती है। उसके साथ अन्याय एवं शोषण होता है, उसकी जिम्मेदारी पुरुष के खाते में दर्ज करने की बजाय महिला पर मढ़ दी जाती है। इससे भी बढ़कर, जो भी उसके साथ अन्याय एवं शोषण होता है, उसकी जिम्मेदारी पुरुष की न मानकर महिला की गलती मानी जाती है। महिला भी इस अन्याय को चुपचाप स्वीकार कर कभी आत्मदाह तथा कभी नदी-नाले में गिरकर स्वयं को दंडित करती है। परिवार, समाज ऐसे कृत्यों पर राहत महसूस करता है कि 'चलो अच्छा हुआ, मर गई।' नारी रामायण के युग से लेकर आज तक यह दंड भोग रही है। आज की युवा नारी ने इस बलि-वेदी से अपना सिर उठा लिया है। अब वह पुरुष के दुष्कृत्य की जिम्मेदारी अपने सिर नहीं लेना चाहती और न ही अपने शरीर को काँच का कीमती जार समझती है। संबंध निभाने की एकतरफा जिम्मेदारी से वह मुक्त होना चाहती है। संबंध अब मजबूरी से नहीं, मन से बनाने की मानसिकता निश्चित रूप से नारी को बलात्कार जैसे अपराधों की उत्तरवर्ती पीड़ा से मुक्ति प्रदान कर सकेगी। अन्यायपूर्ण संस्कार, सुसंस्कार नहीं हो सकते। निर्दोष को

अपराधी घोषित करना या महसूस कराना घोर अन्याय है। सदियों से इस अपराध का साक्षी रहे पुरुष को क्या अब इसकी सजा नहीं मिलनी चाहिए? नारी के प्रति अन्याय और शोषण की मुक्ति के उपक्रम में अब पुरुष का सहभागी होना आवश्यक है।

आज भी हम कई शताब्दियों में एक साथ जी रहे हैं। आज नारी हवाई जहाज, रेलगाड़ी, पुलिस प्रशासन, प्रबंधन तथा व्यापार में सक्रिय रूप से अपनी योग्यता का परचम लहरा रही है। दूसरी ओर अभी भी मध्यकालीन मानसिकता के कारण पिछड़े क्षेत्रों में अन्याय और शोषण का शिकार बनी हुई है। अशिक्षा, संघर्ष आज भी उसका पीछा नहीं छोड़ रहे हैं। पहाड़, नदियाँ अपनी बाधक क्षमता खो रहे हैं। दुनिया समतल हो रही है, ऐसे में नारी का विकास से कोसों दूर रहना ठीक नहीं है। समय अपनी अदालत में जाने कब से नारी की गुहार लगा रहा है! नारी की तरक्की में बाधक बने पुरुष को उसके मार्ग में रोड़ा बनने की जगह सहायक बनना चाहिए। तुर्किनिस्तान के शहर अशंगाबाद की एक लड़की का चित्र अखबार में छपा है, जो हाथ से कालीन पर कढ़ाई कर रही है। उस चित्र को देख मैं सोच रही हूँ कि क्या सारी दुनिया में नारी की एक ही स्थिति है? दुनिया को बम से उड़ा देनेवाले पुरुष, जो अपने को बहादुर समझते हैं, उन्हें पता नहीं कि जिंदगी आज भी बस, सरकती है। औरत तिनका-तिनका जोड़कर घर बनाती है और पुरुष बंदर की तरह सब बिखेर देता है। दर्द और आँसू क्या औरत के ही हिस्से की चीज हैं? पुरुष संवेदनशील क्यों नहीं होता, वह अपने गुनाहों पर शर्मसार कब होगा? सूरज निकलता है तो उसकी हर किरण रोशनी/ऊर्जा देती है, ऐसा हमारी दुनिया में क्यों नहीं होता? हम मिलकर सारे संसार को रोशनी कब बाँटेंगे? जिस दिन पुरुष नारी का हाथ पकड़कर दौड़ेगा, उस दिन सही मायने में पुरुष नेतृत्व भी कामयाब होगा।

□

रेखाचित्र विशेषांक

अक्तूबर-दिसंबर 2008

घर में ढेर खिलौने और ढेर किताबें होती हैं। इनसान उस जखीरे के बीच गोता लगा दे तो घंटों गुम रह सकता है। सबकी निगाह, चीख-पुकार से अपने को महफूज रख सकता है; पर ऐसा होता नहीं है। इनसान दूसरों की लिखी किताब पढ़ने की बजाय अपनी लिखी एक लाइन में ज्यादा अपने को सुरक्षित महसूस करता है। ढेर-ढेर नसीहतों के सबक हमेशा की तरह भूलकर कुछ अपना मनमाना करने को जी चाहता है।

जैसे एक नन्हा सा बच्चा जब उसके हाथ में पेंसिल और कोरा कागज आ जाए, तो वह रेखाएँ खींचना शुरू कर देता है। सबसे पहले वह अपनी इनसानी फितरत से मजबूर एक छोटा सा घर बनाने लगता है, उसमें दरवाजा, खिड़की, बाग, नदी और बैठी चिड़िया बनाने लगता है, यह हैं उसकी अपनी निजी जिंदगी के रहस्यमय बिंदु, जिनसे उसकी अपनी दुनिया तैयार होती है! इसके बिना तो उसका काम ही नहीं चलता। यहीं से ही उसकी दुनिया शुरू होती है। इनसे वह रोज रूबरू होता है। उसे ही पता है, इनके भीतर का भेद, जिसमें वह सारी उम्र अपने खुश रंग भरता है। अपने तजुरबों को उसमें उकेरता है। दरअसल, यही वह बुनियादी नुक्ता होता है, जिसमें उसकी अपनी पहचान छुपी होती है। सारी उम्र उसकी आँखों में वह अक्स छुपा रहता है, जिन्हें वह धीरे-धीरे कागज पर उतारता है। घर चाहे कितना छोटा हो, चाहे बड़ी हवेली हो, चाहे किला हो, चाहे फुटपाथ का कोई कोना ही क्यों न हो, उसके लिए अहम है; उसमें अर्थ छुपा रहता है। बड़ा होकर वह विदेश चला जाता है, पर लौटकर वह उन्हीं पुरानी जगह को कुरेदना शुरू करता है—हाँ···, बस, यही तो था उसका अपना घर··· यहीं से तो मिली मुट्ठी भर साँसें, जिसके कारण

वह जिंदगी की इतनी लंबी उड़ान भर पाया था! विदेश का ऐशो-आराम, सुख-चैन कभी उसका क्यों नहीं हो सका? कितनी तकलीफदेह/हादसों से भरी रातें उसने यहाँ काटी थीं। गुजरा वक्त हर्फ-ब-हर्फ उसके सीने के पत्थर पर आज भी दर्ज है। वह इबारत लिखा उसका वह नन्हा सा पत्थर आज भी मील के पत्थर की तरह कहीं गुमनामी में गड़ा होगा, जो उसके लिए किसी काबे से कम नहीं है। सारी उम्र वह इसी पत्थर के तो फेरे लगाता था। आज भी उस जगह उसके नन्हे हाथों के स्पर्श होंगे, माँ के उस तक आए ठहरे, खामोश पदचिह्न होंगे, जो कहना चाहते हैं कि घर में अब्बा आ गए हैं। वह नन्हे हाथ, जो बड़े होने पर दूसरे को सौंप दिए गए, पर उन हाथों की लकीरों के भीतर के अर्थ तो केवल वही पढ़ सकता है। आज भी उन हाथों में लगी मेहँदी की खुशबू को वह पहचानता है; क्योंकि हर ईद-दिवाली पर वही तो सबसे पहले अपने हाथों में उन हाथों को समेटकर फाख्ता की तरह गाल से लगाकर सूँघता था। वह उन टपके आँख के आँसू की कीमत एक जौहरी की तरह आँक सकता है, जिनकी दूसरे के घर में कौड़ी की कीमत नहीं है। वह इन अनकहे शब्दों को एक उपन्यास की शक्ल भी दे सकता है।

जिंदगी के कितने नुक्ते हैं, जहाँ से आज भी जिंदगी के रास्ते खुलते हैं। भोपाल के चौक बाजार का एक बूढ़ा सुनार, जो आज भी अपनी बूढ़ी दुकान पर बैठकर नगीने जड़ता है, एक बार जब मैंने उससे पूछा था—

"क्या यहाँ का सारा इतिहास गुम हो गया, बस, खँडहर बाकी हैं?"

"नहीं, कभी-कभी लगता है, पुराना वक्त गया ही कहाँ था?"

"ऐसा कब लगता है?"

"साल में कभी जब रात को बाजार बंद होने लगता है और बंद दुकानों की सीढ़ियों पर भिखारियों के बिस्तर बिछने लगते हैं, तब सूनी, अँधेरी गली से कोई तेज-तेज आता है, उसे आता देख मैं वापस दुकान खोल देता हूँ। वह बुर्केवाली औरत सहमी सी इधर-उधर देखती दुकान में आती है। अपने बुरके से एक बटवा निकालती है और उसमें से एक सोने की पायजेब मेरे आगे बढ़ाकर बोलती है, 'मियाँ, दो तोला काटकर चेन बना देना, रिश्तेदारी में देना है। खानदान की आबरू का सवाल है।'

'पायजेब अब कितनी बची है?'

'पायजेब की एक तोड़ी तो कब की खत्म हो गई है, दूसरी आधी बची है। पूरी होते-होते शायद वह खुद ही खत्म हो जाएगी। सेर भर वजन के सोने की पायजेब

है, जिसमें हीरा, मोती, माणिक सब जड़े हैं। पायजेब की यह जोड़ी कभी मेरे वालिद ने आजादी के पहले बनाई थी। इस बात को पैंसठ बरस हो गए होंगे।

'आप तो उन्हें जानते होंगे, क्या कभी पता बता सकते हैं, कभी मुलाकात करें।'

'पता तो नहीं बता सकता। ग्राहक का रहस्य महफूज रखना, यह दुकानदारी का पहला उसूल है।'

दोनों तरफ के होंठों पर जैसे अलीगढ़ी-कुल्फ किसी ने जड़ दिए! जिंदगी कितने पते देती है, पर इन खोए पतों को वापस ढूँढ़ना कितना मुश्किल काम है।

जिंदगी कितनी सुंदर है, लेकिन इसे हम कभी अपने मनमाफिक क्यों नहीं बना पाते? क्यों व्यस्त हैं? इतनी रफ्तार से हम कहाँ भाग रहे हैं? कभी अपने व्यस्त जीवन को, कभी अपनी भाग-दौड़ पर लगाम देकर, सबको परे सरकाकर क्या कभी सिर्फ अपने लिए…सिर्फ अपने लिए सोच पाते हैं? उन बीते लम्हों को याद कर पाते हैं, जिन्हें हमने बेकार समझकर कचरे के ढेर में फेंक दिया था? बस, उसी बेकार समझे गए लम्हे में ही तो जिंदगी की धड़कन मौजूद थी। उसी में तो बीते दिनों की चाशनी, मीठापन, ईमानदारी, समझ, तेवर भरा हुआ था, जिसने आपको इतनी दूर चलना सिखाया, आपको तरतीब दिया। कभी जिंदगी का अंधड़ ठहरे तो मलबे के ढेर से वापस उन्हीं टुकड़ों को जोड़कर देखें, वही असली चेहरा सामने होगा। सारी उम्र तो हम तरह-तरह के मुखौटे ओढ़े रहते हैं और दूसरों को तो छकाते रहते हैं, खुद को भी बहकाते रहते हैं।

अपने को सकेलकर, समेटकर, दूसरों से समेटकर देखें! आकाश कितना साफ-सुथरा है, जैसे माँ ने चादर धोकर-फटकारकर सूखा दी हो! आकाश को भी देखने का समय कहाँ था? आकाश में उतरे रंग कैसे दिलकश-लुभावने हैं। हम जीवन को सही तरीके से समझ नहीं पाते और अच्छे रंगों में मटमैले रंग मिलाते रहते हैं। हर रंग में एक भाव छुपा होता है—प्रेम का, ममता का, खुशी का, दुःख का, आँसू का। हर भाव को महसूस करते हैं, पर समझ नहीं पाते, इन्हें व्यक्त नहीं कर पाते।

बस, यही तो लेखन है। लेखन की यही तो परिभाषा है। पहले अपने को पकड़ो, समझो, तभी दूसरे के भाव समझने का सलीका आएगा! कितनी छोटी सी बात है, लेकिन इसे ही समझने में कितना समय लग जाता है ना!

□

यात्रा विशेषांक (2)

जनवरी-मार्च 2009

हेलो! सोई हुई दुनिया को खटखटाकर जगानेवाला ओबामा अमेरिका जैसे शक्तिशाली देश का राष्ट्रपति बन चुका है। सारी दुनिया उनके इस साहस को अचंभे से तक रही है। सारी-की-सारी सृष्टि स्तब्ध है, जैसे सबको साँप सूँघ गया हो, हौसले और इरादों की इतनी बुलंदी!

हमारा सारा जीवन महज एक यात्रा ही तो है। यूँ देखें तो हर चीज यात्रा में ही तो है। सूरज, चाँद, नदी, प्रकृति सभी तो यात्रा में हैं। इतिहास भी एक यात्रा है, कुछ भी ठहरा हुआ नहीं है; क्योंकि ठहराव मृत्यु है और यात्रा जीवन है। आप कहीं भी चले जाइए, वहाँ सूरज-चाँद मिल जाते हैं। अलग-अलग समय में वह हर जगह हमारे साथ होते हैं। इमें अपनी कलाई में बँधी घड़ी का समय बदलना होता है।

मानव शोषण अन्याय के विरुद्ध हमेशा हुँकार भरता रहता है। सफलता और असफलता के भँवर में एक इतिहास बनता है। काले और गोरे के मध्य दमन और अन्याय का भी इतिहास रहा है। मार्टिन लूथर किंग ने रंगभेद को मिटाकर अन्याय और मुक्ति के खिलाफ एक शक्तिशाली आंदोलन चलाया था। वह खुद मारे गए, पर लोगों के मन में हमेशा जीवित रहे। उनके विचार की यात्रा हमेशा जारी रही और इसी यात्रा के छठे दशक में जन्म लेकर रंगभेद के विरुद्ध झंडा उठाया गया और 5 नवंबर, 2008 को दमन के काले इतिहास को कुचलकर इसने सफेद महल (व्हाइट हाउस) पर ओबामा के रूप में अपना झंडा फहरा दिया। अश्वेतों का सपना साकार हो गया और एक अश्वेत (काला) अपनी अटूट इच्छा, साधना एवं साहसिकता के जरिए दुनिया की सर्वशक्तिशाली कुरसी पर बैठने में कामयाब हो गया। उसकी इस यात्रा का परिणाम व्यक्तिगत नहीं, बल्कि सार्वभौमिक बनकर चारों दिशाओं में

फैल गया। यह विजय-यात्रा रंगभेद तथा मानव-समाज में अन्याय और शोषण की काली रात में सूर्योदय की तरह है। न्याय का यह सूरज सबको जगानेवाला है; परंतु हम भारतीयों का उठना अभी बाकी है। न्याय का यह सूरज सारी दुनिया के हताश और थके लोगों को जगानेवाला है। हमें इस चमत्कारी पहल से सबक लेना चाहिए। हमें भी उम्मीद रखनी चाहिए कि बस्तर जैसे दुर्गम स्थान में रहनेवाला वह काला आदिवासी भी एक दिन देश की प्रथम कुरसी पर विराजमान होगा, जिसका हिस्सा सदैव ही दूसरों ने हड़पा।

1 दिसंबर, 1621 में ईस्ट इंडिया कंपनी ने इंग्लैंड से भारत की ओर व्यापार करने के लिए एक यात्रा शुरू की थी, तब उन्हें कतई यह अंदाजा नहीं था कि वे जो एक अदना व्यापारी के रूप में निकले हैं, एक दिन दक्षिण एशिया के सम्राट् बन जाएँगे! भाग्य उनकी बाट जोह रहा है। कभी-कभी हम ही नहीं, बल्कि भाग्य भी हमारा रास्ता देखता है। यात्राएँ तकदीरें भी बदल देती हैं। इस तरह ईस्ट इंडिया कंपनी को बिना किसी तैयारी के ब्रिटिश साम्राज्य को स्थापित करने में कामयाबी मिल गई और देखते-ही-देखते वह अमरबेल की तरह फैलते गए। अंग्रेजों ने भारत की सीधी-सादी जनता पर बेशुमार अत्याचार किए, बस, यही वह समय था, जब भारत में शैतानों के राज की शुरुआत हुई। चारों ओर अफरा-तफरी का दौर शुरू हो गया। राजा-रजवाड़ों के राज्य छीने गए। किसानों को उनकी व्यापारिक फसलें लगाने पर मजबूर किया गया। कारीगरों और बुनकरों के धंधे तहस-नहस कर अपना व्यापार जमाने पर मजबूर किया गया। भारत के लोगों को लगा कि वह एक चक्रव्यूह में फँसकर रह गए हैं, जहाँ से निकलना अब असंभव है। जिस ब्रिटिश साम्राज्य में 'कभी सूरज नहीं डूबता' कहा जाता था, आज वही एक छोटे से देश में सिमटकर सिकुड़ गया है। यह समय के शासक की कितनी आश्चर्यजनक, अद्भुत यात्रा है!

आज आतंकवाद का रावण कितना बड़ा हो गया है, इसके जाने कितने सिर हो गए हैं। एक को मारो तो दूसरा सामने होता है। मुंबई में होटल ताज पर हुए हमले ने सबकी नींद उड़ा दी है। कितनी आसानी से आतंकवादी लोग हमारे देश में, हमारे घर में, हमारे जीवन में घुसपैठ करते जा रहे हैं। लोग दहशतजदा हैं। आज हम कहीं सुरक्षित नहीं हैं। सबकुछ कितनी आसानी से हो रहा है! हमारे देश की सुरक्षा-व्यवस्था इतनी कमजोर क्यों हो गई है? जब भी देश के किसी कोने में आतंकवादी घटना होती है, देश के मुसलमानों के कद छोटे हो जाते हैं, उन्हें अपनी

वफादारी के सबूत देने पड़ते हैं। शायद यही वजह है कि तरक्की की धारा से वह धीरे-धीरे कटते जा रहे हैं। राजनीति तथा सरकारी नौकरी में उनका आँकड़ा शून्य में बदल रहा है। कश्मीर में या पाकिस्तान में बरसों से जो भी उथल-पुथल रही, उसके पीछे हिंदुस्तान के किसी मुसलमान का कभी हाथ नहीं रहा है। सन् 1857 की लड़ाई में हिंदू और मुसलमान दोनों ने कंधे-से-कंधा मिलाकर अपनी आहुति दी। आज हिंदुस्तान के मुसलमान खौफ से सहमे हैं। हिंदुस्तान छोड़कर नहीं जानेवाले यह देशभक्त मुसलमानों की हमेशा अग्निपरीक्षा क्यों ली जाती है? हिंदुस्तान और पाकिस्तान को दो अलग-अलग देश के रूप में क्यों नहीं देखा जाता? यहाँ से यदि मुसलमान वहाँ गए, तो वहाँ से भी तो दूसरी कौम के लोग आए हैं? अगर आतंकवादी पकड़ा जाता है तो उसकी वहीं सजा होनी चाहिए, जो एक कातिल की होती है। हमने जब साझी लड़ाई लड़ी है तो साझा होकर नए समाज का निर्माण क्यों नहीं करते, जो दूसरे देशों के लिए भी उदाहरण और सबक बने। हम थोड़ा सुकून की साँस ले पाते हैं, दूसरे ही क्षण दंगे हमें फिर वापस धक्का देकर पीछे ढकेल देते हैं। इसलाम कभी तलवारों से नहीं फैला, इसे तो सूफी-संत ने फैलाया है, हम भी बस उन्हीं सूफी-संतों का कहा क्यों नहीं मानते?

बगदाद में अमेरिकी राष्ट्रपति जॉर्ज डब्ल्यू. बुश पर भरी सभा में जूता फेंककर एक इराकी पत्रकार मुंतजिर-अल-जैदी ने यह साबित कर दिया है कि सारे उत्पात के पीछे कौन है? गरीब मुसलमानों को समृद्ध और शक्तिशाली देश किस तरह अपने स्वार्थ के लिए इस्तेमाल करते हैं, उनको किस तरह इनसान से आतंकवादी बनाकर गूँगा, बहरा और अंधा बना देते हैं। क्या हमें इस इराकी पत्रकार के समर्थन में उठ खड़े होना चाहिए? जिसने मुसलमानों के चेहरे से कलंक के दाग धोने की कोशिश की है।

व्यक्ति जिंदगी भर भटकता रहता है। कई लोग लंबी-लंबी यात्राएँ करते हैं, तीर्थ करते हैं, भ्रमण करते हैं। पहाड़ों और कंदराओं में खोज करते हैं। समुद्र में गोते लगाते हैं, आसमान में पक्षियों की तरह उड़ते हैं और जमीन के जर्रे-जर्रे पर हक जमाते हैं, परंतु यह सब यात्राएँ कितनी रंगीन, कितनी अद्भुत, आकर्षक तथा उथल-पुथल से भरी हुई हैं। अंत में सभी यात्राएँ शून्य में समा जाती हैं। हकीकत तो यह है कि हम कहीं नहीं जाते, अपने आप में ही लौट आते हैं।

स्मृतियाँ/यादें छोटे बच्चे की तरह हमारा हाथ पकड़-पकड़कर हमें ले जाती है। दौड़-दौड़कर वह स्थान दिखाती हैं, जहाँ हम कभी अपने परिवार के साथ

वहाँ आए थे। उस जगह को भौंचक से हम तकते हैं। हम देखना नहीं चाहते, पर स्मृतियाँ तो पीछा नहीं छोड़तीं, फिर से उसे देखने, उन पलों को जीने को मजबूर कर देती हैं। बच्चों को ढेर-ढेर हिदायतों के साथ तब किफायती यात्रा पर ले गए थे। जैसे—बाहर एक बार आइसक्रीम खाना है और एक बार ही किसी बढ़िया होटल में खाना खाना है। बच्चे भी ऐसे आज्ञाकारी कि उन्होंने कही बात को ताबीज की तरह गले में बाँध लिया था। टैक्सी न लेकर बस से हफ्तेवार टिकट पर घूमे थे। थके-हारे बच्चों के वह सूखे चेहरे, जो ज्यादा घसीटे जाने पर जहाँ जगह मिलती, वहीं बैठ जाते। जो मिल जाता खा लेते। आज वही बातें याद कर मन कितना दुःखी हो उठता है। जीवन तो बस तभी था न, आज पर्स में ढेर रुपए हैं, पर आसपास से कोई फरमाइश नहीं आती। जी करता है कि सारा-का-सारा बाजार बिना जरूरत के खरीद लें। अपने को सजा देने का यही एक तरीका है। उस दिन को न जी पाने का इससे अच्छा हरजाना और क्या होगा? स्मृतियाँ चीख-चीखकर बता रही हैं कि तुमने उस दिन बड़े शोरूम के सामने से गुजरने भी नहीं दिया था। इन्हीं फुटपाथी दुकानों से हुज्जत करके, पसीने से लथपथ छोटे-मोटे सामान खरीदे थे। वह बातें याद कर मन दुःखी हो उठता है। जहाँ-जहाँ गए थे, बैठे थे, खाए थे, सबका सब याद कर मन कितना बेबस हो उठता है। सारी बातें जैसे फिल्म की तरह याद आती हैं। स्मृतियाँ कैसे मुँह चिढ़ा रही थीं, आज वही सब याद करके मन को दुःखी हो रहा था। दरअसल जिंदगी तो वहीं थी, वही छोटे-छोटे सुख मन के कोने में आज भी सुरक्षित हैं। आज उन बातों को मन दोहराना नहीं चाहता, हौसला-हिम्मत भी सब उम्र के साथ कमजोर हो गई है। काश! उसी समय को जी लेते। दिल्ली की वह जनपथ की फुटपाथी दुकानें, नैनीताल, मैसूर, हैदराबाद, बेंगलुरु, गोवा के वह सारे स्थान जहाँ वह अब बेकार में घूम रही थी। क्या उन ईमानदार क्षणों को वह फिर से जीवित देखना चाहती है? क्यों?

जिंदगी एक चतुर जादूगर की तरह सबकुछ अपने बंद पिटारे में कैद रखती है। हम उत्सुक रोमांच से भरे बस तकते रहते हैं कि पता नहीं अब कौन सा चमत्कार देखेंगे? सुख निकलेगा या दुःख? सुख तो बीता कल था। सही है, हम वर्तमान को कभी भरपूर क्यों नहीं जी पाते? तब हम सिर उठाकर आसमान पर उगे चाँद को तक देख नहीं पाते, जबकि वह हमारी बालकनी से लपककर भीत आने को आतुर लगता था। अब चाँद कहाँ गया? अँधेरी रात में उसे आँख फाड़-फाड़कर क्यों ढूँढ़ रहे हैं?

मैं आज भी निराश नहीं हूँ। मुझे पता है, हमारी नई पीढ़ी इस ढहते-चरमराते समाज को, हमारी संस्कृति विरासत को जरूर सँभालेगी, नई दिशा देगी।

सामने क्रिसमस का त्योहार है। आइए, हम ईसा-मसीह को याद करें, जो सच्चाई और ईमानदारी के लिए सूली पर चढ़े थे। उनकी स्मृति में हम एक मोमबत्ती जलाकर आँख मूँदकर उन्हें याद करें और फिर आँख खोलकर नए वर्ष का स्वागत करें। समरलोक के सभी पाठकों को मेरी ओर से बहुत-बहुत सलाम और मुबारकबाद।

□

पत्र विशेषांक

अप्रैल-जून 2009

बचपन की सुनी कथाओं को आज नए सिरे से याद करना कितना अच्छा लगता है, जैसे बीते समय की जुगाली कर रहे हों! बीता कल ही था, जो हमेशा हमारी उँगली पकड़कर सदैव पथ-प्रदर्शक बना रहा। एक कहानी याद आ रही है—एक बेचारी बुढ़िया अकेली रहती थी, भीख माँगकर गुजारा करती थी। एक दिन वह अपनी फटी गुदड़ी सिल रही थी। सिलते-सिलते साँझ हो गई। अँधेरा उतर आया था। उसकी सुई अचानक नीचे गिर गई। वह ढूँढ़-ढूँढ़कर परेशान हो गई। अचानक सामने से एक व्यक्ति निकला, पूछा, "अम्माँ, क्या ढूँढ़ रही हो?" बुढ़िया ने बताया तो वह बोला, "अरे भीतर क्यों ढूँढ़ रही हो, भीतर अँधेरा है, बाहर खोजो।" बुढ़िया बाहर आ गई, बहुत ढूँढ़ा, पर सुई को तो मिलना ही नहीं था। बुढ़िया परेशान! तभी एक दूसरा व्यक्ति निकला। समस्या सुन हँसा और बोला, "जहाँ गिरी थी, वहीं खोजो।" बुढ़िया फिर भीतर आ गई। दीया जलाकर ढूँढ़ने लगी, सुई मिल गई। वेदना से मुरझाया बुढ़िया का चेहरा खिल उठा।

ऐसे ही हम बेकार ही इधर-उधर भटककर परेशान होते रहते हैं। हम जहाँ हैं, यदि हम वहीं खोजें तो निश्चित ही हमारा खोया सुख मिल सकता है। दूसरों के बहकावे में आकर हम बेकार में बाहर भटकते रहते हैं। जैसे शंख के भीतर दूर बसे समंदर का अहसास कर सकते हैं, ऐसे ही अपने लक्ष्य की दिशा पा सकते हैं।

इत्र की एक बूँद, खून की एक बूँद, शहद की एक बूँद, साँस का एक क्षण और नन्हा सा एक शब्द, यह सारी चीजें हमारे लिए, हमारे जीवन के लिए कितनी महत्त्वपूर्ण और कीमती हैं! जीवन का सार इन्हीं में है। इत्र, जो बड़ी नायाब चीज है, जरा सा फाहा लगाते ही हम एकदम तरो-ताजा होकर महमहा उठते हैं, लेकिन यह

कितनी कठिन प्रक्रिया से बनता है। सैकड़ों फूलों के अरक से इसकी एक नन्ही सी बूँद तैयार होती है। अच्छे, ताजा और पौष्टिक भोजन से ही एक खून की बूँद बनती है, जो हमें जीवित रखती है। शहद की बूँद, जिसे घर के बूढ़े-सयाने 'अमृत' कहते हैं, अमृत की एक बूँद जीवन के लिए उपयोगी है, लेकिन इसका बनना कितना कठिन है! कोई देख ले तो आश्चर्यचकित रह जाए। सैकड़ों मधुमक्खियाँ निस्स्वार्थ भावना से दूसरों के लिए अमृत तैयार करती हैं। शहद मनुष्य के लिए अमृत है, पर वह स्वयं नहीं बना सकता। ऐसे ही साँस का खेल है, क्षण भर में डॉक्टर मृत घोषित कर देता है। एक नन्हा सा शब्द, जो दिखने में कितना बेजान दिखता है, पर यह जीवन के खट्टे-मीठे अनुभवों के खमीरे से तैयार होता है। जब तैयार होता है, तब महुआ के फल की तरह गदबदाया महकता है, इसकी सुगंध दूर-दूर तक पहुँचती है। सुख और दुःख के रस से यह भरा होता है। दुःख और वेदना को स्याही-सोखता की तरह पीने की इसमें शक्ति आ जाती है। इसकी शक्ति जो पहचानता है, वह दुनिया का सबसे अमीर व्यक्ति है।

आज भी उस छोटे से पोस्टकार्ड को देख मन आकर्षित होता है। बचपन से इससे अपनेपन का रिश्ता है। पोस्टकार्ड को देखकर पुरानी बातें/यादें साकार होने लगती हैं। यह नन्हा सा पोस्टकार्ड अम्माँ की ढेर सारी दुःख-सुख की बातों का बोझा ढोकर आता था। अनजाने में ही स्मृतियों की हाट बैठ जाती है और उस चमचमाते/लक-दक हाट में चकराई सी घूमती रहती हूँ। इस महमहाये सपनों के बीच अचेतावस्था में स्तब्ध जड़ सी खड़ी रह जाती हूँ। बीता कल गुजरा कहाँ है? वह तो आज भी स्मृतियों में जीवित है, यादों में महकता रहता है। आज भी अम्माँ की याद के साथ, उनके लगाए इत्र की महक आसपास मँडराने लगती है, जो उनके आने के पहले खुद हवा के साथ आकर उनके आमद की सूचना देती थी। बचपन में इत्र की पहचान यहीं से हुई थी। बड़े होने पर एक और इत्र की मादक महक को जाना था। इत्र में बसे पत्रों ने समझदार और जवान होने का अहसास कराया था। पहली बार अपने को सहेजने, सिमटने और छुपाने की भावना ने सिर उठाया था। शायद इसी मोहिनी मंत्र का जादू था, जिसने एकांत-प्रिय बना दिया था। चाँद का तकिया लगाकर और चाँदनी की उजली चादर ओढ़कर सोने का मन हुआ था। अपनी ही कमनसीबी और बुजदिली के कारण एक दिन वह महक दूर बहुत दूर चली गई। दिन के उजाले में भी वह खोई सुई, जो चिथड़े हुए मन को सिल सकती थी, नहीं मिली। पतझड़ के सूखे पत्तों की तरह ही वह गंध, जो मन को भाती थी,

एक दिन हवा में दूर चली गई। वह मादक महक, जो महुआ की तरह ही सुख और रस से लबालब भरी थी, जिसकी कस्तूरी गंध मन को भाती थी, जिसको पाने के लिए सारी उम्र मन का मृग मृगतृष्णा के लिए भटकता रहा। आज भी उस तिलस्मी दुनिया के तिलस्म को न बुझ पाने की नासमझी के लिए मन पछताता है। नदी के ऊपर से उड़ते प्रवासी पक्षियों के टोल को देख मन आज भी ठिठक जाता है, दुःखी हो जाता है। जाने कितने शब्द लिखे, मन की व्यथा को वह सोख नहीं पाए, ढाँढ़स नहीं बँधा पाए। रिश्ते-नातों की गुत्थी में उलझकर मन रह गया। आदर्श, कर्तव्य जैसे पाखंडी बेड़ियों में मन फँसकर छटपटाता रह गया। उनसे निभाना पड़ा, जहाँ दूर-दूर तक लगाव, प्रेम, आस्था नहीं थी। बस, अपने को जिंदा रखने की एक जिद थी, जो पत्थर नहीं बनने देती थी। मर्यादाओं ने कैद रखा। आज भी जब गृहस्थी की दुनियादारी से भरी बिसात में शह और मात मिलती है तो आँख की कोर में वही पहला आँसू बनकर छलछला उठता है। हमेशा उसने अपने पास होने का भान कराया—तब दुनिया के सारे बंधन कितने झूठे और दिखावटी लगते हैं! हुलसित परंपरागत मन कैसे जंगली झाड़ियों में उलझकर रह जाता है!

यह छोटे-छोटे बिंदु, जहाँ से सुरंग का रास्ता है, वहीं से जीवन के गड़े खजाने का पता चलता है, उसी तरह जैसे अलीबाबा चालीस चोर के चोरों का मुखिया एक कोड-वर्ड बोलता—'खुल जा सिम सिम' और खजाने का दरवाजा खुल जाता था। ऐसे ही जीवन के हर मुकाम पर यह कोड-वर्ड चलते हैं, जहाँ से स्मृतियों के खजाने खुलते हैं। हम कहीं चले जाएँ, कितने बड़े हो जाएँ, पर हमारा गुप्त खजाना जरूर होता है। जैसे नन्हा बच्चा अपने छोटे-छोटे खिलौनों को छुपा-छुपाकर रखता है, ऐसे ही हम भी अपनी बातों को छुपाकर रखते हैं, ताकि यह रहस्य कोई न जान पाए। मन के तार जाने कहाँ-कहाँ से जुड़ जाते हैं और मन की बातें हो जाती हैं। किसी के कहे शब्द 'उसने कहा' कहानी की तरह याद रह जाते हैं। बेहद व्यस्तता में भी हम थोड़ी देर के लिए बेतरतीब हो जाते हैं, अस्त-व्यस्त हो जाते हैं। बीते पल इतने सुरक्षित होते हैं कि हैरानी होती है। यादों की नरम दूब कैसे समय के पहाड़ के बीचोबीच मुट्ठी भर जरा सी उम्र की माटी में भी बिना खाद-पानी के भी सूखती नहीं और हरी और सुरक्षित बनी रहती है। यह भी मनुष्य का कितना बड़ा सच है! पुरानी स्मृतियाँ भी ऐसे ही जीवित रहती हैं, पुराना इतिहास हमेशा मौजूद रहता है। समय की धूप, आँधी, बारिश, ओले भी उन्हें झुलसा नहीं पाते।

जीवन की प्रक्रिया भी ठीक गणित की तरह ही लगती है—जुड़ाव, घटाव,

गुणा और अंत में भाग अंत में, जो शेष रह जाता है, वही बस, पास रह जाता है, वही उपलब्धि होती है। यही जोड़ा हमारा कुबेर का खजाना लगता है। कटते-घटते फिर जुड़ते और घटने के बाद अपने बौनेपन पर कितना दु:ख होता है! सारी उम्र एक सुख की खोज की, पर वह कहीं नहीं मिला। हाँ, ढेर सारे मुखौटों से परिचय हुआ। धोखा/फरेब, बेईमानी को समझा। गणित के उत्तर तो अभ्यास से मिल जाते हैं, पर जीवन के उत्तर हल करने में जिंदगी खप जाती है। तब लगता है कि कहाँ और क्यों जी रहे थे? कैसे लोगों के बीच अपने लिए जगह तलाश रहे थे? हसिल में यानी रिजर्व में कोई स्कोर भी नहीं होता, जिसे जोड़कर अपने को सुरक्षित कर सकें! तब लगता है कि व्यर्थ ही गया न सारा जीवन! कितनी विचित्र बात है न?

□

गणिका विशेषांक

जुलाई-सितंबर 2009

आकाश पर जब बादल घिरने लगते हैं और बूँदा-बाँदी के साथ जब ठंडी बयार बहने लगती है, तब अचानक उमंग में भरकर मोर थिरकने लगता है और सबकुछ भूलकर नाच उठता है। यह दृश्य जंगल में या अपने आसपास के बाग-बगीचों में या बीहड़ों में देखने को अकसर मिल जाता है, तब लगता है कि इससे बढ़िया स्वप्निल दृश्य दूसरा हो ही नहीं सकता। मन रोमांचित होकर गद्‌गद हो उठता है। ऐसा पुलकित, आनंददायक प्रसन्नता से ओत-प्रोत करनेवाला अद्‌भुत दृश्य देख मन सुख से भीग उठता है। उल्लास और उमंग में भरा मोर मस्त-मतवाला होकर नाचता रहता है। वह अपनी सुध-बुध खोकर नाचता है और नाचते-नाचते अचानक उसकी दृष्टि अपने पैरों पर पड़ती है और वह अपने कुरूप पैरों को देखकर हतोत्साहित होकर रोने लगता है। उसकी मोरनी, जो उसके नृत्य को प्रसन्नता से प्रभावित होकर गर्वीली सी होकर उसे तकती रहती है, झट से उसके आँसुओं को अपनी चोंच में भरकर पी लेती है और गर्भवती हो जाती है। मोर अपने सौंदर्य पर खुद मुग्ध रहता है, पर अपने कुरूप पैरों को देखकर दुःख और वेदना से कराह उठता है।

जंगल, पक्षी, वृक्ष, पहाड़ और घरेलू वाद्ययंत्र हमारे जीवन के हिस्से हैं। यह हमारे जीवन की पाठशाला के पहले शिक्षक हैं। जंगल, जो हमारा पुरखा है, हमारी रक्षा करता है और बड़े होने का हमेशा आशीर्वाद देता है। मोर, मैना, गौरैया, कबूतर, कोयल, कौवा, नीलकंठ, मिट्ठू और बिल्ली यह तो हमारे घर के सदस्य होते थे। मोर को मुँडेरों पर अगर नहीं देखो तो लगता था, जैसे सुबह हुई ही नहीं। इन्हीं से जिंदगी की शुभ-अशुभ और मौसम की भाषा हम सीखते थे। पहाड़ की निगरानी

में अपने को सुरक्षित महसूस करते थे, वही तो हमारा पहरेदार था। वाद्ययंत्रों को सुन-सुनकर ही तो दुःख और सुख की पहचान हो पाई थी। जंगल से दूर से आती बाँसुरी की मधुर तान मन के कितने तारों को झंकृत कर जमा जाती या सहमा देती थी। ढोलक की थाप से शगुन की आहट मिलती और आम के पत्तों की वंदनवार से शुभ त्योहारों और शगुन का निमंत्रण मिलता। कोयल बड़े सयानों की तरह टेरकर बुलाती, बच्चों का टोला चोरी-छिपे कच्चे आम खाने बाग की ओर दौड़ता। गौरैया एक अच्छी माँ की तरह हमेशा अपनी गृहस्थी को बनाए रखने की हिदायत देती। नीलकंठ को देख लोग यात्रा पर निकलते, दशहरे पर उसे खासतौर पर देखा जाता। कहीं बाग में साँप हो तो चिड़ियों का झुंड बच्चों को चिल्ला-चिल्लाकर सतर्क करता। कौवा परदेस गए लोगों का संदेशा लेकर आता। घर में चिट्ठी तार से खबर आती। यानी यह सारे-के-सारे हमारे जीवन, परिवार के दुःख-सुख तथा मान्यताओं के प्रतीक रहे हैं। जीवन का हर पाठ और संकेत इन्हीं से सीखा। बचपन में जब शाम को बाग की तरफ जाते, तो पेड़ पर बैठा मोर विराजमान होता है। कभी पहनती हूँ तो पुराना स्पर्श याद आ जाता है, तब रोम-रोम दोबारा जी उठता है।

जिंदगी भी किस तरह सारी उम्र मदारी की तरह अपना खेल दिखाकर हमें लुभाती है। मीठे-मीठे सपने दिखाती है। कैसे हम नजरबंद या मोहनी के जादू में बँध जाते हैं। आत्मविश्वास से भरे रहते हैं। सोचते हैं, सबकुछ अच्छा है, हमने समय को बाँध लिया है, जब के हम यह भूल जाते हैं कि हम खुद बँध गए हैं। बचपन के दिनों में जब लुका-छिपी का खेल खेलते थे, आँख में पट्टी बँधी होती थी। ढेर सारे विश्वास में भरे हम इधर-उधर हाथ फेंककर छुपनेवाले साथियों को ढूँढ़ते, उसकी टोह लेते। छुपनेवाला भी छका-छकाकर हैरान कर देता। अंत में दाम देना पड़ता। आँख की पट्टी खोलते तो देखते कि छुपनेवाला तो आसपास ही था। कैसे नहीं उसे पकड़ पाए? मन हताशा से भर जाता, बस, ऐसा ही खेल जिंदगी सारी उम्र खेलती है। हम अपनों को ढूँढते ही रह जाते हैं। कितना विचित्र है न, सारी उम्र लुभावने सपनों में खोए रहते हैं। सामनेवाले की चतुराई, धोखे को समझ ही नहीं पाते। सत्य को जब समझ पाते हैं, तब तक तो काफी देर हो जाती है। धोखा/फरेब को ही मित्र मान बैठते हैं। अहंकार/घमंड ही हम पर लदा रहता है। अपनी गलतियों का कभी अहसास तक नहीं हो पाता। जब समझ में आता है, तब तक देर हो चुकी होती है। अंत में सोचते हैं, काश! कोई मास्टर की तरह बेंत मारकर सिखाता! माँ की तरह हिदायत देता! जैसे माँ जबरदस्ती पकड़कर गंदे हाथ-मुँह धुलाती है, गंदगी से

बचाती है, पर तब समझ में नहीं आता है, बाद में जब समझ में आता है, तब तक देर हो चुकी होती है। तब लगता है, मन की सूनी बस्ती में कोई पहरेदार ने गश्त लगाकर अपनी पुरजोर आवाज में हाँक लगाकर सतर्क क्यों नहीं किया?

गणिक तथा वेश्यावृत्ति का इतिहास भी बड़ा प्राचीन है। मानव के जन्म से ही शायद पुरुष को अपने मनोरंजन के लिए एक सुरक्षित कोने की तलाश रही, जहाँ कोई जिम्मेदारी न हो, घर-गृहस्थी से मुक्ति हो और दिल बहलाने के लिए एक स्त्री उपलब्ध हो। औरत को भी अपनी आवश्यकताओं के लिए रुपयों की हमेशा कमी रही। जिंदगी में दुःख और परेशानी में घिरी स्त्री ने जीवन को जीने के लिए सुगम रास्ता तलाश लिया। स्त्री भी संसार में दो तरह की होती हैं। एक को मरने के बाद का भय सताता रहता है, इसलिए वह घर-परिवार की जिम्मेदारियों में उलझी रहती है और दूसरी स्त्री को मरघट का भूत नहीं सताता, वर्तमान में वह असुरक्षित रहती है। इच्छा/कामना/मनोभाव/मरजी से वह ऊपर उठ चुकी होती है। बस, वह वर्तमान को जीना चाहती है। जीवन को रेंग-रेंगकर जीने की बजाय वह हँसकर और सुख से काटना चाहती है। रोज-रोज की मरमराहट से मुक्त होकर वह जीती है। रिश्ते-नाते, ममत्व से वह परे होकर जीना चाहती है। पुरुष की मोहताज न बनकर, बल्कि पुरुष को अपना मोहताज बनाकर जीना पसंद करती है। सारी मान्यताओं को वह कूड़ा-करकट और मलबे का ढेर समझकर परे सरकाना ज्यादा ठीक समझती है। दोनों ने ही एक-दूसरे का दोहन किया। अपनी ढेर सारी खामियों के बावजूद यह धोखा हमेशा हमारे आसपास जीवित रहा। अनगिनत घर उजड़े, फिर बसे। लोग अपनी अय्याशियों में कंगाल हुए, समाज में अपमानित हुए, लेकिन इसे पुरुष की आवश्यकता में दर्ज करा लिया गया। पाप का भागीदार पुरुष को कभी नहीं माना गया। नारी को ही पाप, घृणा/निंदा का सामना करना पड़ा। हमारे आदर्श-ग्रंथों ने अपने उपदेशों में ऐसी नारी को अछूत और कलंकनी तक कहा, पर पुरुष पर बूँद भर भी कीचड़ का छींटा आने नहीं दिया। पुरुष को कभी अपराधी नहीं समझा गया। नारी के लिए तो यहाँ तक कहा गया कि ऐसी नारी की हत्या कर देने से हत्या का पाप नहीं लगता। प्रायश्चित्त की भी आवश्यकता नहीं है, सिर्फ आठ मुट्ठी अन्न दान कर देने से ही पापमुक्ति हो जाती है। राजा, सेठ तथा धनवान् का गणिका के पास जाने को बुराई नहीं माना गया, बल्कि इसे उनके मनोरंजन तथा हवा-तब्दील में माना गया। धीरे-धीरे ऊपर से उतरकर यह सुविधा साधारण और आम आदमी तक को मिलने लगी। सेना जब युद्ध के लिए प्रस्थान करती थी, तब सेना के साथ

गणिका और वेश्याओं का काफिला भी साथ चलता था। पुरुष के लिए भोजन की तरह इनके पास जाना अनिवार्य माना गया। इनके डेरे युद्धस्थलों से थोड़ा दूर लगाए जाते थे। हर वर्ग की गणिका साथ होती। राजा के लिए उच्च कुल की तथा सैनिकों के लिए छोटी जाति की उपलब्ध कराई जाती थीं। आज भी ऐसी विकृत जातियों के रूप में हमें कई जातियाँ इस धंधे में मिल जाती हैं, जिनका पेशा ही यही है, जैसे—बाँछड़ा, बेड़नी, हिजड़े लोहपिटे, कंजर आदि। इन्हें तब हमेशा के लिए हाट-बाजारों से भी खरीदा जाता था। गाय की तरह ही इनके दाँत, बाल, चमड़ी देख रकम दी जाती थी। मंदिरों में भी देवदासियाँ थीं। हर वर्ग के पुरुष के लिए इनका अलग बाजार-भाव था। इनका केवल देह ही धर्म था। इनकी पारिवारिक तथा सामाजिक भूमिका नहीं थी, इन्हें तथा इनसे हुई संतान का संपत्ति में कोई अधिकार नहीं होता था। हमारे धर्मग्रंथों ने कभी इन्हें अंगीकार नहीं किया। समाज के नियमों ने इनका सदैव बहिष्कार ही किया। समय के साथ इनका रूप भी बदलता गया, लेकिन यह व्यवस्था आज भी ज्यों-की-त्यों हमारे संसार में मौजूद है। अब तो बाकायदा इनके बाजार-मोहल्ले बसे हैं। पाँच सितारा होटलों में कमरे के बिल के साथ यह भी उपलब्ध कराई जाती हैं। रात के अँधेरे में ही इनकी बस्तियाँ आबाद होती हैं। भोर के उजाले के साथ इनके यहाँ अँधेरा हो जाता है। सूरज इनकी बस्तियों में नहीं उगता।

लगभग पच्चीस बरस पहले मैं जब बाँछड़ों के गाँव में इनकी जानकारी लेने घूम रही थी, जहाँ आज भी देवी के नाम पर बड़ी लड़की को धंधे पर बैठाने का दस्तूर था। इनकी कमाई पूरा घर खाता था और यह अभिशप्त अहिल्या की तरह पत्थर, बेजान, जिंदा लाश की तरह रहती थी। लगभग दो-तीन माह में इनके बीच जाती-आती रही थी। मैंने इन पर लेख, कहानी और फिल्म बनाई थी।

एक दिन जब मैं किसी अधेड़ उम्र की औरत से बातचीत कर रही थी, तब वह दूर पहाड़ पर डूबते सूरज को निहारते हुए बोली, "दीदी, जिंदगी कैसे ढेर सारी चहल-पहल के बीच भी उदास और वीरान गुजर गई न! अब अपनी ढलती उम्र में एक भी स्पर्श ऐसा याद नहीं आता, जो अपना लगा हो, कोई भी स्पर्श याद नहीं आता। कुछ भी तो याद नहीं आता, बस, लगता है कि जिंदगी एक मेला थी और मेले की तरह ही उठ गई।" उसने एक ठंडी साँस भीतर तक खींची। उसकी भीतर खींची साँस का बाहर आने का मुझे कितना बेसब्री से इंतजार था। लगा कि अगर उसकी साँस बाहर नहीं आई तो वह मर जाएगी। मुझे वह एक उजड़े-अंधे कुएँ की तरह लगी, जिसका हर आते-जाते ने पानी पिया और प्यास बुझाकर चला गया।

सूख गई तो आसपास की ढहती धसकती धरती के बीच वह मिट्टी का ढेर सी लगी। मैं दहल गई, घबराकर उसे निहारा तो उसकी आँखों में ढेर लबालब आँसू भरे थे। भीड़ से घिरे रहने के बाद भी वह अंतस में कैसी सूखी, वीरान और अकेली लगी थी!

मोर की तरह ही अपनी खुरदुरी देह को देख उसके आँसू बह रहे थे, वह रो रही थी। हर इनसान का अंत मिट्टी और भस्म ही तो है। सबकुछ नाश ही तो होना है, फिर क्यों हमें इतनी छोटी बात को समझने में इतना समय लगता है? सुख तो दुर्लभ इंद्रधनुष की तरह होता है, जो क्षण भर में भरमाकर लुक जाता है। दुःख कष्ट देता है, पर एक शिक्षक की तरह, एक माँ की तरह सीख भी देता है।

जीवन अंताक्षरी का मनोरंजक खेल नहीं है कि जिसके अंतिम अक्षर से नया अंतरा उठाया जा सके, यहाँ तो बस, विराम ही लगता है। नहीं, मैं कतई डरा नहीं रही, बस, समझा रही हूँ। हमें हमेशा अपमानित और शर्मसार करनेवाले कार्यों से बचना चाहिए।

□

इतिहास विशेषांक

अक्तूबर-दिसंबर 2009

हांगकांग एयरपोर्ट पर सब अपनी-अपनी फ्लाइट का इंतजार कर रहे थे। हांगकांग एयरपोर्ट अपने आप में देखने की चीज है। घंटों, पहरों आप वहाँ बैठे रहिए, बिना पलक झपकाए बस, चुप निहारते रहिए। गजब की चहल-पहल है, चारों ओर बस, एक हंगामा सा रहता है। रात और दिन का पता ही नहीं चलता। रात और दिन विदेश में एक से होते हैं, लगता है कि जैसे चाँद और सूरज यहाँ गश्त पर निकलते ही नहीं हैं! यह तो यहीं भारत में आ धमकते हैं और त्योहारों की झड़ी लगाए रहते हैं। यहाँ हर व्यक्ति अपने आपमें व्यस्त, उत्तेजना और कौतूहल से भरा दिखता है। चारों ओर भीड़-ही-भीड़ होती है। जिधर नजर फेरो, बस, भीड़ ही दिखती है, जैसे भीड़ का एक समंदर है, जिसका कोई ओर-छोर नजर नही आता है। चिल्ल-पों से सारा वातावरण गूँजता रहता है। ऐसे में लगातार होते एनाउंसमेंट को सुनना बड़ा कठिन सा लगता है। सभी के कान एनाउंसमेंट पर तथा आँखें कंप्यूटर की लाइनों पर रहती हैं। कितने चेहरे, कितनी भाषा हैं, जिन्हें देखकर महसूस होता है, संसार कितना बड़ा है और इस अजब गजब दुनिया को बनानेवाला खुदा कितना बड़ा और भव्य सोच और उच्च विचारवाला है। कितनी प्यारी दुनिया रचकर रख दी। उसने कितने तरह-तरह के इनसानों को बनाया है।

भीड़ से भरे इस विशाल मेले की चमक-दमक में मैं तन्हा चुप बैठी बौराई सी सब देख रही थी बड़ा अटपटा और भयावह लग रहा था। पुराने जमाने में तो छोटे मेले में ही लोग बिछड़ जाते थे, फिर यह तो इतना विशाल था। इतनी बड़ी और भव्य दुनिया को देख मुझे अपना व्यक्तित्व कितना छोटा और सिकुड़ा हुआ सा लग रहा है। सब अजनबी और एक-दूसरे से अनजान थे, पर एक ही भीड़ का

हिस्सा बने हुए थे।

वर्ष का वह आखिरी दिन था। हांगकांग वैसे भी अंतरराष्ट्रीय एयरपोर्ट है। नए वर्ष पर सुख और सौगात का वहाँ होना जरूरी था। व्हिस्की, सिगरेट की गंध, फूलों की साज-सज्जा, व्यंजनों और मनोरंजन से भरपूर वातावरण को देखकर आँख स्तब्ध और चकित थी। हर व्यक्ति नई उमंग, थिरकन और उत्तेजना में बस, दौड़ रहा था। उनके उन्मुक्त खुलेपन के अदम्य साहस से भरे व्यवहार को देख मन भयभीत सा था। बुर्जुआ संस्कृति के पाखंडों में पले-पोसे मन को सब नागवार लग रहा था। संस्कार की गहरी पर्तों के सन्नाटे से मन बाहर का जैसे स्वीकारना ही नहीं चाहता था। मन आज भी प्राचीन बिंबों, प्रतीकों की रहस्यमय दुनिया के कोहरे से बाहर आने का साहस नहीं कर पाता था। नई दुनिया के सत्य को पचा नहीं पा रहा था। चारों ओर एक मस्ती भरा वातावरण था। बर्फ और चेरी से उतरकर गंध मस्ती में घुल रही थी। उनके उन्मुक्त व्यवहार, खुलेपन, अदम्य साहस को देख मेरा गवारू मन और कुंठा में ठिठुर रहा था। जिधर नजर जाती, वहीं एक नया दृश्य दिखाई देता था। लगता, जैसे यहाँ तो ढेर सारी सुरंगें हैं, जिसका भी सिरा पकड़ो तो एक नई कथा मिलती थी! किसी ने कितना सच कहा है कि लेखक को कथा ढूँढ़ने नहीं जाना पड़ता, वह खुद ही सरककर पास आ जाती है। मैं एक चतुर गाइड की तरह नजरें घुमा-घुमाकर सब देख-परख रही थी।

उस दिन हांगकांग में रात को एक विशाल फैशन शो होनेवाला था। जगह-जगह बैनर लगे थे। हर फ्लाइट अपने साथ एक हंगामा, सुंदरता और कौतूहल को लिए उतर रही थी। हर देश की सुंदर-से-सुंदर युवतियों का जमावड़ा वहाँ हो रहा था। लोग जिज्ञासा और प्रसन्नता से चीख रहे थे। भीड़ खुशी से पागल हो रही थी। स्वागत के लिए लोग हाथों में बैनर, फूल लिये एक से रंग की पोशाक पहने कतारों में खड़े होने लगे। लेखकों की दुनिया और अपनी संस्कृति के द्वंद्व और परंपराओं की भूल-भूलैया में खोया मन ऐसी दुनिया से पहली बार रूबरू हो रहा था। यहाँ किसी परिसंवाद या बहस में हिस्सा नहीं लेना था। यहाँ तो बस, एक नए सृजन से साक्षात्कार करना था।

एक तीन फीट की बाला, जिसे हम भारतीय भाषा में बौनी भी कह सकते हैं, बेहद सलीके से सजी, बनी, सिर पर मुकुट लगाए प्रसन्नता से चहकती बड़ा सा गुलदस्ता उठाए मेरे सामने से निकली। बालिश्त भर की ऊँची सैंडिल भी उसके बौनेपन को लंबा नहीं कर पा रही थी। वह दौड़-दौड़कर अतिथियों का स्वागत कर

रही थी। किसी ने बताया कि वही सारे कार्यक्रम और संस्था की मुखिया है। हर वर्ष नए वर्ष पर यह आयोजन बड़ी धूमधाम से यहाँ होता है। थोड़ी देर में कार्यक्रम के मुख्य अतिथि प्लेन से आए। वह अमेरिका के मशहूर हीरो थे। सारा एयरपोर्ट, पुलिस प्रशासन उनके स्वागत में दौड़ पड़ा। वह बौनी नन्ही शहजादी उस हीरो का स्वागत कर रही थी और हीरो के साथ कदम-से-कदम मिलाकर दौड़ रही थी। उसका आत्मविश्वास देख मैं चकित थी। एयरपोर्ट पर जैसे बसंत बहार आ गई थी। चारों तरफ सुगंध-ही-सुगंध फैली थी। यह बहार ठीक मेरे सामने से गुजर रही थी। मैं जैसे परियों की दुनिया की सैर कर रही थी! मुझे वह नन्ही बाला चंदा मामा की कहानियों वाली परियों की रानी लग रही थी। उनके बाहर जाते और कारों में बैठते और इस काफिले के गुजरते ही जैसे ही वहाँ एक सन्नाटा पसर गया, लगा कि जैसे हम कोई मैजिक शो देख रहे थे।

मैं अपनी खुरदुरी दुनिया में लौटी और वापस आकर अपनी सीट पर बैठ गई। देखा, मेरे बगल में एक अधेड़ जोड़ा बैठा था। दोनों मुसलमान थे और भारतीय लग रहे थे, पर वह पाकिस्तानी थे। पति की पेट तक लंबी दाढ़ी थी। दोनों अपनी दुनिया में गुम से बैठे थे। उन्हें पता ही नहीं चला कि अभी यहाँ से जश्ने-बहार गुजरी थी। वह अपने ही दुःख में बैठे थे। थोड़ी देर के बाद थोड़ी बातचीत की, पहल करने पर पता चला कि वह लोग भी कभी भारत में रहते थे। उनके दादा बँटवारे में खानाबदोश की तरह पाकिस्तान आए थे। बँटवारे के दुःख को उनकी पुरानी पीढ़ी ने झेला था। उन तक आते-आते दुःख कम हुआ था, पर दर्द गया नहीं था, उसके निशान अभी भी चेहरे पर मौजूद थे। थोड़ी देर की जान-पहचान ने हमें एक-दूसरे का हमदर्द बना दिया था। मानव मन का दर्द किसी इतिहास की किताब में दर्ज नहीं होता है।

दोनों के चेहरे पर जो थोड़ी देर पहले तलखी और खराश की बदली छाई थी, अब कम हो गई थी। पत्नी खामोश तबीयत की थी, पति बड़ी सी दाढ़ी के मालिक थे, बार-बार कुरते की जेब से तसबीह निकालकर फेरने लगते और कुरते की आस्तिन से चुपचाप आँख पोंछ लेते। दोनों बेहद हताश-परेशान लगे। बातों का सिलसिला चला तो यादों की चील लंबी गश्त लगाकर लौटी। मन की नालियों में जमा बरसों का दुश्मनो का मैल सब वेग से बाहर बह निकला। मेरे वहाँ आने से दोनों पति-पत्नी के बीच युद्धविराम की स्थिति निर्मित हो गई थी। अब वह आपस में नहीं लड़ रहे थे, मुझसे अपना दुःख बाँट रहे थे।

वे दोनों अमेरिका से लौट रहे थे। अब पाकिस्तान जा रहे थे। अमेरिका में बेटा रहता है, सारी संपत्ति-जायदाद सब बेचकर वह बेटे के पास गए थे। सोचा था, उम्र का आखिरी पड़ाव बेटे के पास काट लेंगे! खुदा ने एक ही तो बेटा दिया, जिसे उन्होंने इतना पढ़ाया-बढ़ाया था कि वह अमेरिका में अफसर था। बेटे ने बैरंग लिफाफे की तरह उन्हें लौटा दिया था। वहाँ उनकी लंबी दाढ़ी पर ऐतराज था। रिश्तेदारों से बड़ी-बड़ी बातें कर दावत खाकर विदा हुए थे, जानो-मानो हज पर जा रहे हों!

नस्ल की बेल आखिर कहाँ-कहाँ काटकर लगाएँ? पहले भारत में थे, बँटवारे ने अनजान जगह पटका। अब सोचा कि चलो अमेरिका में बस जाएँ, तो पनाह नहीं मिली। इनसान भी तो कबूतर की तरह होता है, जहाँ दाना देखा, उतर गया! अब लौटकर किस-किस के सवालों के जवाब देंगे?

आज हम बहुत सुंदर और तरक्की के सभी मापदंडों को लाँघकर जो सभ्यता की संस्कृति देखते हैं, क्या धर्म, रंगभेद की इस दुनिया में हम आज भी ठगे नहीं जाते? धर्म-जाति के आडंबर छोड़ नहीं पाते, हमारे भीतर जो दानव बैठा है, वह हमें जकड़े रहता है।

मैं अपने सामने एक खंडित होते इतिहास को टुकड़े-टुकड़े होते देख रही थी। हम दो देश के लोग अपना आकलन विदेश की धरती पर कर रहे थे। वैसे भारत और पाकिस्तान अपने ही घमंड में अपने धर्मों को कबूतर की तरह पाल-पोसकर बड़ा कर रहे थे। धर्म ने क्या दिया? धर्म के नाम पर बँटवारा तक हुआ, पर आज भी धर्म की चाशनी में गले-गले तक सब डूबे हैं। धर्म को पहले कंठी और ताबीज की तरह गले में डाले रखा, आज विदेशी धरती पर वही फाँसी का फंदा बन गया है। इनसान कोई आलू तो है नहीं कि उसे जब चाहो काट-काटकर बो दो तो वह फिर से उग जाएगा!

मेरी फ्लाइट का वक्त हो गया था, जोर-जोर से एनाउंसमेंट हो रहा था। दोनों को उनकी परेशानियों और दुःखों के दलदल में अकेला छोड़कर उन्हें सलाम कर मैं उठी और आगे बढ़ गई। जाते-जाते उन्हें कहना चाहती थी—हम अपने दुःखों से, धर्म से छुटकारा क्यों नहीं पाते? एक खालिस इनसान की तरह क्यों नहीं जी पाते? अपने अंधविश्वासों के अँधेरे से बाहर क्यों नहीं आते? दूसरों के सुख देख खुश क्यों नहीं होते? रिश्तों के बिना क्यों नहीं जी पाते? यह रिश्ते-नाते कितना दुःख देते हैं, फिर भी इन्हीं के बंधनों में क्यों जकड़े रहते हैं? पर मैं अपने मन की बात उनसे कह

नहीं पाई, बस, दिलासे के रूप में उनके हाथों को थपथपा दिया। हम पुरानी सामंती और महाजनी सभ्यता से क्यों मुक्त नहीं हो पाते? कब तक हम असल को गिरवी रखकर उस पर ब्याज देते रहेंगे? हम कब अपने को बदलेंगे और अपनी गलतियों को समझ पाएँगे?

मैं उनके दुःख से दुःखी थी, लेकिन क्यों? क्या इसलिए कि हमारी नाल एक-दूसरे की धरती पर गड़ी है? प्लेन उड़ रहा था। मैं सोच-सोचकर थक गई थी, इसलिए मुझे झपकी आने लगी थी। सपने में फिर चंदा मामा की कहानियोंवाली बौनी परियों की रानी मुसकरा रही थी। मुझसे कह रही थी, 'देखो-देखो, मेरी तरफ देखो, मेरे पास क्या है, फिर भी मैं कितनी खुश हूँ! कद, नस्ल, रिश्ते-नाते कुछ भी तो नहीं है मेरे पास, फिर भी सबसे ज्यादा खुश हूँ, सबसे बड़ा काम कर रही हूँ। बौना कौन है? मुझे कौन बौना कहेगा? मैंने अपने जीवन की वास्तविकता को कितने बेहतर तरीके से समझ और जान लिया है।'

उस बौनी राजकुमारी के मन में एकांत और अकेलेपन की निराशा और अविश्वास भी नहीं था। उसने अपने जीवन की कठोर से कठोर वास्तविकता का सूत्र अपने हाथ में थाम रखा था और वह उसी दम-खम से खड़ी थी, जैसे उपले के भीतर सुलगती धीमी-धीमी आँच हो, जो नजर नहीं आती, पर गरमी देती है और देर तक टिकी रहती है। क्यों नहीं इस नए वर्ष में हम भी अपने बौनेपन के लिबास को उतार फेंके? उठो, आगे बढ़ो, चलो ना, थक जाओगे तो बैठे रह जाओगे। मेरा हाथ थामो, हम आगे चलते हैं।

□

लोकनाट्य विशेषांक

जनवरी-मार्च 2010

कभी-कभी मुझे लगता है कि क्या जिंदगी भी एक महज नाटक नहीं है? नाटक के पात्रों की तरह क्या यहाँ भी पात्र नहीं होते? जिस तरह नाटक की तीसरी घंटी के बजते ही कलाकार झट दौड़कर अपना स्थान ग्रहण कर लेता है और परदे के उठते ही वह अपने पात्र के चरित्र में उतर जाता है। अपने असली रूप को वह भूल जाता है, ऐसा ही जीवन में भी होता है। सारी उम्र हम भी बस, नाटक ही तो करते हैं। घर के मुखिया के घर में प्रवेश करते ही सारे घर में भूकंप आ जाता है। देखते-ही-देखते सब अपने स्थान पर दौड़ जाते हैं। ऐसे अपने काम में व्यस्त हो जाते हैं, जैसे वह कितनी देर से यही काम कर रहे थे। घर में चुप्पी/सन्नाटा/मौन छा जाता है। घर भी घर के लोगों के इस बदले रूप को देखकर स्तब्ध रह जाता है। वह चुपचाप चुगली करना चाहता है पर कर नहीं पाता, क्योंकि उसके पास जबान नहीं है। घर का मुखिया सोचता है—सब ठीक है, जैसे हालात होने चाहिए, सबकुछ वैसा ही तो है; लेकिन हकीकत कुछ और ही होती है। ऐसा क्यों? हम सामनेवाले की मरजी की तरह ही क्यों दिखना चाहते हैं? जैसे हैं, वैसे क्यों नहीं रह पाते?

मुझे अपने बचपन के दिन खूब याद हैं, एकदम निपट सुनसान दोपहरी को जब अम्माँ आराम करतीं, तब चुपचाप दोस्तों के बुलाने पर, बिना आहट किए नंगे पैर ही गली में निकल जाते थे। मेरे अपने सरकारी बँगलेवाले घर से बाहर के दृश्य कितने भिन्न थे, जो मुझे हैरान करते थे। उन्हीं को देख-देखकर मैंने जीवन की असलियत को जाना-समझा। दुःख और सुख की ठंडी और गमी की तासीर को समझा। स्कूल और घर में तो कुछ बताया नहीं जाता था, बल्कि सब छुपाया जाता था। मानव मन कैसे संघर्षशील परिस्थितियों में जीता है? कितना विचित्र है न, खुदा

ने कितने तरह के जीव बनाए, पर एक मनुष्य ही ऐसा जीव है, जिसके पास जबान है, पर वह बोल नहीं पाता, हमेशा विषम प्रवृत्तियों का शिकार रहता है।

मेरा बाल मन हमेशा उत्सुकता से अपने आसपास को ताकते रहत था। स्कूल और घर तो केवल अपनी मर्यादा की हदों में रहना और जीना सिखलाता है। बरसती बूँद का कहर, मिट्टी की वह सोंधी गंध, बेडौल और बिखरा-छितरा जीवन, डाकू और कोतवाल की तरह दूसरों को आतंकित करते गिद्धों का टोल और इनसे भयभीत/सहमी गौरैया चिड़िया, जिसके घोंसले से हमेशा अंडों की चोरी होती रहती थी, ताक में बैठे बाज पक्षी हमेशा दूसरों का माल हड़पकर मुफ्त की दावत खाने की बाट तकते रहते। यह सारे भेद शायद कभी समझ में नहीं आते, यदि इनसे रिश्ते नहीं बनते। दूसरे बच्चे बाइस्कोप से दिल्ली का कुतुबमीनार तथा आगरा का ताजमहल देखते और मैं अपनी आसपास की दुनिया निहारती। तब शायद मेरे भीतर एक लेखक का जन्म हो रहा था! सत्य यदि वास्तव में घर में मिल जाता तो महात्मा बुद्ध क्यों घर से बाहर जाते? जीवन की तल्ख और कड़वी सच्चाइयाँ तो बाहर ही होती हैं, घर में तो सब ठीक-ठाक, सजा-सजाया ही होता है, एकदम स्टेज की तरह होता है।

मेरे बचपन के दिनों में एक खिलौने बेचनेवाला बूढ़ा बाबा आता था, जो अपने खिलौनों से कम, पर अपनी हाँक से हमें ज्यादा प्रभावित करता था। वह हाँक लगाता—'दो आने में राम ले लो, एक आने में सीता और चार आने में रावण और एक रुपए में सारे-के-सारे भगवान् ले लो।' राम और सीता का कम तथा रावण का अधिक मोल क्यों? हम जहाँ खड़े रहते, वहीं स्तब्ध खड़े रह जाते। एक बार जब मैंने हिम्मत करके उससे पूछा तो उसने दुःखी हताश होकर कहा, "बेटा, उसने मुझे दिया क्या? बाढ़ में मेरा सारा परिवार बह गया, बस, गली-गली उन्हें बेचकर ही मन बहला लेता हूँ, पर तुम ऐसा कभी मत करना, ऐसा करना गुनाह है, पाप है। मैं तो बस, सनकी हूँ, अपनी सनक में पागल सा फिरता रहता हूँ।"

उस बूढ़े बाबा की टेर/हाँक का अर्थ तब समझ में नहीं आया था, बहुत साल बाद समझ में आया, जब मेरे सामने से मेरे मृत बेटे का जनाजा लोगों ने उठाया। वह कैसी हाहाकार करती ठंडी रात थी। दुःख ने मेरे हाड़-मांस तक को गला दिया था। मेरी रूह मौत के बाज पक्षी से भयभीत देह की सूनी हवेली में फड़फड़ाकर मैना पक्षी की तरह हर दीवार से टकराती रही। शरीर थक-हारकर एक पुरानी खँडहर इमारत की तरह नीचे ढहता गया था। जिंदगी से भयभीत मैंने अपने रूप को ताक में

रखे रेहल के जुजदान में बाँधकर कीमती किताब की तरह सँभालकर रख दिया था, जिसका मुझे हमेशा नीचे गिरने का भय बना रहता है।

ऐसे ही बूढ़ी-जर्जर कायावाली एक माँ, जो अपने अंधे बेटे के साथ भीख माँगने आती थी। बूढ़ी माँ के हाथ में लाठी रहती, बगल में बड़ा सा झोला होता और लाठी का दूसरा छोर उसका अंधा बेटा पकड़े रहता। काला, टेढ़ा-मेढ़ा सा उसका बेटा पेड़ की छाँव में बैठकर बाँसुरी बजाता रहता, तब लगता कि सबकुछ थम सा गया है। बूढ़ी माँ घर-घर से चावल-पैसे लेती। लोग खुद से ही कटोरे में अन्न लिये खड़े रहते थे, उसे माँगना नहीं पड़ता। वह अंधा युवक ऐसी मधुर और सुरीली बाँसुरी बजाता कि लगता, जैसे किसी अनाड़ी हाथों की बनाई वह कृष्ण की ही मूरत है! अपना दर्द वह बाँसुरी में भरकर सबको चकित करके रख देता। कितनी राहत/सुकून चैन मिलता था, उसकी बाँसुरी को सुनकर! तब समझ में आया था कि सबसे अपने को छीनकर, सबसे कटकर, सबसे दूर जाकर कैसे अपने को अकेले और समेटे जाता है! सबसे अनजान होकर कैसे अपने भीतर को आलोकित करते हैं, कैसे जीवन के छोटे-छोटे संघर्ष लाँघकर शिखर पर पहुँचा जा सकता है!

जाने कितने अनगिनत दृश्य हैं, जिन्होंने लिखने की प्रेरणा दी, जीवन को अपने उदाहरणों से समझाया। पहले गाँव में विशेष अवसरों पर तथा मेलों में नाटक, नौटंकी का आयोजन होता था। नगाड़े की आवाज के साथ ही सारा गाँव तथा आसपास के गाँव आ जुटते थे। रामलीला शकुंतला, शीरी-फरहाद, सोहनी-महिवाल आदि जाने कितने नाटकों का मंचन होता था। महीनों नौटंकियाँ चलतीं। दूर-दूर से लोग आते। लोग सुध-बुध खोकर देखते। नाटक में होनेवाले दुःख-सुख उनके अपने हो जाते। गाँव के अनपढ़ लोगों को इन नाटकों में अपने जीवन के प्रश्नों के उत्तर मिल जाते हैं, तब अपने लेखक होने पर कितना गर्व होता है! सिकंदर महान् ने भी एक मामूली चींटी से ही प्रेरणा लेकर दोबारा युद्ध लड़ा था। एक मामूली अदना सी चींटी उनकी गुरु बन गई थी।

नाटक हमें अभिव्यक्ति का गुण सिखाता है। चेहरे के हर भाव में अर्थ होता है। नाटक से हम जीवन के उतार-चढ़ाव को समझ पाते हैं। इसका सारा श्रेय कलाकार को जाता है, क्योंकि उसकी ही अदायगी का कमाल होता है कि दर्शक घंटों चुप, दम साधे बैठे रहते हैं और उस अभिनय में अपने को निहारने लगते हैं। अपने सशक्त अभिनय के माध्यम से वह समाज की पोल खोलकर रख देता है। पीड़ित और दुःखी दर्शक राहत की साँस लेता है और हँस पाता है। चरित्र की जटिल

चुनौतियों को एक कलाकार अपनी अद्भुत अभिनय क्षमता से साकार कर देता है, जिसे देखकर दर्शक हक्का-बक्का रह जाता है तथा अपने भीतर के अंतर्द्वंद्व, रोष को समझ पाता है।

शेक्सपीयर के नाटक इस बात के उदाहरण हैं, जो पढ़े-लिखे एक विकसित देश में भी आदर और सम्मान से देखे जाते हैं। इंग्लैंड वासियों ने तो पूरा-का-पूरा 'शेक्सपीयर नगर' ही बसा रखा है। हमें दूसरों की अच्छी बातों को स्वीकार लेना चाहिए। आज भी वहाँ नाटक बहुत चाव से देखे जाते हैं। शेक्सपीयर आज भी उनके बीच जिंदा हैं।

सांता क्लॉज के बारे में हमने कितना कुछ अपने बच्चों को बता रखा है। बच्चों में वह इसलिए भी प्रसिद्ध हैं कि उन्हें लगता है, वह उनकी मनपसंद चीजें लाकर देता है। कभी आप चुपचाप अकेले में, चुपके से बच्चों की प्रार्थना को सुनें तो पता चलेगा कि बच्चे सांता से अपने लिए वह चीजें माँगते हैं, जो उन्होंने हमसे कभी माँगा ही नहीं। तब हैरानी होती है कि बच्चों को हमारे दिए कीमती उपहार चाहिए ही नहीं थे। उन्हें तो बस, उनका वह प्यारा सा एक अकेला लाल गुलाब चाहिए था, जो हम उन्हें दे नहीं पाए थे। लेकिन उन्होंने हमसे माँगा ही कब था? हम उनकी इच्छा और चाहत को समझ ही नहीं पाए थे। हम सांता बन ही नहीं पाए! हम उनकी आँख में सुलगती वेदना को पढ़ ही नहीं पाए!

हम सांता की तरह उनके निकट क्यों नहीं आ पाए? उनके मन की थाह ले ही नहीं पाए। अब दुःखी होने से क्या फायदा? हम उन्हें उनका लाल गुलाब क्यों नहीं दे देते? उनके प्यारे लाल गुलाब को अकबर बादशाह के फरमान की तरह दीवार में क्यों जिंदा चुनवाकर दफन कर देते हैं?

□

तंत्र-मंत्र, टोना-टोटका विशेषांक

अप्रैल-जून 2010

मेरे बचपन के दिनों में मेरे आसपास ढेर सारे लोगों का बसेरा था। इसमें इनसान से लेकर पशु-पक्षी तक आते हैं। मेरी अपनी दुनिया उन्हीं से आबाद थी, जो दूसरों से भिन्न थी। ढेर सारी चहल-पहल मेरे निकट हमेशा अपना अस्तित्व बनाए रहती थी और अपने होने का अहसास मुझे हमेशा कराती रहती थी। मेरे दुःख-सुख उनके थे और उनके दुःख-सुख मेरे थे। ढेर-ढेर बातें, जीवन के उतार-चढ़ाव मैंने इन्हीं से सीखे थे। मेरे बचपन के दिनों में चिड़िया मुझसे बातें करती थी और परियाँ कहानियाँ सुनाती थीं। पक्षी मेरे दोस्त थे और फूल ठंडी हवा के साथ सुगंध से मेरी पहचान करते थे। तब जात-पात, ऊँच-नीच, अमीर-गरीब की दूरियाँ नहीं थीं। राजनीति तब गाँव से दूर शहर में बसती थी। जंगल के पेड़ मेरे पुरखे थे, जो हमेशा मेरी सुरक्षा करते थे, मुझे जिंदगी से लड़ना सिखाते थे। मंदिर और मसजिद में फासले नहीं थे, त्योहार सबके लिए होते थे। कोई भी किसी के घर फेरी लगाना भूलता नहीं था। ईद की नमाज के लिए हिंदू दरियाँ और कालीन अपने मोहल्लों में बिछा देते थे। शिवरात्रि के मेले में मुसलमान बताशा, चिरौंजी, नारियल, फूल, अगरबत्ती की दुकान लगाते थे। दरगाहों पर हिंदू और मुसलमान समान रूप से जाते थे। मन्नतें माँगते, चादर चढ़ाते। एक की मन्नत में सब शामिल होते थे। तब दूसरों के लिए संबोधन बदले नहीं जाते थे। घर के अब्बा, अब्बा ही होते थे और बाबूजी, बाबूजी ही रहते थे। यह सारे लोग मेरी निजी दुनिया के लोग थे। इन्हीं के दिए संस्कारों ने मुझे पाला-पोसा था। बहुत बाद में यही मेरी कहानियों के पात्र बने, बाहर की दुनिया से तो मेरा कोई सरोकार ही नहीं था। इसी अपनी नन्ही और छोटी सी दुनिया की धूल में नंगे पैर दौड़-दौड़कर मैं बड़ी हुई थी। इन्हीं के आँचल ने मुझे

गरमी-सर्दी से बचाया। जिस गाँव में हमारे गाँव की बेटी ब्याही जाती, उस गाँव के कुएँ-बावड़ी का पानी हिंदू और मुसलमान दोनों नहीं पीते थे।

इसी दुनिया का एक पात्र पाडुरंग पटेल था। वह अकसर मंदिर या दरगह की सीढ़ी पर बैठा रहता था। किसी से बात नहीं करता था। कोई प्रसाद या शिरनी दे देता तो खा लेता, नहीं तो भूखा सोया रहता था। बचपन से दिमाग कमजोर था। माँ-बाप के मरने के बाद उसके भाइयों ने उसका हिस्सा हड़प लिया था। पटवारी को रिश्वत खिलाकर उसके हिस्से की जमीन अपने हिस्से में लिखवा ली और उसे घर से बेदखल कर दिया था। सीढ़ियाँ ही अब उसका घर था। रात को भी वह वहीं सोया रहता, लेकिन अपने नाम को खूब पहचानता था। कोई सोते में भी उसका नाम लेकर पुकारता तो वह झट से आँख खोलकर देखने लगता। सामनेवाले को निपट सूनी आँखों से ताकता रहता, तब उसकी आँखों में रेतीला अंधड़ उठता सा दिखता था।

अपराध, अन्याय हमारे जीवन में अब धीरे-धीरे इतने गहरे तक घुस गए हैं कि लगता है, जैसे समाज को कोढ़ लग गया है। रिश्ते बेजान हो गए हैं, काटो भी तो दर्द नहीं होता। जीवन की विसंगतियाँ व्यक्ति को इतना लाचार और बेबस बना देती हैं कि इनसान परिस्थितियों के तहत विवश होकर अंधविश्वास का शिकार हो जाता है।

दरगाहों की जालियों पर बँधे गंडे जाने कितने बेनाम और रहस्यमय मुरदों की जानकारी देते हैं। जुमेरात के दिन दरगाह पर चुपचाप कच्चे धागों के गंडे बाँधे जाते हैं। युवा मन के भीतर उठते ज्वार-भाटा का संकेत मिलता है। मन के भीतर उठते तूफान और अंतर्द्वंद्व की जानकारी मिलती है। बाबा की 'कचहरी' में ऐसे गुप्त केसों की नस्तियाँ लगाई जातीं, जिसकी जानकारी बाबा के सिवाए दूसरा नहीं जानता। कहीं पर भेद नहीं खुलते, बस, यहीं आकर यह अपने भेद खोलते हैं। आज भी देश की बड़ी-से-बड़ी अदालतों के केस यहीं लगाए जाते हैं। अदालत की देहरी तक आधे से ज्यादा केस जा ही नहीं पाते, यहीं लगाए जाते हैं। हर अन्याय, चाहे प्रेम के हों, सूनी कोख का हो, सौतन का दुःख हो, पति की बेवफाई या जमीन-जायदाद का हो, सब यहीं लगाए जाते हैं। दीवानी, फौजदारी, घरेलू हिंसा सबको बेहिचक यहीं लगाते हैं। आज भी हमारे देश में गूँगे-अत्याचार लाखों-करोड़ों में हैं, जो किसी कोर्ट में नहीं लगाए जाते, यहीं लगते हैं। उनकी पेशियों पर पेशियाँ चलती हैं, कभी-कभी तो इसी आपा-धापी में जिंदगी ही पूरी सरक जाती है।

अपराध भी कितने संगीन और सहनेवाले मुजरिम भी कितने भोले! अपराध में उनका दोष नहीं, फिर भी अपराधी हैं। किसी की छाती पर सौत को लाकर बैठाया

गया है। बाँझ औरत घोषित करके दूसरी लाना है तो इमली के पेड़ की चुड़ैलनी का फेर बता दिया जाता है औरत बाँझ नहीं है, पर बाँझपन का अपराध उसी के सिर लगता है, पति पर ऐसा दोष सामाजिक अपराध में आता है। बाँझ और विधवा बहू को गंगा में ढकेलने से लेकर मथुरा-वृंदावन में भिक्षा माँगने के लिए छोड़ना पुण्य का काम माना जाता है। इस कार्य को सद्गति देने के लिए मौन रखा जाता है। आश्चर्य की बात तो यह है कि ऐसे अपराध कानूनी शिकंजों में नहीं आ पाते। ऐसों की जमीन-जायदाद पर कब्जा करके उन्हें दीवाना, पागल करके गलियों में धूल फाँकने छोड़ दिया जाता है। यह भी बहुत बड़ी समाज-सेवा का कार्य है। इन अपराधों की कहीं रिपोर्ट दर्ज नहीं होती। कुछ न कर पाने की विवशता भी एक रोग में बदल जाती है। ऐसे बेबस रोगी दरगाह के आसपास बैठे बाबा को तकते रहते हैं।

आज भी पहाड़ी या पिछड़े इलाकों के जीवन में सिरहा-गुना, टोना-टोटका ही सुरक्षित औषधालय माने जाते हैं, जहाँ इन मरीजों को ठीक किया जाता है। पहाड़ी जीवन में आज भी बेगुनाह और असहाय लोग मौत के शिकार होते हैं या पागल-से घूमते हैं। आज भी एक बड़ा संसार वास्तविकता से कोसों दूर है। इन हारे हुए लोगों के हाथ में किसी न्यायालय की हारने की कोई पुख्ता सनद भी नहीं होती, यह तो अपनों के दिए दंड भोगते हैं, अपनों से हारे हुए हैं। जीवन के घोर अँधेरे में ढाँढ़स बँधाती यही दरगाह मंदिर की कचहरियाँ दिखती हैं, जहाँ वह मन्नतों के दीये जलाकर अपनी आस्था के भ्रम को बरकरार रखते हैं। घुटन, असुरक्षा, विवशता ही इनके सबसे बड़े दुश्मन हैं। वह अपने साए से भी भयभीत रहते हैं। हमारे आसपास ऐसे ही भयभीत लोगों की भीड़ है, जिनका कोई अपराध नहीं, पर यातना उम्र कैद के कैदी से भी अधिक होती है। समय का दुष्ट पटवारी हेरा-फेरी करके दूसरे के बहीखाते में इनका हिस्सा तथा सुख चढ़ाता रहता है।

पीर बाबा के चमत्कारों के जाने कितने किस्से कहानियाँ हैं, जो दूसरों को राहत देती हैं। दुःख, व्यथा और दर्द धीरे-धीरे नासूर बन जाते हैं, जिसकी कोई दवा नहीं होती, बस, सहानुभूति ही मरहम का काम करती है। दूसरों पर पत्थर फेंकता पागल, बस, अपना आक्रोश ही दिखा पाता है। वह पत्थर अपने को ही मारता है, पर उसका ध्यान केंद्रित नहीं होने के कारण वह दूसरों को लगता है।

जाने कितने सवाल हैं, जो अपने जवाब माँगते हैं। सुख और स्नेह से वंचित होने पर ही तो इनसान के जीवन में खिन्नता आ जाती है। बचपन की स्कूल की किताबों में पढ़ते थे—'रिक्त स्थान भरो।' जीवन का यह गणित उलझा और कठिन

होने के कारण कभी समझ में नहीं आता। समय का गुरु भी कितना कंजूस होता है, बस, थोड़ा-थोड़ा करके ही सिखा पाता है।

पांडुरंग पटेल जब मरा तो सारे गाँव के लोगों ने चंदा करके उसका अंतिम संस्कार किया। उसकी अर्थी के पीछे हर जाति का आदमी चला, हर अमीर गरीब ने उसकी अर्थी पर फूल रखा।

पांडुरंग पटेल की रिक्त की गई सीढ़ी पर एक पागल जवान औरत आकर बैठने लगी थी। अपनी शून्य आँखों से वह सबको घूरती और रोते-रोते पूछती, "वह कहाँ चला गया?"

उसके इस पूछे गए सवाल को सुनने के बाद मन सोचने पर मजबूर हो जाता है—"क्या सितारों के आगे जहाँ और भी है?"

कितनी मुश्किलों के बाद आखिर महिला आरक्षण विधेयक पास हो गया। औरत को राहत देनेवाला, उसका हक देनेवाला यह बिल पास हो गया। जिंदगी तेरा शुक्रिया!

□

नारी विमर्श विशेषांक

अक्तूबर-दिसंबर 2010

शायद मेरी आँख पढ़ते-पढ़ते लग गई थी, बाहर के शोर ने चौंकाकर जगा दिया। बहुत बेमन से उठकर बाहर आई तो देखा कि एक पागल औरत को घेरे बच्चे ऊधम कर रहे थे, कुछ दूर पर मोहल्ले के लोग भी खड़े थे, लगा कि जैसे जादू का खेल चल रहा हो! सभी उत्सुक और प्रसन्न थे। वह पागल औरत अपने मान-अपमान से अनजान शून्य में ताकती अपने खुले बालों से जुएँ निकाल-निकालकर मार रही थी। दुनिया से बेखबर वह अपने में ही डूबी थी। अचानक वह मेरी ओर घूमी तो मैं हैरान रह गई। यह तो कमली थी, जो पीछेवाली गली में रहती थी और घर-घर काम करती थी। काफी समय उसने मेरे घर भी काम किया था। उसके चार-पाँच बच्चे थे। छोटे बेटे की जचकी के बाद ही वह पागल हो गई थी। सभी ने कहा जचकी में उसे कोई गलत 'हवा' लग गई थी। अब वह बाहर क्या, अपने घर का काम भी नहीं करती थी, बस, सारा दिन सिर पर कपड़ा बाँधे बड़बड़ाती, चिल्लाती बैठी रहती थी। पति, जो कहीं दुकान पर काम करता था, शाम को लौटता तो डंडे से मारता। सारी रात रोने के स्वर सुनाई देते थे। एक दिन पति रात के अँधेरे में मायके जाने का लालच देकर ले गया और इतवारी हाट के पास में ही माँगने छोड़ आया। अपने को दुत्कारे जाने के बाद वह कभी वापस नहीं आई। बड़ी लड़की रानी 15 बरस के ऊपर थी। वही माँ की छोड़ी गृहस्थी सँभाल रही थी। वह नहीं लौटी, बस, उसकी अफवाहें सुनाई देती थीं। वह सड़कों पर घूमती रहती, पर घर नहीं मिलता था। भटकते-भटकते घर के पास तक आई थी, पर अब उसे तो कुछ याद नहीं था।

तीन-चार वर्ष बाद उसे देख मैं हैरान थी। उससे बात करने का मन था, पर

अब तो वह जिंदा लाश भर थी। कहने-सुनने से वह परे थी। बच्चों की भीड़ में सबसे पीछे खड़े उसके अपने बच्चे भी थे। वह स्तब्ध, ठगे, गूँगे माँ को तक रहे थे और रो रहे थे। रानी चुप बच्चों की भीड़ के पीछे खड़ी माँ को टकटकी लगाए देख रही थी। उसकी सहमी सूनी, उदास आँखों में दूर तक हरहराता भय पसरा था। वह भयभीत सी माँ को देख रही थी। उसके चेहरे पर वीरानी छा गई थी। उसकी आँखें बार-बार छलछला आतीं, पर वह अपने आँसू को चालाकी से पोंछ लेती। रानी की सहमी वेदना ने मेरे मन को भीतर तक मथकर रख दिया था। भीगे मन से मैं बस, चुपचाप खड़ी देख रही थी।

कमली थोड़ी देर में उठकर जाने लगी, ढेर-ढेर पुरानी दुखती बातों को याद करती, मैं भी भीतर आ गई। थोड़ी देर बाद मुझे ऐसा लगा कि बाहर कोई है। पहले तो मन का भ्रम लगा, फिर मन का शक दूर नहीं हुआ तो बाहर आ गई। गेट के पास पेड़ों के पास कोई था मैंने आवाज दी, थोड़ी देर में सहमते रानी निकलकर आई। रानी को देख मैं सकपका गई। वह एकदम चुप थी। रो नहीं रही थी, पर उसकी सारी देह काँप रही थी। अजीब तनाव और अंतर्द्वंद्व के चक्रव्यूह में वह फँसी थी, माँ का अंत देख वह भयभीत थी।

"मैडमजी, मेरी माँ को रोटी दे दो, मैं दौड़कर दे आऊँगी, यहीं नुक्कड़ पर वह बैठी है।" अजीब संकोच से वह दोहरी होते हुए बोली।

रानी को सामने देख मेरा भीतर तक का मन थरथरा उठा था। वह सूखे पत्ते सी काँप रही थी। उसके सूखे पपड़ाए होंठ बात करने में चिपक-से रहे थे। जवान बेटी, जिसके चेहरे पर ढेर सारी उमंग होनी थी, पर वह अपनी उम्र से ज्यादा सयानी लगी। जिंदगी के सत्य को जान लेने के बाद आँखों में प्रौढ़ता आ गई थी। एक बड़ी नारी की तरह समझदार लगी। वह दूसरों से छुपकर मेरे सामने खड़ी थी। ढेर सारी सच्चाइयों को जान लेने के बाद वह पत्थर की तरह भावनाहीन लगी। बाप, जो बाप होकर भी बाप नहीं था। उसके साथ अब उसकी नई ब्याहता थी, वहीं माँ को मुरदा हालत में देख वह भय से पीली पड़ गई थी। जिंदगी कितने कठोर पाठ कंठस्थ कराती है, बिल्कुल उन्नीस के पहाड़े की तरह, जो कभी याद नहीं होता था। अंत में आकर ही थक जाते थे।

"कैसी है, कभी आ जाया कर, तेरा बच्चा कैसा है?" मैंने डिब्बे में रोटी रखते हुए पूछा।

"अच्छा है! मेरा बाप दूसरी औरत ले आया है। अच्छा हुआ न, वरना रोज

रात वह मुझे बुलाता था, नहीं जाने पर मारता था।" रानी क्रोध में बोली, उसके मुँह में कोई कड़वा स्वाद उतर आया था। अपनी गंदी जिंदगी को याद कर उसकी आँख में आँसू उतर आए। मुझे घूरते हुए बोली, "मेरा बेटा, मेरा बेटा हुआ या भाई? बड़े होने पर बाप का नाम क्या बताना होगा, मैडमजी?"

"कुछ नहीं, बस, तू उसे अपना नाम देना, माँ का नाम ही काफी है। औरत की इज्जत ढकने के लिए बस, माँ ही काफी है। तू तो उसे बस, अपना नाम ही देना।"

मैंने अपने भीतर उठते क्रोध और दुःख पर काबू पाते हुए कहा। रिश्ते, रिश्ते कहाँ होते हैं, वह तो सब दिखावा होता है। संसार में तो बस, एक ही रिश्ता होता है, वह है स्त्री-पुरुष का, बाकी सब तो झूठ होता है। नारी की सारी असफलताओं के पीछे बस, एक ही कारण होता है कि वह नारी है। वह सबके लिए खटती है, पर उसके लिए कोई सामने नहीं आता। ऐसा क्यों? दौड़कर पति और बच्चों को टिफिन देनेवाली नारी को, लाचारी में रोटी देनेवाला तक कोई नहीं होता।

रिश्तों के यह अनुबंध कितने गुप्त रहते हैं, जो कभी उजागर नहीं हो पाते। रिश्तों में सामंजस्य स्थापित करके जीवित रहना सीखना पड़ता है, वरना जिंदा और मुरदा में अंतर क्या रह जाएगा? सबकुछ देखकर, समझकर भी अनदेखा करना पड़ता है। जो इन विरोधों को सहकर, भोगकर जीवन जी लेता है, वही सफल कहलाता है। वही लोग महान् कहलाते हैं, पूजे जाते हैं।

सबके सामने अपनी हदें होती हैं और उन हदों पर नुकीले तार के बागड़ लगाकर हथबंदी कर दी जाती है। सबको अपनी-अपनी हदों में रहना और साँस लेना पड़ता है; हदें लाँघने पर लहूलुहान होने का भय जो रहता है। जिंदगी तो बस, हमेशा पहाड़ी रास्तों से लुकती-छिपती रुकती ट्रेन की तरह ही आगे बढ़ती है।

समाज का ढाँचा आज पूरी तरह से खोखला हो चुका है। नारी शोषण पर ही समाज का सारा ढाँचा टिका हुआ है। आस्था और अनास्था के इस मकड़जाल में उलझी नारी अब सारे बंधनों से मुक्त होना चाहती है। तिरस्कृत यंत्रणा भरे जीवन से वह तंग आ गई है। कितने तरह के छल-कपट और आदर्शों ने उसका मुख सिल रखा है! जीवन की निरसता और संघर्षों ने उसे केवल कोल्हू का बैल बनाकर रख दिया है। आर्थिक तंगी ने उसे घर की दहलीज से बाहर कदम रखने पर मजबूर कर दिया, परंतु बाहर आने पर उसका परिचय सत्य से भी हुआ। टूटते पारिवारिक रिश्तों की चरमराहट और सड़ांध के कारण ही उसके भीतर नए क्षितिज की चाहत

और पहचान हुई। परिवार ने तो उसे परिवार के रूप में बस, एक पिंजरा दिया, पक्षी की तरह कैद रखा, हर रिश्ते ने सींखचे की तरह जकड़ रखा था, धीरे-धीरे सबसे उसका मोह भंग होने लगा। समाज और परिवार का विशाल बरगद का पेड़ उसी के खून का प्यासा था। धर्म और अंधविश्वास ने डरा-डराकर उसे लाचार और भिखारी बनाकर रख दिया। पति और परिवार का मोहताज बना दिया। ऐसे प्राणघातक रिश्तों से अब वह आजाद होना चाहती है। अपनी शर्तों पर तथा अपने लिए वह जीना चाहती है। पिछले जन्म और अगले जन्म की डरावनी/भूतहा कहानी पर उसे विश्वास नहीं रह गया था, जो पहले उसे आश्चर्य और कौतूहल से भर देती थी। बेईमान रिश्तों की कड़वाहट और संधियों ने उसे छला है। लाचारी में उसने अनचाहे और उपेक्षित जीवन को ही अपना लिया था। अब वह ऐसी व्यर्थ की जिंदगी और नपुंसक रिश्तों से, जिनमें उसके लिए बूँद भर भी खून नहीं, उनसे परे होना चाहती है, भाग जाना चाहती है। अब उसे कोई भी रिश्ता मोहता नहीं, कोई भी स्पर्श उसे विचलित नहीं करता वह बर्बरता और कपट भरे शैतान से दूर होना चाहती है। शैतानों की इस दुनिया को वह समझ चुकी है। जिंदगी की बंद घड़ी में ठहरे पौंडुलम की तरह लटके-लटके उसे अपनी स्थिति का अहसास हो गया है। अब उसे लगने लगा है कि काश! यह संसार पत्थर का हो जाए! दुनिया नए सिरे से शुरू हो! कयामत आ जाए और खुदा की कचहरी लगे! नारी को इनसाफ मिले। दुनिया का ढाँचा फिर से बने, पर इस बार नारी दासी और पुरुष मालिक न बने।

कमली को रोटी देने के बाद रानी जाती हुई माँ को तक रही थी। कैसे बिल्ली की तरह उसने झपट्टा मारकर रोटी खाई थी, जाने कितने दिनों से वह भूखी थी। कमली को रानी की याद नहीं थी, पर रानी को माँ की खूब याद थी। बोल-चाल के शब्द गूँगे-अर्थहीन-भोथरे हो गए थे। बतकहियों के तार कटकर-टूटकर नीचे पड़े थे। रानी की आँखों में उफनती नदी का पानी भर रहा था। बाढ़ पर आई नदी को भला कौन रोक सकता है ? सब बह-बहकर पुल पर से बह रहा था। पानी खतरे के निशान को पार कर गया था, तब भी पानी ने अपना सलीका नहीं छोड़ा था। पानी अपने किनारों पर ही थमा ठहरा था। रानी बगैर पलकें झपकाएँ, चुप पत्थर-सी खड़ी थी। मैं थकी सी सब देख रही थी। इन मृत शरीरों की जीवित आत्मा के दुःख-सुख का हिसाब मैं रखना नहीं चाहती थी। इनके कर्मकांड और अग्निदाह की क्रिया की चश्मदीद गवाह थी। मेरा बावला मन इस बर्बरतापूर्ण स्मृतिदंश से अपने को मुक्त करना चाहता है ऐसे दर्दनाक दृश्यों की स्मृतियों को कहीं गहरे में दफनाना

चाहता है, ताकि इनकी वेदना, जो मेरा खून सर्द कर देती है, ऐसे दृश्यों को भूलना चाहती हूँ। इसे कहीं दफनाना चाहती हूँ। मैं अपने साहित्य के संग्रहालय में जीवन की इन थातियों को सुरक्षित रख देना चाहती हूँ, ताकि आनेवाले समय के प्रगतिशील लोग जान सकें कि दु:खों के समंदर कैसे पार किए जाते हैं!

□

कहानी विशेषांक (2)

अप्रैल–जून 2011

पतझड़ एकदम कंजूस–सूदखोर बनिए की तरह अचानक आ धमकता है और अपना सूद और मूल वसूलने लगता है। चारों ओर एक सन्नाटा, दहशत, सूनापन छा जाता है। देखते–ही–देखते सब तहस–नहस हो जाता है। पेड़–पौधे नंगे/वस्त्रविहीन, लाचार, बेबस से चुप खड़े रह जाते हैं। चारों ओर सूखे पत्तों और फूलों के ढेर लग जाते हैं, जिन्हें बूढ़ी, पागल सी हवा बुहारती फिरती है। इस तबाही को देख मन सोचने पर मजबूर हो जाता है कि अब दोबारा यह उजड़ी बस्ती क्या फिर से आबाद होगी?

बसंत के आते ही जैसे चारों तरफ फिर से रौनक–हरियाली दिखने लगती है। चंपा के फूटते फूल और पत्तों की कोमल पीके। आम के पेड़ पर लहलहाते बौर को देख मन खुशी से झूम उठता है। लौटते पक्षी अपने बसेरे बनाने लगते हैं। कोयल की कुहक और पक्षियों की चहल–पहल के लौटते ही मन को कितना सुकून मिलता है। उजड़ी बस्ती के आबाद होते ही जिंदगी की चहल–पहल शुरू हो जाती है।

मनुष्य और कहानी सिक्के के दो पहलू ही तो हैं। अलग–अलग दिखने के बावजूद दोनों के अर्थ एक ही है। मनुष्य कहानी में है और कहानी मनुष्य में है। मनुष्य को पकड़ती कहानी और कहानी के कटघरे में खड़ा मनुष्य क्या कभी झूठ बोल पाता है? जीवन में तो मनुष्य कितना झूठ बोलता है! अपने को कितनी चहारदीवारी की घेरेबन्दी में सुरक्षित रखता है! अपने आसपास झूठ का मजमा लगाए रहता है, पर कहानी के कटघरे में, गिरफ्त में आते ही उसे सच बोलना पड़ता है। बड़े–बड़े धर्मग्रंथों पर हाथ रखकर वह क्या खूबी से कचहरी में झूठ बोलता है, पर कहानी में तो बिना कसम। शपथ खाए भी उसे सच ही बोलना पड़ता है। उसका कहा सच संसार में कहीं–न–कहीं जीवित रहता है, साँसें ले रहा होता है।

लेखक कहानी के माध्यम से ही उसकी सच्चाई बयान करता है। जिस दिन लेखक झूठ लिखेगा, डंडी मारकर जिंदगी तौलने लगेगा, उस दिन सच जानिए, संसार में सन्नाटा-ही-सन्नाटा हो जाएगा। दूरबीन की तरह ही कलम से सब साफ दिखने लगता है। नन्हे-नन्हे, भोथरे कंकड़ भी साफ दिखने लगते हैं। संबंधों के झूठ और सच सब उजागर होने लगते हैं। कुछ भी परदे में नहीं रह पाता, सबकुछ बेपरदा हो जाता है। मनुष्य अनजान बनकर सारे भेद छुपाकर जीवन जीना चाहता है, लंबे-लंबे डग भरकर फरार होना चाहता है, क्योंकि सच का सामना करके तो वह थोड़ा भी जी नहीं सकता। जिंदगी तो कठोर बनिए की तरह तराजू में सबकुछ तौलकर सामने रख देती है। आँख बंद करके उसकी अपनी अंतरात्मा सच बोलने लगती है। मनुष्य भी कोयल की तरह चतुर और चालाक प्राणी है। कोयल की ही तरह ही कौए के घोंसले में उसे सोते जाने के लिए मजबूर करता है। खुद कोयल की तरह मुक्त रहता है। इसी मक्कारी और झूठी अव्यवस्था से ही तो संसार का सारा राज-पाट चल रहा है। वह सदा पाप और यौवन का भोग करना चाहता है। अपने को सदा जवान और अमर करना चाहता है, कभी बूढ़ा नहीं होना चाहता है। जैसे—साँप अपनी पुरानी घिसी-पीटी केंचुली को उतारकर नया शरीर पा जाता है, ऐसा ही मनुष्य भी चाहता है; पर ऐसा भाग्य मनुष्य का नहीं है। मनुष्य के भाग्य में बसंत दोबारा नहीं आ सकता और न ही वह साँप की तरह नई केंचुली धारण कर सकता है। उसका यौवन कभी चिरस्थायी नहीं रह सकता। वह अपने को कितना मखमली आवरण में लपेटकर रखे, पर एक दिन तो सब ढहना ही है। बस, आत्मा का सौंदर्य और ईमानदारी उसे जिंदा रख सकती है, बहकने से बचा सकती है। इसी उजाड़ रिक्तिका के भूत से तो वह सारे जीवन भागता रहा था, अपने को बचाता रहा था।

पीछे मुड़कर देखो तो कैसा खाली-खाली सा, उजड़ा, सन्नाटा दिखता है। पुरानी सहेजी स्मृतियाँ, जिन्हें कभी बेपनाह चाहा था, आज सब कूड़े का ढेर लगती हैं। समय का कबाड़ी कैसे अपनी चतुराई से हेरा-फेरी करके कौड़ियों के मोल खरीदकर ले गया था। नीचे झाँककर देखने पर घाटी एक कब्रगाह ही तो दिखती है, जहाँ स्मृतियाँ अस्थिपंजर के रूप में दिखती हैं, जो कभी बहुमूल्य, बेशकीमती और बहुरंगी लगती थीं।

कहानियाँ दरअसल, काल्पनिक नहीं होतीं, वह संघर्षमय आदमी की विवशता, लाचारी का ही लेखा-जोखा बयान करती हैं। अंधड़, जो जब-तब जीवन में बारिश, ठंड और गरमी की तरह आते रहते हैं। लेखक बस, उस अंतर्विरोधी स्थितियों की

जटिलता को, जो बेतरतीब हो जाती हैं, उन्हें बस, तरतीब दे देता है। भावुकता, मार्मिकता, आत्मग्रस्तता, आत्मदया, फक्कड़पन, लचीलापन, कायरता इन्हीं सारे गुण-अवगुण को पहचानकर एक हुनरमंद जौहरी की तरह खाली और उचित स्थानों को पहचानकर, नगीनों की तरह जड़ देता है और बस, उसी से उसकी सूनी जिंदगी में फिर से बाहर आ जाती है।

लेखक असंभव जीवन को जीने का सरल रास्ता बता देता है। यही लेखकीय गुण है, जो संघर्ष की पतंग को ऊँची उड़ान में तब्दील कर देता है। कथा के मंत्र का सूत्र पाठक के हाथ में पकड़ा देता है। पराजय और घुटन से परेशान पात्र अपने लिए एक सुरक्षित स्थान खोज लेता है, जहाँ वह काम से थककर आराम तो पा लेता है। इतनी तसल्ली भी जीने के लिए काफी होती है।

बचपन में जब क्लास में गणित के सवाल करते थे, तो मन कितना उसमें डूब जाता था। सबसे अच्छा मुझे गुणा-भाग करने में आनंद आता था। घटाते-घटाते जब कुछ शेष बच जाता था, तब बड़े प्रसन्न हो उठते थे! उस शेष को खुशी-खुशी नीचे लिख लेते थे। मन फूलकर गुब्बारे की तरह हो जाता था कि चलो, कुछ तो बचा! जब कुछ शेष नहीं बचता था, नीचे शून्य आता था, तब दु:खी होकर सोचते, 'अरे, कुछ भी शेष क्यों नहीं बचा?'

बस, ऐसे ही जीवन के साथ भी है। अंत में मनुष्य सोचने लगता है कि सब शून्य में क्यों तब्दील हो गया? कहाँ गलती हुई? बचपन के गणित के सवाल और आज के जीवन का हिसाब एक-सा क्यों लगता है? वह सारे-के-सारे लोग, जो अपने थे, सब कहाँ चले गए? जो लोग कभी अपने नहीं हो सकते थे, उनके साथ क्यों रहना पड़ा? जीवन का सारा गणित क्यों गड़बड़ा गया, कहीं से तो उधार लेकर उसे जोड़ना था, हासिल में कुछ रिश्ते तो रखना ही था ना?

हाँ, जब तुम ऐसा सोचने लगो तो जरूर मेरे पास आना। मैं तुम्हें बताऊँगी कि शून्य वापस आँकड़े में कैसे बदल सकता है, बसंत दोबारा कैसे आ सकता है? जब हमें अपने शून्य को हासिल में रखे अंक से जोड़कर उसे वापस जिंदा कर लेते हैं, तो इससे शून्य पुन: गति में आ जाता है।

छोटे-छोटे दु:खों में रो लेना और छोटे-छोटे सुखों में मुसकरा लेना, इसी का नाम जिंदगी है। जो इस मंत्र को जान ले, समझ ले और इसे ताबीज बनाकर अपने मन में रख ले तो जानिए कि वह संसार का सबसे घनी और अमीर आदमी है।

□

लघुकथा विशेषांक (2)

जुलाई–सितंबर 2011

हमारी जीवन–यात्रा भी एक बिंदु की तरह ही शुरू होती है। जब हम शब्द के ऊपर बिंदु लगाते हैं, तब वह 'बिंदु' कहलाता है। बिंदु के लगाते ही शब्द का अर्थ, उच्चारण सब बदल जात है। शब्द का सौंदर्य बढ़ जाता है, लेकिन जब यही बिंदु किसी आँकड़े के अंत में लग जाता है तो वह 'शून्य' कहलाता है, जिसे सरल भाषा में 'सिफर' भी कहते हैं। जीवन तो हमेशा ही निरुद्देश्य होता है, हम ही अपने प्रयत्न, मात्रा और अर्थों में उसे सजाते, बहलाते रहते हैं।

जन्म के समय दाई–माँ हमारी नाल काटकर हमें माँ से अलग करती है। हमें पहली बार अपने अस्तित्व का बोध कराती है। अभी तक तो हम माँ का ही हिस्सा थे, उसी से सबकुछ पा लेते थे, पर अब तो सब समझ में आने लगता है। भूख–प्यास, आँसू, मुसकान का अर्थ समझने लगते हैं। दुनिया के सभी स्पर्श का अहसास होने लगता है। माँ के आँचल को पहचान, माँ का वह गदबदाया सा स्पर्श, उसकी मीठी, गुनगुनी मुसकान, सारा–का–सारा ही तो हमारा अपना होता है। यह कुबेर का धन केवल अकेले ही उसी का तो है, इसमें कोई हिस्सेदार नहीं है, पर बाद में समझ में आने लगता है कि उसका सुख बाँटनेवाले तो बहुत हैं। अब तो दुःख की सिहरन, ठिठुरन, आँसू की बूँदों का हिसाब समझ में आने लगता है। जन्म देनेवालों के रिश्ते कितने मजबूत दृढ़, निश्चल, निस्स्वार्थ, अटल, अडिग और पवित्र होते हैं, जिनका कभी कर्ज अदा नहीं करना पड़ता है। हमेशा इन संबंधों से ऊर्जा और प्रेरणा ही मिलती है। बस, यहीं हमें कभी भी सफाई नहीं देनी पड़ती है। बाद के रिश्तों में तो हमेशा बात–बात पर सफाई देनी पड़ती है, लगता है कि जैसे कटघरे में खड़े हैं! पैर के नीचे गीली रेत ही मिलती है, कभी सख्त जमीन नहीं होती। गीली रेत में

धँसते पैरों का अहसास बस, डूबने का ही भय से डराता रहता है। सीता किस तरह धरती में समा गई, उस दर्दनाक अनुभूति के स्मरण से ही रोंगटे खड़े हो जाते हैं। भूकंप से केवल धरती ही नहीं फटती, बल्कि मन भी धवस्त हो जाता है। सपनों का खड़ा किया महल पल भर में चूर-चूर हो जाता है। क्या कभी कहीं दोबारा लौटा जा सकता है? क्या अयोध्या से वापसी के बाद फिर दोबारा जाने का साहस हो पाता है? जीवन के शतरंज में शह और मात के बाद अपने कंकाल मन के भीतर का वह चीखता सन्नाटा क्या कभी कहीं खड़े रहने का भी साहस दे पाता है? अपने में चुप, सिमटे हुए, अपने को ही डूबते देखना कितना दु:खद है! मन के झरने का वेग आगे और आगे बहाकर ले जाता है। परत-दर-परत अपने को तह करके गठरी में बाँध लेना भी एक तरह से मृत्यु ही है। फल और गुठली का अर्थ समझ में आता है। गुठली को तो दोबारा जन्म ही लेना पड़ता है, यह प्रकृति की वास्तविक सच्चाई ही है। किसी भयभीत पक्षी का तेज उड़ना उसके पीछे फेंके पत्थर का संकेत ही होता है।

जीवन का महत्-निर्णायक अहसास वह होता है, जो लाख विपदाओं में भी हमें शून्य में बदलने नहीं देता। यह सारे महत्त्वपूर्ण निर्णय एक कवच की तरह हमारी सुरक्षा करते रहते हैं। घटना कथ्य कभी बाहर नहीं होते, वह तो हमारे भीतर गहरे कुएँ में रहते हैं। उन्हें बाहर निकालना क्या आसान काम है? जैसे फूटी बाल्टी से खींचा पानी झरकर वापस कुएँ में ही टपक जाता है। इतनी मेहनत से खींचा पानी इतना भी नहीं आ पाता कि उससे चुल्लू भर सके, ताकि अपनी प्यास बुझा सकें। यह सारे अनुभव क्या किसी व्याकरण की किताब में होते हैं, जिसे हम रटकर कंठस्थ कर लें? नहीं, यह अनुभव तो हमें समय का टीचर ही बता पाता है। हर पड़ाव कठिन, दु:खदायी होने के बावजूद आत्म-सजगता से सतर्क रहना सिखा देता है। हमारी पीठ थपथपाकर अनुभव हमें एक पैनी अंतर्दृष्टि भी देता है, जिससे हम दूर-दूर के सूक्ष्म-से-सूक्ष्म खतरे को भी बाज-पक्षी की तरह भाँप लेते हैं। अपने भीतर के अंतर्युद्ध में ही जीवन समझ में आता है। आँच में सिंककर ही ईंट तैयार होती है, वैसे ही कथा तैयार हो पाती है।

बचपन में व्याकरण पढ़ना कितना कठिन लगता था, बस, एक रट्टू तोते की तरह ही कंठस्थ कर लेते थे; परंतु आज समझ में आता है, उसी व्याकरण ने ही तो हमें अनुशासन की प्रक्रिया सिखाई थी। अर्ध-विराम, विराम, मात्राओं की पहचान, हलंत के भेद आदि ने तराश-तराशकर अनुशासित बनाया। बचपन के उन कठिन

पाठ ने ही तो जीवन को संतुलित किया। बचपन में बात-बात पर रोनेवाला मन अब बड़े तूफान को भी किस खूबी से झेल जाता है!

बारिश ने दस्तक दे दी है। हर तरफ बारिश की बूँदों ने सबको सराबोर कर रखा है। बारिश की बूँदें खुदा की दी नियामत हैं, जो सबको तर-बतर करके निहाल कर देती हैं। बूँदों की झमा-झम, बिजली की कौंध, बादलों के बजते नगाड़े, जैसे उजड़े महल में खुशियों की शहनाइयाँ बजने लगती हैं। खुशियाँ लौटने लगती हैं। दर्शक बनी पेड़ों की पत्तियाँ तातियाँ बजा-बजाकर चिहुँक उठती हैं। फूलों की गंध वातावरण में उतरने लगती है, जैसे किसी ने मेहमानों की आमद पर गुलाबजल छिड़क दिया हो! सारे सूनेपन, उजाड़पन के जालों को अपने आप प्रकृति धो-पोंछकर उत्साह, खुशियों के बंदनवार लगाने लगती है। जो इस उत्सव को देखता है, उसमें भी रंगत का खुमार भरने लगता है। कैसे प्रकृति, जो हमारी माँ है, अपने अहसास को दोबारा सँवारने लगती है! इनसान क्यों इतना दिलजला होता है कि अपने आसपास को दोबारा सँवार नहीं पाता? अपने भीतर दोबारा उमंग-उत्साह नहीं भर पाता?

हम इनसान उजड़े को और उजाड़ने में लगे रहते हैं। किसी का थोड़ा भी कुछ उजड़ जाता है, उससे उसकी हर खुशी छीनकर उसे भिक्षु-भिक्षुणी बनने का रास्ता दिखाते रहते हैं। अपने आसपास के लोग ही अपने बड़े-बड़े शब्दों के भाषण से उसे किसी अदृश्य कोने में ढकेलने की कोशिश में लगे रहते हैं। वीरान को और वीरान बनाने में लगे रहते हैं। उससे उसकी सारी रंगत छीन लेना चाहते हैं। उसे रंगविहीन, स्वादविहीन जिंदगी जीने पर मजबूर कर देते हैं। अपनी घिनौनी साजिश को बढ़ावा देते रहते हैं। उसके प्रति सहानुभूति का भाव नहीं रख पाते। देखते-ही-देखते उत्साह और ऊर्जा से भरा मनुष्य कैसे एक माटी के टीले में तब्दील हो जाता है, जो एक दिन भरभराकर ढह जाता है।

लेकिन खुदा तो यह नहीं चाहता, वह तो हमारे आसपास को अपनी कुदरत से सँवारता रहता है। हम यह सब देखकर भी क्यों भूल जाते हैं? हमें अपनी गलती सुधारनी चाहिए ना! जीवन एक संग्राम है, दोबारा खड़ा तो होना ही पड़ेगा ना! हम संकट में एक-दूसरे का हाथ पकड़कर क्यों नहीं उसे उठाने की कोशिश करते?

□

नाटक विशेषांक (2)

अक्तूबर-दिसंबर 2011

मुझे लगता है कि लेखन से एक-सीढ़ी ऊपर अभिनय यानी नाटक का दर्जा होता है। हर व्यक्ति के भीतर एक अभिनेता छुपा होता है, लेकिन बहुत कम लोग होते हैं, जिन्हें अपने भीतर की कला के बारे में ज्ञान होता है। दूसरों के सामने अपनी इसी छुपी कला को अभिव्यक्त करने का साहस नहीं होता है। जहाँ शब्दों की दें समाप्त हो जाती हैं, वहीं से अभिव्यक्ति की सीमा शुरू होती है।

लेखक कहानी लिखकर मुक्त हो जाता है। उसके भीतर मन की गहराई में छुपी व्यथा, वेदना तथा कथा शब्दों में उतरकर बाहर आ जाती है। पात्र, जो एक भटकती आत्मा की तरह था, वह मुक्ति पा जाता है; लेकिन उसे दोबारा जीवित करता है नाटक, अपने अभिनय से वह उसे दोबारा जन्म देता है। यह सारा-का-सारा वैसा ही है, जैसे जब हम एक मूर्ति को कहीं स्थापित करते हैं, तब वह एक मामूली मूर्ति होती है, लेकिन जब उसकी प्राण-प्रतिष्ठा करते हैं, तब अपनी तमाम ऊर्जा-शक्ति के साथ वह जाग्रत् हो जाती है। वह अपनी समस्त चेतना से सबको मंत्र-मुग्ध कर देती है। सारे हाव-भाव, भंगिमा के साथ फिर एक बार वह हमारे सामने मौजूद रहता है। लोग कहते हैं कि आत्मा कभी नहीं मरती, वह हमारे आसपास ही रहती है। ऐसे ही हम नाटक के माध्यम से अपने पात्र को दोबारा ज्यों-का-त्यों देख चकित रह जाते हैं।

जब-जब मैंने कालिदास का नाटक 'शकुंतला' देखा, तो हक्की-बक्की रह गई। सदियों पहले जनमी शकुंतला को देख मन तह-दर-तह दर्द से भीग उठता है, जिसने अपने दुष्यंत को खो दिया था। दुष्यंत तो राजा थे, सिंहासन पर बैठते ही शकुंतला को भुला बैठे। शकुंतला की व्यथा, वेदना, छटपटाहट देखते बनती है।

शकुंतला आज भी जीवित लगती है। इस नाटक को देख मन पीड़ा से भर उठता है। लगता है कि सामने शकुंतला खड़ी है। यह कालिदास की सफल और अमर लेखनी का ही कमाल है कि दुन्यि शकुंतला को कभी भुला नहीं सकी। उसके प्रेम, दुःख को संसार कभी भूल नहीं सका। शकुंतला के अभिनय से दर्शक भी उसके तकलीफदेह अनुभवों से गुजरता है। जीवन का शायद ही कोई ऐसा क्षण होता होगा, जो बेकार या फिजूल, अर्थहीन हो! हम हर पल से हमेशा कुछ-न-कुछ सीखते ही हैं, हरेक का अपना अभिव्यक्त करने का अलग-अलग माध्यम होता है।

जीवन की यात्रा भी बड़ी विचित्र होती है। हर कदम पर गड्ढे, नुकीले पत्थर मिलते हैं, उतार-चढ़ाव होते हैं। इस तकलीफदेह और कष्टकारक यात्रा के साक्षी भी केवल हम ही होते हैं। इस कष्ट को कह पाना एक बड़े साहस और सामंजस्य की बात होती है। कितने ढेर सारे लोगों के साथ हम रहते हैं, लेकिन जब समझ में आता है कि सारे रिश्ते-नाते देखावे के हैं, मेले के जश्न में भी तन्हा, अकेले, चुप खड़े हैं, तब हर दृश्य, हर व्यक्ति एक चुभन के साथ याद आता है। अजीब सी रिक्तता महसूस होती है। हम अपने समय को जीते हैं, अपने युग को लिखते हैं; परंतु हमारी बातों को जाने कितने युग कंठस्थ करते हैं। भावना हमेशा चिरस्थायी रहती है, इसे बड़े-से-बड़े तर्क ने भी कोई चकनाचूर नहीं कर पाता। हर पात्र का अपना अलग चरित्र होता है। उसके चरित्र के बिना हम उस पात्र को नहीं गढ़ सकते। जब भी उस पात्र को लिखना होता है, तब उसकी जरा-जरा सी हरकत की हू-बहू नकल उतारनी पड़ती है। तभी वह रंगमंच का जीवित पात्र बन जाता है, जिसके प्रभाव से सब चकित रह जाते हैं। यह लेखन-विद्या और रंगमंच की पहली शर्त रहती है। अपने को भूलकर उस पात्र में उतरना पड़ता है, इसी को कहते हैं—डूबकर तरना!

किसी ने कितना सत्य कहा है कि हमने अपने देश को साहित्य और रंगमंच से ही जाना और समझा है। अनुभव हमारी धरोहर और पूँजी होते हैं। यह महसूस कर कितना बड़ा सुख मिलता है कि हर बुनावट के रेशे-रेशे में हमारे अपने अनुभव बुने हुए हैं। सुखद या दुःखद दोनों ही अनुभव हमारे जिए, देखे और महसूस किए हुए होते हैं। कथ्य हमारे जाने-पहचाने तिनकों से और हमारे खून-पसीने और आँसुओं से सींचे होते हैं। वहाँ हमारी आत्मा बसती है, इसलिए उसके रोम-रोम की चुभन और दर्द हमें कष्ट देता है। उसकी यही जीवंतता उसे अमर बनाती है। हम अपने अनुभवों से आत्मिक रूप से अपने पात्र से जुड़े रहते हैं।

मन के अंतर-पट पर जाने कितने दृश्य छुपे रहते हैं। हर दृश्य जीवंत, शाश्वत, अडिग, जीते-जागते, जस-के-तस रहते हैं, जैसे अभी बोल पड़ेंगे! कुछ भी अर्थहीन नहीं है। मन जैसे कोई पुरानी हवेली है, जहाँ सब दृश्यों के पोस्टर लगे हैं। भीतर एक दुनिया बसी है, बाहर एक दुनिया बसी है, जिनका कभी एक-दूसरे से संवाद नहीं होता। भीतर के तूफान और बाहर के रेगिस्तान कभी समाप्त नहीं होते। दोनों के बीच कोई रोशनदान नहीं है। परिचय हो भी तो कैसे? मौन जितना चुप होता है, उतना ही मुखर, खौलता हुआ होता है।

जिंदगी के कबाड़खाने में जाने कितने गैर-जरूरी सामान पड़े होते हैं। तलघर के वह सीलन भरे कमरे, मकड़ी के जाले, भयभीत करता वह सूनापन, शेर की तरह दहाड़ते चूहे, लाख बुराइयों के बाद भी वहाँ जिंदगी के कुछ टुकड़े पड़े होते हैं। वह ढेर सारी स्मृतियाँ, जिन्हें कभी सच में जिया था। झीने परदे के पीछे से कँपकँपाती एक युवा आवाज पुकारती थी—'माम, मैं आ गया।' समय जैसे ठहर जाता है, साँस रुक सी जाती है। उस आवाज से जैसे जीवन का सन्नाटा भी सहम जाता है। आँखों से बहती वह आँसू की धार, जमी हुई बर्फ जैसे अपने आप पिघलती है, एक झरना जैसे अपने आप फूट पड़ता है। मन का सुबकना सुनाई देता है। जाने क्यों, मैं हमेशा ऐसे ही बीते समय के पार सरक जाती हूँ! अपने को सकेलती वापस सीढ़ियाँ चढ़ती ऊपर आते हुए सोचती हूँ, क्या मैं इस पीड़ा को कभी किसी के सामने अभिव्यक्त कर सकूँगी? शायद नहीं। ऐसे ही हम जाने कितने दुःखों की दीवार से टिके खड़े रहते हैं! तब समझ में आता है कि अभिनेता हमसे बड़ा है और हम कितने अदना से हैं ना!

आप सब कैसे हैं? कभी ऐसे क्षण आएँ तो दूसरों के सहारे नहीं, अपने सहारे ही खड़े होने की कोशिश करना।

□

प्रेम विशेषांक

जनवरी-मार्च 2012

शाम को टहलने निकलर्त थी। अकेले टहलने जाना मुझे बहुत पसंद है। सबसे कटकर, अपने को अपने भीतर तलाश करना बड़ा अच्छा लगता है। जीवन के सारे तनाव और अंतर्द्वंद्व से मुक्त होकर सिर्फ अपने में जीना बड़ा अच्छा लगता है। यहाँ कोई टोकनेवाला, डाँटनेवाला नहीं होता। यह छोटी सी आजादी कितनी भली लगती है, लगता है कि जैसे जीवन का सबसे जीवंत हिस्सा जी रहे हैं! जीवन कितना कठोर, बनिया व्यापारी होता है, जो हमेशा सामनेवाले को बस, एक खच्चर समझता है और एक-एक करके सारी जिम्मेदारियाँ लादते चला जाता है। इन जिम्मेदारी को ढोते कितने अनगिनत झूठ-सच बोलने और सुनने पड़ते हैं। इनकी कितनी खोटी चालों से तथा इनकी शह और मात से अपने को बचाना पड़ता है, ऐसे में अपने को मुक्त देखकर कितना भला लगता है!

उस दिन मन किया, सामने बगीचे की बेंच पर बैठकर पेड़ों की ठंडी और राहत देनेवाली हवा का सुख और फूलों की सुगंध से अपने को ताजादम किया जाए! बस, इरादा तो इतना ही था सोचा कि थोड़ी देर में बाहर आ जाऊँगी। शाम का सुरमई अँधेरा गहरा होने ही वाला था। बेंच पर बैठी ही थी कि घनी झाड़ियों के पीछे से सिसकियों की आवाज ने सकपका दिया। रोने की आवाज लड़की की थी और एक लड़के की आवाज उसे दिलासा दे रही थी। लड़का अपनी मजबूरियों का वास्ता दे रहा था। वह शादी भी करना चाह रहा था और लड़की से भी संबंध बनाए रखना चाहता था। अपनी वफादारी और आश्वासनों से लड़की को प्रभावित करना चाह रहा था। लड़का एक सूदखोर व्यापारी की तरह हवाले पर हवाला दिए जा रहा था। अपनी पारिवारिक जिम्मेदारियों का वास्ता दे रहा था। बहुत देर तक लड़की

चुप, सकते की स्थिति में रही, फिर तीखे लहजे में बोली, "तुम्हारे लिए मेरा कोई वजूद-रिश्ता कुछ नहीं? तुम्हारे तो बाप जिंदा हैं, मेरे तो बाप भी नहीं हैं, बस, माँ का सहारा है, भाई तो अलग अपनी दुनिया बसाए हुए है।" थोड़ी देर की झड़प के बाद लड़की उठी और दौड़कर चली गई।

दृश्य समाप्त हो गया था। मैं चुप मूर्ति की तरह बैठी थी। ढेर सारे प्रश्न मुझे खँगाल रहे थे। बिना आहट किए, मैं चुपचाप लौट आई। कई दिनों तक मैं इस प्रसंग पर सोचती रही। सम्य कितना बदल गया है, पर आज भी प्रेम-कथाओं का अंत वही पुराना जैसा था। लड़की की सहनशीलता और धैर्य को देखकर मैं प्रभावित हुए बिना नहीं रह सकी। इन भयावह परिस्थितियों का सामना वह एक दिलेर की तरह कर रही थी।

कई महीनों बाद उससे मेरी मुलाकात एक दरगाह पर हो गई। अभी दोपहर का वक्त था, दरगाह पर बहुत कम लोग थे। औरतोंवाला हिस्सा सूना था, वहाँ खामोशी पसरी थी। अभी मैं तय कर ही रही थी कि कहाँ बैठकर फातेहा पढ़ी जाए कि तभी किसी लड़की की सिसकियों ने चौंका दिया। एक लड़की जार-कतार रो रही थी और लगातार कुछ बोले जा रही थी। सारी दुनिया को भूलकर वह अपने आप में गुम हो गई थी। उसके बहते आँसू उसका हाल बयाँ कर रहे थे। जब वह थोड़ा शांत हुई और पलटकर मुझे देखा तो वह सकपका सी गई। मैंने सहानुभूति से उसे देखा और अपने पर्स से एक चॉकलेट का पैकेट देकर उसे बहलाते हुए, उसकी पीठ पर हाथ फेरा। वह थोड़ी आश्वस्त सी हुई। उसकी छलछलाई आँखों में मैंने झाँका और चकित रह गई, यह तो वहीं बगीचे वाली लड़की थी, वही चेहरा, वही आवाज! थोड़ी देर की जान-पहचान दोस्ती में बदल गई। लौटते हुए वह मेरे साथ घर तक आई, फिर तो वह अकसर मेरे पास आने लगी। अकसर वह अपनी बातें मुझसे शेयर करने लगी थी। एक दिन उसने धीरे से अपना ब्याह कहीं करवाने की बात कही। उसकी सूनी आँखों में झाँकते हुए मैंने उससे उस शाम की चर्चा करनी चाहा, पर कुछ सोचकर चुप रह गई। राज को मैंने राज ही रहने दिया। उस लड़की से मेरा कोई संबंध नहीं था, फिर भी मुझे उससे गहरी आत्मीयता हो गई थी। उसके मन की पीड़ा को मैं समझती थी।

उसकी शादी वाली बात को मैंने गंभरता से नहीं लिया था। अचानक वह फिर एक दिन मिल गई। मुझे देखते ही वह मेरी ओर लपकी, "आंटी, आपने मेरे लिए कुछ सोचा? कोई रिश्ता देखा, तलाकशुदा या बच्चोंवाला कोई बुड्ढा भी चलेगा।

बस, मुझे तो रहने के लिए कोई ठौर चाहिए। अम्माँ के मरते ही भाइयों ने घर पर कब्जा कर लिया है। मैंने तो सोचा कि शादी नहीं करूँगी, पर लगता है कि शादी के अलावा दूसरा रास्ता नहीं है।" कहते हुए उसकी आँखें छलछला उठीं। उसकी सिसकियों ने मुझे फिर से उसी शाम की याद ताजा करा दी। मेरा मन भी उसके दर्द से भीग उठा। उसके टूटते प्रेम-प्रसंग की मैं साक्षी थी। जिंदगी जाने कैसे अपने आप अपने रहस्य खुद ही खोल देती है! वह लड़की, जिसने एक युवा लड़के से नाता तोड़ दिया था, वही आज इतना नीचे उतरकर मुझसे विवाह कराने का अनुरोध कर रही थी। जिंदगी में होते घात-प्रतेघातों से हारता आदमी हर तरह के समझौते के लिए तैयार क्यों हो जाता है?

जीवन की तमाम खामियों के बावजूद, इन बेईमान संधियों के लिए तैयार होती लड़की को हम उसे उसका वह पुराना आत्मविश्वास क्यों नहीं दे पाते? क्या यह हमारी रुग्ण मानसिकता का प्रतीक नहीं है? हमने जीवन को एक तल्ख परिभाषा और संघर्ष से जोड़ रखा है। समाज का पूरा ढाँचा भ्रष्टाचार के घुन से खोखला हो चुका है। नारी भ्रष्टाचार से पीड़ित है, उसे जीने के लिए, खड़े होने के लिए, वापसी के लिए जगह देने की बजाय हम उसे यंत्रणा भरा जीवन जीने को विवश कर उसे उसी पुरानी अँधेरी गुफाओं में ढकेल देते हैं।

जिंदगी के साथ वादों का साथ दो छोर के गठबंधन की तरह ही है। हताशा में आप चुप बैठे हैं, लेकिन चुप कहाँ बैठे हैं? आप तो अपने अतीत की उस सूनी हवेली में फिर से पहुँच गए हैं। जिंदगी आपकी गाइड बनी, उसी सूनी हवेली और अतीत के खँडहरों का एक पुरातत्त्व विशेषज्ञ की तरह से आपका परिचय करा रही है। हर वह बात, जिसमें दुःख भी है और सुख भी है, सबका स्पर्श करा रही है। इतने समय की मार के बाद लगता है, सब ज्यों-का-त्यों बरकरार है। हर खट्टी-मीठी, बीती बातें आसपास बिखरी हैं, यहाँ तक कि उसका हर स्पर्श-गंध तक याद है। लगता है कि किसी मीना बाजार में खड़े हैं! सारी स्मृतियों की दुकानें वहाँ लगी हैं। गुजरे वक्त, गुजरी बातों का शोर/हंगामा सब ही तो वहाँ है। सबकुछ जाना-पहचाना ही है। सारे वह चेहरे, जिन्हें भूल गए थे, वहाँ थे। किसी ने क्या सच कहा है कि यादें कभी नहीं मिटतीं, वह तो हमारे भीतर ही दफन रहती हैं। यादें एकदम सुरखाब के परों की तरह हसीन और चमकदार रहती हैं।

जवानी की दहलीज की ओर बढ़ते उस कमसिन उम्र का वह धड़कता दिल याद आता है, जो एक मासूम परिंदे को पकड़ लिये जाने के बाद घबराकर

छटपटाता है और बेसब्री से अपने आजाद होने की बाट तकता रहता है। उसकी धड़कन और भयभीत आँखें क्या कभी भी भूली जा सकती हैं? सबकुछ तो वैसा ही याद है। वह धड़कन, टीस, सहमना सब ज्यों-का-त्यों है। कुछ भी तो नहीं बदला, उसका रंग, उसकी ताजगी, सब वैसी ही प्रभावकारी है। कहीं से भी उस सुनहरी फ्रेम के दृश्य का जरा भी कोना नहीं झड़ा। आज भी याद कर उस तीखे दर्द, चुभन से मन तिलमिला उठत है। ठहरा हुआ वक्त आज भी क्यों वैसा का वैसा जिंदा है? गुजरे वक्त की तरह वह भी क्यों नहीं गुजर जाता? उसकी धड़कन वैसी-की-वैसी क्यों सुनाई देती है? आज भी वह ढेर-ढेर जुगनुओं की तरह क्यों जगमगाता रहता है? एलोरा की उन गुमनाम गुफाओं में वह आकृति, स्मृति भी क्यों जड़ी हुई लगती है? दो डरी-सहमी आँखें और दो बागी आँखों का भाव उन मूर्तियों में क्यों दिखता है? गुफा में किसी के फुसफुसाने की प्रतिध्वनि क्यों सुनाई देती है?

उसकी शादी हो रही थी, दो बच्चों का बाप उसके भाइयों ने खोज लिया था। पूरी गली शादी के हंगमे से गदबदाई थी। ठनकती ढोलक की थाप और गाने के स्वर दूर-दूर तक शादी की मुनादी कर रहे थे। सारे हंगामे से अपने को बचाती मैं उसके एक पुराने से घर में दाखिल हो रही थी। मुझे देखते ही वह लपककर आई और एक सहमे कबूतर की तरह मेरी बाँहों में समा गई। खुशी और गमी को मैं महसूस कर रही थी। उसकी सहनशीलता और धैर्य को देखकर मैं प्रभावित थी। एक दिलेर सैनिक की तरह हर परिस्थितियों का सामना करने को वह तैयार थी।

नए वर्ष की आप सबको बधाई! मुट्ठी भर सुख दूसरों को भी दें!!

□

फिल्म विशेषांक

अक्तूबर-दिसंबर 2012

जीवन-यात्रा के भिन्न-भिन्न पड़ाव हमारे जीवन के महत्त्वपूर्ण घटक होते हैं, जो हमें नए-नए सबक देते हैं, जो हमें सिखाते हैं। हमारी ठंडी पड़ चुकी ऊर्जा को आँच देते हैं। हम बुरे-से-बुरे समय से कुछ-न-कुछ सीखते हैं। यह सारे अनुभव हमारी स्मृतियों के भंडारगृह में इकट्ठे होते रहते हैं, जिन्हें हम भुला चुके होते हैं, लेकिन जब हम कमजोर पड़ने लगते हैं, तभी यह अनुभव किसी बाल-सखा की तरह आकर हमारा हाथ थाम लेते हैं और हमें गलत रास्ते पर जाने से बचा लेते हैं। दुःख और सुख का गहरा संबंध है। समुद्र में दिन और रात में एक-एक बार अवश्य ज्वार-भाटा आता है। एकरूपता तो कहीं नहीं है। हमारे जीवन में तो जाने कितने उतार-चढ़ाव आते हैं। जब हम आँकने बैठते हैं तो अतीत के दुःख वर्तमान के दुःखों से बहुत छोटे लगते हैं, बिंदु बराबर नजर आते हैं। ज्ञानी और समझदार इनसान अपने अतीत और वर्तमान का सही आकलन करता है और यही अनुसंधान उसे निर्णायक बनाता है, सही दिशा में ले जाता है।

हमारी कमसिन उम्र का समय बड़ा कठिन था। ज्यादा समझना या उसे अभिव्यक्त करने की भी छूट नहीं थी। ऐसे कठिन समय में यह कहना कितना कठिन सत्य होगा कि हमने सिनेमा को सिर्फ आँख से नहीं देखा था, बल्कि मन की गहराइयों से उसे पढ़ा और समझा था। अपनी कम उम्र में अपने उन ढेरों सवालों को, जो किसी से पूछने तक की छूट नहीं थी, उन मौन प्रश्नों को हमने सिनेमा से समझा था। हीरोइन के चेहरे पर उसके भाव नहीं उभरते थे, वह हमारे भाव होते थे। वो सपने, जिन्हें हम एकांत में भी नहीं देख सकते, उन्हें हम सिनेमा के माध्यम से देखते थे। हीरो-हीरोइन, जिनके मुसकराने से हम मुसकराते थे, जिनके शरमाने से

हम शरमाते थे। सही अर्थों में हमने मुसकराने और शरमाने का भेद सिनेमा से ही समझा था। सिनेमा हमारे लिए एक ऐसी पाठशाला थी, जहाँ हमने अपने सपनों का ककहरा सीखा।

दिलीप कुमार साहब की वह खामोश, लेकिन बोलतीं आँखों का तिलस्म, बिना कुछ कहे-समझाए गए वह संवाद, जिन्हें सुनकर एक राहत और ठंडक मिलती थी। देवानंद की वह छेड़ती शरारतों से भरी वह मुसकान तो जैसे दौड़ने की प्रेरणा देती थी। प्रेमी और पति की छवि कैसी होनी चाहिए, इसकी परिभाषा हमने अपनी नन्ही उम्र में इन्हें देखकर ही तय कर ली थी। राजकपूर की वह भोली सी छवि, वह पवित्र मुसकान ने एक ईमानदार दोस्त की पहचान दी थी। उनकी आँखों में भरा वह निर्लिप्त कौतूहल, जो भीतर तक को मुग्ध करता था। जीवन के कठिन और खुरदुरे रास्ते में जाने कितने कुरूप और जटिल अनुभवों से गुजरना पड़ता है। भीतर चलते निरंतर द्वंद्व और संघर्ष, जो मन को रूई की तरह धुनते रहते थे, ऐसे समय में इन्हीं के भात्रों से प्रेरणा लेकर अपने को दुलार लेते थे। हमारी पिछली पीढ़ी के सामने नल-दमयंती, लैला-मजनूँ, सोहनी-महिवाल के उदाहरण थे, जिनसे उन्होंने प्रेरणा ली थी, पर हमारी पीढ़ी, जो पुराने से विद्रोह करके नए को स्वीकारना चाहती थी। सिनेमा ने यथार्थ, संघर्षों से गुजरना, तल्ख सच्चाइयों को झेलकर आगे बढ़ना सिखाया था और एक अनुभवी गुरु का कर्तव्य निभाया था। हमारे देश में जहाँ छोटे शहरों में आसपास कोई नहीं होता, ऐसे में सिनेमा ने हमेशा मलहम का काम किया है।

कभी-कभी जीवन में यथार्थ कितने आश्चर्यजनक रूप से उतरता है! सर्दी की भोर में पेड़-पत्ते और फूलों पर ठहरी ओस को देख कितनी हैरानी होती है। मोती की बूँदों सी ठहरी ओस को देख मन भाव-विभोर हो उठता है। मन सोच में पड़ जाता है, यह कहाँ से आई? कैसे आई? उसकी पवित्रता से मन पवित्र हो उठता है। ऐसे ही मधुबाला के उस अद्‌भुत सौंदर्य को देख मन दंग रह जाता था। उसकी तसवीर, फिल्म कितनी प्रभावित करती थी! उसके चेहरे के छोटे-छोटे भाव को हम अपने चेहरे पर लाने की कोशिश करते। विस्मय से बस उसे निहारते रहते। 'मुगल-ए-आजम' ने तो जैसे भारतीय सिनेमा में इनकलाब सा लाकर रख दिया था। इनके जीवन की जरा-जरा सी बात भी हमें पता होती थी। 'मुगल-ए-आजम' में तो जैसे मधुबाला ने अनारकली को जीवित करके रख दिया था!

"सलाम खाला, सरकारी काम से इस शहर आया था। खालू साहब के

इंतकाल का सुना तो सारे काम छोड़कर इधर आ गया। ऑफिस के लोगों को घर का पता मालूम था, मुझे छोड़ गए।" कोई बोल रहा था।

"उठे जनाजा जो कल हमारा, कसम है तुमको न देना कांधा।" इस दर्द भरे गाने ने तो हर लड़की को रुलाया था। मधुबाला के चेहरे के भाव दरगाह की जाली से आती लोबान की खुशबू की तरह पाक लगते थे। घटनाएँ कभी-कभी जीवन में एकदम सच हो जाती हैं। एक बार हम लोग मुंबई गए थे। एक भोर को जब अखबार देखा तो पता चला कि बीमार मधुबाला का देहांत हो गया है। अखबार की लाइनें पढ़कर ही दिल काँप गया। इसी गाने की लाइन के साथ खबर छपी थी। पढ़ने पर पता चला कि जनाजे में दिलीप साहब शामिल नहीं हो पाएँगे, क्योंकि दिलीप साहब उन दिनों मद्रास में किसी फिल्म की शूटिंग कर रहे थे। दफनाने के दूसरे-तीसरे दिन वह आ पाए थे। अफसाने हकीकत में कैसे बदलते हैं, इसे दुनिया ने देखा था। विधाता जाने क्यों शब्दों को आँसुओं की स्याही में डुबो-डुबोकर ही भाग्य की तहरीर लिखता है! मनुष्य को इतना ही दुःख मिलना चाहिए, जितना वह सह सके। जाने कितनी हीरोइनों ने दुःख भोगा है। पुरुष तो अपनी दुनिया में वापस व्यस्त हो जाता है, परंतु नारी यह दिलेरी नहीं दिखा पाती। जाने कितनी ऐसी हीरोइनों के नाम लिये जा सकते हैं, जिन्होंने प्रेम के पीछे अपना जीवन नष्ट कर लिया। जैसे—सुरैया, मधुबाला, मीनाकुमारी, आशा पारिख, रेखा आदि जाने कितनी हीरोइनों के नाम लिये जा सकते हैं, जिन्होंने प्रेम के कारण जीवन में नरक भोगा है।

सिनेमा ने दुनिया को बहुत कुछ दिया। जीने का अंदाज और ईमानदारी दी। मुझे एक बात बहुत अच्छी लगती है कि फिल्मों ने दुनिया को सबकुछ सिखाया, बस, जात-पात की गंदगी नहीं दी। यह काम हमारे देश की राजनीति ने कई पीढ़ी को दिया। चवन्नी और अठन्नी के इस सस्ते मनोरंजन ने कमाल ही कर दिया था। मनोरंजन का अधिकार हरेक के लिए हो गया। छोटे शहरों के मात्र टूटे-फूटे सिनेमा घर, जिसमें बार-बार 'शांत रहें, रील बदली जा रही है' के इंटरवल होते थे, इसके बावजूद, लोग शांत बैठे रहते थे। दर्शक जमीन पर, टूटी बेंचों पर बैठकर प्रेम से फिल्म देखते थे। मूँगफली को यदि कहीं सबसे बड़ा व्यापार मिला तो वह सिनेमा घर में ही मिला। मूँगफली से अधिक वहाँ मिलता नहीं था, यदि मिलता भी तो कोई खरीद नहीं सकता था। मूँगफली के चोंगे और नमक की पुड़िया का मेल क्या होता है, यह हमने सिनेमा घर से ही सीखा था। आज बड़े-बड़े आलीशान सिनेमा घर में मूँगफली का नहीं मिलना, सारे मनोरंजन को बेस्वाद कर देता है। सिनेमा ने सबसे

बड़ी मनोरंजन क्रांति से दुनिया को सुधार दिया था। सिनेमा ने ही हमें बताया था कि मनोरंजन कितना जरूरी है। गाना सुनते ही दिल की धड़कन कैसे बिना डॉक्टर के सही हो जाती है, यह पाठ भी दुनिया ने सीखा। जिंदगी में दुःख और सुख की गहरी मार को झेलकर दूसरों के आगे मुसकराता आदमी केवल भारत में ही दिखता है। आपकी जायदाद-धन दूसरा हड़प ले, आपका पति रात दूसरी औरत के साथ बिताकर लौटे, फिर भी भोर में उसकी पत्नी मुसकराकर चाय का कप दे, यह सारी बातें भारतीय जीवन के हिस्से हैं। गद्दारी को झेलनेवाली औरत इसे भी बिना नमक की सब्जी की तरह निगल लेती है। इन सारी बेईमानियों को भी सह लेती है। उस अनपढ़ औरत को भी सिनेमा ने ही समझाया कि वह मुरदा नहीं है। उसके बर्फ से ठंडे शरीर में भी चुटकी का असर होता है। उसके शरीर के भीतर भी एक हृदय नाम का पंछी रहता है और वह धड़कता है। जीवन एक शुतुरमुर्गी पलायन नहीं है, खुदा ने जीवन दिया है, जिसे जीना चाहिए।

इनसान का वजूद और उसकी औकात को वापस दिलाने में साहित्य और सिनेमा ने महत्त्वपूर्ण भूमिका अदा की है। मनुष्य के पत्थर हो गए गूँगे चेहरों को उनके भाव और शब्द दिए हैं। सच और झूठ को पहचान दी है। इनसान की गुमनाम जिंदगी में जाकर मुखबिरी की है। उसे समझाया है कि उसकी खोई मुसकान और मन के भीतर का सूखा रेतीला पाट, वह भी आँसू में तब्दील होकर बाहर निकल सकता है। रूँधे और सूखे गले से भी हम बोल सकते हैं। चिंता और दुर्भाग्य दो अलग-अलग शब्द हैं, इन्हें जोड़कर हताशा में डूबे रहना अक्लमंदी नहीं है सुख, वैभव, प्रेम, रिश्ते किसी के खरीदे गुलाम नहीं हैं, इन्हें हम भी पा सकते हैं, मगर हम अपनी हदों से बाहर तो आएँ!

आज जब हम सौ वर्ष के सिनेमा का आकलन कर रहे हैं तो उसके हर पहलू पर सोचना होगा। सस्ते बाजारू गानों के ग्रामोफोन रिकॉर्ड पहले भी मेले-ठेलों में, नाचघरों में, शराब के अड्डों पर और होली की 'फाग' के रूप में बजाए जाते थे। इनका दाखिला कभी हमारे घर, गली और समाज में नहीं हो पाया। इन्हें केवल बाजारू गानों का दर्जा प्राप्त था। आज उन्हीं सस्ते गानों का फूहड़ अंदाज सिनेमा के परदे से आम और खास हो गया है। रंगीन, वाचाल और कुरूप मानसिकता ने नई पीढ़ी को लुभा रखा है। जिस सिनेमा ने हमारी पीढ़ी को एक समझदार मित्र बनकर जिंदगी का सबक सिखाया था, लोक-लाज की परंपरा का निर्वाह करना सिखाया था, आज उसके इस विकृत-रूप ने आहत किया है। आज इन बाजारू गानों को

'आइटम सॉन्ग' का नाम दे दिया गया है।

सिनेमा हमेशा से एक सशक्त माध्यम रहा है, लेकिन आज अच्छी फिल्में आर्ट फिल्मों के घेरे में चली गई हैं। आज व्यावसायिक फिल्में अमरबेल की तरह फैल रही हैं। उनका भविष्य हफ्तों की चाल के बाद उतर जाता है। हफ्ते की कमाई कितनी हुई, इसी से फिल्म का आकलन होने लगा है।

उस दिन जब 'मुगल-ए-आजम' की रंगीन फिल्म मेरे शहर भोपाल में दिखाई गई तो उसे देखने मैं भी टॉकीज में गई थी। फिल्म छूटी तो बालकनी से उतरते बूढ़े लोगों की कतार को देखा, जो मुश्किलों से लँगड़ाकर चल रहे थे। बहुत अच्छा लगा। उनके बूढ़े चेहरों पर जो सुख और खुशी दिखी, उसने मुझे बहुत प्रभावित किया। क्या किसी फिल्म की आयु किसी बूढ़े की तरह सौ बरस हो सकती है ?

□

मंटो विशेषांक

जनवरी-मार्च 2013

जीवन में अनायास चलते-चलते किसी ठोस पत्थर से ठोकर लग जाती है और पीड़ा की असहनीय पीड़ा से मन सहम सा जाता है, लगता है कि भीतर तक कुछ कुरेद गया है। जीवन में चलते-चलते पीछे वापस लौटना कितना मुश्किल होता है, आगे तो हम बढ़ते रहते हैं। दरअसल, समय ही हमें आगे ढकेलता, फेंकता चलता है। हम तो बस, आगे ढरकते-फिसलते बढ़ते रहते हैं, पीछे छूटे समय के पास हमारी कोई औकात-कद्र नहीं होती; पर जब हम बीते कल के बारे में सोचते हैं तो पाते हैं कि वह केवल रेत नहीं था, उसमें भी थोड़े से सोने के कण थे, जिसे हमने अपनी बेअकली में पहचाना नहीं था। जीवन तो हर उम्र की सौगात देता है। आज समझ में आता है कि वह सब बेकार नहीं था। उसी रौंटी-माटी के खमीरे से ही तो हमारा निर्माण हुआ था। आज जो हमारा आकार/शक्ल बना, सब उसी माटी से ही तो बना था। आज भी उस कच्ची-गुथी माटी की महक क्या हमारे शरीर से नहीं उठती?

उस दिन मैं शाम को टहलने निकली थी, जिस रोड पर से मैं निकलती हूँ, उसी की बगल में एक खेल का मैदान है, वहाँ बच्चे रोजाना क्रिकेट खेलते हैं। मैं अकसर उनके खेल को निहारते आगे चलती रहती हूँ। उनका खेलना अच्छा लगता है। मेरे सामने से एक बुजुर्ग आ रहे थे। उनकी उम्र अस्सी बरस से ऊपर हो थी, उनके हाथ में एक छड़ी थी, जिसे वह टेक-टेककर धीरे-धीरे चल रहे थे। अचानक मैदान से एक गेंद उछलकर उनकी ओर आई। मैं डर गई, लगा कि कहीं गेंद उन्हें लग न जाए! अभी मैं सोच ही रही थी कि उन्होंने तत्काल अपनी छड़ी से ही उस गेंद को वापस लौटा दिया। दो बच्चे, जो गेंद लेने दौड़े थे, वे भी हक्के-बक्के रह

गए। मैं भी भौचक्की सी उन्हें देखती रह गई। मैं तेजी से आगे बढ़ी और प्रसन्नता से बोली, "वाह, गुड शॉट!"

मेरे मुँह से निकला जुमला उनके कान में पड़ा और वह खुशी से आनंद-विभोर होकर गद्‌गद हो उठे और प्रसन्नता से मुझे निहारते बोले, "रीयली, गुड शॉट?"

"एकदम। आपने तो अपनी छड़ी से ही छक्का मार दिया, गेंद को वापस कर दिया।"

"आपको बताऊँ, मैं भी अपने स्कूल डेज में बहुत बढ़िया क्रिकेट खेलता था। कॉलेज तक खेला, फिर छूट गया। आज इतने बरसों बाद मैंने गेंद को किक मारी है।" वह पुरानी स्मृति के स्पर्श की सनसनाहटों में सराबोर खड़े थे। उनके स्वर में पीड़ा उतर आई थी।

मेरी तारीफ की 'वाह' ने उन्हें निहाल कर दिया था। प्रसन्नता ने उन्हें चहचहा दिया था। खलबली ने उन्हें स्तब्ध कर दिया था। पुरानी स्मृतियों ने जैसे उन्हें वापस उन्हीं दिनों में पहुँचा दिया था। उन्होंने जैसे गेंद को वापस नहीं किया था, बल्कि खुद उनकी वापसी हुई थी! वह बार-बार मुझे थैंक्स दे रहे थे। हम एक-दूसरे से परिचित नहीं थे, लेकिन लगा, हमारा कहीं से पुराना रिश्ता है। मैंने जैसे मरणोन्मुख व्यक्ति को थोड़ी सी ऑक्सीजन देकर जीवित कर दिया था! मेरी जरा सी सहानुभूति ने उन्हें थरथराकर रख दिया था। मेरे ज्रा से टेके ने उन्हें बीते कल में पहुँचा दिया था। मुझे लगा कि वास्तव में दूसरों की तारीफ करना कितना अच्छा होता है!

समय के साथ हमारा वर्तमान अतीत का हिस्सा कैसे बन जाता है? साल के गुजरते ही हम उसे पिछला साल क्यों कहने लगते हैं? नए समीकरण को हम निहारने लगते हैं। पिछले की आँच बुझने लगती है। क्या ही अच्छा हो, हम अपनी क्षमता को शुरू से ही पहचान लें और उसके प्रति हमेशा जागरूक और सतर्क रहें, उसे कभी खोने न दें? जिसके स्पर्श-चर्चा मात्र से ही हम अपने को ऊर्जा से भरा तथा उससे जुड़ा महसूस करते हैं, तो उसे हमने खोने कैसे दिया?

जिंदगी हम जीते हैं, यह तो कहने की बात है, दरअसल, हमें जिंदगी जीती है, वह हमें नटनी के खेल की तरह नचाती है। कितनी अनाप-शनाप जिंदगी को हमें जीना पड़ता है। जिंदगी में जो लोग हमारे आसपास होते हैं, वह हमारे कभी नहीं होते, उनके साथ तो जैसे नुमाइश या मेले की भीड़ में होते हैं। जैसे कोई मजमा लगा हो! जब हम अकेले होते हैं, वहाँ केवल हम होते हैं। हम अपने अतीत से जुड़े होते

हैं। हमारा अतीत, जो हमारी कच्ची-रोकड़ के बहीखाते की तरह होता है, जिसमें हमारा असली, गोपनीय बीजमंत्र का ही हिसाब होता है। बीजाक्षर के पहले अक्षर को पढ़ते ही हमें अपना जोड़ा सारा हिसाब-किताब याद आ जाता है। जब इसमें बनिया के सूद की तरह जुड़ने लगता है, तब यह भी बनिया की किताब की तरह झूठी किताब होकर रह जाती है। सारा-का-सारा हेरा-फेरी में बदल जाता है। दूसरों के साथ रिश्तों के झूठे प्रलोभन हमें सारी उम्र एक ठूठी जिंदगी को जीने के लिए मजबूर करते हैं। वह कच्ची रोकड़वाली बही तो हमारे पास धरी-की-धरी रह जाती है, जिसमें हमारा असली रूप, हमारे दु:ख-सुख दर्ज होता है और जिसे हम अपने मन के तहखाने में रखकर भूल जाते हैं, लेकिन ऐसा क्यों होता है? हम सारी उम्र एक नकली चेहरा, नकली रूप धरकर ही क्यों जीते हैं? हम अपनी असली जिंदगी, जो सिर्फ हमारी होती है, उसे क्यों नहीं जी पाते? हमारे गड़े खजाने का अता-पता हमारे सिवाय कोई नहीं जानता। उन इच्छाओं की पहरेदारी करते-करते क्या हम अनुभूति-शून्य नहीं हो जाते? धीरे-धीरे जड़ता हमें घेरने लगती है और अंत में हम सब भूल जाते हैं। उनके रहस्यमय बीज-अंक तक भूल जाते हैं। एक दिन बस हम चलती-फिरती लाश भर रह जाते हैं।

हमारे भीतर मन के तहखाने में कुछ बजता है, पर अब उन अतीत की स्मृतियों को पकड़ने की क्षमता तक नहीं रह पाती। अकेले में जब अतीत की कोई बात याद नहीं आ पाती है, तो बस, बैठे-बैठे हँसने या रोने के अलावा कुछ नहीं कर पाते। वर्तमान एक बेरहम मास्टर की तरह हाथ में बेंत लिये डराता रहता है, तब लगता है कि उसने अपनी कच्ची रोकड़ को क्यों नहीं जिया, उसे क्यों नहीं उजागर किया? दूसरों के लिए, दूसरों की खातिर ही क्यों जीते रहे?

जीवन को जिन लोगों ने अपनी इच्छा से जिया, अपनी खातिर जिया, वही लोग इतिहास रच गए। अपने को मारकर दूसरों की परवाह करनेवाले लोग आज भी तादाद में रोजाना ट्रेनों में चढ़ते-उतरते रहते हैं और एक दिन भीड़ में ही गुम हो जाते हैं। अपने को मारकर जीना भी एक हत्या के बराबर ही है। जीवन में रोजाना अपनी केंचुल बदलकर जीनेवाले लोग मिल जाते हैं। हमें अपनी ही चमड़ी में रहने और जीने की आदत डालनी होगी। क्या आपके पास भी अपनी कोई कच्ची रोकड़ है? नहीं है! तो आज ही लिखना शुरू कर दें!

□

संगीत विशेषांक

जुलाई-सितंबर 2013

जिंदगी के साथ हमेशा हमारी रेस ही होती रहती है। कभी जिंदगी आगे तो कभी हम आगे। जिंदगी इनसान को कितना दौड़ाती, थकाती है। अंत में मनुष्य अपनी हार स्वीकार ही लेता है, जो लोग इस रेस में आगे निकल जाते हैं, वही जीत जाते हैं। हमारे अंतर्मन में लगातार एक अंतरा बजता रहता है, पर हम अपने जीवन की आपा-धापी में इतना डूबे रहते हैं कि उसे सुन नहीं पाते, उसकी ध्वनि को पकड़ नहीं पाते। शांत मन से, माया-मोह के कोलाहल से मुक्त होकर यदि अपने को पकड़ पाते, तब समझ में आता कि बेकार में ही दूसरों की खातिर जी रहे थे। सारे दुःख और सुख का घेरा तो उन्हीं के इर्द-गिर्द ही लिपटा था, उसमें अपना कोई हिस्सा ही नहीं था! सारी उम्र घर में कैद रहने के बाद क्या घर मिला? लालच और स्वार्थ के रिश्तों की दरारों के बीच फँसे रहे, निकलकर अपने भीतर झाँकते तो समझ पाते कि जीवन तो अकारथ ही चला गया। संसार को कितना कुछ दे सकते थे, लेकिन काश! अपने अंतर्मन की सुन पाते! भीतर चलते निरंतर द्वंद्व को पहचान सकते!

बड़े-बूढ़े कितना सच कहते हैं कि धरती पर जब पाप का बोझ बढ़ जाता है, तब धरती खुदा से फरियाद करती है कि किसी महापुरुष को जन्म दे! जब किसी संत-पुरुष का जन्म होता है, तब सारी-की-सारी कायनात खड़े होकर उसका स्वागत करती है। ऐसे ही एक गरीब परिवार में एक गूँगे बालक तानसेन का जन्म हुआ। सूफी संत मोहम्मद गौस की दुआ से उस बालक का कंठ फूटा और उन्होंने अपने अंतर्मन में बजती अंतरा की ध्वनि को पहचाना। उनके गायन को आज भी दुनिया सिजदा करती है। उनके गायन से बरसात होती थी और बुझे दीये

जल उठते थे। अपने भीतर तलघर में छुपे हुए आत्मपीड़न को यदि बाहर लाएँ तो उससे आत्मशुद्धि तो होती ही है, समर्पण की भावना भी बढ़ती है। संगीत, साहित्य, नाट्यकला, यानी हर हुनर में जितना उतरते जाएँगे, उतनी ही वह निखरती जाती है। मनोसंत्रास की वेदना की भी बस, यही एक अभिव्यक्ति है, जिसमें खुद को भी संतोष मिलता है और दूसरे भी इस तरंग की पवित्रता से तर-बतर हो उठते हैं। हर सृजनकार की पराकाष्ठा की भी यहाँ चरम सीमा होती है, जहाँ पहुँचकर वह पवित्र हो जाता है।

ग्वालियर के महाराजा मानसिंह, जो खुद ध्रुवपद गायन के गुरु थे, उन्होंने संगीतशाला चलाई, जहाँ सारे गायक शिक्षा लेते थे। आज भी ग्वालियर को बाहर महाराजा मानसिंह और तानसेन के नाम से ही जाना जाता है। महाराज मानसिंह की गुर्जरी रानी मृगनयनी भी कुशल संगीतज्ञ थीं। मृगनयनी ने कई पदों की रचना की थी। सूफी संत मोहम्मद गौस की दुआ से ही तानसेन का जन्म हुआ था तथा अपनी खोई आवाज पाई थी। उसी सूफी संत के मकबरे के पास तानसेन को दफनाया था। जहाँ लगे इमली के पेड़ की आज भी यह मान्यता है कि उसकी पत्तियाँ प्रसाद के रूप में खाने से आवाज मधुर हो जाती है। महाराजा मानसिंह की मृत्यु के बाद तानसेन ने भी ग्वालियर छोड़कर रीवा महाराज के यहाँ रण ली थी। यहीं से वह बादशाह अकबर के दरबार में गए थे। जिस पालकी को कहार उठाए थे, उस पालकी को खुद महाराज रीवा कांधा दिए हुए थे। एक गूँगे बालक ने अपनी संगीत-साधना से बादशाह, राजा, महाराजा तक को अपने पीछे दौड़ा दिया था।

महाराजा मानसिंह के जीवनकाल की एक घटना है। एक बार तानसेन अपने एक स्व-रचित ध्रुवपद को ताल-सुर में बैठा रहे थे। संगीत साधना में उनका भावुक तथा भावना से भरा स्वर पूरे भवन में गूँज रहा था। आलाप का स्वर धीरे-धीरे ऊँचा उठता जा रहा था। अपने सुर में आत्म-विभोर होकर गहरे डूबते जा रहे थे। कब संध्या हुई, कब रात हुई, फिर कब भोर हो गई, उन्हें पता नहीं चला। जब उनकी तंद्रा टूटी तो बाहर झाँककर देखा, बाहर नगर तहस-नहस पड़ा था, चारों ओर हाहाकार मचा था। पता चला, रात को भयानक भूकंप आया था। वह अपनी साधना में इतने लीन थे कि कब भूकंप आया, उन्हें खबर तक नहीं हुई!

संगीत से बड़ी तपस्या दूसरी हो ही नहीं सकती। हर दुःख/पीड़ा/कष्ट को भूलकर इनसान उसमें इतना डूब जाता है कि वह जीवन के सारे बंधनों से मुक्त हो जाता है।

भारतरत्न उस्ताद बिस्मिल्लाह खाँजी से मेरी एक बार बात हो रही थी। वह 'ग्वालियर तानसेन समारोह' में आए थे, तब उन्होंने एक बड़ी अच्छी बात कही थी, जिसे मैं अब तक नहीं भूल पाई हूँ, "जब मैं शहनाई बजाता हूँ, तब मैं भूल जाता हूँ कि मैं मंदिर के आँगन में बैठा हूँ या किसी दरगाह के सायबान में बैठा हूँ।"

सुनकर मैं भी स्तब्ध थी। संगीत तो वास्तव में सिर्फ तपस्या ही है। हम अपने शरीर को तो जीवित नहीं रख सकते, पर हाँ, कर्मों से जरूर अमर हो सकते हैं। जीवन तो समारांगण यानी युद्ध का मैदान है। जहाँ एक योद्धा की तरह ही गिरना है, सँभलना है और फिर खड़े होने की कोशिश करना है। जिंदगी में तो सारी उम्र मुश्किलें, आफत और विपदा के घने बादल मँडराते रहते हैं। कभी साफ आसमान नहीं दिखता, कभी साफ-सुथरी जमीन नहीं मिलती। पर चारों ओर से अपने को समेटकर हम अपने को एक आकार तो दे ही सकते हैं!

जैसे एक मूर्तिकार अपनी धुन में पत्थर को एक शक्ल देने लगता है। वह नहीं जानता कि वह क्या कर रहा है? जिस भगवान् को उसने कभी नहीं देखा, उसे शक्ल को देने लगता है। वहीं रूप आकार लेने लगता है। अपने इस सृजन से उसे कितना सुख, आत्मविश्वास मिलता है! जिंदगी की कीचड़ से वह ऊपर उठ जाता है। उसका अपना निर्माण पूजनीय हो जाता है।

जिंदगी तो एक उजाड़ रिक्तता, अकेलापन, ढेर सारी शर्तोंवाला निर्मम जीवन, जो कभी अपना नहीं हो सकता, लेकिन हमारे भीतर, जो एक दुनिया है, हम उसे तो बाहर ला सकते हैं। हम अपने से तो संवाद कर सकते हैं। जो अपने से संवाद कर, अपनी गति से चलते हैं, वही सफल हो पाते हैं। तो फिर दूसरों से उम्मीद रखने की नाकाम कोशिश को रद्द कर, अपने भीतर के शुतुरमुर्गी पलायन से मुक्त होने की कोशिश क्यों नहीं करते?

□

संस्मरण विशेषांक

अक्तूबर–दिसंबर 2013

बचपन के वह दिन याद करो तो बड़ा अच्छा लगता है। जिंदगी की जमीन पर एक पौधे की तरह ही जैसे पनप रहे थे, हमारा कद बढ़ रहा था। जीवन के वह खट्टे-मीठे दिन आज भी स्मृति में रचे-बसे हैं, उनकी वह हलकी सी महक आज भी नथुनों में बसी है, जैसे किसी ने इत्र की शीशी खोल दी हो! अब्बा का तबादला छोटे-छोटे पहाड़ी इलाकों में ही होता था। छोटे-छोटे वह सरकारी स्कूल मंदिर-मसजिद से कम नहीं थे। पहाड़ी इलाकों की वह बेतहाशा बारिश और उस बारिश में दौड़ते हुए स्कूल जाना, सब याद है। हम स्कूल खुद कहाँ जाते थे, हमें तो स्कूल बुलाता था। बारिश के दिनों में अपने बस्ते, किताबों को पानी से बचाने का प्रयास, गीले कपड़े, भीगी चोटियों के साथ छींक-छींककर क्लास में बैठना, खिड़की से बिजली के तारों पर बैठी, भीगी, काँपती चिड़ियों को निहारना, उनकी गिनती करना कितना सुखद था! जीवन के सारे-के-सारे रंग ही तो जैसे आसपास बिखरे थे। वही तो हमारी किताबों के जैसे पाठ थे। गुजरी, बीती यादों को याद करो तो बड़ा सुख मिलता है। अकेले में सारी बात चुपके से ऐसे धीरे-धीरे सरककर बाहर आती है, जैसे अपनी बॉबी से साँप निकलकर आ रहा हो! दिल सहम भी जाता है, कई वह बातें, जिन्हें याद नहीं करना चाहते, वह भी याद आने लगती हैं। तब लगता है कि कहीं साँप की तरह यह स्मृतियाँ फिर से डस तो नहीं लेंगी?

गुरुजी अपना मोटा सा रजिस्टर लेकर क्लास में दाखिल होते। सबकी नजर उनसे चिपक जाती। गुरुजी अपने छोटे से टेबल पर बैठकर रजिस्टर खोलते और हाजिरी लेते। जैसे ही उसका अपना नाम पुकारा जाता तो वह झट से खड़ी होकर अपनी हाजिरी लगाती—"हाजिर गुरुजी।"

अपनी हाजिरी लगाना बड़ा अच्छा लगता था। अपनी आमद, अपनी मौजूदगी का अहसास करना अच्छा लगना था। लगता कि जैसे वह अपने भीतर से कहीं से दौड़ती आ रही है! वह स्कूल सिर्फ पढ़ने ही नहीं जाती थी, बल्कि अपनी मौजूदगी की तसदीक करने जाती थी। जीने के प्रति उसकी ललक तेज हो जाती थी। बचपन में वह मरियल बीमार सी लड़की थी। सात माह में जनमी लड़की, जिसके प्रति किसी को उम्मीद नहीं थी कि वह जिंदा रह पाएगी, लेकिन उसने जीकर सबको आश्चर्य में डाल दिया था।

अम्माँ बड़ी अच्छी बातें कहा करती थीं, बस, एक वहीं तो थीं, जिन्हें उम्मीद थी कि वह जिंदा रहेगी। अम्माँ अकसर कहती थी कि हमें जिंदगी में अपनी हाजिरी खुद लगानी होती है। हमारी हाजिरी दूसरा नहीं लगा सकता है। अम्माँ की वह ढेर-ढेर बातें हम सुनते और उसे ग्रहण करते रहते थे। अम्माँ कहती थी, सिर्फ इनसान नहीं मरता है, इनसान के साथ उसकी यादें, अतीत भी मरता है। जैसे हम कभी अपनी जिंदगी से गुम नहीं हो सकते या गैर-हाजिर नहीं हो सकते, ऐसे ही हमारा अतीत भी हमारे ही साथ अपनी साँस लेता रहता है। वह खँडहर जरूर होता है, पर वह मरता नहीं है। अपने टूटे-फूटे तथा खंडित हुए अवशेष में भी वह साँस लेता रहता है। हमारी स्मृतियों की बॉबी में वह साँप की तरह कहीं छुपकर बैठा रहता है।

बचपन की ढेर-ढेर बातें प्रेरणा देती हैं। अब्बा की 'कचहरी' बँगले के बगल में ही थी। अदालत का चपरासी जोर से बाहर खड़ा हँकारा लगाता था। उसकी गरजती-कर्कश तेज आवाज दूर-दूर तक जाती थी—"मुलजिम...फलाँ-फलाँ हाजिर हो।" उसकी गूँजती आवाज पर वह सरपट दौड़कर बाहर बरामदे में तुरंत आ जाती थी। मुलजिम बदहवास सा दौड़ते-भागते हुए आता था।

अब्बा रिटायर्ड हुए तो बस, दो ही वर्ष जी पाए थे। उन्हें दिल की बीमारी हो गई थी। जिंदगी में इतने कर्ब से किसी की मौत उसने पहले नहीं देखी थी। अब्बा की मौत पर घर में कोहराम सा मच गया था। घर नाते-रिश्तेदारों से भर गया था। अंदर-बाहर हर तरफ भीड़-ही-भीड़ थी। अकस्मात् इस मौत से सब हताहत थे। मन भौचक सा रह गया था, मन चुप अकेला थका सा हो गया था। अब्बा को बाहरवाले हॉल में रखा गया था। जहाँ भीड़-ही-भीड़ थी। दबंग, हुक्म चलानेवाले अब्बा अचानक चुप-खामोश हो गए थे। घर में होते शोर से उन्हें कोई परेशानी नहीं हो रही थी। पहले तो वह आराम करते तो घर में दूर-दूर तक कोई बोल नहीं पाता था।

अम्माँ अपने कमरे में तख्त पर बैठी चुप रो रही थीं। उनकी सिसकियाँ गूँज रही थीं। उनके पीछे आड़ में वह लेटी थी। उसकी सुबक-सुबककर आँखें सूज गई थीं। ऐसा हादसा होना, किसने सोचा था? सभी कुछ सँभालनेवाले, सुरक्षा देनेवाले अब्बा अब नहीं थे। सभी को अनाथपन का बोध कमजोर कर रहा था। खानदान में वही तो बड़े थे, सब उन्हीं की सलाह मानते थे। अचानक लगा कि कमरे में अम्माँ से मिलने कोई आया है। कुरसी खींचकर कोई बैठ गया था। रुआँसी अम्माँ एकदम चुप हो गई थी। कमरे में जैसे अंधड़ सा आ गया था। खिड़की-दरवाजे लगा हिल रहे हैं। आँधी जैसे आनेवाली थी।

"सलाम खाला, सरकारी काम से इस शहर आया था। खालू साहब के इंतकाल का सुना तो सारे काम छोड़कर इधर आ गया। ऑफिस के लोगों को घर का पता मालूम था, मुझे छोड़ गए।" कोई बोल रहा था।

परिचित/सुनी आवाज की भनक से चौककर वह हड़बड़ाकर उठी। देखा, अम्माँ के सामने तारिक बैठे थे। वह सकपकाकर अपनी आँखें पोंछते खड़ी हो गईं। अम्माँ का चेहरा गुस्से से तमतमा उठा था। तारिक का आना उन्हें खल गया था। गुस्से से वह बहुत कुछ बोलना चाहती थी, पर कुछ नहीं बोलीं और एकदम उठकर बाहर चली गईं।

जिंदगी अचानक जाने कैसे टेढ़े-मेढ़े रास्ते से चलकर दूसरी दिशा में उतर जाती है। अतीत की वापसी ऐसे होंगी, उसने नहीं सोचा था। लड़कपन की वह अल्हड़ पीड़ा, अब उसी की तरह सयानी हो गई थी। पहले समझ नहीं थी, पर अब तो हर बात की तह तक वह जा सकती थी। अतीत के उस धमाके ने ही तो सब तहस-नहस कर दिया था। ढेर सारे प्रश्न थे, पर उनको सुननेवाला, जवाब देनेवाला मुजरिम ही सामने नहीं था। इतने बरस बाद वह अपराधी सामने था, पर अब प्रश्न ही भोथरे हो गए थे। जीवन भर यह सारे प्रश्न उसे साँप की तरह डसते रहे—आखिर पारिवारिक प्रतिष्ठा की खातिर उसे ही क्यों बलि का बकरा बनाया गया? अपराधी तो तारिक थे, उनकी सजा उसे क्यों भुगतनी पड़ी? मातम के घर में, मातम से अधिक पीड़ादायक बात अतीत की वापसी थी।

क्या यही वह व्यक्ति नहीं था, जो इस घर का अपराधी था? घर के सारे सुख इसने चुराए थे। अपराध कर यह शहर से लापता हो गया था। नौकर की बेटी, जो मरी थी, उसको कुएँ में ढकेलने का अपराध नौकर ने खुद अपने सिर ले लिया था। अब्बा ने सगाई तोड़ दी थी और आनन-फानन जो दिखा, उससे उसकी शादी कर

दी थी। इसी गम ने अब्बा को सारी जिंदगी दिल का मरीज बना दिया था। तारिक सारी उम्र बाहर रहे, सबने उन्हें फरारी मान लिया था।

कैसा अजीब, गमगीन और बदली से भरा मौसम था। भीतर कुछ कटकर टुकड़े-टुकड़े हो रहा था। तारिक उसे साचक/भिक्षुक की तरह देख रहे थे। कहना तो बहुत कुछ था, पर अब कहने से भी क्या फायदा था? बेबस मन अकुलाकर धम्म से हताश होकर बैठ गया था। कहने-सुनने के लिए अब था ही क्या? शब्दों में वह भावना का रस भी शेष नहीं था। जिंदगी नदी के दो छोर की तरह अलग-अलग हो चुकी थी, बीच में नदी अपने उफान-तूफान के साथ पछाड़ खाती बह रही थी। कितना भयानक दिल दहला देनेवाला दृश्य था! दोनों चुप खड़े थे, जैसे नदी में किसी बहते मुरदे को देख रहे हों!

अब्बा का फरारी मुजरिम इतने साल गैर-हाजिर रहकर हाजिर भी हुआ तो तब, जब सजा सुनानेवाला जज ही इस दुनिया से जा चुका था! सजा अब कौन सुनाता? घर में तो चारों तरफ चीखता सन्नाटा पसरा पड़ा था। अतीत की यह गूँज-अनुगूँज क्या सारी उम्र उसे घायल करके निथारती नहीं रही थी?

□

नारी विशेषांक (4)

जनवरी-मार्च 2014

नारी की बात शुरू करते ही मन नीचे कहीं गहराई में उतरने लगता है। बोलते-बोलते जैसे शब्द कहीं गुम होने लगते हैं, जबान लड़खड़ाने लगती है। कटी पतंग जैसे भटककर कहीं झाड़ियों में फँसकर रह जाती है, ऐसे ही हमारी सोच भी भटककर रह जाती है। क्या कहें? किस तरह अपनी नई पीढ़ी को ढाँढ़स दें, सफाई दें, कौन सा सुरक्षित मार्ग उन्हें दिखाएँ, समझ में नहीं आता। उनका आज बेहतर बनाने के लिए क्या हमने अपना कल नहीं दिया था? उनका मार्ग साफ-सुथरा रहे, इसके लिए हमने चुन-चुनकर रास्ते के काँटे-पत्थर नहीं बीने थे, जहरीले खरपतवार को निकालकर नहीं फेंका था? इतना सब करने के बाद भी उन्हें सुरक्षित दिशा क्यों नहीं दिखा पाए? आज भी सबकुछ जस-का-तस है, कहीं कुछ नहीं बदल पाया, ऐसा क्यों?

आज हमारे सामने आरुषि हत्याकांड का उदाहरण सबसे बड़ा है। माता-पिता ने ही आरुषि की हत्या कर दी। घर में क्या घट रहा है, बेटी क्या कर रही है, इसकी खबर उन्हें कैसे नहीं हो पाई? जब पानी सिर से ऊपर चला गया, तब उन्हें होश आया और उन्होंने हत्या कर दी, सारे सबूत खुद अपने हाथों मिटाए। वह केवल माता-पिता थे, खुदा नहीं थे। हत्या करने का अधिकार उन्हें किसने दिया? ऐसी ही घटनाएँ रोजाना हमारे आसपास होती रहती हैं। नौकर, ड्राइवर, पड़ोसी, मित्र के द्वारा की गई वारदात रोजाना होती रहती हैं। माता-पिता समाज में बड़ी नाक लिये जीते रहते हैं। बेटी गर्भवती हो जाती है, बच्चे को जन्म तक दे देती है, पर वह सारी घटना को होशियारी से हल करके बड़ी नाक लिये समाज में जीते हैं। शादी की हामी नहीं भरते और अंत में लड़की आत्महत्या कर लेती है। समाज में ऐसे लोग

ही आज समाज का प्रतिनिधित्व कर रहे हैं। आरुषि हत्याकांड में तो माता-पिता ने खुद हत्या करी और सारे सबूत मिटाए। देश की सबसे बड़ी मर्डर-हिस्टरी, पाँच वर्षों तक अपने अपराध को क़ुबूलने के लिए बचते रहे। इसके बाद भी समाज चुप रहा, उसने अपनी कोई भी भूमिका दर्ज तक नहीं कराई। परिवार के लोग बेटी को ही दंडित करते हैं, बेटे को कुछ नहीं कहते। बेटे समाज में नाक ऊँची करके जीते हैं। हमारे आसपास ऐसे ढेरों उदाहरण हैं, जहाँ बेटी आत्महत्या करती है या उसकी हत्या होती है।

समाज को अपने इस दोहरे दृष्टिकोण को बदलना चाहिए। लड़की के लिए स्वस्थ मानसिकता बनानी होगी। समाज का गठन परिवार से ही होता है, इसलिए परिवार की बुनियाद के इस भेदभाव को मिटाना बहुत जरूरी है। इन सारे अपराधों के पीछे जातिवाद की मानसिकता अधिक काम करती है। दहेज, बाल-विवाह, अशिक्षा, कमजोर नारी कानून, इन पर पुनः विचार करने की आवश्यकता है। लड़का जितना अधिक पढ़ा-लिखा होता है, माता-पिता उतना अधिक दहेज माँगते हैं। लड़की के माँ-बाप भी समाज में ऊँची नाक के खातिर अधिक दहेज का प्रलोभन देते हैं, बाद में जायदाद के बँटवारे में दहेज की रकम काट ली जाती है, इससे तो अच्छा यह है कि बेटी को दहेज न देकर, जायदाद में उसका हिस्सा दें। पाँच-छह बेटे होते हैं, सबको जायदाद में हिस्सा दिया जाता है, लेकिन इनके बीच यदि एक लड़की हो तो उसे नहीं दिया जाता। दहेज में दी रकम को भी लोग इनकम टैक्स में दरशाते हैं, यह भी बंद होना चाहिए। पढ़ा-लिखा लड़का दहेज लेता है तो उसके खिलाफ अपराध कायम होना चाहिए। इन्हीं छोटी-छोटी बेईमानी, बेइनसाफी से ही नारी अपमानित होती है। अपने दुःख-सुख मायके में बेझिझक, निस्संकोच होकर कह नहीं पाती। पति अपना कुछ नहीं देता, मायके से महँगे उपहार लाने की बात करता है। दुनिया तेजी से बढ़ रही है, पर हमारा समाज नहीं बदल रहा है। लड़का जितना पढ़ा-लिखा होता है, वह उतना ही माँ-बाप के कहने में रहता है। पढ़े-लिखे लड़कों ने कभी समाज को सुधारने की कोशिश नहीं किया।

नारी के साथ रोज बलात्कार के अपराध खुलेआम बढ़ते जा रहे हैं। इस अपराध में संत-महात्मा, अधिकारी, घर के बड़े-बूढ़े सब शामिल हैं। इनके अपराध जब खुलते हैं, तब तक बहुत देर हो चुकी होती है। अपराधी को सजा देने की बजाय, उन्हें समाज में अपनी नाक नीची होने की फिक्र ज्यादा सताती रहती है। कितनी विभिन्न मानसिकता आज भी हमारे समाज में गहराई से जमीं हुई है।

अपराधी लड़के से नाक नीची नहीं होती, लेकिन लड़की से माथा झुक जाता है! अपराधी युवा जब जेल से छुटता है तो ढोल-ढमाके लेकर उसे लेने जाते हैं, लेकिन जब कोई अपराधी महिला छुटती है तो उसे लेने कोई नहीं जाता। यह दोहरे, दोमुँहा साँपवाली मनोस्थिति बहुत घातक है। यही कारण है कि उपेक्षित नारी दुःख में आत्महत्या करना अधिक सुविधाजनक समझती है। हमारा समाज हमेशा एक विश्वासघाती की भूमिका में रहा है। सहानुभूति, संवेदना तो उसके खून में है ही नहीं।

आज हम अति आधुनिक होने का दम भरते हैं, लेकिन हमारी सोच कितनी कुंठित है! कूटनीतिज्ञ चालों से हम दूसरों को दुःख पहुँचाते रहते हैं। समाज ने अपने लिए तो रास्ते निकाले। पर नारी के लिए कहीं भी रास्ता नहीं खोला। पुराने सड़े-गले/लिथड़े कानून को बदलने की तक कोशिश नहीं की, अपनी रूढ़िवादी सोच को बदलने की पहल तक नहीं की, लेकिन अब अपनी विकृत मानसिकता को बदलना होगा। लड़का और लड़की के अधिकारों को तराजू के दोनों पल्लों पर समानता से तौलना पड़ेगा। आज भी हर पुरुष के भीतर एक रावण बैठा है, जो सीता को चुराकर ले जाना चाहता है। रावण के घर तो सीता पवित्र रही, इसके बावजूद, भी उसे अग्निपरीक्षा देनी पड़ी। राम ने सीता की अग्निपरीक्षा तो ली, पर अपनी अग्निपरीक्षा क्यों नहीं दी?

नारी के पक्ष में कानून बनना चाहिए। तलाकशुदा, विधवा नारी की सारी संपत्ति तक ससुराल वाले हड़प लेते हैं। इन्हीं ढेर सारी मजबूरियों के कारण नारी को जीवन पर्यंत समझौते करने पड़ते हैं। ढेर सारी हिदायतों और उपदेशों से मुँह सिलकर रखना पड़ता है, अपना खुद का आत्मसम्मान खोना पड़ता है। इसी कठोर दमनचक्र को ही अधिकांश भारतीय साहित्य में लिखा गया, इसके बावजूद, समाज अपनी टेक से हटता नजर नहीं आता। कठोर कानून बनाने पर ही नारी को सुरक्षा मिल सकती है। नारी के लिए अपना हक पाना एक अंधी दौड़ ही है।

पहाड़ की चोटी से सूर्य उगने का वह दृश्य कितना विहंगम, अद्भुत होता है! अँधेरे से लड़ने और अपनी रोशनी को पूरी ताकत के साथ संसार तक फैलाने की कोशिश, संसार को सीख देनेवाले उस गुरु का सबक कितना रोमांचकारी है, जिसे देखकर शरीर का रोया-रोया खिल उठता है। मन अपनी तमाम उदासी, परेशानी, दुःख को भूलकर ऐसे अदब से खड़ा हो जाता है, जैसे किसी बड़े अधिकारी के सामने खड़े हैं! घाटियों में फैलती धूप के इस अनोखे जादू को देखकर अंतस में बैठा भय कैसे अपने आप सहमकर भीतर कहीं दुबककर बैठ जाता है! देखते-ही-

देखते धूप कैसे सारी धरती को अपने अनुशासन में ले लेती है, सारी दुनिया पर धूप का साम्राज्य स्थापित हो जाता है! सबको जगाकर सूर्य की किरणें आगे और आगे बढ़ती जाती हैं। गुनगुनी धूप में चहकती चिड़ियों तथा पक्षियों का कोलाहल तो देखते ही बनता है। उमंग में एक डाल से दूसरी डाल पर चहकते, आनंद में उत्तेजित, हुलसाए पक्षियों को देख मन उमंग में मगन होकर दोबारा जी उठता है। मन भीतर कहीं से आकर धमकाता है—देखो, सीखो, कैसे दूसरों पर राज्य किया जाता है! सूर्य हमारे खातिर ही रोज आता है। सूर्य हमारा गुरु-पुरखा है। रोज आकर हमारी उदासी को अपनी उजली धूप से पोंछकर, पुचकारकर कहता है—उदास क्यों हो? अपनी ताकत को बढ़ाओ।

नारी हमेशा सूर्य को नमन करती है, उसे जल चढ़ाती है, पर उससे शिक्षा नहीं लेती। लोटे का जल खत्म होते ही घर में वापस घुस जाती है और जीवन के उसी दलदल में फिर से घुस जाती है। मन के अंतस में गहरे और गहरे, जहाँ गहरी खाई, खँडहर आज भी हैं, जहाँ आज भी उपदेशों के समझाइशों के स्वर गूँजते रहते हैं, उनकी प्रतिध्वनि आज भी मन को कमजोर करती रहती है, उसकी कँपकँपाहट को महसूस कर मन बुजदिल होता रहता है। माँ और बाबूजी की ढेर सारी बातें याद आती हैं, जब वह ढाँढ़स बँधाते हुए जीवन के कड़वे घूँट पी लेने की बात कहते रहते थे। क्या यही उपदेश हम अपनी नई पीढ़ी को भी दें?

नहीं, मैं अपनी नई पीढी से यह सब नहीं कहना चाहती। मैं तो चाहती हूँ, हमारी नई पीढ़ी अपनी सारी सीमाओं को, हदों को लाँघकर आगे बढ़े। हमें अपने आज का तो खुद निर्माण करना है न! पीछे मुड़कर मत देखो, पीछे तो राक्षस दौड़ रहे हैं, खा लेंगे! बचपन की सुनी कहानियों में तो यही पढ़ते आए थे न, कि कभी पीछे मुड़कर नहीं देखना चाहिए!

देखो, अब तो भोर की पौ फटनेवाली है। रात चाहे कितनी भयावह और अँधेरी हो, पर वह आनेवाली सुबह को, ऊर्जा को रोक नहीं सकती। समय ठहरता नहीं है। नई परिभाषा गढ़ो, अपने को स्थापित करो। अपने हिस्से के सुख और अधिकार तो हमें खुद हासिल करना है न! उठो, नए वर्ष के सूर्य का स्वागत करो। देखो तो, गिरजाघर के घंटे बजने लगे हैं, अपने हक की लड़ाई हमें भी लड़ना है न! थको मत, आगे बढ़ो!

□

आदिवासी विशेषांक

जनवरी-मार्च 2015

रात का समय था। ट्रेन दो घंटे देर से चल रही थी। घर पहुँचने की जल्दी थी। वह तो अच्छा था कि मेरे पास केवल एक ही सूटकेस था, बिना कुली की राह देखे मैं तेजी से बाहर की तरफ लपकी। सोचा कि जल्दी से कोई ऑटो पकड़कर घर पहुँच जाऊँ। सर्दी भी बढ़ रही थी। मुझे आता देख एक ऑटोवाला मेरी ओर लपका। मैं किराया तय करना चाह रही थी, क्योंकि बाद में परेशानी होती है। ऑटोवाला लड़का सज्जन था, नम्रता से बोला, "मैडम, आप बैठें तो, जो देना चाहें, दे देना।"

उसके आश्वासन पर मैं ऑटो में बैठ गई। रात अधिक हो रही थी। मेरे बार-बार ताकीद करने पर वह बोला, "घबराइए नहीं मैडम, शीघ्र ही घर पहुँचा दूँगा, जल्दी चलाने पर कहीं पुलिस के चक्कर में न पड़ जाऊँ!" थोड़ी देर में मैं अपने घर के सामने थी। पर्स से रुपए निकालते मुझे ध्यान आया कि मुझे ऑटोवाले को धन्यवाद तो देना चाहिए!

"थैंक्स बेटा, कहाँ के रहनेवाले हो?"

"मैडम, मैं छिंदवाड़े के पास के गाँव का हूँ, बी.ए. पास हूँ। यहाँ आकर एम.ए. में दाखिला लिया है। दिन में कॉलेज चला जाता हूँ, रात को ऑटो चला लेता हूँ। आदिवासी हूँ, इसलिए कोई भी काम करने में हिचक नहीं होती।"

रुपए देते मेरे हाथ काँप गए। मन अपराध-बोध से भर गया। भोपाल शहर आकर वह अपनी मेहनत से पढ़ाई का खर्च निकाल रहा था। पढ़ाई और मेहनत का पाठ उसे जिंदगी ने सिखा दिया था। जब तक हमारे भीतर अपने को साधने का और अनुशासन का कसाव और आचरण में स्वयं खुद गुरु बनने की क्षमता नहीं जागती, तब तक सफलता की बुलंदी भी नहीं मिलती। अपने को साधने की क्षमता ही हमें

सही दिशा दिखाती है और मंजिल के शिखर तक ले जाती है। विनम्रता और दर्प ही हमें तराशती और छाँटती है।

हमारी जड़ें तो वास्तव में हमारे बचपन के गाँव में ही होती हैं। हम चाहे दुनिया के किसी भी छोर पर रहते हों, परन्तु हम अपनी गाँव की भूमि से जुड़े रहते हैं, उससे कट नहीं सकते। पेड़ और मनुष्य हमेशा माटी पर ही पनपते हैं। अकसर जब भी हम एकांत में बैठे रहते हैं, तब चुप से अपने को दोहराते रहते हैं। हमेशा अपने गाँव, बचपन की स्मृतियों में पहुँच जाते हैं, वह इसलिए कि वही तो हमारे उद्गम स्थल हैं। बचपन ही तो सारी उम्र हमें प्रेरणा देता रहता है। अच्छे और बुरे की समझ देता है। वह बड़ा सा घर, उसमें रहनेवाले ढेर सारे लोग। कई-कई आँगनवाला घर और हर घर की अपनी अलग कथा! मिट्टी के चूल्हे पर सिकती रोटी, धान के खेतों से आती वह महक, आम के पेड़ों पर पके आमों की वह सुगंध, जो अपनी ओर बुलाती थी। उजली रातें, आकाश पर दमकता चाँद, जो जाने कितनों को अपने साथ जगाता था। अपने आसपास देखी, यह ढेर सारी बातें जब याद आती हैं, तब मन का मृग कैसे वापस भागने को आतुर लगता है! बचपन के हमारे गाँव, जो आज भी हमारी स्मृतियों में जीवित हैं क्यों आज भी लगता है कि सब वहाँ ज्यों-का-त्यों होगा?

हमारे गाँव में रहनेवाली वह ठिगनी-कुबड़ी बिस्सो नानी, जिन्हें सब लोग 'पागल बुढ़िया' कहते थे, पर हमारे लिए तो वह देवी जैसी महान् रूप धरनेवाली महिला थी। हम लोग सारा दिन उनके घर की फेरी लगाते रहते थे। वह रोज सारे बच्चों को बैठाकर जादू और जादूगर की कहानियाँ सुनाती थीं। उन्होंने परियों को कैद करके अपनी छोटी सी कोठरी में मक्खी बनाकर रखा था। वह जीवन में अकेली थीं। माँ-बाप बचपन में ही मर गए थे, उनकी शादी नहीं हुई थी। बुटे से कद की बिस्सो नानी खुद एक जादूगरनी लगती थीं। उनका अपना कहना था कि उन्होंने ही रोज झाड़ू मार-मारकर सूरज को ऊपर पहुँचाया था, वरना वह तो पहले सवा गज के नेजे पर, नीचे ही रहता था। उसी के कारण वह कुबड़ी हो गईं। साँप उनके घर के पहरेदार थे। बड़े-बड़े साँप उनके घर पर पले थे। जब से बिस्सो नानी मर गई, तब से ही तो सूरज संसार को तंग करने लगा। गरमी से संसार के लोग परेशान। यह रहस्यवाली ढेर बातें किसी को पता नहीं थीं, यह तो सिर्फ हम बच्चों को ही पता थी। अब तो गरमी में बाढ़ और ठंड में गरमी होने लगी। काश! कुबड़ी बिस्सो नानी आज जिंदा होतीं तो कम-से-कम इतना अंधेर तो नहीं होता! उनकी नाटक की

वह अद्भुत शैली लाजवाब थी। अभिनय के साथ ही वह ढेर कहानियाँ सुनाती थीं। पल में रोने लगतीं, पल में हँसने लगतीं। गाँव के ढेरों गीत उन्हें खूब याद थे। झूम-झूमकर गातीं, गाते-गाते नाचने लगतीं। उनकी इस रचनात्मक अभिनय शैली से हम लबालब प्रभावित थे। हमारे लिए तो वह गुरु-सखा सब थीं। वह एक ऐसा शांत तट थीं, जहाँ हम घंटों-पहरों लंगर डालकर पड़े रहते और केवल उन्हें सुनते रहते थे।

वह पहाड़ी मार्ग, जो कभी राजमार्ग से नहीं जुड़ा, पर वह हमारे लिए तो सबसे सुंदर और आदर्श गाँव था। उस बीते कल की यादें/बातें हमेशा जीवित लगती हैं। वह ऊँचे-ऊँचे, बड़े-बड़े विशाल पेड़ों के बीच से छन-छनकर आती धूप! सारा दिन नंगे पैर इस धूप में दौड़ते रहते। वहाँ की माटी की गंध आज भी शरीर में बसी है। आखिर उसी माटी के खमीरे से ही तो हमारा शरीर बना था न! वहाँ के लोग, वह चेहरे, वह वातावरण, जिन्होंने हमें जीवन के छोटे-छोटे मंत्र दिए, वह कहीं भी किताबों में नहीं मिलते। आकाशनील के वह सूखे-मुरझाए फूल, जिसे पानी में डालते ही वह जी उठते थे, एकदम ताजा फूल की तरह महकते थे। उन्हीं फूलों ने तो जीवन में जीना सिखाया था। बारिश के बाद की वह साँवले आकाश की उजली भोर, पेड़ों और जंगल का झड़ना, फिर से उगना, हरा-भरा होना, महकना सब याद है। कभी सोचता हूँ कि क्या हमारे गाँव में ढेर सारे जादूगर ही थे, क्या वही लोग रहते थे? इन ढेर सारी रहस्य से भरी दुनिया की वह आदिम-गंध की बातों को भला कैसे बिसरा दें? जीवन की इन चरित्र-विविधता की असाधारण बातों को सीखे बिना भला कोई जीवन के कठिन गणित के गुणा-भाग का हल समझ सकता है? क्या वहाँ प्रकृति ने अपना विश्वविद्यालय खोल रखा था?

जीवन और लेखन की प्रक्रिया लगभग एक-सी ही है। तनाव और मानसिक द्वंद्व से बिना मुक्त कराए, शांत और सहज बनाए, जीवन और लेखन आदर्श कैसे हो सकता है। टीचर की तरह नुस्खे और उपदेश के कठिन पाठ पढ़ने को मिलें। उससे आज कैसे शिक्षा ग्रहण कर सकते हैं? आसक्ति और अनासक्ति परिभाषित रूप से दोनों की प्रेरणा देनेवाले लोग नहीं चाहिए। हमें अपनेपन का अहसास दिलानेवाले लोग और हवा-पानी मिलना चाहिए। इन बातों की कहीं क्लास नहीं लगती, इसे हम किताबों से नहीं, केवल अनुभव से ही सीख सकते हैं। बीमार और बेहोश बच्चा भी माँ के स्पर्श को पाकर फड़कने लगता है। जीवन यदि संपूर्ण अहसास के साथ न मिले और लेखन की स्याही में हमारे अपने अनुभव न हों, तो वह लेखन, लेखन कभी नहीं कहलाता।

भूली-बिसरी बात अनायास कभी हवा के झोंके की तरह बरबस स्पर्श कर जाए तो मन जैसे दौड़ते हिरन की तरह ठिठककर खड़ा रह जाता है। उम्र की दहलीज से अभी बचपन निकल भी नहीं पाया था। कहीं दूर रिश्तेदारी में गए थे। भीड़-भाड़ में अम्माँ का रास्ता देख-देख वह कोने में ही सिकुड़ी सी मुड़ी-तुड़ी बैठे-बैठे ही सो गई थी। अम्माँ ढोलक के गीतों का आनंद ले रही थीं। भोर को आँख खुली तो देखा कि किसी ने लाकर अपनी शॉल ओढ़ा दी थी। शॉल पर किसी का नाम नहीं लिखा था, पर उस स्पर्श के अहसास ने उसकी पहचान करा दी थी। घटना को घटते नहीं देखा था, पर उस गंध की महक ने, पहचानी सुगंध ने सब उजागर कर दिया था।

आज भी अपने भागते-दौड़ते जीवन में वह बात याद आ जाती है, तब आँख भीग जाती है। बात करने का साहस किसी को क्यों नहीं हुआ था? बस, उस बतरस-सुख का स्पर्श जीवन भर याद रह गया। आज जीवन में कितनी दूर निकल गए! कितने गड्डमड्ड रिश्तों ने जीवन भर बाँधे रखा, पर फिर उस स्पर्श का अनुभव क्यों नहीं हुआ? इन बातों को दूसरा नहीं समझ सकता, इन बातों का बताना या उल्लेख करना भी नहीं चाहते। बस, एक कौंध है, जो प्रेरणा देती है। पता है, बस, यही तो वह जगह है, जिसे नदी का उद्गम स्थल कहते हैं। यहाँ यदि खोदा जाए तो नदी या झरना फूट सकता था, पर तब तो समझ ही नहीं थी न! जीवन भर बस, रेतीले मरुस्थल पर ही तो चलते रहे, जहाँ बूँद भर पानी की उम्मीद करना भी फिजूल था। रेतीली जमीन पर चलते रहे, पैरों के छालों और पीड़ा ने हमेशा लहूलुहान ही किया। जीवन जीना महज रस्म-अदायगी की मजबूरी ही होती है। उस खोए अनाम रिश्तों का कभी कोई नाम नहीं होता। बचपन के लड़कपन की नादानी की तरह ही वह भी खिलौने की तरह कहीं हाथ से गिर गया या खो गया था।

आप सभी को नववर्ष की बहुत-बहुत शुभकामनाएँ!

□

यादों के जुगनू

अप्रैल-जून 2015

शाम को टहलने जाने की आदत है। अकेले/तन्हा कदम-दर-कदम चलते अकसर जिंदगी के ढेर-सारे प्रश्नों के उत्तर भी सोचती रहती हूँ, जिनके उत्तर घर की गहमागहमी में नहीं मिलते। जैसे एक मूर्तिकार अपनी छेनी और हथौड़ी से धीरे-धीरे तराशकर एक अनगढ़ बेडौल-बदशक्ल चट्टान को एक सुंदर मूर्ति में बदल देता है, ऐसे ही हम भी अपनी जिंदगी की बेतरतीब बातों को तरतीब से लगाकर फिर से जीने की कोशिश करते हैं।

लौटते में एक छोटे से पार्क की बेंच पर बैठकर वहाँ की हलचल को निहार लेती हूँ। वहाँ की ढेर सारी बातों की अनजाने में ही गवाह बन जाती हूँ। अभी मैं लौटकर बेंच पर आकर बैठी थी कि बाँसुरी के मधुर स्वर ने मेरा ध्यान खींचा। दर की एक बेंच पर एक बूढ़े से व्यक्ति बैठे बड़े तन्मयता से बाँसुरी बजा रहे थे। उनके स्वर अपनी ओर आकर्षित कर रहे थे, स्वर की स्वाभाविकता प्रभावित कर रही थी। चुपचाप मैं उनकी बेंच पर जाकर बैठ गई। वह मेरे आने की आहट नहीं जान पाए। मैं भी चुपचाप उनकी बाँसुरी का आनंद लेती रही। वह अपने में मगन थे। मैं चुप निहाल, भावना से तर-बतर वहाँ बैठी रही। थोड़ी देर बाद जब उन्होंने अपने स्वर को विराम दिया तो मुझे देख वह चौंके। मुझे टुकर-टुकर निहारते वह मुसकरा उठे। उनकी बूढ़ी आँखों में पानी उतर आया था।

“आप तो बहुत बढ़िया बाँसुरी बजाते हैं।”

“सच।” वह मेरी प्रशंसा पर गद्गद हो उठे और बोले, “बचपन से ही मैं बाँसुरी बजाता था, बड़ा सुख मिलता था। पिता का देहांत हो गया था, माँ चाहती थी कि पढ़ाई कर नौकरी में लग जाऊँ। धीरे-धीरे मैंने भी अपने इस शौक को

विराम दिया। नौकरी ने तो सबकुछ भूला दिया। घर-गृहस्थी ने तो समझो मुझे रेस का घोड़ा बना दिया। रिटायर्ड हुआ तो देखा कि अकेलेपन ने आ दबोचा, तब मुझे अपना भूला शौक याद आया और मैंने छुपाकर रखी अपनी बाँसुरी खोज निकाली। घर में किसी को मेरा बाँसुरी बजाना पसंद नहीं था, इसलिए चुपचाप यहाँ आ जाता हूँ और अकेले बैठकर अपने को ही बहला लेता हूँ। आपने पसंद किया, जानकर बड़ा अच्छा लगा।"

मेरे आग्रह पर उन्होंने मुझे एक-दो धुन और बजाकर सुनाई। मुझे लग रहा था, मेरे सामने अस्सी बरस का बूढ़ा नहीं, आठ बरस का बालक बैठा है। वह देर तक बजाते रहे और मैं चुपचाप सुनती रही। शाम की साँवली रंगत जब अँधेरे में डूबने लगी, तब वह अपनी गहन निस्तब्धता से जागे। वह घर जाने के लिए उठे, उनके पीछे मैं भी उठ गई। वह धीरे-धीरे लड़खड़ाते पैरों से टटोल-टटोलकर चल रहे थे। उनके भीतर का वह नन्हा बालक जैसे फिर कहीं गुम हो गया था। चलने से उनकी साँस बार-बार उखड़ जाती थी। मुझे लगा कि मैं किसी बूढ़े व्यक्ति के साथ चल रही हूँ। वह चहकता-फुदकता बालक जो बाँसुरी बजा रहा था, कहीं खो गया था! उनका घर आ गया था। मुझे कृतज्ञता से देखते वह अपने घर के भीतर चले गए।

उनके भीतर की भावना को मैंने नई उड़ान भरते देखा था। शून्य से घिरे अपने बीते जीवन में वह वापस चले गए थे। उनकी बाँसुरी के स्वर में मैंने जो उतार-चढ़ाव के रंग देखे थे, लेकिन अब जैसे रंगमंच का दूसरा दृश्य मेरे सामने था। परदा गिर गया था और एक बच्चा वापस बूढ़ा होकर परदे के पीछे चला गया था।

जीवन में हम सच में कैसे वर्षाविहीन बंजर भूमि पर रहते हैं, जहाँ केवल डरावना अँधेरा पसरा रहता है, जहाँ उस अंधकार में जीवन के सारे रंग डूब जाते हैं। उस बदरंग रंगों के पास अपनों के स्पर्श से सब खो जाते हैं। जिंदगी की झील जैसे सूख जाती है, वह प्यार-ममता से लबालब भरा पानी सूख जाता है और स्तब्ध से हम अपनी यादों में डूबे, किनारे खड़े रह जाते हैं। क्या हमने इस अकेलेपन की कल्पना की थी? हम इस उपेक्षा की कभी कल्पना नहीं कर पाते।

चाँदनी रात में आँख पर पट्टी बाँधकर छुपन-छुपाई का खेल खेलते थे, जब चोर बनते थे और छुपे मित्रों को ढूँढ़ने में कितने घबरा जाते थे! वह सूनापन कितना खलता था, पर पता तो था कि छुपे हुए लोग आसपास हैं! आज जब लाख कोशिशें के बाद भी किसी को नहीं देख पाते, अकेलेपन का अहसास किस तरह रुला-रुला

देता है! बीते समय को वापस पाने का धैर्य अब कहाँ रह पाता है! इस अभाव को महसूस कर अपने को कितना कंगाल-दरिद्र महसूस करते हैं। प्रश्नों के उत्तर देनेवाले लोग जब दुनिया में नहीं होते, तब उस भयानक अकेलेपन की त्रासदी को भोगता मन कितने गहरे कुएँ में उतर जाता है!

लगातार हादसों के बाद जीवन में एक मौन पसर जाता है, ऐसे में हमारे अपने शौक ही हमें हाथ बढ़ाकर सहारा देते हैं। क्यों नहीं हम फिर से अपनी बाँसुरी को ढूँढ़ लेते? उसे बजाकर अपने बचपन को वापस खोज पाएँगे ना!

हम आज बेगम अख्तर को अदब से याद कर रहे हैं, उन्होंने अपना अध्यात्म अपने जीवन से ही अर्जित किया था। हम भी अपने घायल 'मैं' को अपने शौक में क्यों नहीं डुबो देते?

□

साक्षात्कार विशेषांक

जुलाई-सितंबर 2015

उपदेशों की बड़ी-बड़ी बातों और हिदायतों की भारी-कठोर पत्थर जैसी दलीलों से हम सामनेवाले को भयभीत करते रहते हैं, अपने बड़प्पन के अभियान में रहने हैं, कभी यह नहीं सोच पाते कि सामनेवाले को चोट लगती होगी! सामने खड़ा वह व्यक्ति कितना छोटा और बौना हो गया होगा! हम क्या कभी उन्हीं छोटी-छोटी बातों पर विचार करते हैं? अपने भीतर को खँगालकर सारा विष बाहर क्यों नहीं फेंक पाते, अपने से कभी क्यों नहीं प्रश्न करते, अपने उत्तर क्यों नहीं देते? अपने को भी हमें समझाना चाहिए। सारी उम्र इस चक्रव्यूह से बाहर निकल नहीं पाते और उसी कठोर-दमनचक्र में फँसे रहते हैं। यही सोच हमें अधिक अभिमानी बना देती है। हमारा असंतुलित व्यवहार एक दिन हमारा ही दुश्मन बन जाता है।

हम यदि अपने जीवन को सफलता और असफलता का बहीखाता खोलें तो जानेंगे कि हाशिए पर जो अंक हमने गणना करते समय जोड़ने के लिए छोड़ रखे थे, उसे वापस गणना करते समय फिर से जोड़ना ही भूल गए थे! शायद इसी कारण उत्तर सही नहीं आ रहा था। हाशिए पर रखा अंक, जिसे बाद में शामिल करना था, वही तो महत्त्वपूर्ण था। इसी कारण सारा आकलन ही गलत हो रहा था। उसके नन्हे अस्तित्व को आँकना ही भूल गए, उसकी गूँज और मौजूदगी के अहसास को बिसरा गए। हमारी अवचेतना के कारण मन की भीतरी कंदरा में ही वह कहीं दबकर छूट गया। जाने-अनजाने में सृजन के क्षणों में जब-तब वह बाहर आने की कोशिश करता है, पर फिर वह वापस उसी खोह में जाकर छुप जाता है।

उस दिन अचानक यात्रा में रेल के डिब्बे में बूढ़े से दिखते, ठिगने कद के चंचल आँखोंवाले जीजा अकस्मात् दिख गए थे। आँखों में अभी भी वही पुरानी

चपलता भरी थी। चेहरा झुर्रियों से भर गया था, इसके बावजूद उन्हें पहचाना जा सकता था। घुमंतू और घमंडी स्वभाव की आभा अभी भी चेहरे पर टँगी थी। उनकी पैनी दृष्टि, जो हमेशा किसी भी महिला को आखिर ढूँढ़ ही लेती थी, उन्होंने तत्काल उसे पहचान लिया। वह अपनी पुरानी सहजता भरी चुस्ती से उसके पास वाली सीट पर आ बैठे। उनकी पैनी दृष्टि उसके चेहरे पर हावी थी। वह गुमसुम सी बैठी थी। बात करने के लिए तो अब कोई सूत्र बचा नहीं था। अपनी सामंतवादी मनोवृत्ति से वह अभी भी मुक्त नहीं हुए थे।

कई बार गहरी-सहमी चुप्पी निस्तब्धता के बादलों को और गहरा कर देती है। असमर्थता से वह हक्की-बक्की मूक बनी बैठी थी, लगा कि ऐसे ही तो जब वह छोटी थी, तब परीक्षा के समय कठिन प्रश्न-पत्र को देख उसकी सिट्टी-पिट्टी गुम हो जाती थी। इसी मनोस्थिति ने उसे भयभीत कर दिया था। उनके पूछे प्रश्नों के क्या उत्तर देगी? दीदी अब इस दुनिया में नहीं, क्या उन्हें यह बात पता होगी?

चिड़िया अँधेरे में भी भोर की आहट पा लेती है, परंतु मनुष्य अपने जीवन के अँधेरे को कभी पहचान नहीं पाता और धोखा खाता रहता है। चोट पर चोट खाया लहूलुहान मन आखिर कब तक रिश्तों के कच्चे सूत्र से बँधा रह सकता है? मनुष्य भी कितना विचित्र प्राणी है, जरा से स्पर्श-बंधन से बँधा जीवन काट लेता है और जरा बंधन के टूटते ही खुद टूटकर मिट्टी में मिल जाना चाहता है।

उस दिन कैंसर अस्पताल से जब किसी ने फोन करके कहा कि रमा दीदी उससे मिलना चाहती हैं तो वह दंग रह गई थी। पहले तो विश्वास नहीं हुआ था कि कोई अपने अंतिम क्षणों में उससे तुरंत मिलना चाहता है! दौड़ी-दौड़ी जब वह पहुँची तो दीदी को देख मुख से चीख निकलते-निकलते रह गई। हड्डी का पिंजर बनी दीदी को देख वह तुरंत समझ गई कि पंछी पिंजरा छोड़ने को आतुर है। आँखों में अभी भी वही पुराना भाव था। सुन्न/स्तब्ध/स्पंदनरहित आँखों को देख काँप-सी गई। गहन निस्तब्धता में भी कुछ न बोल पाना, भीतर कहीं गहरे तक कोंच रहा था, दुखा रहा था। जीवन भर कुछ न बोल पाने की विवशता और लाचारी में अभी भी उनके होंठ सिले हुए थे।

डॉक्टर ने घर ले जाने को कह दिया था, पर उन्हें कहाँ ले जाना था? गाँव में तो अब उनका कोई नहीं था। जीवन में तो इनसान को घर नहीं चाहिए, परंतु मरने के लिए तो घर होना चाहिए न! अपने लोग भी चाहिए न! उनके तो चारों तरफ सन्नाटा-ही-सन्नाटा था।

काश! मन की पीड़ा को नापने के लिए भी कोई यंत्र होता, जो भीतर के अनकहे बोल की यातना को नाप पाता, जिसकी निर्ममता के कारण इनसान पूरे जीवन भर हताहत रहता है, कुछ नहीं बोल पाता है, सारी उम्र बहरा-गूँगा बना रहता है!

"बोलो, तुम्हें किसी से मिलना है, अब भी बचपन की तरह डाकिया का काम कर सकती हूँ, अब तो बस, फोन करना है।" मैंने उनके कान में कहा।

दीदी के चेहरे पर हलकी सी मुसकान उभरी। चेहरे पर एक मधुर आभा उतर आई थी। साठ-सत्तर बरस की दीदी सोलह बरस की लग रही थीं। उन्होंने आँखें मूँद लीं, आँखों की कोर से आँसू निकल आए। नदी किनारे तोड़ चुकी थी।

क्या यही वह रूपवती दीदी हैं, जिनके आगे-पीछे हम लोग छोटे थे, तब तितलियों जैसे घूमते थे? उनके पत्रों को पूर्ण सुरक्षा के साथ पहुँचाने का काम हमारा ही था। उनका हर काम जिम्मेदारी से करते थे। सुंदरता की कसौटी पर ही बिना दहेज-दान के बनारस का लखपति सेठ बहू बनाकर ले गया। मुसलमान प्रेमी, जो ट्यूशन पढ़ाकर अपनी पढ़ाई का खर्च निकालता था, वह दु:खी होकर गाँव छोड़ बाहर चला गया था। ससुराल में सबकुछ था, बस, पति का स्पर्श, स्नेह, आस्था का अभाव था। उसे आज भी याद है, ब्याह के बाद जब एक-दो बार जीजा दीदी के साथ आए थे। गाँव की ढेर सारी अड़ोस-पड़ोस की सालियों के बीच बैठे वह चुटकुले, हँसी-मजाक करते रहते। घर के बड़े-बूढ़े-बुजुर्ग गंभीर चिंता में यह सब देखते। दीदी उतरा मुँह लिये चुप बैठी रहतीं। वह तो केवल मर्यादा निभाने को विवश सी बैठी रहतीं। यह सब देख वह खुद कोने में बैठी सोचती—क्या पति ऐसा होता है? ब्याह का सुख क्या दूसरों के लिए होता है? अमृत दूसरों के लिए और कड़वा जहर अपने लिए?

सारी उम्र सुख की लालसा में मनुष्य टकटकी लगाए रहता है। अपने जीवन के दुर्भाग्य को समझने में हमेशा मनुष्य देर ही कर देता है। कारोबार के चक्कर में जीजा विदेश में ही ज्यादा रहने लगे थे। दीदी बीमार रहने लगीं, मायके की देहरी पर आईं तो फिर लौटकर नहीं जा पाईं। आज भी वह मौन बनी थीं, बस, टुकर-टुकर निहार रही थीं। परत-दर परत हम अपने को कितनी तहों में छुपाकर रखते हैं, अपने को उधड़ने नहीं देते! ढेर सारा मवाद भीतर से बाहर आना चाहता है, पर हम उसे धकियाकर पीछे ढकेलते रहते हैं। सामाजिक बंधन, परंपराएँ इनसान को अपाहिज बनाकर रख देती हैं।

बाहर आकर मैं उस भूले-बिसरे फोन नंबर को लगा रही थी, जहाँ कभी दीदी की डाक पहुँचाने जाती थी। उसी नंबर से कभी-कभी मेरे पास दीदी का हाल-चाल पूछने फोन आता था। अंतिम संस्कार अधिकार, अंतिम बेला का स्पर्श, जिसके लिए सारी उम्र अपने को खोना पड़ता है! हाशिए पर छोड़े अंक को मैं दोबारा जोड़ना चाह रही थी।

कहाँ है वह समाज, जिसने यह सारे नियम, पाखंड की किलेबंदी की, धर्म में इनसान को कैद किया? केवल आकाश में ही चाँद नहीं होता, मन की तलैया में झाँकने पर भी एक आकाश दिखता है, जहाँ एक चाँद होता है।

□

प्रेम विशेषांक (3)

अक्तूबर-दिसंबर 2015

“मारो थोड़ा राखो मान,
आलीजा मैं कांई न माँगूँ राज्य,
चाँदी न माँगूँ, सोनो न माँगूँ,
ताँबो न माँगूँ।
बाई सारू, बीरो माँगूँ,
माहरी जुड़ीला की पथ राख,
हाथी न माँगूँ, घोड़ा न माँगूँ,
पैदल न पाँच-पचास,
न उदयपुर को राज्य।”

हमारे गाइड मोहन चंदसेरी ने जब अपनी मधुर आवाज में मुझे मांडू की रानी रूपमती का प्रसिद्ध गीत गाकर सुनाया, तो मेरा हौसला पहाड़ से भी ऊँचा हो गया। देखते-ही-देखते पर्वतों-घाटियों को छलाँग मारता पुराना इतिहास जीवित हो उठा। इस पुराने मांडू के गीत के भीतर के दर्द ने मुझे भीतर तक छू लिया था। नारी ने अपने मन के दर्द को कहने के लिए भी हमेशा गीत का ही सहारा लिया है।

वर्षा काल के समाप्त होने के बाद ही मांडू को देखना चाहिए। खाई के भीतर खड़े मंडप में खड़े। रानी रूपमती की ओर बाज-बहादुर की कहानी को यहाँ के खँडहरों ने और माटी ने अपने भीतर समेट रखा है। हर आनेवाला इस दर्द को और उसकी सुगंध से सराबोर हो उठता है। अभिव्यक्त करने के लिए यहाँ शब्द भोंथरे और लाचार हो उठते हैं। यहाँ आने के बाद लगता है कि बीता हुआ कल हमेशा जीवित रहता है, वह कभी नहीं मरता। स्मृतियाँ हमेशा जीवित

रहती हैं। मांडू ने रानी रूपमती और बाज बहादुर के प्रेम को अमर कर दिया है। यहाँ के खँडहर चीख-चीखकर रानी रूपमती की कथा कहते हैं।

मांडल लोहार यहाँ का रहनेवाला था। एक दिन एक आदिवासी उसके पास आया और बोला, "पत्थर से टकरा जाने के कारण उसकी कुल्हाड़ी भोंथरी हो गई है, उसका रंग पीला पड़ गया है, पता नहीं ऐसा क्यों हुआ? लोहार बाबा मेरी कुल्हाड़ी रख लो और मुझे दूसरी दे दो।"

लोहार बाबा चतुर था, वह समझ गया कि कुल्हाड़ी लोहे की नहीं, पारस पत्थर की है। उसने झट से वह कुल्हाड़ी रख ली और दूसरी कुल्हाड़ी दे दी। लोहार बाबा अपने सारे लोहे को उस कुल्हाड़ी को छुआ-छुआकर सबकुछ सोने में बदल लेता है। इस तरह वह नगर बसाता है। मांडल लोहार बाबा के नाम से ही इस नगर का नाम 'मांडू' पड़ा है। ऐसी ही यहाँ कितनी लोककथाएँ आसपास बिखरी पड़ी हैं।

रूपमती धर्मपुरी गाँव को रहनेवाली थी। नर्मदा नदी के किनारे उसका जन्म हुआ, इस कारण वह नर्मदा मैया की भक्त थी। तेरह वर्ष की आयु में उसका ब्याह राजस्थान में हो गया। राजस्थान में नर्मदा देखने को नहीं मिली, वह दुःखी होकर भूखी-प्यासी रहने लगी। पति ने उसे त्याग दिया। वह वापस अपने गाँव आ गई। उसका बहुत मधुर कंठ था। वह अपने मधुर स्वर में भजन गाती थी। सोलह वर्ष की आयु में उसकी भेंट बाज बहादुर से हुई। बाज उसके सौंदर्य तथा उसके मधुर कंठ से प्रभावित हो गया। दोनों का प्रेम ब्याह में तब्दील हुआ। बाज बहादुर ने उसके लिए मांडू में महल बनाया। बाज बहादुर रानी रूपमती के लिए नर्मदा को मांडू लाए। नर्मदा का पानी यहाँ धरती के भीतर-ही-भीतर लाया गया है। नर्मदा को देखे बिना रूपमती भोजन नहीं करती थी। आज भी यहाँ नर्मदा टेढ़ी-मेढ़ी पतली धार की तरह बहती है। नर्मदा ने भी रूपमती का मान रखा और उनके नगर आ गई। बाज बहादुर और रानी रूपमती की प्रेम-कथा यहाँ का हर पत्थर कहता है।

बाज बहादुर एक वीर योद्धा था। उसने रानी रूपमती के कारण मांडू से बाहर आकर युद्ध किया, ताकि उसका पीछा करते दुश्मन मांडू न आएँ। जंग की आग कहीं उसकी प्रेमनगरी मांडू को तहस-नहस न कर दे! रानी रूपमती के कारण उसने मांडू को सुरक्षित रखा। उसे बरबाद नहीं होने दिया। बाज बहादुर जब युद्ध में मारा गया, तब मुगलिया फौज का सरदार रानी रूपमती को पाना

चाहता था। पर रूपमती ने अपने को समाप्त कर लिया और मांडू की रक्षा कर, उसे बरबाद होने से बचा लिया। आज भी वह प्रेमनगरी सुरक्षित है।

मांडू आज भी आदिवासियों का नगर है। मांडू सागौन के जंगल से घिरा है। सागौन के पेड़ मांडू के पहरेदार हैं। बाज बहादुर अफगानी पठान था, इसलिए महल की कारीगरी अफगानी है। कहीं-कहीं हिंदू परंपरा की झलक देखने को मिलती है। हिंदू और मुसलिम प्रेमियों की प्रेम-कहानी यहाँ अमर हो गई।

यहाँ एक विशेष प्रकार की इमली होती है, जो बहुत मीठी होती है। इसके पेड़ खुरासान प्रांत से लाए गए थे, जो आज भी मांडू की पहचान हैं।

चंदेरी का पुराना नाम 'चाँद-देहरी' था, जिसकी जानकारी फारसी की पुस्तकों में मिलती है। चाँद-देहरी से 'चंद्रगिरी' हुआ, फिर टूटते-टूटते 'चंद्रेरी' हुआ।

यहाँ बहुत सारी सीढ़ियाँ हैं, जो काफी ऊँची भी हैं। इसे चढ़कर जब ऊपर जाते हैं, तभी नर्मदा कुंड के दर्शन होते हैं। जहाँगीर और नूरजहाँ जब इस स्थान को देखने आए थे, तब नूरजहाँ गर्भवती थीं। जहाँगीर ने हर सीढ़ी पर सोने की अशर्फी रखकर नूरजहाँ का हाथ पकड़कर ऊपर चढ़ाया था। बाद में सारी अशर्फियों को नूरजहाँ के ऊपर से सदका करके गरीबों में दान किया गया था। इस तरह, यहाँ जाने कितने लोगों की प्रेम-कहानियाँ बिखरी पड़ी हैं। यह जगह ही ऐसी है कि यहाँ आकर हर आदमी भावुक हो उठता है। प्रेम यहाँ के वातावरण में समाया हुआ है। यहाँ आने के बाद ही हर इनसान को महसूस होता है कि जीना किसे कहते हैं, जीने का अर्थ क्या है ? यहाँ के सारे वातावरण पर प्रेम की महक बिखरी पड़ी है। बाज बहादुर और रूपमती की प्रेम-कहानी को अपने में समेटे ये खँडहर आज भी उनकी प्रेमकथा को कहते से लगते हैं।

हिंदू और मुसलेम प्रेमियों की अमर प्रेम-कथा को महसूस कर हमें यह सीख तो मिलती ही है कि दुनिया में प्रेम के आगे कोई धर्म और आदर्श नहीं है। एक-दूसरे के मजहब को कैसे अपनाया जाता है, उनका कैसे आदर किया जाता है, यह बात पत्थरों में कुरेद-कुरेदकर समझाया गया है। बाज बहादुर और रानी रूपमती ने कैसे अपने प्रेम को निभाया, उसे परवान चढ़ाया और एक-दूसरे के लिए कैसे बलिदान दिया, यह बात यहाँ का रेशा-रेशा कहता है। यह प्रेम-कथा आज यहाँ का इतिहास बन गई है।

जीवन में कितना कुछ छूट जाता है, भीतर के अकेलेपन के अहसास को

कोई समझ नहीं पाता। वर्षाविहीन जीवन की भयावहता तो वही समझ सकता है, जिसने अपने जीवन में यह सब झेला हो। यह बात नर्मदा से अधिक भला कौन जानता है? नर्मदा ने तो खुद दूसरों का धोखा/फरेब सहा था। जीवन भर वह अकेली ही बहती रही। नर्मदा से प्रेरणा लेकर रानी रूपमती ने भी अकेलापन काटा और अंत में अपना बलिदान दिया।

□

यात्रा विशेषांक (3)

जनवरी-मार्च 2016

जर्जर और लगभग ध्वस्त होते मांडू के महल में मैं घूम रही थी। तराशे पत्थर, जो अपनी नक्काशी में बेजोड़ थे, अपने छिन्न-भिन्न होते अस्तित्व में भी स्वाभिमान से अपने इतिहास को समेटे गर्व से खड़े थे। दुःखी मन से, जिज्ञासा से भरी मैं सब देख रही थी। आज भी अपनी पराजित अवस्था में भी गर्वोन्नत किले, दुर्ग और महल उबड़-खाबड़ पहाड़ियों पर अडिग खड़े दिख जाते हैं। जिज्ञासा और कौतूहल ही तो है, जो खींचकर हमें इन पत्थरों तक ले जाता है। सूने महल, चौबारे, जो सुनसान पड़े हैं, पर आज भी उनका अतीत कोने-कोने में समाया दिखता है। प्रबल वेग से यहाँ के इतिहास को खँगालने का मन होता है। यहाँ भी पहले जश्न-मेले होते थे। यह गिरते किले और महल कभी सीना तानकर दुश्मनों को ललकारने की क्षमता रखते थे। आज चारों तरफ एक चुप्पी और दहशत का वातावरण फैला-सा दिखता है।

मैं काफी निराशा से भरी थी। आँखों के आगे जाने कितने अतीत के दृश्य उभर रहे थे। जय-पराजय के दर्द को समेटे हुए लग रहा था, जैसे दीवारें रो रही थीं। सोए पात्र जागकर चीख रहे थे। हर दिशा जैसे अपना दुःख कहना चाह रही थी। तलवारों की खनखनाहट और पायलों की रून-झुन का भ्रम हो रहा था। कानों में ढेर सारी आवाजें सुनाई पड़ रही थीं। घूँघट के भीतर स्वाभिमान भरे नेत्र दिख रहे थे। सोई नगरी, सोया अतीत, सोए पात्र जैसे सभी गर्वित चेहरे व्यग्रता से अपने महल की जानकारी देना चाहते थे। युद्ध की जीत और पराजय का साक्षी किला आज कितना खामोश, शांत दिखता था! मन में जाने कब के, युगों पहले के पात्र अनायास सोते से जागकर जैसे अपने होने की आमद दे रहे

थे। अद्भुत सी भूल-भुलैया में मन भटक रहा था। कितने लंबे समय और युगों का साक्षी आज कैसे हताश खड़ा था!

मैं मांडू के तिलस्मी, जर्जर होते बूढ़े महल की सीढ़ियों पर चढ़ रही थी, मेरे साथ मेरे गाइड मोहन चंदसेरी थे, जिन्होंने मुझे मांडू का ढेर सारा इतिहास बताया था। अचानक एक मीठी-पहचानी गंध ने आकर पैर बाँध लिये। ठिठककर सहमी सी मैं वहीं खड़ी रह गई। नजरें घूमा-घूमाकर मैं इधर-उधर देखने लगी। मांडू मेरे लिए नया था, पर यह गंध तो मेरी बचपन की पहचानी हुई थी। पिछ्वाड़े बगीचे के पास जहाँ नर्मदा की धार दिखती थीं, वहीं आकाशनील के बड़े-बड़े पेड़ ढेर सारे फूलों से लदे खड़े थे। गुच्छे-गुच्छे फूलों को देख मन चिड़िया-सा चहक उठा। आकाशनील के सफेद फूलों को देख मन उन्हीं फूलों की तरह खिल उठा। किला-महल को देख जो मन उदास और दुःखी हो उठा था, अपने आप स्वस्थ होने लगा। मैंने आँख बंद कर जोर से साँस खींची। हवा के साथ फूलों की मीठी गंध जो हवा में घुली-मिली थी, मेरे पोर-पोर को महका गई। जिंदगी जीने की शक्ति जैसे वापस मिल गई थी। मन अपने आप बचपन की अपनी अद्भुत भूल-भूलैयावाले दिनों में भटक गया था। जब हम स्कूल से लौटते हुए एक पुराने चर्च के सामने से निकलते थे, तब नीचे झड़कर गिरे आकाशनील के फूलों को बीन-बीनकर अपने स्कूल बैग में रखकर लाते थे और घर में आँगन की पानी की टंकी में डाल देते थे। मेरी दोस्त ने बताया था कि इन फूलों को पानी में डाल दो तो यह सूखे फूल ताजा होकर महकने लगते हैं। वह रोज बीनकर ले जाती थी। पहले तो मुझे उसकी बात का विश्वास नहीं हुआ था, पर एक दिन मैं भी उसके साथ इन फूलों को बीनकर ले आई। घर में आकर जब मैंने अपने बस्ते से सूखे फूल निकाले तो जीवन की बारहखड़ी का ज्ञान रखनेवाली मेरी अम्माँ भी दंग थीं। उनकी समझ में नहीं आ रहा था कि सूखे फूल वापस कैसे ताजा हो सकते हैं? मैंने फूलों को पानी में डाल दिया और खेलने चली गई। जब शाम को वापस लौटी तो घर सुगंध से महक रहा था। फूल वापस जी उठे थे। भौचक्की सी होकर मैं फूलों को देखती रही। यह जादू-तिलस्म देख मैं चकित थी। अम्माँ भी प्रसन्न थीं। अम्माँ भी दंग थीं कि मरकर भी कोई कैसे जिंदा हो सकता है?

उस दिन के बाद तो फूल बीनने का काम मेरा रोज का हो गया था। स्कूल की छुट्टी होने ही दौड़कर चर्च के पास पहुँच जाती और सूखे फूलों को बीनकर

घर ले आती। अम्माँ भी मेरे लौटने की बाट तकती थीं। इन फूलों ने मेरे मन पर बहुत असर डाला, जीने का अर्थ समझाया, जीवन का सही ज्ञान दिया। मरकर भी हम दूसरों को ज्ञान दे सकते हैं, जीवन को उर्वरा बना सकते हैं, यह सीख मुझे इन फूलों ने दी। यही मेरे प्रथम गुरु थे, जिसने मेरे कमजोर, हताश व्यक्तित्व को हौसला दिया था। आज भी मैं इनका आदर करती हूँ, क्योंकि इन्होंने ही मुझे हँसना और जिंदा रहना सिखाया था। जीवन से मत हारो, यह बात मुझे इन मुरझाए फूलों ने ही सिखाई थी। आज भी मैं इन्हें बीनकर कटोरे में पानी डालकर रख देती हूँ, पूरा कमरा महक उठता है।

सही मानो में प्रकृति ही हमारी गुरु होती है, हमारे आसपास की दुनिया ही हमें शिक्षा देती है, इनसे ही हम सीखते हैं। मनुष्य की बनाई परिभाषाएँ तो झूठी होती हैं। हमारे अच्छे कार्य ही हमें जिंदा रखते हैं। सूरज रोजाना एक जगह से उगता है, फिर दूसरी जगह जाकर डूब जाता है, परंतु फिर भोर होते ही वापस अपनी ड्यूटी पर सिपाही की तरह आ खड़ा होता है। जाने कितने किले और महल मिट्टी के ढेर में बदल गए। तवारीख उन्हीं को जिंदा रखती हैं, जहाँ कथा आबाद रहती है। जब हम कहीं जाते हैं तो गाइड हमें महल, किलों की लागत नहीं बताता, वह हमें बताता है वहाँ का इतिहास, वीर-सपूतों की कथा तथा प्रेम-कथा, जो सदैव अमर हो जाती हैं। वही कथा कहानियाँ वहाँ के कण-कण में समाई रहती हैं, उन्हीं गाथाओं को सुनने सैलानी जाते हैं। गाइड उन रोमांचक कथाओं को अपनी रोचक भाषा में सुनाता है, तब वहाँ सौ-पचास की भीड़ लग जाती है।

अतीत में ही सही अर्थों में हमारा जीवन छुपा रहता है। मनुष्य तो अबोध जन्म लेता है। आसपास की दुनिया ही उसे सिखाती है। यही हमारे गुरु होते हैं, जिनसे हम शिक्षा ग्रहण करते हैं। प्रकृति ही हमें जीना और अपने को दोबारा स्थापित होना सिखाती है। जीवन के युद्ध में घायल हुए बिना हम पीड़ा को जान नहीं पाते, दर्द को लिख नहीं सकते।

कितनी ढेर सारी स्मृतियों को इस एक पेड़ ने तथा उसके फूलों की गंध ने जाने कितनी स्मृतियों को खँगाल दिया था। हरे-भरे अकेले खड़े पेड़ जब कुल्हाड़ी की मार से घायल होते हैं, तब वह चीखते-चिल्लाते नहीं, दोबारा अपना सिर उठाकर बढ़ने की कोशिश करते हैं, वापस उनकी पीकें फूटती हैं। अपने घोंसलों में यह हमारे अतीत की स्मृतियों को सुरक्षित सँभाले रहते हैं। यह हमारे पुरखा

से कम नहीं होते। हमें भी अपने जीवन को इन्हीं की तरह बचाए रखना चाहिए। अपने स्वाभिमान को नष्ट नहीं होने देना चाहिए। स्वाभिमान की रक्षा कैसे होती है, यह हमें अपने आसपास बिखरी ऐतिहासिक प्रेरक गाथाओं से सीखना चाहिए।

अपनी स्मृति में बसे उस पुराने चर्च को, उस आकाशनील के फूलों को नमन करती हूँ। आप सबको नए वर्ष की बधाई। नए वर्ष के सूर्य को नमन करें और उससे अडिग रहना सीखें!

□

त्रयी साहित्यकार शताब्दी विशेषांक

अप्रैल-जून 2016

डायरी में लिखे पते और नंबर लिखे के लिखे रह जाते हैं और इनसान देखते-देखते इस संसार से चले जाते हैं। भीष्म साहनी का जाना और अब निदा फाजली का जाना एकदम से भयभीत कर गया। दोनों से ही मेरे अच्छे संबंध रहे हैं। दोनों ने ही विभाजन का दुःख भोग था। निदा फाजली तो जाने मेरे कितने कार्यक्रमों में आए थे।

निदा फाजली ने जीवन में कितना उथल-पुथल देखा थ, फिर भी वह बड़े संजीदा और सधे इनसान थे। जीवन में हम बचपन से लेकर बुढ़ापे तक जाने कितने उतार-चढ़ाव झेलते हैं, क्य उसे भूला जा सकता है? संसार का नियम है कि बलवान कमजोर को नष्ट करता है। शेर हिरन को खाता है, छिपकली झिंगुर पर लपकती है, झिंगुर मक्खी पर लपकता है। जीवन में हम अपने आसपास यही शह और मात का खेल देखते रहते हैं।

ग्वालियर से निदा फाजली के परिवार को दंगे में निकाला गया था। परिवार कई टुकड़ों में बँटा। नन्ही उम्र में निदा भोपाल के बैरागढ़ में आकर रहे, पर ग्वालियर को और अपने परिवार को नहीं भूल पाए थे। उनके घर में ढेर सारे फूल, ढेर सारे कबूतर और ढेरों चिड़ियों का बसेरा था। आसपास दोस्त थे। दिन में माँ और बहन को रोते देखता और रात को कबूतर और चिड़ियों की चिंता सोने नहीं देती थी। कहीं बिल्ली ने उन्हें अपना निवाला तो नहीं बना लिया? रोज उनके नन्हे बच्चों को ताकते थे, रात कई बार टार्च लेकर उसे भगाते थे। सारी रात उनकी चिंता में नन्हा निदा सो नहीं पाता था। एक सर्द रात में वह नन्हा निदा आधी रात के बाद चुपचाप दरवाजे की कुंडी खोलकर घर से, किसी से बिना कुछ कहे, सड़क

पर निकल आया। सूनी सड़क ने रेलवे स्टेशन पहुँचा दिया। बिना टिकट अकेला वह ट्रेन में बैठ गया। बिल्ली के मुँह से कबूतरों को बचाने! ठंडी रात ने शरीर को तपा दिया था। ग्वालियर स्टेशन पर एक बुढ़िया ने उसे जगा दिया, क्योंकि उसी ने उसका टिकट बनवाया था। बुढ़िया पूरी रात उसके सिरहाने बैठकर हनुमान चालीसा पढ़कर प्राण फूँकती रही थी। उसी ने अपनी शॉल भी ओढ़ा दी थी, सिर पर हाथ भी फेरती रही थी। स्टेशन पर जल्दी से वह उतरा तो वह खिड़की से हाथ हिलाकर विदा कर रही थी। ट्रेन चली गई तो वह नन्हा बालक खड़े-खड़े सोचता रहा—'क्या मंदिर-मसजिद भी टूट गए? मंदिर की देवी रेल के डिब्बे में कैसे आकर बैठ गई थी?' वह बुढ़िया कौन थी? इसी बात को सोचता वह सड़क पर चलता रहा। एक रात ने उसे बनते-बिगड़ते रिश्ते की पहचान कराई थी।

एक रास्ता याद था। ख्वाजा खानून की दरगाह का, वह वहीं जाकर बैठ गया। दरगाह की जाली पर ढेरों मन्नत के डोरे बँधे थे। वह अपनी माँ का बाँधा डोरा ढूँढ़ता रहा। अम्माँ ने जरूर वापसी का, लौटने का डोरा बाँधा होगा, तभी तो वह लौटा था। हर डोरा किसी-न-किसी मन्नत का था। नन्हा निदा वहाँ बँधे डोरे से एक धागा तोड़कर माँ की बीमारी ठीक होने के लिए बाँध देता है, जो टी.बी. की बीमारी के आखिरी दौर से गुजर रही थी। रोज खून की उलटी करती थी। काश! अम्माँ ठीक हो जाए, अपने घर लौट आए!

जिंदगी की पाठशाला से हम रोजाना कुछ-न-कुछ सीखते हैं। जीवन के थपेड़े इनसान को कहाँ-से-कहाँ पहुँचा देते हैं! यह जीवन के दु:ख-सुख के दोहे क्या कोई कभी भूल पाता है? मेरा खुद का बेटा समर जब अस्पताल में मौत और जीवन के बीच लड़ रहा था, तब मैं भी जाने कितनी दरगाह और मंदिर की चौखटों पर गई थी। मन्नत के डोरे जाने कहाँ-कहाँ बाँधे थे। जब कभी उन रास्तों से गुजरती हूँ तो वह बाँधे डोरे याद आ जाते हैं। आँखें भर आती हैं। उसकी अर्जी (मन्नत) पर सुनवाई क्यों नहीं हुई? मन का विश्वास हर बात से टूटने लगता है। आस्था की दीवार पर जाने-अनजाने कितनी दरारें-खरोंच पड़ने लगती हैं। पीड़ादायक अंधकार में फिर से रास्ता खोजना कितना कष्टकारक होता है, यह धूर्तता भरी मस्ती और ऐश की जिंदगी जीनेवाले कभी नहीं सोच पाते। बूँद-बूँद जोड़ा गया अपना शहद भी तो मधुमक्खी नहीं खा पाती, जिसे दुनिया 'अमृत' कहती है।

जीवन में हम जो भी दु:ख-सुख देखते और सहते हैं, वह सारा-का-सारा निथरकर हमारे लेखन में उतरकर आ जाता है, उसकी आँच भी कभी नहीं बुझती।

साहित्य ही एक ऐसी कचहरी है, जहाँ हम संसार के हर नग्न-रूप को बिना झिझक कह पाते हैं, लिख पाते हैं और उन्हें न्याय दिला पाते हैं। इस अदालत के फैसले कभी नहीं मिटाए जाते, वह वहाँ अमर रहते हैं। यहाँ फाइलें मिटती नहीं, फेंकी नहीं जातीं, रिकॉर्ड रूम में अमर बनी रहती हैं। भले ही हम जिंदा रहे या न रहे, पर हमारे शब्द हमेशा जिंदा रहते हैं। मैं उन सभी लेखकों को, जो अब इस संसार में नहीं हैं, पर उनका लेखन, उनके शब्द आज भी हमारे बीच हैं और रहेंगे, उन्हें नमन करती हूँ। इन्होंने ही हमें पराजित होकर भी जीना सिखाया है।

□

लंबी कहानी विशेषांक

जुलाई–सितंबर 2016

महाकाल की नगरी में और शिप्रा के तट पर लगे सिंहस्थ के महापर्व में जाने का मेरा पहला अवसर तथा अनुभव था। राजा भर्तृहरि और राजा विक्रमादित्य यहाँ के प्रसिद्ध राजा थे, जिनका नाम आज भी इतिहास में अमर है। बचपन से ही हम इनकी अनेक कथाएँ और इतिहास पढ़–पढ़कर ही तो बड़े हुए हैं। इनकी ढेरों उपदेशात्मक कहानियों से मैं प्रभावित रही। आज भी पग–पग पर यहाँ का इतिहास हर दिशा में गूँजता है। बूढ़ा–बच्चा हर कोई यहाँ का इतिहास कहता है। सिंहस्थ कुंभ पर जाने की, सब देखने की उत्सुकता तथा जिज्ञासा थी। धर्म और आस्था का यह पर्व कई अर्थों में उल्लेखनीय है। इससे पौराणिक महत्त्व तथा धार्मिक इतिहास की जानकारी तो मिलती है, जहाँ आस्था होती है, वहाँ इतिहास हमेशा जनमानस के मन को प्रभावित करता है। तर्क–वितर्क की कोई गुंजाइश नहीं रहती। इतिहास, साहित्य और अपनी संस्कृति को जोड़े यह नगर आज भी अपनी विरासत की साक्षी में हामी भरता है। पुरातत्त्व के प्राचीन इतिहास में तो यह अमर है ही, आज भी अपनी गरिमा को बरकरार रखे हुए हैं। कितने लोग इस पवित्र धरती से जुड़े रहे हैं। महाकवि कालिदास, महान् सम्राट् अकबर, ज्योतिष आचार्य, जिन्होंने इन विधाओं में अद्‍भुत कार्य किया। आचार्य विद्वान् वराहमिहिर, जिन्होंने ज्योतिष की समस्त विधाओं पर महत्त्वपूर्ण कार्य किया। उज्जैन ज्योतिष गणना का केंद्र होने के कारण सम्राट् विक्रमादित्य ने भी विश्व को 'विक्रम संवत्' प्रदान किया। राजा भर्तृहरि तथा विक्रमादित्य का न्यायपूर्ण शासन अमर रहा तथा हमेशा अमर रहेगा। विश्वप्रसिद्ध बाल–साहित्य 'बेताल पच्चीसी' और 'सिंहासन बत्तीसी' की कथाओं को आज भी कोई बच्चा भूल नहीं सकता।

'उज्जैन सिंहस्थ' की पंचक्रोशी यात्रा ने बहुत प्रभावित किया। लाखों श्रद्धालु अपनी पूर्ण आस्था और विश्वास के साथ इस यात्रा को करते हैं। इसमें शामिल होनेवाले सभी लोग गाँव के हैं, जो सपरिवार इस यात्रा में शामिल थे। दूर-दूर के गाँव से यहाँ यह लोग इकट्‌ठ होते हैं। तपती धूप में नंगे पैर अनेक कष्टों को सहते यह पदयात्री चलते हैं। एक सौ अठारह किलोमीटर की यात्रा में चुपचाप, मौन चलते हैं। इनकी आस्था-उत्साह देखते बनता है। बूढ़े, लंबी उम्र के लोग लाठी टेक-टेक कर चलते हैं, तो छोटे बच्चे अपनी माँ और पिता का हाथ, उनके पहने कपड़ों के छोर को पकड़े चलते हैं। इतने ढेर लोग इस लंबी यात्रा को एकता और अनुशासन में रहकर पूरा करते हैं। ये यात्री सभी गृहस्थ थे, इनमें कोई साधु-संत शामिल नहीं था। रात्रि विश्राम के लिए कई पड़ाव थे, वहाँ यह लोग रात्रि को ठहर जाते हैं और भोर को फिर चल देते हैं। तीस-चालीस किलो की गठरी सिर पर रखकर यह लोग चलते हैं, जिसमें उनकी रोज की जरूरत का थोड़ा सा सामान रहता है। अपनों का हाथ, कपड़ों का छोर पकड़कर यह लोग चलते हैं, ताकि भटक न जाएँ, बिछड़ न जाएँ। उन्हें देखना भी एक अद्‌भुत अनुभव था। अपनों के प्रति आस्था, रिश्ते के प्रति लगाव देख अच्छा लगा। जीवन के रास्ते में अनगिनत मोड़ और गलियाँ होती हैं। जो थोड़ी दूर पर मुड़ जाती हैं, खो जाती हैं। इस यात्रा के यात्री अपनों से जुड़े दिखते हैं, कई लोगों ने तो गमछे से एक-दूसरे के हाथों को अपने हाथों से बाँध रखा था। यह दृश्य देख मन को बड़ा अच्छा लग रहा था। इनकी धार्मिक यात्रा, बड़े-बड़े साधु-महात्माओं से बेहतर लगी। अपनों को त्यागकर मुक्त हो जाना अपने लिए स्वर्ग ढूँढ़ना विचित्र ही होता है! यह मेरे अपने विचार हैं। जरूरी नहीं मैं सही कह रही हूँ; लेकिन इस यात्रा ने मुझे बहुत प्रभावित और भावुक किया। हर जगह अपनों की मौजूदगी और दुःख-सुख की भागीदारी जरूरी है।

जिंदगी में रिश्ते स्वार्थ से नहीं, सिर्फ प्रेम से ही बनते हैं। रिश्तों में स्वार्थ-घमंड का विष नहीं, असली खून बहना चाहिए। हमारी पीड़ा और वेदना का दर्द दूसरे को भी होना चाहिए सुख सबके न हों, वह सुख किस काम का? बच्चा जब भूख से रोता है, तब मीलों दूर काम कर रही माँ को पता चल जाता है। लेकिन यही रिश्ता बड़े होकर बदल जाता है, जब उसी माँ को, जिसने अपने शरीर का दूध पिलाकर उसे पाला, वही कुत्ते की तरह दुत्कारकर ओल्ड-होम भेज देता

है। इतने निकट के रिश्ते भी ज्यादा दूर तक नहीं चल पाते! रिश्तों में समर्पण की भावना होना चाहिए। रूठी राधा के चरणों में कृष्ण जब अपनी बाँसुरी रख मना सकते हैं, तो दूसरे लोग उनसे सीख क्यों नहीं लेते? औरत को दासी बनाकर क्यों रखना चाहते हैं?

उज्जैन जाकर कुंभ को देख, शिप्रा के तट पर खड़े-खड़े मुझे भी जीवन को समझने का अनुभव प्राप्त हुआ। शिप्रा के तट पर भीड़-ही-भीड़ है। भीड़ एक मेले के रूप में दिखती है। शिप्रा के तट पर लोग उसकी एक-एक बूँद के स्पर्श के लिए होड़ मचाए हैं। शायद यही कारण है कि सदियों से मनुष्यों के पाप धोकर उन्हें मोक्ष देनेवाली शिप्रा की छाती का दूध सूख गया है। फिर भी हर आनेवाला उसके शरीर को झिंझोड़कर अपने पापों से मुक्ति पाना चाहता है, अपने गुनाहों को गंदे/मैल की तरह छोड़ देता है।

माँ शिप्रा के तट पर मनुष्य की लालसा और धर्म का विचित्र संगम देख रोंगटे खड़े हो जाते हैं। बूढ़े, लाचार, जवान नर-नारी यहाँ इकट्ठे हैं। सभी अपने पापों की मुक्ति के लिए यहाँ इकट्ठे हैं, सभी को लगता है कि माँ शिप्रा उनके पाप धो देगी! इन्हें देख मन में विचार आता है, क्या वास्तव में यह सुधरना चाहते हैं, अपने पापों से मुक्ति चाहते हैं? सबकुछ छोड़कर भाग जाना कितना सरल है! फिर नारी ही सारी उम्र परिवार की गठरी सिर पर उठाए पंचक्रोशी-यात्रा करती हुई, फिरकी की तरह क्यों घूमती रहती हैं? महात्मा बुद्ध अपना सोता हुआ परिवार छोड़कर साधु बन गए। वह पीछे छूटे लोगों का दुःख, अपमान क्या जान पाए? पल-पल मिले अपमान को सहकर सूखती-कैंसर से पीड़ित नारी रात को मुरदे की तरह सोती है और भोर को फिर उठ जाती है। उसकी व्यथा-कथा कौन लिख पाया है? शाम को माँ शिप्रा की आरती हो रही थी, उस भावुक दृश्य को देख, मैं भावुक हो रही थी और माँ शिप्रा से क्षमा माँग रही थी।

पाप-पुण्य क्या है? इन दो शब्दों से हमें बचपन में डराया जाता था, अब सोचते हैं कि परिवार के लोग बच्चों को साधने-अनुशासन में रखने के लिए ही डराते थे। चाहे जो हो, पर यह हमारे लिए ठीक ही था। ईमानदारी का अर्थ शायद इसी के पीछे से आया होगा। हो सकता है कि यह उसकी परछाईं हो! जीवन के लंबे रास्ते के बारे में सोचते हैं तो लगता है कि जीवन तो समंदर है, जिसमें जाने कितनी नदियाँ आकर मिलती हैं। ऐसे ही तो जाने कितने रिश्ते-नाते आकर जुड़ते

हैं, जिसके दु:ख और सुख को देखते रहते हैं। कितनी ढेर बातें/यादें हैं, जो तन्हाई में आकर तंग करती हैं। अपनों को भूलना मुश्किल होता है। लेखक भी तो समंदर ही है, इतना बड़ा होकर भी तन्हा होता है। 'लंबी कहानियाँ' भी लंबे जीवन की त्रासदी की साक्षी हैं। दु:ख और संघर्ष हमें चलना भी तो सिखाते हैं; बस, इतनी सी बात है, जिसे हम समझ नहीं पाते।

□

उर्दू कहानी विशेषांक

अक्तूबर-दिसंबर 2016

समय की चाल/रफ्तार तेज होती है। हमारे सामने से वह कैसे चुपचाप कदम-ब-कदम आगे बढ़ जाता है, हमें पता तक नहीं चल पाता और देखते-ही-देखते साल-दर-साल, फिर शायद युग भी निकल जाते हैं, हम चकित-हैरान रह जाते हैं। मनुष्य तो बस, उसके पीछे घिसटता/हाँफता हुआ दौड़ता रहता है, पर वह अपने कदम समय के साथ नहीं मिला पाता। मनुष्य अपने पीछे कितना कुछ छोड़कर लाँघता रहता है, क्या-क्या नहीं छूटा ? प्रगति-सत्ता, धर्म-आस्था, रिश्ते-नाते, मोह-माया, प्रेम आदि सभी ने तो उसे ठगा है। जीवन के सभी दुश्चक्रों ने उसे धोखा दिया, फरेब किया, फिर भी तो वह चला। जीवन के तमाम दुश्चक्रों ने उसे परास्त किया, लेकिन वह सभी को छोड़कर आगे बढ़ा। सारे दु:ख-दर्द, यातना-कष्ट उसने सहे और चुप रहा। उसके संघर्ष की गूँज, दर्द की पीड़ा अकेला वही सहता रहा।

अतीत, जिसे हम बहुत पीछे छोड़ आते हैं, पर दरअसल, वही हमेशा हमारे साथ रहता है, वही हमारा गुरु होता है, निर्माणकर्ता होता है। अतीत ही हमारे वर्तमान का जन्मदाता होता है। अतीत से ही हम सबक लेकर आगे बढ़ते हैं। वही हमें जीना सिखाता है। हम अपना आकलन करते हैं और समझ पाते हैं कि हम तो अकेले रह सकते हैं, बेकार में इतनी भीड़ साथ रही। जिन्हें हम अपना समझते रहे, उन्होंने ही तो दु:ख दिया, प्रताड़ित किया था। इन्हीं लोगों ने अपनी लपलपाती जीभ से साँप की तरह डसा था। बार-बार हमारे मन में आत्महत्या तक का विचार आया था, पर हमारे आत्मविश्वास ने बढ़कर हौसला दिया और आगे बढ़ने की सीख दी। उसी ने बताया कि निरुद्देश्य जीने से तो अँधेरे को लाँघना ज्यादा बेहतर है, कहीं से तो उजाला दिखेगा! सबको पीछे छोड़कर ही हम अपने को स्थापित कर सकते हैं।

रिश्तों ने हमें क्या दिया? बचपन को गूँगा किया, बोलने नहीं दिया, गलत रिश्तों से सदा बाँधा। समाज का भय दिखाकर जुबान पर ताला डाला, अनुशासन के बंधन में रहने की सीख दी। खामोशी को उन्होंने अपनी जीत समझी और उदारता से अपने हक लादते रहे।

साहित्य और जीवन एक ही सिक्के के पहलू हैं। जीवन को बिना जिए, युद्ध में घायल मनुष्य की पीड़ा, उसकी वेदना को पहचाना नहीं जा सकता है। अपने यथार्थ को स्वीकार करके ही हम जटिलताओं से लड़ सकते हैं, वरना हम तो वर्तमान की भुल-भुलैया में ही अटककर अपना अंत कर लेते! सत्य की यातना सहकर, सामना कर, उसकी आँच में तपकर निकलने में ही हमारी जीत हो सकती है। जीवन में धैर्य और विवेक का संतुलन बनाना जरूरी होता है। जीने के लिए विकृतियों से समझौता करके जीना तो पलायन का रास्ता है। उससे तो बेहतर है कि हम व्यवस्था से सामना कर, आगे बढ़ने की कोशिश करें। जीवन में कभी भी मनचाहा वातावरण नहीं मिलता। फिर से जीवन में खड़े होने की कोशिश में अकेले पड़ जाते हैं और खंडित होकर, टूटकर बिखरने की कगार पर पहुँच जाते हैं; परंतु जड़ से दोबारा कोपल फूटने की चाह और हिम्मत रखने से ही हम फिर से खड़े हो सकते हैं।

विद्रोह करना दिलेरी मानी जाती है, परंतु जब पूरी व्यवस्था और अपने इर्द-गिर्द का वातावरण ही एक तरह का हो, तो किसके खिलाफ विद्रोह कर सकते हैं? अपने हारे मन से परास्त भाव को महसूस करके दोबारा फिर से उठने की और जीने की कोशिश में ही हमारी जीत है। हम वापस उठकर खड़े हो सकते हैं। समाज ने जो अपने बेतुके नियम और कायदे बना रखे हैं, उस गंदगी, बुराई, कीचड़ को हम हिम्मत से साफ कर सकते हैं। कीचड़ ऊपर ही रहता है, नीचे साफ पानी होता है। हम उस गंदगी को धीरे से निकालकर, साफ करके दूसरे के लिए तथा अपने हक में एक रास्ते का निर्माण कर, जी तो सकते हैं, दूसरों को भी जीने का रास्ता बता सकते हैं, अपने अपराध-बोध से मुक्ति पा सकते हैं। लेकिन इसके लिए यह निहायत जरूरी है कि हम अपने आप से प्रेम करते हों। यह हुनर हमारे भीतर होना ही चाहिए, क्योंकि जीवन हमारा है और हम ही इसका नफा-नुकसान सोच सकते हैं। दूसरे हमारे बारे में क्या सोचते हैं, इस बात को भूल जाना ही बेहतर होता है। हमें अपने आसपास परिवार तथा समाज के बिगड़े हालात को सुधारना भी जरूरी है। हमारी पहल दूसरों के लिए सीख भी हो सकती है।

हमें अपनी क्षमता को पहचान लेना चाहिए। सत्य का आकलन जितनी जल्दी

हो, कर लेना चाहिए। दूसरों की परवाह करने और उनके पीछे भागने से कुछ हासिल नहीं होता। हमारे सुख हमारे होते हैं और उन पर हमारा पूरा हक होता है। दूसरे लोग तो हमेशा खाई में ढकेलना चाहते हैं। दूसरे की सोच के पीछे भागने से हमें कुछ नहीं मिलता। अपमान का जीवन जीने से तो अपनी ही वापसी पर ध्यान केंद्रित करना चाहिए। यह भी सच है कि इस उठापटक में हम थक जाते हैं, कमजोर पड़ जाते हैं; लेकिन उठकर दौड़ने से हमें वापस ताकत मिलती है। दूसरे को उसके हाल पर छोड़ देना चाहिए, यही सोचकर कि उसका उतनी दूर तक का ही साथ था इतना सोचते ही हमारे भीतर की थकान गायब हो जाती है, सारा भय गायब हो जाता है। हमारा लक्ष्य जो है, भले ही बड़ा नहीं है, पर जो है, वहीं हमारी संपन्नता, ऊर्जा और सृजनात्मकता है। दूसरों के लिए आदर्श और प्रेरणा बन जाना चाहिए। अपने भीतर के अंतस को पहचानना बहुत जरूरी है।

अपने जीवन को हाशिए पर डालने की बजाय उसे किसी कार्य में सक्रिय कर लेना चाहिए। दूसरों के पीछे दौड़ने से हम हताश और निराश हो जाते हैं। दूसरों की बात मानकर अपने को परतंत्र बनाने से तो अच्छा है, मन को स्वतंत्र कर लें, अपने आप को जीना सिखा दें, अपने आप को एक नई दिशा में लगा दें। दूसरों के अधीन रहने की बजाय, खुद में लौटना सही दिशा होती है। जीवन की दुःखद घटनाएँ एक बुरे सपने की तरह होती हैं, जिन्हें हमें भुला देना चाहिए और आगे बढ़ जाना ही हमारी अक्लमंदी है।

□

साठोत्तरी कहानी विशेषांक

जनवरी-मार्च 2018

कितना विचित्र है ना, हमारा बीता हुआ कल हमेशा अतीत हो जाता है, फिर धीरे-धीरे वह इतिहास बन जाता है। इतिहास, जो हमेशा हमारा पुरखा होता है, हमें हमेशा हमारी नादानियों पर, गलतियों पर, खामियों पर सतर्क करता है, नसीहतें देता है। इतिहास हमेशा हमें बताता है कि किस तरह गिरकर सँभलना, सतर्क रहना और संघर्ष करना चाहिए। वर्तमान में जो व्यक्ति किसी की साजिश का, अत्याचार का शिकार होकर दुःखी रहता है, परंतु इतिहास में उसकी ईमानदारी दर्ज होती है। इतिहास कभी किसी की नइनसाफी, षड्यंत्र, अत्याचार को क्षमा नहीं करता। ज्यों-की-त्यों छवि इतिहास में दर्ज होती है। इतिहास हमेशा शाश्वत होता है। वह व्यक्ति के सुख और दुःख को कभी नहीं भूलता, हमेशा याद रखता है।

वर्तमान हमेशा हमें बरगलाता है, हमारी गलतियों को छुपाता है, हमें अँधेरे में रखता है, परंतु इतिहास ऐसा नहीं करता। हम वर्तमान को तो धोखा दे सकते हैं, परंतु इतिहास को धोखा नहीं दे सकते। इस कारण, हमें हमेशा सतर्क रहना चाहिए। हमेशा इस बात का ध्यान रखना चाहिए कि हमारी गलत छवि इतिहास में दर्ज न हो। जब कोई हमारे बारे में जाने तो ईमानदार और न्यायप्रिय के रूप में जाने। हमें धोखेबाज, दगाबाज के रूप में न देखे।

बाजार में रोजाना जाने कितनी आकृतियाँ मूर्तियों के रूप में, खिलौनों के रूप में बिकने आती हैं, जिन्हें लोग खिलौने के रूप में, सजावट के रूप में खरीदते रहते हैं। बाजार में रोजाना भगवान् की ढेरों मूर्तियाँ बिकने आती हैं। सैकड़ों चमचमाती मूर्तियाँ दुर्गा की, लक्ष्मी की और गणेश की बाजार में बिकने आती हैं, परंतु इनका कोई अर्थ नहीं होता, कोई मूल्य नहीं होता। इनमें से जिन मूर्तियों को मंदिर में

प्रतिष्ठित करते हैं तथा उनकी प्राण-प्रतिष्ठा होती है, तभी वह मूर्ति बहुमूल्य हो जाती है, उसका मान-सम्मान बढ़ जाता है। लोग उसे भगवान् के रूप में पूजने लगते हैं।

इसी तरह, हम देखते हैं कि दुनिया में अनगिनत बच्चे रोज जन्म लेते हैं तथा मृत्यु को प्राप्त होते रहते हैं। उनके जन्म लेने से या मृत्यु को प्राप्त होने पर कहीं आहट तक नहीं होती, हलचल नहीं होती। एक सिसकी भी कहीं से नहीं उठती। उनकी आमद, उपस्थिति कहीं दर्ज तक नहीं होती। वह केवल आँकड़े, संख्या बनकर रह जाते हैं, भीड़ बनकर रह जाते हैं। मानव भी तो एक मिट्टी की मूरत है, खिलौना है, जिसे जिंदगी दुनिया के हाट में बेचने लाती है। रोजाना करोड़ों नन्ही मूरत का संसार में हम प्रवेश देखते हैं, फिर इनका लावारिस अंत देखते हैं। इन मानव मूरत के भीतर जब तक हम प्राण-प्रतिष्ठा नहीं करते, इन्हें स्थापित नहीं करते, तब तक यह इसी तरह टूटकर घूरे पर फिकती रहेंगी। हमें उन्हें मानव बनाने का कर्तव्य निभाना चाहिए। इन बेजान मूर्तियों के भीतर हमें ईश्वर का रूप देना चाहिए, खुदा का रूप देना चाहिए। इन्हें इस लायक बनाना चाहिए कि लोग इनके आगे झुकें! परंतु इस कर्तव्य को कितने लोग निभाते हैं?

केवल माँ-बाप बन जाने से हमारा कर्तव्य पूरा नहीं होता। हमें उन्हें अच्छे संस्कार देना चाहिए। माँ यानी धरती की क्षमता, शक्ति, बल और धैर्य अपने भीतर पैदा करना चाहिए। पिता यानी आकाश, आकाश की ऊँचाइयाँ, उसकी गरिमा, सुरक्षा अपने भीतर पैदा करनो चाहिए। हमारे हिस्से का आकाश होना चाहिए। ऐसा आकाश, जो हमें चाँद और सूरज दे सके। सूरज की ताप, ऊर्जा तथा चाँद की शांति, ठंडक, अमृत हमें दे सके। सारे अष्टधातु के समीकरण की मजबूती से ही हमारे व्यक्तित्व का निर्माण होना चाहिए। लेकिन ऐसा कितने माता-पिता कर पाते हैं? कौन इतना आगे बढ़कर निर्माण करने की पहल करता है?

जिन्होंने इस बात को समझा, उन्होंने इतिहास में अपनी उपस्थिति दर्ज कराई है। आज आवश्यकता भीड़ की, संख्या की नहीं, बल्कि गुणवत्ता की है। जीवन को तथा उसके जीने का अर्थ समझने की आवश्यकता है। आइए, नववर्ष में हम यही प्रतिज्ञा करें कि कुछ अच्छा करने, निर्माण करने की पहल करेंगे।

□

ग्रामीण विशेषांक

जुलाई-सितंबर 2018

सुबह-सुबह अखबार उठाइए तो उसमें एक-न-एक ब्याहता औरत की आत्महत्या का विवरण छप होता है। समाचार होता है कि वह खाना बनाते समय जल गई या किसी तालाब अथवा बावड़ी में कूद गई। कुछ न मिला तो साड़ी का फंदा लगाकर मर गई। यह घटना चाय की चुस्की के साथ निहायत कड़वी और तकलीफदेह लगती है। देश में आत्महत्या करनेवाली ब्याहताओं की संख्या का आँकड़ा दिन-ब-दिन बढ़ रहा है।

उस दिन मेरे रिश्ते में शादी थी। वह परिवार मेरे काफी निकट था, इस कारण हर रस्म में मैं शरीक थी। मधु की विदा का समय आया। मधु ने रो-रोकर सभी को रुला दिया था। मधु इस कदर रो रही थी कि देखा नहीं जा रहा था। बाप, भाई, चाचा, माँ यानी एक-एक से वह गले लगकर रोती थी, फिर हटती नहीं थी। बड़ी मुश्किल से उसे सबसे अलग कर कार में बैठाया गया। उसकी माँ सिर धुनती बेटी से कह रही थी, "मत रो बिट्टो, अब तो वही तेरे माँ-बाप, वही घर है, अब हम तेरे कोई नहीं रे बेटी। मायके की इज्जत रखना, बाप की लाज बचाना, नाक नीची न होने देना, भरी-पूरी में आना।"

सुनकर मैं हैरान थी। यानी मधु का हर रिश्तेदार आता और समझाइश में लगभग इसी से मिलते-जुलते डायलॉग बोलता। किसी को भी रोती बेटी की चिंता नहीं थी। लग रहा था कि बस, सब रस्म अदायगी चल रही है। वैसे भी उनकी पाँच बेटियाँ थीं, यह सबसे बड़ी थी।

शताब्दियों से यही बात हर माँ-बाप अपनी बेटी से विदा के समय कहते हैं। यानी साफ-साफ शब्दों में यही अर्थ हुआ कि लड़-झगड़कर न आना, हमें दुःख

न देना, अब यह घर तेरा नहीं है। मधु रोते-रोते निढाल हो चुकी थी। बड़ी मुश्किल से कार का दरवाजा बंद किया गया और लगा कि जैसे मायके का द्वार भी बंद हो गया!

कुछ दिनों बाद मधु मायके आई, पर उसके चेहरे पर वह खुशी, वह रंगत नहीं थी, जो होनी चाहिए थी। मधु एक-दो बार मुझसे मिली, लगता था कि वह कुछ कहना चाहती है, पर कह नहीं पा रही है। बाद में सुना कि उसके पति की एक ब्याहता गाँव में भी थी, जिससे उसके बच्चे भी थे, इसलिए जो विश्वास, आदर, स्नेह मधु चाह रही थी, उसे मिल नहीं रहा था। थोड़े दिन बाद मधु की ससुराल से तार आया कि मधु स्टोव से खाना बनाते समय जलकर मर गई है। बड़ा हो-हल्ला सा मचा, पर बाद में दोनों परिवारों द्वारा बात दबा दी गई; क्योंकि इससे दोनों परिवारों की इज्जत खराब होती।

मधु के मर जाने का मुझे बड़ा दुःख था। मधु पढ़ी-लिखी एम.ए. पास लड़की थी। कहनेवालों ने तो यहाँ तक कहा कि 'अरे पति से नहीं पटी तो पढ़ी-लिखी थी, नौकरी कर लेती, मरने की क्या जरूरत थी?' अनपढ़ लड़की के जीने की मजबूरी या आत्महत्या की बात तो समझ में आती है, पर पढ़ी-लिखी लड़की की आत्महत्या की बात पर लोग आश्चर्य करते हैं। लोग तो यहाँ तक कह देते हैं कि 'भई इसी दिन के लिए तो पढ़ा-लिखा दिया था।' सुनकर हँसी आती है और आश्चर्य भी होता है, माता-पिता की छोटी बुद्धि पर! लेकिन कोई इस पर विचार ही नहीं करना चाहता कि लड़कियाँ मरती क्यों हैं?

एक पौधे को एक जगह से उखाड़कर दूसरी जगह जब लगाते हैं तो दूसरे स्थान की मिट्टी में जमने में उसे समय तो लगता ही है। दूसरी जगह की जलवायु, माटी, पानी, वातावरण में उसे जड़ पकड़ने में समय तो लगेगा ही ना! इस सारी प्रक्रिया के लिए समय तो चाहिए। उसी तरह लड़की को अपने नए जीवन में रमने के लिए समय लगता है, ऐसे वक्त हमें हर संकट के लिए तैयार रखना चाहिए। यह नहीं कि बेटी को विदा किया और सुख की नींद सो गए!

बेटी को विदा करते समय हमें कभी पुराने घिसे-पिटे वाक्य नहीं कहने चाहिए, उसके लिए मायके का दरवाजा कभी बंद नहीं करना चाहिए। लड़की सोचती है कि मायके से तो रिश्ता खत्म हो गया, अब अपनी व्यथा किससे कहे? माता-पिता को दुःख क्यों दे और इसी असुरक्षा के कारण वह अपनी जान से खेल जाती है। उसे आपने डिग्री तो जरूर दिला दी, पर उसे आश्वासन देना ही भूल गए। अब

किस दरवाजे जाए? ससुराल से आई लड़की को आप पुराना सा वातावरण दें, उसे मेहमान की तरह न रखें। वह आपके घर केवल एक साड़ी लेने नहीं आई है, वह आपसे बहुत कुछ चाहती है। उसे विश्वास में लें, फिर देखिए, वह अपने मन की सारी बात आपसे कह देगी! उसके दुःख के, उसकी परेशानियों के भागीदार बनें।

आप भी बेटी ब्याह रही हैं तो सुनिए, उसे एक गहना कम दे दीजिए, लेकिन उसके बदले में एक कीमती आश्वासन विदा होती बेटी को अवश्य दें कि 'तेरे दुःख-सुख के साथी हम सदा से हैं और रहेंगे, यह दरवाजा हमेशा तुम्हारे लिए ही है जो हमेशा खुला रहेगा।'

□□□